Timo Leibig

Die Herrin der Regenmacher

TIMO LEIBIG

DIE HERRIN DER REGENMACHER

ROMAN

penhaligon

Sollte diese Publikation Links auf Webseiten Dritter enthalten,
so übernehmen wir für deren Inhalte keine Haftung,
da wir uns diese nicht zu eigen machen, sondern lediglich auf
deren Stand zum Zeitpunkt der Erstveröffentlichung verweisen.

MIX
Papier | Fördert
gute Waldnutzung
FSC® C083411

Penguin Random House Verlagsgruppe FSC® N001967

1. Auflage 2022

Dieses Werk wurde vermittelt
durch die Literarische Agentur Michael Gaeb

Redaktion: Hanka Leo
Umschlaggestaltung: Isabelle Hirtz, Inkcraft,
unter Verwendung eines Motivs von Melkor3D/Shutterstock.com
BL · Herstellung: mr
Satz: Uhl + Massopust, Aalen
Druck und Bindung: CPI books GmbH, Leck
Printed in Germany
ISBN 978-3-7645-3243-7

www.penhaligon-verlag.de

Für meinen Opa Rupprecht.
Du hast mir gezeigt,
wie wunderbar Fantasie sein kann.

Teil 1:

DER FLUCH

Kapitel 1

Südmark, östlich von Goldfeldern

»Ich sage Euch, es war ein Monster von einem Hirsch!«, beharrte Artur, als sie den bewaldeten Hang erklommen. »So ein Vieh habe ich noch nie gesehen!«

»*Monster*… Seit wann habt Ihr Angst vor Rotwild?« Meister Lüttich duckte sich unter einem herabhängenden Ast hindurch. Die Dämmerung senkte sich herab und tauchte das Dickicht zwischen den Eichen und Hainbuchen in diffuse Dunkelheit.

»Ich habe keine Angst!« Artur stand wie sein Vater als Jäger im Dienste des Königs, seit er denken konnte. Die Wälder um Goldfeldern waren sein Heim. »Und es war auch kein normales Rotwild!«

Meister Lüttich hob die Hand und gebot ihm zu schweigen. »Wir werden sehen.«

Vielleicht besser so, dachte Artur. Meister Lüttich glaubte ihm sowieso nicht, und hätte Artur das Monster nicht mit eigenen Augen gesehen, würde er es selbst nicht glauben. Er war am Morgen auf der Suche nach einer verletzten Hirschkuh gewesen, die bei der letzten Patrizierjagd den edlen Herren entkommen war. Eine Spur hatte ihn auf den Kamm geführt und hatte sich dort leider verloren. Er war deshalb auf eine der Eichen geklettert und hatte zwischen den Ästen hindurch stattdessen das Monster erspäht. Ein Prachtexemplar von Hirsch, größer noch als die roten

Edlen, die von den Patriziern am liebsten gejagt wurden. Das Geweih hatte mindestens sechs oder sieben Fuß in der Breite gemessen und im Morgenlicht fahl geleuchtet, ebenso wie die Augen des Monsters: gelborange, wie zwei Laternen in der Dämmerung. Und dann hatte Artur die Reißzähne entdeckt, den blutschaumigen Speichel an den Lefzen, das viel zu dunkle, ja fast bläuliche gestromte Fell und die seltsamen violetten Auswüchse an Hals und Kopf.

Wenn das ein normaler Hirsch gewesen war, war Artur eine lieblich singende Maid mit goldenem Haar in rosenroten Kleidern.

Schweigend stiegen sie den Hang weiter Richtung Kamm empor, bis der königliche Jagdmeister vor einer markanten Eiche stehen blieb und sich umsah. Leise fragte er: »War es hier?«

Artur nickte. »Hier bin ich emporgeklettert. Man hat die beste Aussicht über Goldfeldern im Westen und das Delta des Talisters mit den Fischerdörfern im Osten. An klaren Tagen sieht man sogar die Weite des Meeres und das Hügelland der Barbaren.«

»Ihr scheint hier viel Zeit zu verbringen.«

Artur bekam rote Wangen. »Nur im Dienste des Königs, Meister.«

Lüttich erwiderte nichts, sondern unterzog die nähere Umgebung einer genaueren Überprüfung. Vorsichtig stieg er über Moose und Farne, über Steine und abgebrochene Äste, den Blick auf den Boden gerichtet. Den prächtigen Jagdbogen samt Köcher trug er stets abgespannt an seinem Tornister, die zusammengerollte Sehne in einem Täschchen verborgen.

»Hier.« Er sank in die Hocke. »Eine Spur.«

Artur trat zu ihm. Ganz deutlich schimmerte zwischen Moosen auf einem Fleckchen Erde der tiefe Abdruck eines

Paarhufs. Die Druckstelle hatte sich mit Wasser gefüllt und glänzte wie dunkles Silber.

»Recht stattliches Exemplar.« Lüttichs Finger fuhren die Druckstelle entlang. »Und das Tier kam erst vor Kurzem hier entlang. Die Ränder sind noch feucht.«

»Dort drüben hat er sich auch zu schaffen gemacht.« Artur deutete auf eine junge Eiche; deren Rinde hing in fingerdicken Streifen herab.

Meister Lüttich nickte. »Ich vermute, das Tier hat eine Quelle in der Nähe entdeckt und Gefallen daran gefunden.«

Überall um das Delta des Talisters entsprangen Quellen an den Hängen, verwandelten sich in murmelnde Bäche, um am Ende in den breiten Strom zu münden. Die Region um Goldfeldern war nicht umsonst reich an Wild und Wald und Wolle. Früher war die Stadt die Hauptstadt der Südmark gewesen, aber das war Jahrhunderte her. Heute residierte der König in Tannrein auf der Feste.

Artur war an den jungen Baum herangetreten, um sich die Schälschäden anzusehen. An den noch jüngeren Trieben war sogar Verbiss zu sehen. Dort schimmerte Blut.

Meister Lüttich kratzte sich nachdenklich am Kopf, nachdem Artur ihn darauf hingewiesen hatte. »Vielleicht ist es doch die verletzte Hirschkuh.«

»Der Hirsch hatte ein Geweih.«

»Vielleicht ein Rudel.«

Artur glaubte das nicht, sparte sich aber einen Kommentar. Stattdessen fragte er: »Soll ich noch einmal auf die Eiche klettern? Vielleicht entdecke ich das Tier ein zweites Mal.« *Und bin in Sicherheit.* Am Morgen hatte er zitternd auf dem Ast gesessen und gewartet, bis das Monster verschwunden war. Und noch deutlich länger. Irgendetwas war von dem Hirsch mit den orange leuchtenden Augen ausgegangen, das ihm eine Heidenangst eingejagt hatte. Eine Art kalter Feindseligkeit. Artur konnte es nicht genau beschreiben, und er war nicht erpicht auf ein Wiedersehen.

»Ja, tut das.« Meister Lüttich nahm Arturs Tornister an sich, damit der besser klettern konnte. »Ich sehe mich derweil hier unten weiter um.«

Während der Jagdmeister im Unterholz verschwand, kletterte Artur die Eiche empor. Der Baum war wie dafür geschaffen, mit breiten Ästen, borkiger Rinde und ausladenden Gabeln. Flink war er oben und setzte sich auf genau die gleiche Stelle wie am Morgen.

»Und?«, raunte Lüttich empor. »Irgendetwas zu sehen?«

»Bisher nur der Wald.«

»Dann steigt weiter hoch!«

Artur seufzte und folgte der Anweisung. Während ihm mit jedem erklommenen Ast mehr und mehr der Geruch von Harz in die Nase stieg, senkte sich die Nacht immer schneller herab. Zwischen den Ästen über ihm blitzte bald der blasssilberne Mond hervor. Der blaue zweite Mond war nicht zu sehen.

»Und?« Die entfernte Stimme des Meisters von irgendwo unten.

»Gemach!« Artur keuchte, zog sich an einer weiteren Astgabel empor und klammerte sich fest. Ihm war heiß von der Kletterei, und sein Atem stieg in blassen Wolken vor seinem Gesicht auf.

»Wie langsam bitte klettert Ihr!«

Schneller als Ihr. Artur ließ sich nicht beirren. Er suchte erst einen sicheren Sitz, bevor er den Blick gen Goldfeldern richtete.

Der Himmel im Westen war noch eine Spur heller und die Stadt bestens zu erkennen. Die Laternenanzünder waren schon am Werk; die Hauptstraßen und der Marktplatz glommen in mattem Schein. Ebenfalls brannten die

Feuerschalen auf der Stadtmauer. Soldaten würden sich darum drängen und die Hände wärmen. Mehr hatten sie auch nicht zu tun; das Gesinde und die Räuber gaben momentan Ruhe. Der Sommer in der Südmark war ein guter gewesen, mit viel Sonne und genügend Regen. Die Ernte fiel prächtig aus, der Weizen schimmerte golden, die Kürbisse waren prall, die Birnen und Äpfel saftig, die Zwetschgen süß. Goldfeldern machte dieses Jahr ihrem Namen alle Ehre.

Noch im Frühjahr hatte das niemand erwartet, als Gerüchte aus dem Westen zu ihnen getragen worden waren. Vom ewigen Regen hatten die fahrenden Händler geflüstert, von wochenlangen Niederschlägen an der Küste, vor allem in La Harb. Von einer Regenglocke, von Missernten und Schimmel, von feuchten Häusern und Überflutungen. Und von jedem Händler waren die Geschichten mehr ausgeschmückt worden. Irgendwann sprach man von Befallenen, von seltsamen Ungeheuern aus der See, von Hexen und Zauberern und riesigen Scheiterhaufen. Eine Gruppe *Kasai*, fahrendes Volk mit bunt bemalten Gesichtern, hatte schlussendlich sogar ein Lied zum Besten gegeben, ein Lied von einer Hexe namens Leyna, die La Harb mithilfe der Götter gerettet haben sollte.

Artur erinnerte sich noch gut an den eingängigen Refrain:

Mit flammend Schwert und Silberross,
mit gold'nem Speer und magisch Geschoss,
warf sie sich dem Meerfeind entgegen,
sturmumtost, mit des Paares Segen.
Die Eine, die nicht im Feuer starb,
Leyna – die Hexe von La Harb.

Für ihn klang das wie ein Märchen, aber so waren die Buntgesichter nun mal. Sie sangen schöne Lieder, aber wie viel Wahrheit den Geschichten innewohnte, stand auf einem anderen Blatt.

Artur genoss noch einmal den Anblick seiner Heimatstadt, bevor er sich Richtung Meer umdrehte.

Ihm stockte der Atem. Über dem Delta stand eine Sturmwolke, wie er sie noch nie gesehen hatte, turmhoch und dunkler als die Nacht. Das Delta, die Fischerdörfer und das Meer verschwanden hinter bleiernen Regenschlieren.

»Kein Tier weit und breit!«, rief er mit zitternder Stimme. »Dafür zieht ein Sturm auf. Und was für einer!«

»Auch ein Monster, was?«

Artur fand das nicht witzig. Unwetter hatte er hunderte erlebt, viele davon im Wald, unter knorrigen Wurzeln oder einer Hängeblutbuche kauernd, aber das über dem Delta wirkte fieser und urweltlicher als sonst. Von ihm ging dieselbe kalte Feindseligkeit aus wie von dem seltsamen Hirsch. Der Gedanke ließ Artur frösteln und wieder an die Geschichten der Händler denken, die von einer unnatürlichen Regenglocke über La Harb gesprochen hatten, aber nein... das war einfach nur ein Sturm vom Meer.

»Also sonst nichts zu sehen?«, fragte der Jagdmeister. »Dann kommt wieder...« Er stieß ein Keuchen aus. »Bei den Göttern! Was...«

Etwas raschelte. Etwas schnaubte. Irgendwo brachen Äste.

Artur blickte hinunter, sah aber nichts vom Boden, weil er zu weit nach oben geklettert war. »Meister Lüttich?«, fragte er leise. »Was ist?«

Als Antwort vernahm er ein dumpfes Poltern, gefolgt von einem feuchtreißenden Geräusch, das ihm Übelkeit bescherte.

Etwas huschte unter ihm vorbei. Laub raschelte. Jemand keuchte gepresst.

Artur biss sich auf die Fingerknöchel. Er musste hinabsteigen und nach dem Rechten sehen. Wenn der königliche Jagdmeister in Not geriet, war es seine Pflicht, ihm zu helfen. Doch er zögerte.

Wieder ein Rascheln und Poltern. Etwas klackerte und schabte. Dann Stille.

Einzig ein regenfeuchter Wind vom Meer flüsterte in den Bäumen.

»Meister Lüttich?«

Er bekam keine Antwort und kaum mehr Luft. Seine Brust wurde eng, als er an seinen Tornister dachte, den er dem Meister gegeben hatte. Darin war alles, was er brauchte. Bei sich trug er lediglich sein Jagdmesser. Das hielt er plötzlich in der Hand, sinnlos in der Baumkrone, aber es gab ihm Sicherheit.

»Meister Lüttich?«, fragte er abermals. »Seid Ihr da?«

Wieder flüsterte nur der Wind, worüber auch immer.

Artur atmete heftig und mahnte sich zur Ruhe. Er musste hinabsteigen, durfte aber nichts riskieren. Er hatte knapp zwanzig Sommer gesehen, so jung wollte er nicht sterben. Er steckte das Messer wieder ein und kletterte einen Ast tiefer. Und noch einen und noch einen.

Er befand sich immer noch gut fünfzehn Fuß über dem Waldboden, als er die Schleifspur entdeckte. Feuchte Erde schimmerte wie eine dunkle Wunde zwischen Laub und Moos und Stein. Sie führte am Baum vorbei gen Osten.

Artur kletterte auf einen anderen Ast, um besser sehen zu können. Die Spur verlief fast schnurgerade bis zu einem Dickicht, in dem sie verschwand. Direkt davor lag Meister Lüttichs Bogen, ebenso ein Tornister. Artur schluckte. Der Jagdmeister würde niemals seinen Bogen zurücklassen.

Er war sein Heiligtum, ein Geschenk des Königs für treue Dienste, teurer als ein Jahressold.

Wieder biss sich Artur auf die Knöchel seiner zur Faust geballten Hand. Er musste nachsehen! Wenn er es nicht tat und der Meister überlebte, war sein Leben verwirkt. Er würde als Feigling keinen Fuß mehr in die Stadt und die königlichen Wälder setzen können.

Die Vorstellung ließ ihn zwei weitere Äste hinabsteigen. Sechs Fuß über dem Boden verharrte er ein letztes Mal und sah sich um. Alles war still. Weder vom Jagdmeister noch dem Hirschmonster oder sonst irgendeiner Gefahr war etwas zu sehen.

Nur ein seltsamer Geruch nach Essig hing in der Luft, nicht stark, aber auch nicht zu ignorieren.

Artur saß noch viele Herzschläge auf dem Ast, bevor er allen Mut zusammennahm und sich hinabließ. Seine Beine zitterten so heftig, dass er beinahe gestürzt wäre.

Beruhig dich, Artur, es ist dein Wald! Hier macht dir niemand was vor.

»Niemand«, flüsterte er und huschte zum Stamm der Eiche. Mit dem Rücken presste er sich dagegen, das Messer wieder in der Hand, und lauschte. Um die Ecke blicken, nichts zu sehen, schnell vorwärts, über die Wurzeln, auf das Moos treten, das Laub meiden. Weiter, weiter, weiter, flüsterte er leise zum Bogen und zum Tornister. Es war nicht seiner, sondern Lüttichs Rucksack, aber einer war besser als keiner.

Artur nahm ihn an sich und wollte die Schnallen öffnen, als er in warme Feuchtigkeit fasste. Er zuckte zurück und besah sich seine Hand. Sie glänzte im letzten Licht des Tages pechschwarz.

Ihm wollte ein Schrei über die Lippen kommen, doch Artur unterdrückte ihn im letzten Moment. *Blut*, sagte er sich. *Meister Lüttichs Blut. Jemand ist hier. Nein, etwas…*

Und dann: *Bewaffne dich endlich, du Narr!*

Ohne zu zögern, öffnete er den Tornister und zog aus einem Täschchen die Bogensehne aus Lein. Mit zitternden, aber doch routinierten Fingern bespannte er den Langbogen. Pfeile steckten in einem verschlossenen Lederköcher seitlich am Tornister. Artur öffnete die Bänder und schnallte sich den Köcher auf den Rücken, wie es sich bei der Jagd gehörte.

Als er gerade dabei war, die letzte Schnalle zu schließen, vernahm er das leise Rascheln.

Er sah auf.

Zwei Laternen glommen tief im Dickicht.

»Bei den Göttern!«, murmelte er, als das Monster von Hirsch ihn fokussierte. Aus den Augen sprühten Wut und Hass. Das Geweih schien noch viel größer als am Morgen. Etwas hing daran, etwas, das verdammt nach einem Arm aussah.

Artur wurde speiübel. Trotzdem griff er zum Köcher und zog einen Pfeil hervor. Mondschimmer glänzte auf der metallenen Spitze und dem weißen Gefieder.

Das Monster schien den Anblick eines Pfeils zu kennen, denn es stieß ein wütendes Schnauben aus und brach aus dem Dickicht hervor.

Es war so schnell, so feindselig, so still.

Artur hob den Bogen und legte den Pfeil auf. Mehr blieb ihm auch nicht übrig, denn der Hirsch, oder was auch immer es war, flog auf ihn zu wie der Zorn der Götter.

Er spannte die Sehne, atmete aus, fixierte das linke gelborange Auge.

Er stellte sich vor, die Kerze in der Laterne mit dem Pfeil zu löschen.

Ihre Blicke trafen sich. Was Artur darin sah, war unbeschreiblich.

Er schrie und ließ den Pfeil von der Sehne schnellen.

Kapitel 2

Königtum Westend, nahe Lensend

Die Sonne stand drei Fingerbreit über dem Horizont und tauchte die Schaumkronen der Wellen in flammendes Rot. Leyna hatte für diesen Anblick keine Zeit – sie suchte festen Stand im Sand und wappnete sich für den nächsten Angriff.

»Und Abwehr!« Hennings Übungsschwert aus Eisentannenholz sauste heran.

Leyna konzentrierte sich auf das Zeichen und malte es mit einer geschmeidigen Bewegung ihrer rechten Hand vor sich in die Luft. Ein rötliches Leuchten schimmerte um ihre Finger, das sie wie einen Schild Hennings Hieb entgegenhielt.

Die Klinge war fast heran, wurde urplötzlich langsamer und verharrte in der Luft, zwei Fuß von Leyna entfernt – und schob sie eine Handspanne nach hinten durch den Sand.

Henning glitzerte Schweiß auf der Stirn. Er riss am Schwert, als zöge er es aus etwas Festem heraus, und trat zurück in die Angriffsposition. Sein Brustkorb hob und senkte sich schnell, aber er schonte weder sie noch sich selbst.

»Und Abwehr!« Diesmal griff er von der anderen Seite an, indem er eine blitzschnelle Drehung vollführte.

Leynas Finger huschten abermals durch die Luft, ein Leuchten, und wieder blockierte sie den Schwerthieb mit

Magie. Diesmal hatte Henning noch mehr Kraft hineingelegt, und es schob sie ein ganzes Stück weiter nach hinten. Der Sand war feucht und kalt zwischen ihren Zehen.

»Und jetzt Angriff!«

Leyna schluckte hart, rief sich ein anderes Zeichen in Erinnerung, stellte es sich ganz exakt vor und trat vorwärts. Ihre gespreizten Finger vollführten drei schnelle Drehungen in der Luft, dann ballte sie die Hand zur Faust und schlug damit Richtung Henning. Wieder leuchtete die Luft auf, aber nur ganz blass. Mehr passierte nicht.

Henning ließ das Holzschwert sinken und strich sich schweißnasses Haar aus der Stirn. »Wieder nicht«, sagte er das Offensichtliche.

Leyna winkte ab. »Irgendetwas stimmt mit dem Zeichen nicht!« Sie schüttelte den Kopf und trat mit dem Fuß Sand davon. Er spritzte in die blutrote Brandung.

»Glaubst du?« Henning bückte sich nach dem Wasserschlauch, der etwas abseits im Sand lag, entkorkte ihn und trank. Danach trat er zu Leyna und reichte ihn ihr. »Bisher waren alle Zeichen aus Ilkas Büchlein korrekt. Warum sollten ausgerechnet die alten Angriffszeichen falsch sein?«

»Eben weil sie *alt* sind!«

»Genauso alt wie die Verteidigungszauber.«

»Keine Ahnung, Henning! Woher soll ich das wissen?« Sie wandte sich ab, trank aus dem Schlauch und blickte hinaus aufs Meer. Ein paar Möwen kreisten über der Landzunge, dem Leuchtturm und der *Zwillingsfalke*, Hennings Schiff, das in der Bucht vor Anker lag.

»Vielleicht machst du irgendetwas anders als bei der Abwehr.«

»Was denn?«

»Ich hatte gehofft, du weißt es. Ich versteh doch nichts von Magie.«

»Aber?«

»Kein Aber.«

»Ach, Henning! Was glaubst du wirklich, was nicht passt?«

Er presste die Lippen aufeinander, dann sagte er: »Vielleicht willst du einfach nicht so sehr angreifen wie verteidigen.«

Leyna wandte sich ab und verschränkte die Arme vor der Brust. Der Wind spielte mit ihrem kurzen Haar. Auf der linken Seite ihres Kopfes war die Haut von den Flammen des Scheiterhaufens vernarbt, doch auf der anderen Hälfte fiel ihr eine lockige Strähne in die Stirn.

Leise sagte sie: »Du weißt ganz genau, dass ich das Kämpfen verabscheue, besonders den Angriff.«

Er trat neben sie und legte seine Hände auf ihre Schultern. »Ich weiß, meine Liebe.«

»Ja, du *weißt* es«, sagte sie bitter, »aber du *verstehst* es nicht!« Sie drehte sich zu ihm um. »Deine Welt war schon immer der Kampf und die Konfrontation. Du bist ein Pirat! Meine Welt war genau das Gegenteil.«

»Stimmt das wirklich? Was ist denn das Heilen? Der Kampf ums Leben. Der Kampf gegen die Wächterin der Seelen, die uns irgendwann alle zu sich holt.« Er trat ein paar Schritte zurück. »Das ganze Leben ist ein einziger Kampf, jeder Tag, jede Nacht. *Und Abwehr!*«

Er war so schnell mit dem Schwert. Es zischte heran, und wäre es aus Stahl, würde es ihr glatt den Kopf von den Schultern abtrennen.

Leyna schrie vor Schreck und Überraschung, zeichnete aber instinktiv das Zeichen für Abwehr in die Luft. Um ihre Hand flammte das Leuchten auf, als Hennings Schwert schon fast heran war. Der Aufprall war um vieles heftiger als zuvor. Es knallte laut, als das Holzschwert gegen die Barriere aus Licht donnerte.

Beide taumelten von der Wucht auseinander, doch Henning lachte. »So gefällst du mir! Du machst das ausgezeichnet! Lass den Zweifel einfach los und gib dich den Zeichen hin!«

Sie schnaubte und warf den Wasserschlauch nach ihm. »Mir wär es lieber, wenn ich dir ohne das verdammte Kämpfen gefalle. Das gerade war hinterhältig!«

Henning wurde ernst. »Wie der Krieg nun mal ist, Leyna, aber wem sag ich das.«

»Ja, wem sagst du das.« Sie stapfte los und ließ ihn stehen.

»Hey! Du weißt, dass ich es nur gut meine«, rief er ihr hinterher. »Dass ich vorbereitet sein will, falls sie jemals zurückkehren.«

»Falls«, brummte sie und leiser, dass nur sie es hörte: »Was hoffentlich nie passieren wird.«

Henning blickte Leyna hinterher, wie sie mit gesenktem Haupt den Strand überquerte und auf die in die Klippen gehauene Treppe zuschritt. Die Stufen führten auf direktem Weg hinauf zum Herrenhaus.

Der Anblick versetzte ihm einen Stich. Ihm war in ihrer Anwesenheit so warm ums Herz, und umso mehr schmerzte ihn, dass sie unglücklich wirkte. Unglücklich mit dem Kämpfen. Unglücklich mit ihrem Leben nach den Ereignissen in La Harb. Nicht, dass es ihr in Lensend nicht gefiele. All ihre körperlichen Wunden waren den Sommer über verheilt. Sie hatten gelacht, gegessen, gescherzt und die gesamten Ländereien erkundet. Sie hatten sich geliebt, geneckt, gefeiert, aber in Momenten wie eben blitzte eine Bitterkeit in ihren Augen auf, die nicht dazu passte. Henning glaubte, dass sie sich langweilte. Nach der Schlacht um La Harb hatte er Lensend vom König geschenkt bekommen, und Leyna war seitdem die Matronin der Gilde der Zeichen. Ein hohler Titel, denn alle Schwestern waren von Richter Simeone und dem irren Baron Luc Lazards auf dem Scheiterhaufen verbrannt worden. Deswegen war Leyna nicht nach La Harb zurückgekehrt; dort hatte sie alle geliebten Menschen verloren, auch ihren Vater. Aber Henning war überzeugt, dass sie sich nach der Küstenstadt sehnte, oder zumindest nach der Gilde, in der sie dem Heilen nachgehen und ihr Wissen weitergeben konnte.

Er seufzte, strich Sand vom Übungsschwert, sammelte den Wasserschlauch ein und folgte ihr. Dabei wanderte sein Blick hoch zum Herrenhaus auf den Klippen. Er konnte immer noch nicht recht glauben, dass dies sein Eigentum war, der Sitz von Sir Henning Falk, Ehrenbürger Westends. Zum Privatbesitz, den er vom König Westends für seine Hilfe in La Harb geschenkt bekommen hatte, gehörte die Landzunge samt Leuchtturm, Bucht und Hafen, das Anwesen mit den hohen Fenstern auf den Klippen, das Dorf und etliche Morgen bewirtschaftetes Land.

Es war ein schönes Fleckchen Erde, auf dem der Leuchtturm den nördlichsten Punkt des Kontinents markierte. Außerdem rankten sich zahlreiche Sagen um die Landzunge.

Nafhan der Abenteurer solle vor Jahrtausenden von der Bucht aus als erster Mensch die Länder im Norden bereist haben. Ebenso sei die Heilige Lilou, eine Paladine des Dornenreichs, am Strand zur See bestattet worden. Es hieß, man habe ihren Körper in voller Rüstung auf einem Ruderboot dem Meer und den Flammen übereignet, doch weit draußen habe eine Böe das Feuer gelöscht. Kurz darauf habe sich Lilou von den Toten erhoben, ihre Rüstung abgestreift, ins Meer geworfen und sei in den Sonnenuntergang gerudert. Das klang ziemlich kitschig, aber bei den hiesigen Sonnenuntergängen wunderte Henning das nicht. Nicht zuletzt erzählte man sich, dass zwischen Lensend und dem

Norden das legendäre Land Morasheé gelegen haben soll. Aus dem Eduschéeian übersetzt, hieß dies so viel wie *Das Reich des sumpfigen Waldes.* Fischer behaupten manchmal, bei Sonnenschein Baumkronen unter den Wellen zu erspähen. Manche schworen sogar, man könne bei rauem Wetter die Kirchenglocken Morasheés unter Wasser läuten hören. Diese Geschichte gefiel Henning besonders, und auch, dass der Volksmund sagte, in Lensend würden alle Abenteuer enden. Die Fratera sagten nämlich, dort würden sie beginnen.

Die Fratera.

Der nächste bittere Stich.

Was waren sie doch noch vor einem Jahr für eine prächtige Gemeinschaft mit Sitz auf den Inseln des ewigen Schlafs gewesen! Eine ganze Flotte rauer Gesellinnen und Freibeuter, die den Osten unsicher gemacht hatte – bis die Jundar aus der Tiefe gekommen waren.

Beim Gedanken an die grausigen Wassergeschöpfe mit den gelborangen Augen ballte Henning die Hände zu Fäusten und wünschte sich, er würde wie Leyna die Magie beherrschen. Oder wie sein Zwillingsbruder Nante. Dann könnte er sich vorbereiten, könnte das magische Kämpfen lernen, die Zeichen perfektionieren. Er hatte schon daran gedacht, Schwerter und Rüstungen damit zu bemalen, aber ihm war die Gabe nicht gegeben, und Leyna weigerte sich. Für sie war die Vorstellung, ein Schwert durch Magie noch todbringender zu machen, ein Graus.

Tatsächlich verstand er sie in diesem Punkt nicht. Angriff war bekanntlich die beste Verteidigung. Sollten die Jundar je zurückkehren, wollte er sich gegen sie wehren können. Wenn Waffen mit magischen Zeichen halfen, bitte schön. Henning war im Kampf jedes Mittel recht.

Eine Bewegung an den Klippenstufen erregte seine Aufmerksamkeit. Es war nicht Leyna, die schon ein Drittel hinter sich hatte, sondern eines der Kinder aus Lensend. Barfüßig und mit wollenem Überwurf stürmte der Junge von vielleicht acht Jahren die letzten Stufen herab und ihm entgegen, kam schlitternd zum Stehen und neigte das Haupt.

»Sir Falk!«

Henning grinste. »Spar dir das Sir, Junge. Und das Falk.«

Der Junge nickte sofort, dann hielt er inne, als er die Worte begriff, und sah fragend auf. »Und wie soll ich Euch dann nennen?«

»Einfach Henning. Und jetzt sag, was führt dich auf so schnellen Füßen zu mir, dass du sogar einen Sturz auf den Treppen riskierst?«

»Eine Gruppe Frauen und Männer, Sir ... äh ... Henning.«

»Aha, vermutlich wieder Pilger, die Leyna besuchen wollen.« In den ersten Wochen auf Lensend waren sie in Scharen aus der Umgebung gekommen, um die *Hexe aus La Harb* mit eigenen Augen zu sehen. Angeblich sangen mittlerweile sogar die Kasai Lieder über sie, welch Verrücktheit. Das regionale Interesse war aber schnell abgeflacht, mittlerweile kamen nur noch selten Leute, meist Arme, die um Hilfe baten. Leyna kümmerte sich dann herzlich um die Ankömmlinge; drei Familien waren sogar in Lensend geblieben.

»Ich glaube nicht, Sir, äh, ja ...«

Henning winkte ab. »Und was glaubst du dann, Junge?«

»Dass es keine Pilger sind. Ich habe noch nie welche mit Waffen gesehen.«

Die Worte überraschten ihn. »Waffen? Was hatten sie dabei?«

»Schwerter und Speere.«

»Wie viele Personen waren es?«

»Sieben oder acht.«

»Hatten sie auch Pferde?«

»Zwei oder drei.«

Das klang für Henning nach einer Patrouille oder einem Spähtrupp. Aber warum so weit im Norden? Das ergab wenig Sinn, außer der König von Westend wollte etwas von ihnen. »Und wo hast du sie gesehen?«

»Am Waldrand nahe des Wegs gen Süden. Ich hab dort Brombeeren gesammelt. Die Sträucher sind so groß wie Ihr! Na ja, auf jeden Fall sah ich etwas im Gehölz aufblitzen.« Der Junge wurde rot. »Ich hab mich herangeschlichen und einen Mann entdeckt, der im Gebüsch gelegen hat und zum Dorf rüberspähte. Er hat mich aber nicht entdeckt, keine Sorge. Ich bin ganz still geblieben und hab gewartet, bis er aufgebrochen ist. Und dann bin ich ihm in den Wald gefolgt. Sie haben auf einer Lichtung ein Lager aufgeschlagen. Frauen und Männer. Ich bin gleich wieder abgehauen und direkt zu Ihnen, Sir, äh, Henning.«

Henning lächelte, diesmal jedoch ohne Freude. »Ganz schön mutig von dir, aber auch riskant! Das nächste Mal folgst du ihnen nicht, sondern meldest so eine Entdeckung unverzüglich. Wer weiß, ob sie Gutes im Schilde führen.«

»Ich glaub nicht.«

»Wieso nicht?«

»Sie sahen so grimmig drein und haben gedämpft miteinander gesprochen. Und einer wetzte sogar sein hässliches Messer.«

Henning furchte die Stirn. Das klang wirklich nicht nach erfreulichem Besuch. Und auch der König würde keine Truppe heimlich in den Wald entsenden. Vielleicht waren es Wegelagerer, die es weit in den Norden verschlagen hatte, oder anderes Gesinde auf der Flucht aus Westend. Der König ging dort rigoros gegen Diebe, Räuber und

Schmuggler vor – es sei denn, man rettete gerade eine der schönsten Städte des Westens.

Wie auch immer, es schien ein spannender Abend zu werden, und wenn Henning ehrlich zu sich selbst war, juckte ihn die Aussicht auf ein Abenteuer mächtig in den Freibeuterfingern.

Kapitel 3

Königtum Westend, nahe Lensend

Das Lagerfeuer war kaum als solches zu bezeichnen, ein paar Flämmchen über Zweiglein und Tannenzapfen, umringt von einer Handvoll Kiesel. Es spendete kaum Licht und nur einen Hauch von Wärme. Ob Walburgas Suppe wirklich heiß wurde, wagte Artur zu bezweifeln, aber niemand traute sich, wirklich anzuschüren, obwohl es ihnen an trockenem Astbruch keineswegs mangelte.

Es war die Angst vor der Hexe und ihren Lakaien.

»Lasst uns morgen einfach vorsprechen«, schlug Rosa vor. Sie war die zweitälteste von ihnen, hatte um die fünfzig Lenze gesehen und nahm in Tannrein als Ratsherrin an den Sitzungen teil. Sie wusste, wie man Bitten vorbrachte, mit Edlen umging und auch Streit schlichtete.

»Aber wenn sie uns hier nicht haben wollen?«, warf der junge Wendelin ein. »Was dann? Wir kommen aus der Südmark. Dort ist Magie verpönt!«

»Gehasst«, korrigierte Gallus.

»Und gefürchtet!« Wieder Wendelin. »Glaubt ihr, die lassen uns einfach wieder von dannen ziehen?«

Arturs Vater Dietz seufzte. »Die Diskussion hatten wir nun jeden Abend, und ich wiederhole es wie jeden Abend: Sie hat La Harb gerettet, eine Stadt, die genauso ihren Tod wollte! Glaubst du, sie jagt uns davon? Sie war ein Kräuterweib, eine Heilerin, keine schwarze Hexe.«

»Wenn es stimmt.« Gallus zog den Wetzstein über seine Schwertklinge, die wie ein Spiegel glänzte.

Dietz winkte ab. »Es stimmt! Ihr habt sie alle gehört, die Händler, die Schankmägde, die Reisenden. Alle sprachen von den Heldentaten. Diese Leyna hat diese ... diese *Jundar* mit Magie zurückgeschlagen.«

Als der Name Jundar fiel, schien es auf der Lichtung dunkler zu werden. Vielleicht nur ein Windstoß, der das Feuer flackern ließ. Irgendwo in der Ferne schrie ein Kauz.

»Und sie soll aus den Flammen erstanden sein«, wisperte Fronicka, die Tochter von Walburga. »Aus den Flammen!« Sie schob ihre Finger zum Feuer und zuckte sofort zurück.

»Das hat sie sicher nicht freiwillig getan«, knurrte Dietz. »Ein Söldner hat mir erzählt, der Baron Luc Lazards hatte sie töten wollen. Und nicht nur sie ... alle Hexen und Zauberer.«

»Und woher soll ein Söldner das wissen?«, fragte der junge Wendelin.

»Weil er in Lazards' Armee gedient hat. Er ist nach dessen Tod desertiert und Richtung Südmark gezogen, um dort sein Glück zu versuchen.«

»Ich erinnere mich.« Walburga rührte mit einem entrindeten Stock in der Suppe. »Es war dieser hagere Kerl mit dem Bart und den Narben über der Wange. Der hat mir nicht gefallen.«

»Muss er auch nicht.« Dietz rang mit den Händen. »Es geht ja nur darum, was er erzählt hat.«

»Bei Bier und Wein.« Der Ritter spuckte aus.

»Ach, Gallus! Du warst selbst in der Schänke dabei. Willst du abstreiten, dass seine Geschichte äußerst wahr klang?«

Nur der Wetzstein schabte über die Klinge.

Dann sagte Gallus: »Ja, es klang nach der Wahrheit.«

»Siehst du! Der Söldner war dabei, als sie La Harb belagerten. Er hat den Regen erlebt, die Glocke, die über der Inselstadt gehangen haben soll, dunkel wie die Seele der Wächterin selbst. Er hat die Feuer gesehen, die Scheiterhaufen gerochen. Und er hat den Jundar gegenübergestanden.«

»Wesen aus Horn und Dorn und fahler Haut, aus deren Falten das Seewasser rinnt«, sagte Artur.

»Genau. Ungeheuerliche Kreaturen aus der See mit Mäulern voller Zähne und geschlitzten orangefarbenen Reptilienaugen.«

»Die mit kalter Feindseligkeit dreinblicken.« Arturs Blick zuckte in die Dunkelheit, wo die Kiste stand, mit Ketten und Bändern doppelt verschlossen.

»Alles schon hundert Mal besprochen«, sagte Rosa mit Resignation in der Stimme. »Warum zweifelt ihr eigentlich heute wieder? Warum so kurz vor dem Ziel? Wir waren uns doch einig!«

»Weil sie eine Hexe ist!«, wiederholte der junge Wendelin mit geröteten Wangen. »Da weiß man nie.«

»Hexe, Hexe, Hexe!« Rosa warf die Hände in die Luft. »Sie ist auch nur eine Frau aus Fleisch und Blut.«

»Mit gold'nem Speer und magisch Geschoss!«

»Das sind Lieder der Kasai! Alle überzogen. Die singen auch von Ansgar dem Beringten, von Wollerich vom Keilerstein und anderen ewig Lebenden wie der Tochter der Wächterin, dem Schatten in der Nacht, dem Pfeil aus der Dunkelheit, von Irrwischen und Fabelwesen. Was ich sagen will: Glaubt nicht alles, was in den Liedern besungen wird.«

»Jetzt widersprecht Ihr Euch selbst«, sagte Gallus. »Wenn das alles nur Hirngespinste sind, was wollen wir dann hier?«

Rosa stöhnte, genauso genervt wie Dietz. »Ihr wisst selbst, dass allen Geschichten ein wahrer Kern innewohnt. Deswegen glaube ich, dass diese Leyna durchaus maßgeblich dazu beigetragen hat, diese Jundar zurückzuschlagen. Aber nicht mit goldenem Speer und magischem Geschoss!«

»Gemach, gemach!«, mahnte Arturs Vater. »Reden wir uns die Köpfe nicht heiß, sondern entscheiden wir lieber, wie wir weiter vorgehen.«

»Ich bleibe dabei«, sagte Rosa. »Lasst uns im Morgengrauen aufbrechen, anklopfen und einfach um Hilfe bitten.«

Gallus schüttelte den Kopf. »Lasst sie uns weiter beobachten. Ich wage mich ungern unvorbereitet in die Höhle des Löwen. Wir müssen wissen, wie viele Lakaien sie hat.«

»Es ist ein ganz normales Dorf«, sagte Artur leise. »Ich hab Kinder gesehen, Mütter und ein paar Handwerker und Bauern.«

»Und diese Fratera? Wo stecken die?«

»Vielleicht auf dem Schiff, das in der Bucht ankert? Das sind doch bekanntlich keine Landratten.«

»Piraten sind das«, wisperte Fronicka, »mit zu Lunten geflochtenen Bärten.«

»Eher Schmuggler«, berichtigte Rosa. »Die Fratera agierten früher sogar über den Talister bis nach Tannrein hinauf. Wir hatten etliche Ratssitzungen, in denen wir über dieses Elend diskutiert haben.«

»Und wie habt Ihr es gelöst?«, fragte Artur neugierig.

»Mit vielen Booten, die Patrouille fuhren.«

Gallus schnaubte. »Auch ein Märchen. Die Fratera haben einfach ihre Geschäfte in die freien Handelsstädte verlagert, weil dort das Gold lockerer sitzt als bei uns. Das hatte nichts mit irgendwelchen Soldaten oder Patrouillen zu tun.«

Rosa presste kurz die Lippen aufeinander. »Das ist nicht wahr!«

»Doch ist es.« Zum ersten Mal an diesem Abend erhob der alte Endres die Stimme. Er saß am Feuer, das Gesicht in den Schatten seiner Kapuze verborgen, und schnitzte mit seinem Messer an einem Stück Holz herum. Oft blieb nur ein Häufchen Späne übrig, das er in ein Säcklein schob und zum Anzünden des nächsten Feuers nutzte.

Rosa fuhr herum. »Was wisst Ihr schon davon?«

»Die Wahrheit.« Endres' Schnitzmesser schabte an dem Stückchen herum. »Der Geiz der Händler war der wahre Grund für die Fratera, Tannrein den Rücken zu kehren.«

»Und woher wollt Ihr das wissen? Wart Ihr zufällig dabei? Habt Ihr mit den Piraten verhandelt? Ich glaube nicht.«

Endres ließ sich darauf nicht ein; er zuckte mit den Schultern und schnitzte einfach weiter und weiter und weiter.

»Also wie jetzt?«, fragte Dietz, dem sichtlich die Geduld abhandenkam. »Wollen wir weiter hier rumlungern und das Dorf beobachten oder morgen einfach vorsprechen?«

Rosa hob die Hand. »Vorsprechen! Wer ist noch dafür?«

Dietz' Hand ging in die Höhe. Sein Blick glitt zu seinem Sohn. Der verstand die stumme Aufforderung und hob ebenfalls die Hand. Auch Walburga hob ihre.

Dietz seufzte. »Und ihr anderen seid alle dagegen?«

Wendelin, Fronicka und Gallus nickten.

»Dann hängt es an Euch, Endres.«

Der Alte schnitzte und schnitzte und schnitzte, bis er innehielt und den Kopf schüttelte. »Nein, die Entscheidung ist schon gefallen.«

»Wie bitte?«

Endres lächelte plötzlich unter seiner Kapuze. »Sie ist längst hier.«

»Sie?« Und dann begriff Dietz. Scharf sog er die Luft ein, sprang auf, zog sein Jagdmesser und sah sich um.

Auch Gallus war sofort auf den Beinen, das Schwert in den Fingern.

»Lasst die Waffen sinken!«, rief eine Männerstimme aus

der Dunkelheit des Waldes. »Denn der Alte hat recht: Wir sind längst hier.«

Gallus schluckte. »Dann zeigt Euch, wie es sich gehört!«

Tatsächlich schälte sich ein Gesicht aus der Dunkelheit. Der Mann trug schwarze Wolle über gefettetem Leder, sein Haar war zu einem Mittelscheitel gezogen und nach hinten geölt. In Händen hielt er eine unbeschreibliche Waffe, die Klinge milchig fahl, schlank wie eine Scherbe und mit einer Spitze, die fast durchsichtig war.

Es folgten weitere Gesichter von mindestens einem Dutzend Männern, alle bis an die Zähne bewaffnet. Auf einer Stirn erblickte Artur ein tätowiertes Zeichen, das sich aus der Zahl vier und einem Kreuz zusammensetzte.

»Fratera!«, stöhnte Rosa. »Bei den Göttern, sie haben uns entdeckt.«

»Wofür man nicht gerade göttliche Hilfe benötigte«, sagte der mit der schlanken Klinge. »Wir hätten Euch vermutlich die Kehlen aufschlitzen können, und Ihr hättet weiterdiskutiert.«

»Was wir aber nicht tun werden«, sagte eine Frauenstimme, die keinen Widerspruch duldete.

Und dann trat sie ins Licht.

Die Hexe von La Harb.

Der Feuerschein tauchte ihre verbrannte Haut an Händen, Hals und Schädel in Licht und Schatten, hob verklebte Stränge genesenen Fleisches hervor. Und dann ihr Haar: Es flammte auf wie eine Fackel im Sturm.

Fronicka saß direkt daneben, stieß einen spitzen Schrei aus und kroch rücklings davon, halb durchs Feuer, bis sie gegen Artur stieß, der sie festhielt.

»Ihr müsst keine Angst haben«, sagte die Hexe sanft. »Wer in guter Absicht zu mir kommt, hat nichts zu fürchten.«

»Bleibt die Frage, ob sie in guter Absicht kommen.« Die dornengleiche Klinge des Schmugglers deutete auf Gallus und Dietz. »Ich sehe da eine gehörige Portion Argwohn.«

»Nennt es Angst.« Es war Rosa, die sich als Erste gefasst hatte. »Angst vor bösem Zauber.«

»Den es hier nicht geben wird.« Wieder die Hexe. Entschieden. »Was führt Euch nun zu uns nach Lensend? Wir hörten, dass Ihr um Hilfe bitten wolltet.«

Rosa nickte. »In der Tat, Herrin. Wir wissen nicht mehr weiter.«

»Es geht um unsere Heimat«, ergänzte Dietz. »Um die Südmark.«

»Die Südmark?« Der Anführer mit der fahlen Klinge furchte überrascht die Stirn. »Die ist wahrlich weit weg. Wie lang wart Ihr hierher unterwegs? Sechzig Tage?«

»Fast hundert, Herr.«

Das ließ ihn nicken. »Dann seid Ihr wahrlich weit gereist.«

»Und das voller Hoffnung.« Rosa nahm mit ihrer Ratsherrinnenstimme das Gespräch an sich. »Denn die Südmark steht vor dem Ende, wenn Ihr nicht helfen könnt.«

»Klingt furchtbar.« Die Hexe trat vollends aus den Schatten in den Flammenschein. Sie trug ein schlichtes Kleid aus schwarzer Wolle, über das sie einen dunklen Überwurf aus feinem Leder gezogen hatte. »Was ist passiert?«

»Das würden wir Euch gerne zeigen.«

»Zeigen?« Der Schmuggler mit der fahlen Klinge klang mehr als vorsichtig. »Wie?«

»Wir haben etwas mitgebracht«, haspelte Artur. »Besser gesagt, ich.« Er deutete zur Kiste, die bei den beiden Pferden stand und in der Dunkelheit kaum zu erkennen war.

Der Schmuggler war mit vier schnellen Schritten dort. Als er sich wieder zum Feuer umwandte, stand Zorn in seinem Gesicht. »Das soll ein Scherz sein, oder? Ein Henkerskasten?«

Artur erbleichte, als er begriff. »Nein, nein! Das ist anders gemeint!«

»Wie denn?« Der Schmuggler war so schnell bei ihm, dass er kaum begriff, dass er auf die Beine gezerrt wurde. Die fahle Klinge legte sich an seinen Hals.

Artur entwich ein Wimmern.

»Henning!« Die Hexe. »Lass ihn!«

»Erst, wenn er mir erklärt hat, warum er einen *Henkerskasten* mitbringt, um um Hilfe zu bitten.«

»Wir wussten nicht, wohin sonst damit.« Dietz war blass um die Nase angesichts seines Sohnes in den Händen des Fratera.

»Es stimmt«, krähte Artur. »Der Henkerskasten erschien am sichersten.«

Die Hexe trat neben sie und legte dem Schmuggler beruhigend die Hand auf den Arm. »Wofür?«, fragte sie leise.

»Für die Kreatur natürlich!« Gallus ließ sein Schwert sinken, legte es sogar demonstrativ auf den Waldboden, dann trat er entschieden vor und stapfte zur Truhe. Ohne große Mühe hob er sie hoch und trug sie ans Lagerfeuer. Erst jetzt sah man die schweren Ketten und Bänder, die darum geschlungen waren.

»Wir haben es doppelt gesichert«, erklärte er und sank in die Hocke. Unter seinem Gewand zog er eine Kette mit zwei Schlüsseln hervor. »Zu unserem Schutz.« Er steckte den ersten Schlüssel ins Kettenschloss und drehte. Knirschend sprang es auf.

»Hände weg!«, rief der Schmuggler namens Henning und schob sich vor die Hexe.

Gallus musterte den Kerl abfällig. »Keine Angst, Pirat! Es ist keine Falle. Und falls das hier drinnen uns noch Böses will, wird sie uns sicherlich retten können.« Sein Blick traf Leyna, dann öffnete er auch das zweite Schloss. Klappernd sprang es auf.

Er zerrte die Ketten durch die Ösen und öffnete endlich den Deckel.

Der Gestank war atemraubend. Süß von Verwesung und sauer von etwas anderem.

Die Hexe sog allein beim Geruch scharf die Luft ein und tauschte einen vielsagenden Blick mit dem Schmuggler.

»Wir haben es deswegen in Öltuch eingeschlagen«, erklärte Gallus mit gerümpfter Nase. »In eine Menge Öltuch.« Er schlug den fleckigen Stoff beiseite, und dann hob er etwas aus dem Henkerskasten.

Fliegen surrten in die Nacht davon.

Was der Krieger in der Hand hielt, war ein verwesender Hirschkopf, dem man das Geweih abgesägt hatte. Am Hinterkopf hingen seltsam vertrocknete Auswüchse aus violetten Hautlappen. In einem Auge steckte der abgebrochene Schaft eines Pfeils. Das andere stand offen, war vertrocknet, aber die Farbe war noch bestens zu erkennen. Das Gelborange leuchtete im Feuerschein auf.

»Bei Paar!«, entfuhr es der Hexe. »Das sieht nach ...«

»... einem Hirsch aus«, ergänzte Artur. »Es war auch einer. Ein ganz komischer mit grauem Fell und diesen violetten Auswüchsen. Er hat den königlichen Jagdmeister getötet. Ich überlebte nur durch diesen zugegeben meisterlichen Schuss ins Auge.« Ihn schauderte es immer noch beim Gedanken an jene Begegnung.

»Wo habt Ihr ihn erlegt?«

»In den Wäldern um Goldfeldern.«

»Das ist nahe am Flussdelta, wo der Talister ins Meer strömt«, sagte Henning.

»Sehr wohl, Pirat.« Gallus hielt immer noch den Tierkopf in Händen. »Das war vor beinahe einhundertzwanzig Tagen.«

Die Hexe trat näher heran. Ihre Hände streckten sich nach dem Kadaver, doch sie verharrten in der Luft. »War es das einzige Exemplar?«

Artur schüttelte den Kopf. »Ich sah andere Wesen in den Wäldern. Rehe mit violettem Gallert am Kopf, einige Füchse, sogar einen Raben. Als ich ihn erlegen wollte, flog er davon.«

Der Schmuggler namens Henning knurrte. »Das gefällt mir nicht. Du weißt, wonach das aussieht.«

Die Hexe nickte. »Nach den Jundar.«

Ein Schweigen legte sich über die Versammelten. Voller Sorge wechselten sowohl Fratera als auch Südländer Blicke, und niemand wagte, etwas zu sagen.

Rosa fasste sich schließlich ein Herz. »Deswegen sind wir hier. Ihr habt sie schon einmal zurückgeschlagen, wenn man den Geschichten und Liedern glauben mag.«

Die Hexe nickte, ohne den Blick von dem Kadaver zu nehmen. »Und es kostete mich mehr, als ein Mensch zu geben vermag.« Sie atmete tief durch, dann sagte sie zu Gallus: »Bitte steckt es weg.«

Das ließ sich der Krieger nicht zweimal sagen. Der junge Wendelin half ihm anschließend, die Hände an einem Wasserschlauch zu waschen.

Die Hexe und der Pirat standen danach beieinander und flüsterten. Artur gefiel das nicht, nicht dieser Blick in den Augen des Schmugglers. Er sagte: »Es hat auch begonnen zu regnen. Vom Delta her den Fluss aufwärts. Als ich Goldfeldern gen Tannrein verlassen habe, reichte der Regen schon von den Fischerdörfern hoch bis zum Hauptstrom. Wenn die Geschichten mit der Regenglocke über La Harb stimmen, dann könnte es dasselbe sein.«

Kapitel 4

Königtum Westend, nahe Lensend

Henning wartete mit seiner Frage, bis sie außer Hörweite der Südländer waren: »Und? Was glaubst du?«

Leyna ließ sich Zeit mit einer Antwort, während das tote Laub unter ihren Stiefelsohlen wisperte. Schließlich fragte sie: »Wieso befallen sie Tiere?«

»Vielleicht weil sie es können? Die Jundar sind selbst nicht mehr als Tiere.«

»Nein, nein, die Jundar sind als Diener erschaffen worden, vergiss das nicht. Ives hat ihnen die Kraft des Denkens mitgegeben. Außerdem bewiesen sie in La Harb, dass sie koordiniert angreifen und kommunizieren.«

»Das tun Ameisen auch.«

Leyna schenkte Henning einen abfälligen Blick. »Unterschätze sie nicht! Ich sage dir, dass sie eine Absicht haben, wenn sie Tiere befallen. So wie mit den Regenmachern.«

Henning ließ das einige Schritte weit sacken. »In Ordnung. Was ist der Unterschied zu den Regenmachern?«

»Tiere sind nicht magiebegabt. Denke ich zumindest.«

»Und sie sind beweglich. Die Regenmacher waren ortsgebunden, haben sich fast wie Pflanzen an Ort und Stelle niedergelassen.«

Leyna rümpfte die Nase. »Klingt nach einer enormen Verbesserung.«

»Du meinst, sie lernen?«

»Ich würde sogar noch weitergehen: Sie entwickeln sich.«

Die Worte hingen einige Zeit wie Unheil zwischen ihnen, bis Leyna fragte: »Aber warum jetzt? Und warum in der Südmark?«

»Vielleicht gibt es wirklich noch weitere Bruchstücke des Seelensplitters. Oder es hat etwas mit ihrer Erschaffung in Tannrein zu tun.«

»Beides möglich. Sie breiten sich offenbar den Talister entlang ins Landesinnere aus, wenn ich das richtig verstanden habe.«

»Auch nicht dumm. Sie nutzen den Fluss wie eine Straße.«

Leyna nickte nachdenklich. »Wie weit werden sie dann mittlerweile vorgestoßen sein? Circa hundert Tage war die Gruppe unterwegs. Das ist eine lange Zeit.«

»Sehr lange«, stimmte Henning zu. »Ich frage mich nur, warum wir bisher nichts davon gehört haben. Schlechte Nachrichten verbreiten sich doch bekanntlich schneller als jedes Lauffeuer. Sobald der König von Westend davon erfahren hätte, wäre hier ein Herold eingeritten und hätte dich um Hilfe gebeten.«

»Vielleicht will man nicht, dass sich diese Nachricht verbreitet.«

Henning musterte Leyna. »Wie meinst du das?«

»Du kennst doch die Südländer. Verschlossen und eigen.«

»Und geizig.«

Das ließ Leyna für einen Herzschlag lang lächeln. »Das angeblich auch, aber ich meine, sie wahren stets ihr Gesicht. Die starke Südmark, das Rückgrat des Kontinents. Wenn es nach den Südländern ginge, wären der Westen, der Osten und der Norden nur Baronien des Südens.«

»Du glaubst, sie verschweigen das bewusst?«

»Warum nicht? Nach Süden hin über die Himmelsspitzen ist seit Jahren niemand mehr gekommen, weil die Wege vom Schnee unpassierbar sind. Im Südwesten schließt der Ewige Wald an, durch den sich auch kaum jemand wagt. Die Südländer müssten an sich nur die Handelsstraßen kontrollieren.«

»Und den Seeweg.«

»Vielleicht nicht. Wenn die Jundar das Delta kontrollieren, wagt sich niemand mehr dorthin. Außerdem haben wir Herbst. Mit den Herbststürmen auf See war nie zu spaßen, zumindest sagte das mein Vater immer.« Bei der Erwähnung zuckte Schmerz über Leynas Gesicht.

Henning ließ sich die Überlegungen durch den Kopf gehen. Es stimmte schon, die Südländer waren ein verschlossenes Volk, auf sich und ihr Land fokussiert. Reisende zogen eher in den Süden als aus ihm heraus. Den Südländern ging es viel um Stolz und Ehre. Sie würden nie zugeben, dass sie ein Problem hatten.

»Und dann ist da noch die Sache mit der Magie«, sagte Leyna leise. »Du weißt, dass sie in der Südmark die alten Götter mit Leib und Seele verehren.«

»Die Altgläubigen.«

»Ja. Da passen Jundar und Regenmacher und befallene Tiere schlecht ins Bild.«

»Genauso wenig wie du. Für die bist du eine Hexe. Hast du die Furcht in ihren Augen gesehen, als du ans Feuer getreten bist? Bis auf den Ritter hätten sie sich beinahe bepisst, und der würde dich auch am liebsten auf einem Scheiterhaufen sehen.«

»Weil sie es nicht anders kennen, Henning.«

»Mag ja sein, aber spielt das eine Rolle? Wenn wir ihnen helfen, müssen wir in die Südmark, und dort wird man die Jagd auf dich eröffnen. Du hast die Lieder der Kasai gehört. Die glauben, du kämst auf Teufelsflügeln direkt aus den Höllen und würdest sie alle in Schweine verhexen, auf Spieße stecken und verspeisen.«

»Ganz so schlimm ist es nicht.«

Henning schnaubte. »Die Südländer haben *Angst* vor Magie. Angst! Man bekämpft bekanntlich, wovor man Angst hat. Ich sage dir, dort erwartet dich der Wahnsinn!«

In Leynas Augen funkelte erste Wut. »Und wenn wir nicht helfen, was dann? Dann breiten sich die Jundar immer weiter aus, vermutlich bis Tannrein.«

»Genau! Und dort finden sie vielleicht die letzten Seelensplitter oder was weiß ich und geben danach Ruhe.«

Leyna fuhr herum. »Du willst also tausende sterben lassen? Du hast doch gesehen, wie furchtbar es in La Harb war. Der Regen, der Schimmel, die Kälte, knappe Lebensmittel, Krankheiten. Was, glaubst du, passiert mit dem Kontinent, wenn die Südmark verloren geht? Stell dir vor, du hättest eine klaffende, schwärende Wunde.« Sie tippte ihm gegen das Bein. »Genau hier! Was glaubst du, wie lange dein Körper überlebt?« Sie schüttelte den Kopf. »Wenn wir nicht helfen, laufen auch wir Gefahr, alles zu verlieren.« Sie zeigte auf das Dorf und die Klippen, die in der Dunkelheit nicht zu sehen waren. »Das alles. Und noch viel mehr. Wenn die Südmark an die Jundar fällt, müssen die Leute fliehen. Wie stellst du dir das vor? Sollen wir hier Flüchtlinge aufnehmen?«

»Warum nicht? Das tust du doch sowieso schon.«

»Einzelne! Aber wenn sie in Massen kommen? Wir reden vom Süden! Henning! Dann bricht auch der Norden zusammen, genauso wie der Osten und der Westen. Das ist nicht auf die leichte Schulter zu nehmen.«

Darauf erwiderte er nichts. Was auch? Tief in sich wusste er, dass sie recht hatte. Alles war miteinander verwoben; ein Großteil des Korns kam aus der Südmark, ebenso Eisentannenholz und Wein. Dafür wurden Eisen, Gold und Kupfer besonders im Norden am Dorn abgebaut, was wiederum in den Süden geliefert wurde. Und das waren nur wenige Beispiele.

»Trotzdem«, beharrte er, »ist es ein enormes Risiko für uns. Wir begeben uns in Teufels Küche. Und wir sind nicht mal zur Feier eingeladen worden.«

»Ähm, die haben hundert Tage lang einen befallenen Schädel in den Norden geschleppt, um mich um Hilfe zu bitten!«

»Einzelne! Ein paar Besorgte! Mir wäre eine offizielle Einladung lieber.«

Jetzt war es an Leyna zu lachen, doch mit einer gehörigen Portion Hohn. »Seit wann wartet *Sir* Henning Falk auf eine Einladung zu einem Abenteuer?«

Und da hatte sie ihn an den Eiern. Er blickte sie böse an. »Ich brauche keine Einladung, von niemandem! Die Fratera gehen dorthin, wohin sie wollen. Und wann sie wollen! Nichts und niemand kann sie aufhalten.«

Leyna lächelte. »Ich weiß.«

»Und dann weißt du auch, warum ich zögere.«

»Weil du Angst um mich hast.« Sie drückte sich an ihn. »Aber du musst keine haben. Ich weiß mich zu wehren.« Sie vollführte eine Geste mit der Hand und wurde von Licht umwabert. »Dank dir.«

Henning ergriff ihre Hände, blickte ihr in die leuchtenden Augen. »Also willst du wirklich in die Südmark aufbrechen?«

»So schnell, wie du die *Zwillingsfalke* klar Schiff machen kannst.«

»Also gestern.« Er grinste, wurde aber sofort wieder ernst. »Glaubst du wirklich, dass du alleine etwas ausrichten kannst? In La Harb hattest du magische Unterstützung von Ilka, Karrol und meinem ... meinem Bruder.« Das letzte Wort kam ihm nur schwer über die Lippen.

»Der mir zweimal das Leben gerettet hat.« Leyna seufzte. »Ich will offen sein, Henning. Mir wäre es recht, wenn er mitkäme. Er spürt seit Monaten die letzten Regenmacher in eurer Heimat auf. Sicher hat er neue Erkenntnisse gewonnen.«

Ja, wahrscheinlich... Trotzdem gefiel Henning der Gedanke nicht, doch das lag weniger an den Argumenten als an ihm selbst. Vor seinem inneren Auge blitzten Erinnerungen auf: Wie Nante Leyna im Kerker die *Hoffnung des Paladins*, ein überaus mächtiges Heilzeichen, auf den nackten Oberkörper gezeichnet hatte, wie seine Finger dabei die Zauberpaste zwischen ihren Brüsten bis zum Bauchnabel verstrichen hatten. Wie die beiden wenig später, eng umschlungen, das Rätsel zur Gildenbibliothek gelöst und das magische Tor geöffnet hatten. Wie sie von Ilka über den Zirkel miteinander verbunden worden waren, Hand in Hand im Licht stehend, damit sie über weite Entfernungen mithilfe von Magie miteinander hatten sprechen können.

Alles davon war nötig gewesen, sonst stünden sie heute nicht hier in Lensend, aber Nante und Leyna waren sich bei alledem sehr nahegekommen, und das auf eine magische Art und Weise, die Henning nicht verstand. Er wusste, dass Leyna Nante bewunderte, er hatte es immer gespürt. Seine Magie faszinierte sie, Magie, die er ihr nicht bieten konnte.

Trotzdem konnte er ihr den Wunsch nicht abschlagen. Außerdem wäre es töricht gewesen, bei einem solchen Abenteuer auf Nantes Hilfe zu verzichten, und Henning war vieles, aber nicht töricht.

»In Ordnung«, sagte er. »Wir kommen unterwegs sowieso fast an den Inseln des ewigen Schlafs vorbei, dann können wir ihm einen Besuch abstatten und ihn fragen, ob er helfen will.«

»Das wird er«, sagte Leyna und gab ihm einen Kuss. »Das wird er.«

Henning nickte, hoffte jedoch das Gegenteil.

Wie es wohl seinem Bruder ging?

Ein feuchtkalter Wind schnitt Nante ins Gesicht und er dem Regenmacher mit dem Messer durch den Hals. Blut sprenkelte seine Wangen, aber Nante rührte sich nicht. Er wartete regungslos, bis das Pulsieren verebbt und der Regenmacher zusammengebrochen war. Ob er die oder den vor dem Befall gekannt hatte? Vermutlich, aber er konnte nicht einmal mehr sagen, ob es sich um eine Frau oder einen Mann gehandelt hatte. Sicher nicht um eine Jugendliche.

Meister Apur, der die Invasion in den Wäldern um die Lodenburg überlebt hatte und Nante seit seiner Rückkehr begleitete, sagte leise: »Das müssten auf diesem Geviert alle gewesen sein.«

»Fehlt noch eines.« Die Inseln der Fratera waren einst in Gevierte aufgeteilt und vier Familien unterstellt gewesen. Den Falks hatte das größte und die übergeordnete Herrscherrolle gehört. Drei der vier Teile hatte Nante den Sommer über gesäubert, eine endlos erscheinende Arbeit. Überall fanden sie Regenmacher – in Kellern, auf Booten, in Höhlen. Nante hatte nicht geahnt, dass es so viele Menschen mit der Gabe unter ihnen gegeben hatte.

»Wollt Ihr direkt weitersegeln oder erst zurück auf die Burg, um Euch zu erholen?«, fragte Meister Apur.

»Ich brauche keine Rast.« Nante säuberte die Klinge. »Wir segeln weiter. Vielleicht konnte sie sich zu den Graubarts retten.«

Meister Apur wusste, von wem er sprach: Kea Falk, Nantes kleine Schwester. Von allen geliebt und gemocht, besonders von Nante. Sie war während der Invasion der Jundar verschwunden. Seitdem suchte Nante sie Tag und Nacht. Er drehte jeden Stein um, über den er ging, er sah sich jede Leiche an, die sie fanden, und er erlöste jeden Regenmacher höchstpersönlich, um sicherzustellen, dass niemand aus Versehen seiner Schwester den Hals durchschnitt.

Mit jeder Erlösung wuchs die Hoffnung, dass sie den Wahnsinn doch irgendwie überlebt haben könnte, zugleich aber auch der Zweifel. *Hoffnung und Zweifel müssen Geschwister sein*, dachte Nante bitter.

»Mit Verlaub«, setzte Meister Apur an, »Ihr braucht eine Rast. Ein warmes Mahl, einen Becher Wein, trockene Kleidung, einen Platz am Feuer und einige Stunden Schlaf.«

»Eine warme Mahlzeit reicht«, sagte Nante. »Neunaugensuppe am besten, dazu Brot.«

Meister Apur verkniff sich ein Seufzen und verneigte sich andeutungsweise. »Wie Ihr wünscht.«

Nante hörte, wie der frühere Jagdmeister seines Vaters davoneilte, damit irgendjemand heiße Fischsuppe herbeischaffte. Früher wäre ihm dieses Verhalten zuwider gewesen; Diener befehligen, das war nicht seine Welt, aber Hoffnung und Zweifel hatten ihn herrisch werden lassen. Und ehe er Kea nicht gefunden hatte, würde er nicht ruhen. Niemals!

Nante trat aus der Fischerhütte mit den gesprungenen Fensterscheiben, in der sie den Regenmacher aufgestöbert hatten, in die Abenddämmerung. Immer noch hüllten sich Teile der Inseln in ewigen Regen, wenn auch nicht mehr so stark wie vor Monaten. Dafür streckte der Winter bereits seine Finger aus. Nante hatte keine Ahnung, was dann passieren würde. Würde es ewiglich schneien? Würden die Inseln unter einer weißen Decke verschwinden? Irgendwie glaubte er das nicht; die Jundar waren auf Wasser angewiesen, nicht auf Eis und Schnee.

Er steckte die Klinge mit Walknochengriff in die Scheide an seinem Gürtel, ging in die Knie und wusch sich das Blut in einer Wasserpfütze von den Fingern. Danach verharrte er in der Hocke, sein Gesicht eine geisterhafte Silhouette im trüben Wasser.

»Und du hast auch diesmal keine Ahnung, wo sie steckt, was?«

Sein dunkles Spiegelbild antwortete nicht. Es schwieg und schwieg und schwieg. Da waren keine Stimmen, die ihm sonst, seit er denken konnte, gute Dienste erwiesen. Sie hatten zwar immer wieder mal einige Zeit geschwiegen, aber nie so lange wie jetzt.

Den Vielstimmigen hatte Ilka ihn genannt. Ein Witz. Was brachten ihm die Stimmen, wenn sie schwiegen?

Es war wahrlich zum Wahnsinnigwerden. Wo war Kea abgeblieben? Hatte die Wächterin der Seelen sie wirklich zu sich geholt? Hatten die Jundar sie getötet?

Sofort war die Vision wieder präsent, die er gehabt hatte, als er von La Harb mit der *Zwillingsfalke* aufgebrochen war, um die Inseln zu retten. Kea war plötzlich bei ihm gewesen, verängstigt und ganz das Kind, das sie mit ihren vierzehn Lenzen noch war. Ihre Stimme hatte von nirgends und überall zugleich gewispert. »Sie waren überall, Nante. Sie machten alle nieder«, hatte sie erzählt. »Se Jundar.« Auf die Frage, wo sie sei, hatte sie keine Antwort gewusst, aber er hatte das Schlimmste befürchtet: Kea lag im Sterben. Der Besuch der Wächterin stand kurz bevor. Er hatte ihr noch geraten, sich *ihr* zu widersetzen, nicht mit *ihr* zu gehen, aber wer war Kea, dass sie dem Tod persönlich die Stirn bot?

Seitdem fühlte er von seiner kleinen Schwester nichts

mehr, aber dass sie tot war, wollte er nicht akzeptieren. Nicht der Vielstimmige. Es musste einen Weg geben, sie zu finden, sie aufzuspüren, sie im schlimmsten Fall zurückzuholen, und wenn jemand diesen Weg fand, dann er …

Nante erhob sich, wobei ihm schwindlig wurde. Aber nicht von der abrupten Bewegung, sondern weil ihn ein Gefühl aus der Ferne anflog, fein wie der Hauch eines Flügelschlags, aber er spürte es deutlich: Leyna war aufgeregt. Mehr als aufgeregt. Freudig und furchtsam zugleich.

Die Schwester ist der Schlüssel…

Ilkas letzte Worte an ihn hallten durch seinen Kopf. Schwester Leyna war der Schlüssel im Kampf gegen die Jundar gewesen. Tatsächlich hatte sie Ives' Diener zurückgeschlagen. Sie ahnte aber nicht im Ansatz, wie mächtig sie eigentlich war, die Gezeichnete … Wahrscheinlich war sie die mächtigste Magierin, die momentan auf Erden wandelte, noch viel mächtiger als er. Leyna, die Liebe seines Bruders.

Auch über das Band der Zwillinge nahm er etwas wahr: Sorge und Lust zugleich. Nante kannte letzteres Gefühl: Lust aufs Abenteuer, die Essenz der Familie Falk.

Nante wandte den Blick gen Osten in die junge Nacht, von wo er die Gefühle wahrgenommen hatte. Es schien sich was zu rühren in Lensend, aber was ging ihn das an?

Als er sich auf den Weg zu seinem Boot machte, das südlich des Fischerdorfs ankerte, in Gedanken bei Leyna und seinem Bruder, traf ihn die Stimme unvorbereitet.

Sie war einfach wieder da und flüsterte ihm Worte in die Seele, dunkle Worte für eine dunkle Seele.

Worte von den Jundar, von tausenden Leibern, glänzenden Schuppen und Flossen. Von Gischt und Meer und Salz. Von Kehlen, die kreischten, die gurrten, die schrien, die sangen, hohl und kehlig, schnarrend und zischend, voller Wut und Zorn. Massen waren sie, seine Diener, *Se Jundar*.

Nante hörte sie alle gleichzeitig, dazu das Brüllen der Brandung, das Prasseln des Regens, das Donnern der Flut. Daraus drängten sie hervor, scharenweise.

Aber etwas war falsch. Bei der Mutter See! Das, das konnte doch nicht wahr sein! Das... *nein!* Die Stimme musste sich irren, sie wisperte überhaupt nicht von seinen Dienern, nicht von *Se Jundar.*

Nante wurde schwarz vor Augen. Alles drehte sich um ihn, und überall um ihn herum gurgelte plötzlich dunkles Wasser voller Luftblasen, silbernen Sternen gleich. Darin wimmelte es von ihnen. Sie kamen zu tausenden, ein Reigen blanker Macht, und Nante mittendrin.

Unter Wasser hörte er sie jetzt auch ganz deutlich, doch er verstand sie nicht.

Sie sangen nicht von *seiner* Dienerschaft, sondern sie sangen: *Iar Jundar. Iar Jundar. Iar Jundar.*

Kapitel 5

Königtum Westend, Lensend

Im Kamin der Gaststätte *Zum letzten Krug* prasselte ein behagliches Feuer. Artur genoss die Wärme in seinem Rücken, die ihm die Röte auf die Wangen trieb, während er mit seinen Begleitern sowie einigen Fratera an einer langen Tafel saß. Bier war ihnen aufgetischt worden, bitteres, süffiges Gold, kein bisschen sauer oder mit anderem Mist gestreckt. Der Wirt und seine Töchter und Söhne mühten sich sichtlich, den Gästen noch ein warmes Mahl zu servieren. Aus der Küche wehte der Geruch von gebratenen Karotten, Zwiebeln und Kürbissen in den Schankraum.

»Sie scheinen netter zu sein als gedacht!«, flüsterte Rosa über den Tisch, wobei ihre Blicke unablässig zu den Fratera flogen. »Raue Gesellen zwar, aber mit Anstand.«

»Trotzdem Verbrecher«, knurrte Gallus, die Augenbrauen argwöhnisch zusammengepresst.

»Lieber ein Verbrecher mit Anstand als ein Freund mit Hinterlist«, meinte Dietz. Er prostete in die Runde.

Alle bis auf Walburga tranken mit. Fronickas Mutter blickte nur auf ihre gefalteten Hände, als sähe sie dort irgendwelche Geheimnisse.

»Und was meint ihr?«, fragte Artur, dem das süffige Bier zu Kopf stieg. »Wird sie uns helfen?«

»Sie muss!«, antwortete sein Vater. »Wenn nicht ...«

»Sie wird«, sagte Endres bestimmt. »Aber er will nicht.«

»Ist das auch wieder die Wahrheit?«, fragte der junge Wendelin, und Endres nickte.

»Weshalb seid Ihr Euch da so sicher?«, wollte Gallus wissen. »Überhaupt ... Ihr wisst mir ziemlich viel für einen alten Mann.«

Endres lächelte. »Jeder kann so viel wissen, wenn er nur zuhört.«

»Zuhören?« Gallus pfiff durch die Zähne. »Ich hau lieber erst mal drauf, bevor man mir in den Rücken fällt.«

»Ein Fehler. Ihr könntet so manchen Kampf vermeiden, wenn Ihr nur zuhören würdet.«

»Also, ich habe mein Leben lang zugehört«, sagte Rosa, »jede verdammte Ratssitzung, aber nie Geschichten von den Jundar vernommen. In Tannrein sollen sie wirklich von Ives erschaffen worden sein?«

»So besagt es eine alte Legende«, bestätigte Endres. »Hat die noch nie jemand gehört?«

Kollektives Kopfschütteln.

»Das will ich nicht glauben! Aber ihr kennt Sankt und Ives, die berühmtesten Magier aller Zeiten?«

»Die kennt jeder«, antwortete Artur. »Wegen denen wurde sogar Krieg geführt.«

»Der Bruderkrieg, eine furchtbare Zeit.« Endres schürzte die Lippen. »Und die Jundar waren der Grund dafür.«

»Ernsthaft?«, fragte Rosa.

»Ja. Ives hatte der Legende nach mit der Essenz des Lebens experimentiert. Das war damals strengstens verboten, es galt als viel zu gefährlich. Ives scherte sich nicht darum und erschuf in den Gewölben unter der Burg Tannreins die Jundar. Sein Bruder Sankt bekam das mit, woraufhin es zum Bruderkrieg kam.«

»Als Art Sanktion also«, brummte Gallus. »Weil Ives sich nicht an Gesetze gehalten hat.«

»So kann man das zusammenfassen.«

»Passt zum Namen. Sankt von Sanktion.«

»Aber das war vor tausenden von Jahren«, warf Artur ein. »Warum kommen sie dann jetzt zurück?«

Endres zuckte mit den Schultern. »Das musst du die Schwester fragen.«

»Die Hexe«, murmelte Walburga. »Die Hexe.«

Rosa erschauderte. »Ihr Auftritt war schon gruselig. Und schlimm sieht sie aus.«

»Die Eine, die nicht im Feuer starb«, rezitierte der junge Wendelin.

Daraufhin herrschte am Tisch bedrücktes Schweigen, bis Artur Endres fragte: »Und warum glaubt Ihr, dass der Schmuggler nicht helfen will?«

Der Alte seufzte. »Hör besser zu, dann wüsstest du die Antwort selbst. Es ist ganz einfach: Unsere Südmark ist nicht bekannt für ihre Gastfreundschaft, schon gar nicht, wenn es um Magiebegabte geht.«

»Das ist wahr«, brummte Gallus. »Statt mit Brot und Wein wird man sie mit Eisen und Stahl empfangen.«

»Wahr gesprochen, Meister Gallus. Und sie hat wahrlich einen hohen Preis für die Rettung La Harbs bezahlt. Sie kann vermutlich froh sein, dass sie mit dem Leben davonkam.«

»Aber Ihr sagtet eben, sie würde helfen, er aber nicht.«

Endres nickte. »Weil er sie liebt. Hast du die Blicke nicht gesehen? Die Sorge in seiner Stimme nicht gehört? Er schob sich vor sie, als Gallus den Henkerskasten öffnete. Sie bedeutet ihm mehr als sein eigenes Leben.«

»Also will er nicht, dass ihr etwas passiert.«

Endres lächelte. »Das, mein junger Freund, bedeutet *hinhören.*«

Artur grinste schief. »Aber das ist keine Antwort auf die Frage, ob sie nun helfen werden oder nicht.«

»Das hängt davon ab, wer die Hosen anhat.« Gallus spähte zu den Fratera am anderen Ende des Tisches, doch niemand interessierte sich für sein Gerede. »Wenn ihr mich fragt, dann sie.«

Endres lächelte und deutete wohlwollend auf den Krieger.

Walburga schüttelte den Kopf. »Er wird es verhindern«, flüsterte sie gepresst zu ihren Händen auf der Tischplatte. »Er wird es ihr ausreden!« Sie ballte sie zu Fäusten. »Und dann wird niemand unseren Freunden, Nachbarn und Kindern helfen. Die Südmark wird untergehen, wenn wir sie nicht überzeugen können.«

»Das werden wir«, entgegnete Dietz. »Keine Sorge. Wir haben gute Argumente!«

»Die er nicht hören will.« Walburga schüttelte den Kopf und hörte damit nicht mehr auf.

Fronicka rieb ihr sanft den Rücken. »Ruhig, Mama. Rosa, Endres und Dietz werden sie überzeugen.«

»Wir alle zusammen«, bestätigte Dietz. »Keine Sorge! Die Südmark wird nicht untergehen.«

Walburga reagierte darauf nicht, hob nicht einmal den Blick. Auch nicht, als das Schlagen einer Tür die anderen aufblicken ließ. Doch es war nur der Wirt mit seinen Kindern, die Platten voller Gemüse hereintrugen. Es glänzte von Butter und Salz, außerdem war es ordentlich gepfeffert. Artur lief sofort das Wasser im Mund zusammen. Er sah auf den Holzbrettern neben Karotten, Lauch und Kürbis auch rote Rüben, Pastinaken und gerösteten Knoblauch, die Knollen aufgebrochen und mit Butter übergossen. In der Mitte jeder Platte befand sich ein Tonschälchen mit heller Flüssigkeit. Es roch süßsauer, vermutlich eine Mischung aus Honig und Verjus, dem Saft unreifer Trauben. Die Fratera wussten offensichtlich, wie man das Leben feierte.

»Zum Wohl!«, rief der Wirt mit dröhnender Stimme und hob einen Krug in die Höhe. »Lasst es Euch schmecken, auch wenn der Fisch fehlt. Den haben die Herren Piraten schon am Mittag gefressen.« Er lachte und klopfte einem der Fratera auf die Schulter, der grölend den Becher hob.

»Raue Gesellen«, wiederholte Rosa und griff beherzt zu.

Auch die anderen ließen sich das nicht zweimal sagen. Tagelang hatten sie überwiegend von Walburgas Suppen gelebt, seit die Schänken im Norden immer spärlicher geworden waren – und auch ihr Geld. Da kam ihnen eine solche Einladung gerade recht.

Und plötzlich waren sie da.

Artur, der gerade eine in Verjus getunkte Zwiebel in der Hand hatte, zuckte heftig zusammen, als er die Hexe namens Leyna und den Schmuggler namens Henning hinter Gallus und Endres erblickte. Er hatte nicht bemerkt, wie sie in die Schänke gekommen waren.

Auch Dietz und Rosa ließen das Gemüse sinken.

»Was ist?«, fragte Gallus schmatzend. Und dann begriff er und wandte sich um.

Zuletzt Endres. Er wischte sich die Finger an den Hosen sauber und erhob sich. »Wollt Ihr Euch zu uns setzen?«, fragte er freundlich.

»Sehr gern.« Die Hexe folgte der Einladung und nahm gegenüber von Artur, Rosa, Walburga und Fronicka Platz. Der Schmuggler blieb hinter ihr stehen. *Wie ihr Schatten*, dachte Artur, und jetzt sah er auch, was Endres gemeint hatte. *Sie bedeutet ihm mehr als sein eigenes Leben.* Seine argwöhnischen Blicke, ob irgendwo Gefahr lauerte. Seine Hand am Gürtel, nah am Dolch, um sofort zugreifen zu können. Und ab und an ein Lächeln, wenn er zu ihr hinabblickte.

»Nun denn«, begann Endres. »Habt nochmals Dank für das ausgezeichnete Mahl.«

Die Hexe winkte ab. »Bedankt Euch dafür bei Malik, dem Wirt, und seinen Kindern. Wenn ich das hier sehe« – sie deutete auf die Holzbretter voller Gemüse –, »frage ich mich, wer besser mit Magie umgehen kann.«

Endres pickte sich eine krossbraune Knoblauchzehe heraus und schob sie sich in den Mund. »Wahre Worte. Der Koch ist ein Meister seines Fachs.«

»Das ist er«, sagte der Schmuggler, »aber das ist ein anderes Thema.« Sein argwöhnischer Blick traf sie alle nacheinander. »Eine bunte Gesellschaft seid Ihr. Wie kommt es, dass ausgerechnet Ihr Euch auf den Weg zu uns gemacht habt, um um Hilfe zu bitten?«

»Weil es sonst niemand tut!«, sagte Rosa sofort. »Sie sind stolz und blind.«

»Wer?«

»Der König und sein Rat.«

»Ihr sprecht vom König der Südmark.«

»Natürlich! Ihr müsst wissen, dass ich seit Jahren als Ratsherrin die Interessen der Bürgerinnen und Bürger in Tannrein vertrete. Ich weiß, was passiert. Man sieht das Unheil auf die Südmark zudonnern, doch man ist zu stolz, um nach Hilfe zu fragen.«

»Und dann auch noch eine ...«

»Hexe«, wisperte Walburga. »Eine Hexe.«

Der Schmuggler warf der Köchin einen langen Blick zu, kommentierte ihre Worte aber nicht. »Also seid Ihr eigenmächtig hier?«

»Als besorgte Südländer«, bestätigte Rosa. »Aber es gibt viele, die sich sorgen. Bevor wir aufgebrochen sind, streckte ich meine Fühler aus und hörte an jeder Straßenecke die gleichen Ängste. Und Hoffnungen.« Ihr Blick glitt zur Hexe.

Der Schmuggler ließ sich davon nicht überzeugen. »Hoffnungen der Armen. Wir sahen das in La Harb. Am Ende marschierte ein Arschloch in die Stadt ein, zwar von edlem Blut, aber doch ein Arschloch. Habt Ihr schon mal gesehen, gehört, gerochen, wie es ist, wenn in einer Stadt Tag und Nacht die Scheiterhaufen brennen? Wenn es Asche vom Himmel regnet? Wenn ...«

»Henning.« Die Hexe fasste nach hinten und drückte seine Hand. »Lass gut sein.«

»Nein, nein«, sagte Endres. »Soll er nur seine Bedenken äußern. Ich verstehe sie – und teile sie. Die Südmark ist gebrandmarkt, was Magie betrifft, aber die Historie kennt Ihr vermutlich besser als wir. Es wäre eine Lüge zu behaupten, man würde Euch mit offenen Armen empfangen.«

»Eher mit Stahl in der Hand«, brummte Gallus.

Das ließ den Schmuggler nicken. »Meine Befürchtung und ein ernsthaftes Problem.«

»Inwiefern?«, wollte Dietz wissen.

»Weil es vermutlich einen weiteren Seelenstein gibt«, erklärte die Hexe. »Ein Fragment, mit dem damals die Jundar erschaffen wurden. Wir hatten zwei der Fragmente in La Harb, die ich zerstören konnte, woraufhin die Jundar zurückwichen. Und es gab eines auf den Inseln des ewigen Schlafs. Die wurden von den Jundar überrannt, das Artefakt von ihnen vernichtet.«

»Und Ihr vermutet ein weiteres Fragment in der Südmark?«

»Wahrscheinlich ist es in Tannrein. Vermutlich sogar in der Burg oder den Gewölben«, sagte die Hexe.

Und der Schmuggler: »Fratera waren einst dort und haben ein Fragment mit in unsere Heimat gebracht. Wir glauben also, dass der Rest noch dort ist. Könnt Ihr uns nach Tannrein, bestenfalls in die Burg, bringen?«

Rosa blies die Wangen auf. »Es wird nicht leicht, aber unmöglich ist es nicht.«

»Es gibt viele Zugänge zur Burg und zur Kathedrale«, sagte Endres. »Darum ranken sich hunderte Geschichten und Sagen. Auch von den Fratera.«

Der Schmuggler ging darauf nicht ein. »Geschichten helfen nicht gegen Soldaten des Königs. Man wird die Burg sichern, und vermutlich noch viel mehr angesichts der Jundar.« Er atmete tief durch. »Mir gefällt das nicht.«

»Dir hat La Harb auch nicht gefallen, und doch hast du dich in eine belagerte Stadt geschlichen und am Ende tausende Leben gerettet. Und vergiss nicht: Wir wissen, womit wir es zu tun haben.«

»Wissen wir das wirklich? Fast hundert Tage war diese Truppe hier unterwegs, wir haben nicht den blassesten Schimmer, wie es jetzt gerade in der Südmark aussieht. Womöglich sind die Jundar schon längst vor den Toren der Stadt. Besser gesagt, *in* der Stadt, denn der Talister fließt mitten hindurch. Für die Jundar gibt es keine Hürden, für uns schon. Wir können maximal mit dem Schiff bis zum Delta segeln, aber dort erwarten uns vermutlich die Jundar. Wie also weiter?«

»Per Fuß oder Pferd«, sagte Dietz. »Aber lasst den Weg an Land unsere Sorge sein. Mein Sohn und ich sind seit Jahren im Dienst der königlichen Jäger. Wir kennen am Talister entlang und besonders um Goldfeldern jeden Stein und jeden Baum beim Namen. Wir bringen Euch sicher, wohin auch immer Ihr müsst.«

»Und ich kenne den gesamten Rat, die Edlen, die Reichen, die Händler, die Kontorbesitzer, die Patrizier«, fügte Rosa hinzu. »Wir finden Verbündete.«

»Und wir finden Wege in die Burg«, ergänzte Endres. »Die Zitzen, auf denen Burg und Kathedrale thronen, sind wie löchriger Käse. Und auch unter den Wachen des Königs werden wir Verbündete finden. Man muss nur zuhören.«

»Außerdem munkelt man«, sagte Rosa, »dass Ihre Majestät, die Königin, mit den Künsten der Magie liebäugelt. Mit Mondkalendern und Kräutern und Tinkturen. Sosehr der König Magie in seiner Tradition verabscheut, könnten wir bei ihr womöglich königliche Unterstützung finden.«

Die Hexe wandte sich an ihren Schmuggler. »Das klingt ja fast nach einem Spaziergang.«

Es waren wirklich gute Argumente, wie Artur fand, und doch standen noch Zweifel in den Augen des Schmugglers. »Eher wie eine Fahrt bei dichtem Nebel durch ein Riff, das uns den Rumpf aufreißt, sollten wir nur ein wenig von der uns bekannten Route abkommen.«

Da schrie Walburga auf: *»Ihr werdet helfen! Ihr müsst! Ihr beide!«* Sie sprang auf, riss die Arme in die Höhe, die Finger gespreizt, und rief mit hoher, kehliger Stimme: *»Iar horadri! Sempre kel y Moras y kel tallas. Victi múo Sancti! Iar horadri!«*

Das Kaminfeuer flackerte heftig, und Artur meinte, etwas Dunkles zu erhaschen, das zwischen Walburgas Fingern entsprang. Ein unheimliches Spiel von Licht und Schatten.

Und er war nicht der Einzige, der es bemerkte. Ein Raunen ging durch die Versammelten, Rosa schlug sich die Hand vor den Mund, Dietz machte große Augen, Fronicka rief: »Mama! Mama! Mama!«, der Schmuggler keuchte und zog seinen Dolch, und die Hexe zeichnete etwas vor sich in die Luft. Um ihre Finger herum waberte Licht, das sich zu verdichten schien. Es flirrte wie bei großer Hitze über den Pflastersteinen von Goldfeldern.

Es war kein Spiel von Licht und Schatten. Etwas Dunkles flog wie ein schwarzer Rabe über den Tisch auf die Hexe zu und gegen das Licht wie gegen Glas. Es knallte dagegen, flatterte wie wild umher und versuchte unbarmherzig hindurchzukommen.

Der Schmuggler schrie und schleuderte seinen Dolch, doch der blieb einfach in der Luft hängen. Die Hexe stöhnte, das verbrannte Gesicht hell erleuchtet, und wurde samt Endres und Gallus von der Sitzbank gestoßen. Die drei landeten in den Sägespänen.

Der Schatten flatterte triumphierend auf und lauerte. Das Leuchten um die Finger der Hexe flackerte. Der Dolch fiel zu Boden. Das Ding stieß herab.

Der Hexe entwich ein Seufzen, und der Schmuggler schrie. Noch einmal flackerte das Licht wie wild und brannte dann seelenruhig im Kamin, als wäre nichts gewesen.

»Leyna!« Der Schmuggler war schon über ihr. »Was ist? Bei der Mutter See!« Er sprang auf und zog seine seltsam fahle Klinge. Sie zuckte durch die Luft auf Walburga zu, doch Fronickas Mutter stürzte in dem Moment mit dem Gesicht voran auf den Tisch. Dabei stieß sie Krüge voller Bier um und schleuderte Zwiebeln und Kürbisse davon. Dann lag sie still.

»Mama!« Fronicka packte ihre Mutter und zerrte an ihren Schultern, doch Walburga rührte sich nicht.

Dafür die Hexe: Blass und mit Schweiß auf der Stirn kam sie auf die Beine. Sie taumelte, stützte sich auf ihren Begleiter.

Seine Blicke flogen hin und her, bis er heiser fragte: »Was beim Henker war das?«

Statt zu antworten, deutete die Hexe auf Walburga und wisperte: »Dreht sie um.«

Niemand rührte sich.

»Habt Ihr nicht gehört?«, knurrte er. *»Dreht sie um!«*

Fronicka schluchzte und zerrte wieder an ihrer Mutter, schaffte es aber nicht.

Dem Schmuggler platzte der Kragen. Seine Stimme donnerte durch den Raum wie Sturmgrollen. »DREHT SIE UM!«

Artur fasste sich ein Herz und half Fronicka, ihre Mutter aufzurichten. Er wünschte sofort, er hätte es nicht getan.

Walburga atmete nicht mehr. Ihre Lippen waren geschwärzt, fast als hätte sie von einem Kohlestück abgebissen. Sie hatte dunkle Tränen geweint, Tränen, die sich in ihre Wangen geätzt hatten. Am furchtbarsten aber waren ihre Augen: Sie bestanden nur noch aus Pupille, schwarz und leer wie die mondlose Nacht.

Kapitel 6

Irgendwo

Das schmale Ruderboot schaukelte wie wild, als das Wasser zu kochen begann.

Ein Mann stand aufrecht wie ein Mast an Bord, den Säbel gezückt, und hackte wild auf sie ein.

Auf uns, auf uns, auf uns.

Sie war so müde, so unendlich müde. Sie wollte einfach die Augen schließen und schlafen, aber sie ließen sie nicht. Da war zu viel Zorn, kalter, brennender Zorn.

Mit Recht, mit Recht, mit Recht.

Und dann das Verlöschen des Rufs.

Der kreischende, ohrenbetäubende Jubel.

Ein letzter Atemzug des schwarzen Mannes.

Kalte See schwappte in das Boot.

Endlich, endlich, endlich.

Sie blinzelte in den Regen, sah die dunklen Gestalten an Bord gleiten und schloss die Augen. Endlich machten sie ein Ende.

Ja! Ja! Ja!

Aber was war das? Da war noch jemand ... etwas. Es fühlte sich an wie etwas furchtbar Präzises. Wie die Spitze einer Paladinklinge, nur aus Gedanken. Worten. Erinnerungen.

Unmöglich! Unmöglich! Unmöglich!

Warum? Warum? Warum?

Sie japste nach Luft, als die Klinge durch ihren Geist fuhr.

Wieder erscholl jenes ohrenbetäubende Kreischen, diesmal voller Zorn.

Mit Recht, mit Recht, mit Recht.

Es war so laut und feucht, als brüllten sie ihr den Geifer mitten ins Gesicht.

Sie schlug die Augen auf, und sie brüllten ihr den Geifer mitten ins Gesicht, aber sie hatte keine Angst, die präzise Klinge hatte sie ihr genommen. Die Reißer, Hauer und Zähne des einhornigen Jundar schreckten sie nicht, genauso wenig wie die orange glimmenden Reptilienaugen keine Handspanne von ihrem Gesicht entfernt. Im Gegenteil. In denen sah sie etwas glitzern, das ihr gefiel: Furcht.

Weil sie nicht begreift, weil sie nicht begreift, weil sie nicht begreift.

Sie begriff es nicht. Sie wollte auch gar nicht. Was ging es sie an? Sie wollte nur den Kristall, diesen wundervollen rauchgrauen Kristall.

Eben, eben, eben.

»Hört auf!«, schrie sie und presste sich die Hände an die Ohren. *»Hört auf!«*

Niemals, niemals, niemals.

Ein Wanken des Boots ließ sie aufblicken. Die grausigen Jundar waren ins Meer gewichen. Nur noch eine Kreatur kauerte vor ihr, ganz unscheinbar, vielleicht so groß wie ein Jagdhund. Auf dem Nacken bewegte sich etwas Violettes. Es waberte, erhob sich und öffnete sich wie eine Blüte.

Plötzlich spürte sie doch Furcht, aber nur, weil die Klinge so etwas wie Furcht verspürte. »Nein! *Nein!* Das wagt ihr nicht!«

Doch, doch, doch.

Wir wagen. Wir wagen. Wir wagen.

Wir sind sein Ende, sein Ende, sein Ende.

»Nein!«, schrie sie und wollte instinktiv ins Meer fliehen,

doch es war zu spät: Der Parasit zuckte vorwärts und traf sie mitten ins Gesicht.

Sie konnte nicht einmal mehr Luft holen. Stattdessen schmeckte sie Essig auf der Zunge, taumelte rückwärts, prallte gegen die Reling und stürzte rücklings in die kalte, schäumende Flut.

Kapitel 7

Königtum Westend, Lensend, Schänke *Zum letzten Krug*

»Bei den Göttern! Ist sie tot?« Die Ratsherrin hatte die Hand vor den Mund geschlagen und starrte auf ihre Gefährtin mit den schwarzen Augen.

»Ich glaube«, sagte der junge Jäger. Er zitterte am ganzen Leib, hielt sie immer noch aufrecht.

»Mama!« Die Tochter weinte wieder bitterlich. »Oh, Mama!«

Sie wollte ihrer Mutter um den Hals fallen, doch Henning rief: »Niemand rührt sich! Bei der Mutter See. *Niemand rührt sich!*«

Und ich am besten auch nicht. Seine Beine zitterten heftig, und doch blieb er aufrecht stehen. Als Anführer durfte er keine Schwäche zeigen, nicht bei den Fratera. Deren Blicke spürte er im Nacken wie brennende Nadelstiche. Sie waren verunsichert, genauso wie er.

Er wandte sich an Leyna, an seine blasse Leyna, und fragte: »Ist die Gefahr vorüber?«

Sie nickte, um im nächsten Augenblick den Kopf zu schütteln. »Das wird sich noch zeigen.« Sie verzog für einen Moment das Gesicht vor Schmerz, dann trat sie an den Tisch und beugte sich zu der Bewusstlosen. Routiniert suchte sie den Pulsschlag am Hals, hielt die Finger anschließend an die schwarzen Lippen der Frau und wartete. »Tot«, sagte sie schließlich. »Da kann niemand mehr was ausrichten. Bringt sie hinaus, irgendwohin, und sperrt sie ein. Und positioniert zwei Wachen. Nur zur Sicherheit.«

Die Fratera zögerten, aber auf Hennings grimmigen Blick hin traten zwei Freiwillige vor, zwängten sich an den Südländern vorbei und trugen die Tote hinaus, begleitet von den Schluchzern der Tochter.

Als die Tür hinter ihnen ins Schloss gefallen war, atmete der ältere Jäger aus und fragte: »Was war das?«

»Das frage ich Euch!« Henning deutete mit der Schwertspitze abwechselnd auf die Gefährten. »Sie war Eure Begleitung!«

»Meine Mutter«, jammerte Fronicka von der Tür her. Heiße Tränen liefen der jungen Frau über die Wangen.

»Sie sprach einen Fluch«, sagte Leyna in das Schluchzen hinein, die Stimme gefasst. »Sie schenkte einem Töter das Leben.«

Im Schankraum wurde es still. Einzig der junge Jäger wisperte: »Dunkle Magie!«

»Von Euch mitgebracht!« Henning zitterte vor Zorn. »Wer hat Euch beauftragt? Wer hat Euch geschickt?«

»Niemand«, versicherte der Alte. »Wir kommen wirklich aus freien Stücken, und Walburga... sie war eine nette, ruhige Frau. Ich hätte nie gedacht, dass ...«

»Es muss ein Figürchen aus Knochen geben.« Wieder Leyna. Sie fasste sich an die Kleider und Taschen und klopfte sich ab. An der linken Manteltasche zuckte sie. Ihre Finger glitten hinein und zogen ein daumengroßes Figürchen aus Knochen heraus. Eine Totenfratze wurde von filigranen Flügeln umspannt, Flügel wie von Fledermäusen, sehnig und glatt. Knochige Hände packten ein zweites Gesicht, ein Gesicht in Herzform.

Hennings Schwert küsste Endres' Hals. »Ihr! Ihr hattet am Lagerfeuer geschnitzt. Und Ihr habt neben Leyna auf der Bank gesessen! Ihr steckt mit der Hexe unter einer Decke!«

Der Alte wurde noch blasser. »Ich ... ich ... weiß nichts davon.«

»Wir alle nicht!«, knurrte der Ritter. »Nie wäre ich mit einer schwarzen Hexe gereist!« Er spuckte aus.

»Das kann hinterher jeder behaupten! Los! Leert Euer Schnitzsäcklein!«

Der Alte zögerte, doch dann band er es von seinem Gürtel, öffnete die Lederschnüre und schüttelte den Inhalt auf den Tisch. Ein uraltes Schnitzmesser, Späne und ein paar Ästchen fielen heraus, aber nichts aus fahlem Knochen, und schon gar nicht so filigran gearbeitet wie der Töter.

Henning schürzte die Lippen und wandte sich an Leyna. »Und jetzt? Kannst du den Fluch brechen?«

Sie schüttelte den Kopf. »Das kann nur derjenige, der ihn ausspricht.«

Hennings Herzschlag stockte. »Nur wer ihn ausspricht?«

»So steht es in den Schriften, die ich aus La Harb kenne.«

Das zerschlug Hennings Hoffnung. Erst vor Monaten hatte er einen Töter bei Nachtmeister Korhal gesehen, dem Herrn des Schwarzen Adels. Ilka hatte ihn damit erpresst, um einen der Seelensplitter auszuliefern, was er auch getan hatte. Im Gegenzug hatte die blinde Hexe mit einer Handbewegung den Töter vernichtet und damit den Fluch von Korhal genommen.

Henning ließ das Schwert sinken und war plötzlich furchtbar müde. »Ihr Tod war also beabsichtigt?«

Leyna nickte grimmig. »Der höchste Preis für einen Fluch.« Sie ballte die Finger um das Figürchen, bevor sie es wegsteckte. »Damit sind die Würfel gefallen.« Sie fokussierte Endres und fragte bitter: »Und Ihr versteht es gar nicht, oder?«

Vorsichtig schüttelte er den Kopf. »Nicht wirklich. Was hat Walburga getan?«

»Mich gezwungen, die Jundar zu besiegen! Wenn ich es nicht tue, werde ich sterben. Und erst wenn die *Überlebenden* mich preisen und mir danken, wird der Fluch erlöschen. *Victi múo Sancti!*« Sie spie die Worte aus, machte auf dem Absatz kehrt und verließ mit wehenden Röcken die Schänke.

Henning begriff erst jetzt die Tragweite. Die Jundar besiegen …

Er musterte noch einmal die Gefährten. Ganz verloren sahen sie aus, voller Furcht und Angst, weit weg von ihrer Heimat, die dem Untergang geweiht war. Da wurde ihm klar, dass sie wirklich nichts mit dem Fluch zu tun hatten, und trotzdem …

»Sperrt sie in der Schänke ein!«, befahl er den Fratera. »Niemand von ihnen verlässt ohne meine Erlaubnis das Gebäude. Wenn sie es versuchen, tötet sie.«

Der Ritter wollte protestieren, doch der Alte legte ihm die Hand auf die Schulter. Henning hätte es sowieso ignoriert. Mit großen Schritten verließ er die Schänke.

Leyna fand er hinterm Herrenhaus an den Klippen, wo sie gern in der Sonne stand. Jetzt war es der eine Mond, der ihr Haar wie gesponnenes Silber glänzen ließ, ebenso die Wellen unter ihnen am Strand. Die endlose Brandung dröhnte empor, dazu das entfernte Klackern von Seilen und Tauen auf der *Zwillingsfalke*, die in den Wellen wankte.

Einige Zeit standen sie schweigend da, die salzige Luft um die Nasen, bevor er sagte: »Ich habe sie vorerst eingesperrt.«

»Sinnlos«, erwiderte sie, ohne den Blick vom Horizont zu nehmen. »Die anderen hatten damit nichts zu tun. Es war nur sie. Aus Angst, wir würden nicht helfen.«

»Aber wir wollten doch!«

»Ja, aber ich spürte die Angst in ihr, als mich der Fluch traf. Sie war völlig krank vor Sorge. Sie hat befürchtet, dass wir sie zurückweisen.«

Henning stieß die Luft aus. »Großartig! Eine Frau in Sorge zwingt uns in die Schlacht. Wie ist das überhaupt möglich? Ich dachte, die Südländer haben mit Magie nichts am Hut.«

»Nicht offiziell, und auch nicht mit der Magie der Zeichen, wie ich sie praktiziere. Aber die Töter sind viel älter, noch aus der Zeit der Paladine, als die legendären Scharfrichter für Recht und Ordnung sorgten. Angeblich stammen die Töter wie die Scharfrichter von Jenseits der Himmelsspitzen. Entsprechend gibt es gerade in der Südmark noch Menschen, die dieses Wissen weitergeben. Im Stillen natürlich.«

»Dann könnte die Tochter ...« Henning wollte schon herumfahren, doch Leyna schüttelte den Kopf.

»Die weiß gar nichts.«

»Bist du sicher?«

»Ja. Manchen Menschen sieht man einfach an, dass sie die Gabe nicht in sich tragen.« Sie lächelte ohne Freude.

»Und jetzt? Gibt es wirklich keine Möglichkeit, den Fluch zu brechen? Vielleicht steht dazu etwas in Ilkas schlauem Büchlein.«

»Leider nein.« Sie seufzte. »Ich kenne jedes Wort auswendig. Vielleicht gibt es noch Aufzeichnungen in der Gildenbibliothek, aber La Harb liegt in der falschen Richtung.« Sie suchte seinen Blick. »Wir könnten Nante fragen.«

»Den wir sowieso treffen wollten.« Henning rieb sich über das Gesicht. Ihm schmerzte der Kopf von den Ereignissen. »Also ist es beschlossen.«

»War es auch schon vorher.«

»Aber jetzt gibt es kein Zurück mehr, bis der Fluch gebrochen ist! Und wir werden ihn brechen, das schwöre ich dir! Und danach werde ich nie wieder irgendjemandem helfen!«

»Henning.«

»Nichts, *Henning!* So geht das nicht! Wir sind nicht für diese ganze beschissene Welt verantwortlich!«

»Es waren aber immer Einzelne, die den Ausschlag gaben – zum Guten wie zum Schlechten. Denk an La Harb! Es war richtig, so zu handeln, oder würdest du es nicht wieder so machen?«

Henning knirschte mit den Zähnen. »Doch.«

»Aber nur wegen mir.« Seinen Widerspruch erstickte sie im Keim und fügte traurig hinzu: »Das ist wohl der größte Unterschied zwischen uns, Henning: Ich bin fürs Helfen gemacht worden. Für Magie, und das ohne Wenn und Aber. Du hingegen ...«, sie lächelte milde, »... bist durch und durch Fratera.«

»Das klingt, als sei es etwas Schlechtes.«

»Nein, das dachte ich früher einmal. Aber es ist nur ein ... ein anderes Leben.« Sie gab ihm einen flüchtigen Kuss und lief zurück zum Herrenhaus, die Hände in den Manteltaschen vergraben.

Henning wollte hinterher, blieb aber bei den Klippen stehen, von denen der Volksmund behauptete, dort endeten alle Abenteuer. Tatsächlich war gerade das zu Ende gegangen, welches in La Harb seinen Anfang genommen hatte – aber zum Glück sagten die Fratera, dass auf diesen Klippen die Abenteuer erst begannen.

Und so geschah es.

Am nächsten Morgen stachen sie in See.

Kapitel 8

Südmark, Tannrein, Altstadt

Letti lag auf der Lauer. Sie hatte sich in Lumpen gehüllt und diese mit Hundekot beschmiert, damit ihr niemand zu nahe kam. Auch das Gesicht starrte vor Dreck, aber nur von Erde. So kauerte sie zwischen den altehrwürdigen Statuen in einer Nische auf der sechsten Brücke. Wind und Wetter hatten den Rittern, Königen und edlen Damen die Gesichter ausgewaschen. Über zwanzig steinerne Brücken mit rund zweihundert Figuren spannten sich über den Talister, der Tannrein in die Nord- und die Südstadt teilte. Träge floss der breite Strom dahin, doch der Schein trog; die Stromschnellen waren tückisch und hatten schon viele Wagemutige und Leichtsinnige das Leben gekostet.

Ein Schrei ließ Letti die Brücke entlangblicken. Sie erspähte einen Händler, der seinen störrischen Esel antrieb. Dahinter hingen in der Ferne dunkle Wolken über dem Strom – und das seit Tagen. In den Straßen sah sie auch immer mehr Fremde; sie trugen Bündel auf den Rücken oder schoben beladende Karren durch die Gassen. *Geflüchtete.* Sie hatten die Region im Osten aufgegeben, weil es dort nicht mehr aufhörte zu regnen. Außerdem sollte es spuken. Von einer fahlen Frau mit Seetang im Haar war die Rede, die den Tod brachte.

Letti gab nichts darauf; Märchen erzählte man sich tagein, tagaus. Heute war es die fahle Nixe, morgen ein tollwütiger Bär, übermorgen der Sandmann. Im Kern waren alle Geschichten gleich: Irgendetwas tauchte auf und tötete irgendwelche Leute; irgendetwas, auf das man böse sein konnte.

Sie wandte sich wieder gen Westen, weg von den dunklen Regenwolken. Die Burg und die Kathedrale erhoben sich auf den Zitzen, wie die beiden Hügel hießen, die vom Talister getrennt wurden. Dazwischen hing die Bruderhandbrücke, zwei steinerne Hände, die sich wie im Gruß umschlossen. Ein Händlerschiff mit eingeholten Segeln kam gerade darunter in Sicht. Die Ruder hoben sich, tauchten gleichzeitig ins Wasser und schoben das Schiff auf Letti zu.

Sie reckte den Hals, um die Galionsfigur zu erkennen. Zum Glück war sie mit guten Augen gesegnet. Eine holde Maid aus Holz lächelte den Fluten entgegen. Sie trug ein enges Mieder, aus dem üppige Brüste quollen. Ihr gelb bemaltes Haar wallte erstarrt in einer nicht vorhandenen Brise.

Es war die *Holde Berta*, wie man Letti mitgeteilt hatte. Es war so weit.

Sie kletterte aus der Nische und rieb sich die eingeschlafenen Beine. Das Kribbeln konnte sie nicht gebrauchen, gleich würde sie schwimmen müssen.

Erpicht darauf war sie nicht, der Talister wurde im Herbst empfindlich frisch, aber wer im Dienste der Königin stand, gehorchte lieber. Und Letti würde lügen, wenn sie behauptete, der Dienst würde ihr keinen Spaß machen. Sie, als Niedere aus der Gosse, liebte es, eines der Augen der Königin geworden zu sein. Und ihr verlängerter Arm. Und natürlich liebte sie das Gold, das sie dafür bekam. Aber am meisten war es wohl die Süße des Abenteuers, die jungen, rekrutierten Frauen wie Letti besonders schmeckte.

Das Handelsschiff war beinahe heran, und Letti streifte sich die hundekotbeschmierten Lumpen vom Leib. Darunter trug sie ein elegantes Kleid, eng geschnürt und mit wallenden Ärmeln. Der Stoff erinnerte an dunkle Rinde, in die feine Blumenmuster gewebt waren. Letti hoffte, dass es nicht zu sehr den Gestank der Hundescheiße aufgenommen hatte.

Mit drei schnellen Schritten hatte sie den Sockel der nächsten Statue erklommen und sich vor den gesichtslosen König mit gefalteten Händen und einem steinernen Schwert vor der Brust geschoben. Sie blickte hinab zum Wasser, das mindestens vierzig, eher fünfzig Fuß tiefer im trüben Nachmittagslicht glänzte. Letti atmete noch einmal tief durch, bevor sie einen spitzen Schrei ausstieß und sprang, genau in Richtung der *Holden Berta.*

Der Sturz dauerte an, während das Kleid um ihren schlaksigen Körper wehte. Letti schrie aus Leibeskräften, damit die Besatzung der *Holden Berta* sie in jedem Fall bemerkte, dann war der Talister heran und umarmte sie mit eisiger Kälte.

Letti entwich die Luft, sie schlug um sich, weil das Kleid sie behinderte, sah einen hellen Schimmer oben, Dunkelheit unten, und schwamm dem Licht entgegen. Prustend stieß sie durch die Oberfläche.

Das Schiff war keinen Steinwurf entfernt, und wie erhofft erschien die Besatzung an der Reling. »Frau über Bord!«, rief jemand, und geschäftiges Treiben brach aus.

»Hier!« Letti winkte mit den Armen. »Helft mir! Bitte! Helft mir!«

Man half. Wer konnte auch einer jungen Edeldame die Hilfe verweigern? Und so warf man ihr eine Strickleiter zu. Letti bekam sie zu fassen und zog sich daran erst zum Schiff, dann stieg sie die wankenden Sprossen hinauf, während das Kleid flussschwer an ihr zerrte.

Schwielige Hände halfen ihr zuletzt über die Reling, und

dann saß sie auf den Planken und atmete schwer. »Habt Dank!«, stieß sie hervor. »Wenn Ihr nicht gewesen wärt…«

Stiefelpoltern zweier Männer unterbrach sie. Der eine sah aus wie eine Wurzel, zäh und knotig und mit einer Fistel auf der Nase. Er war der Kapitän. Der andere trug blaue Seide unter dem schwarzen Wollmantel, dazu Stiefel aus feinstem Leder, einen Gürtel mit goldener Schnalle und einen Hut mit einem Strauß blauer Papageienfedern. Er hieß Amaury Fanat, hatte mit Gewürzhandel ein Vermögen verdient, schipperte stets zwischen La Harb, den Freien Handelsstädten im Osten und Tannrein hin und her und trug ein Geheimnis mit sich herum. Fanat zählte nämlich unter dem Decknamen *der Giftige* zu den berühmtesten Giftmischern aller Zeiten. In seinem Repertoire fanden sich *der flüssige Galgen*, das *Blut des Löwen* sowie Bilsenkrautsamen, die schlimmsten Gifte und deren Gegenmittel.

Wie man Letti zugeflüstert hatte, führte er gerade heute eine Lieferung des *Galgens* mit sich, den er angeblich im Eisentannenwald produzierte, weil dort das seltene Galgenkraut wuchs.

Begeistert sahen die beiden Männer nicht aus, dass sie plötzlich eine edle Dame an Bord hatten. »Wer seid Ihr?«, schnauzte der Käpt'n. »Und wieso müssen meine Männer Euch aus dem Talister fischen?«

»Weil es mir so viel Spaß macht, darin herumzuschwimmen«, erwiderte Letti und schüttelte den Kopf. »Mit Verlaub, Herr, es war ein Verbrechen!«

Argwöhnisch musterte er sie. »Ein Verbrechen?«

»Sehr wohl!« Sie quetschte sich das Wasser aus dem nassen Haar. »Ich war auf der Rittersbrücke unterwegs, als mich zwei fiese Gesellen mit ihren Messern bedrohten. Sie wollten mir an die Wäsche. Mir blieb nur der Sprung in den Talister.«

»Ihr seid gesprungen?« Amaury Fanat nickte mit einem Anflug von Bewunderung im Gesicht und reichte ihr die Hand, um ihr auf die Beine zu helfen. »Sehr mutig! Sagt mir Euren Namen, meine Liebe.«

»Letitia. Letitia Maron.«

»Eine Tochter aus dem Maron-Clan?«

»Die vierte von Adelbert.« Letitia lächelte. Die Marons gehörten dem Alt-Adel an. Der alte Maron hatte vier Töchtern das Leben geschenkt, die wiederum nur Töchter gebaren. Es gab achtzehn edle Damen oder sogar mehr, wer wusste das schon so genau?

»Dann seid herzlich an Bord willkommen, Letitia. Euch muss kalt sein.«

»Es geht«, erwiderte sie, »aber ein Platz an einem Feuer käme mir gelegen.«

Der Kapitän schnaubte. »Sie will ein Feuer auf einem Schiff! Bei den Göttern, lasst Hirn vom Himmel regnen.« Er wandte sich ab und rief zu seinen Mannen: »Wir legen kurz an der Ostterrasse an, um diese Verrückte an Land zu lassen, bevor sie uns den Kahn abfackelt!«

»Lasst Euch von seinem Gerede nicht verunsichern«, sagte Amaury leise. »Er ist ein alter Griesgram, der in allem das Schlechte sieht.«

Womit er sogar recht hat. Letti lächelte. »Dann also kein Feuer?«

»Nein, aber ich kann Euch eine Decke bringen.«

»Habt Ihr nicht zufällig irgendetwas Trockenes zum Anziehen?« Letti klapperte mit den Zähnen. »Es ist doch ganz schön kalt.«

Amaury betrachtete sie, die Lippen geschürzt. »Wir haben keine Damen an Bord, insofern kann ich Euch da schlecht dienen. Wobei ... ich könnte Euch eines meiner Hemden anbieten. Und vielleicht eine Hose mit umgeschlagenen Beinen. Aber wollt Ihr so zurück durch die Stadt laufen? Das ist einer jungen Dame wie Euch nicht würdig.«

»Ach«, Letti winkte ab, »vielleicht ist es gar nicht so verkehrt. Dann wird man mich nicht wieder behelligen.«

»Auch wieder wahr. Nun denn, dann kommt, ich bringe Euch in meine Kajüte. Dort könnt Ihr Euch abtrocknen und für den Rückweg bereit machen. Und vielleicht einen Gebrannten mit mir trinken.«

Beim Gedanken an etwas Wärmendes blitzten Lettis Augen. »Oh ja! Aber sagt, edler Herr, wie lange werden wir bis zur Ostterrasse brauchen?«

»Keinen halben Glockenschlag.«

»Dann sollten wir uns beeilen. Mir ist wirklich kalt.«

»Das sehe ich. Eure Lippen sind schon blau.« Amaury zeigte ihr einladend den Weg.

In der Kajüte roch es nach allerlei Gewürzen. Neben einem schmalen Bett und zwei eisenbeschlagenen Truhen mit schweren Schlössern gab es sogar einen kleinen Tisch mit Stuhl. Darauf lagen randlos beschriebene Pergamentrollen. Ansonsten war es ziemlich düster, einzig ein winziges Fenster ließ etwas graues Licht herein.

»Spartanisch«, sagte Amaury ein wenig verlegen, »sicher nichts, was Ihr gewohnt seid.«

Wenn du wüsstest. »Ach, ich finde, Schiffe haben immer etwas Romantisches. Das Salz, die See, die Enge.« Sie lächelte voller Wärme, damit er sich fragen konnte, ob dies sein Glückstag war, eine schlanke Edle aus dem Talister zu fischen, die nicht ganz so helle zu sein schien.

Doch zu ihrer Überraschung lachte er laut. »Dann wart Ihr wirklich noch nie auf hoher See und habt einen Herbststurm erlebt, aber mit den Geschichten möchte ich Euch nicht behelligen.« Er trat zu einer Truhe, öffnete sie und holte ein Hemd und eine Hose hervor. »Hier.«

Es waren feine Stoffe, sogar besser noch als das Kleid, das sie für den Auftrag erhalten hatte.

»Danke, mein Herr.« Letti begann, sich sofort das Kleid aufzuschnüren, damit ihre Brüste wenigstens ein wenig zur Geltung kamen, erinnerte sich dann – oh, welch Überraschung – an den Händler, errötete und sagte: »Wärt Ihr so freundlich, Euch ... umzudrehen?«

Er nickte hastig. »Ich bin sogar so freundlich, vor der Tür zu warten. Gebt Bescheid, wenn Ihr so weit seid.«

»Das werde ich!« Sie verneigte sich vor ihm, damit er noch einmal in ihr Dekolleté blicken konnte, dann wartete sie freudig strahlend, bis er gegangen war.

Und dann hieß es schnell sein. Sie streifte sich das nasse Kleid vom Körper und ließ es zu Boden gleiten. Aus einem geheimen Täschchen im Mieder zog sie einen Dietrich. Damit ging sie vor der zweiten Kiste in die Hocke. Schnell rein damit ins Schloss und drehen, hin und her und hin und her, ein wenig neigen, vor und zurück, hin und her. Etwas machte *Klick* und das schwere, aber gut geölte Schloss sprang auf.

Letti grinste und rief: »Einen Moment noch!«

Vorsichtig hob sie den Deckel an. Wie man es ihr zugeflüstert hatte, erblickte sie eine Holzkonstruktion im Inneren, in der unzählige Fläschchen in Halterungen ruhten. Wenn man dem Volksmund glauben mochte, war der Inhalt der Kiste mehr wert als ein ganzes Schloss. Aber für solche Gedanken hatte Letti keine Zeit. Jetzt brauchte sie nur noch den *flüssigen Galgen*, eine farblose Flüssigkeit in der Konsistenz von Rotz.

Wo bist du?, fragte sie stumm, während sie sich auf die Unterlippe biss. *Da!* Vier Fläschchen nebeneinander mit einem winzigen Fassungsvermögen. In allen glänzte eine transparente Flüssigkeit. Auf den mit blutrotem Wachs versiegelten Korken prangte ein winziger Galgen.

Lettis Herz klopfte heftig, als sie eines der Fläschchen entnahm. Und noch ein zweites, wer wusste, wofür man es je brauchen konnte. Außerdem schnappte sie sich ein kleines Döschen Bilsenkrautsamen, das einzige Mittel, das gegen den Galgen half und selbst ein Vermögen kostete. Alles steckte sie in eine spezielle Binde an ihrem Oberschenkel, dann schloss sie die Truhe und ließ das Schloss vorsichtig einrasten.

»So!«, rief sie, während sie schnell in die Hose schlüpfte. »Sie können!«

Sofort ging die Tür, und Amaury trat herein, gerade als sich Letti noch sein Hemd über die Brüste zog.

Sie lächelte. »Sieht gar nicht so schlecht aus, oder?« Sie drehte sich keck im Kreis und zeigte die viel zu weiten Kleidungsstücke.

Der Giftmischer musterte sie, dann wanderte sein Blick durch die Kajüte, schließlich nickte er. »Ein wenig gewöhnungsbedürftig, aber Euch steht offenbar alles, meine Liebe.«

»Ach, zu nett von Euch!« Letti verneigte sich. »Und wollen wir noch einen Brand trinken?«

»Wie Ihr wünscht.« Er trat ans Bett und zog eine Flasche aus einem Versteck hervor. Rotgolden schimmerte die Flüssigkeit. »Es ist ein wunderbarer Birnenbrand. Ich muss ihn verstecken, damit der Griesgram ihn mir nicht heimlich wegtrinkt.«

»Welch Schelm.«

»Oh ja.« Er entkorkte ihn, schnupperte daran und reichte ihr die Flasche. Wenig damenhaft nahm Letti einen Schluck, bemühte sich aber um Grazie. Das Gesöff brannte bis in die Eingeweide.

»Uiii«, entfuhr es ihr. »Der brennt wirklich.«

»Aber im Guten.« Der Giftmischer nahm selbst einen

Schluck, seufzte und versteckte die Flache wieder. »Nun denn. Ich denke, wir sollten fast da sein.« Er bückte sich und hob ihr nasses Kleid auf. »Und was machen wir damit?«

»Wollt Ihr es behalten?«

»Ich?« Er lachte. »Wofür?«

»Als Erinnerung. Oder falls wieder eine edle Dame gerettet werden muss.«

Amaury grinste. »Leider regnet es nicht so häufig edle Damen von Brücken. Ich lasse es Euch von einem Boten zukommen, wenn ich von meiner Reise zurück bin. Getrocknet und gewaschen.«

»Sehr aufmerksam von Euch. Aber sagt, wohin führt Euch die Reise?«

»In die Perle des Ostens – falls der Talister noch passierbar ist.« Sein Gesicht verdüsterte sich. »Es heißt, eine fahle Frau würde dort ihr Unwesen treiben. Selbst die Tiere spielen angeblich verrückt. Und dazu der Regen. Aber das sollen nicht Eure Sorgen werden. Und nun kommt, ich bringe Euch an Deck.«

Dort legten sich die Männer mächtig ins Zeug, um die Handelsgaleere an die Ostterrasse zu manövrieren. Letti schlenderte in Amaurys Kleidern zur Reling und blickte zu den engen Gässchen hinüber, die von Fachwerkhäusern gesäumt wurden. Die Dämmerung senkte sich langsam herab, wobei es heute sowieso nie so richtig hell geworden war. Es roch nach Regen. Hoffentlich kam das Unwetter nicht bis Tannrein.

Als sie sich wieder nach dem Giftmischer umschaute, war er verschwunden. Lettis Herz schlug schneller. Wo war er hin? Hatte er doch Verdacht geschöpft? War er noch einmal zurück, um die Kajüte zu überprüfen?

Letti verzog das Gesicht. Sie hatte keine Lust, ein zweites Mal baden zu gehen.

»Hart steuerbord!«, schrie der Kapitän zu seinen Leuten. »Noch zehn Fuß!«

Da kam Amaury aus dem Gang zu den Kajüten an Deck gesprungen. Gehetzt sah er sich um, ihre Blicke trafen sich, und da wusste sie, dass er es wusste.

Letti zog sich an der Reling empor. Unter ihr klatschte der Talister gegen die Mauern der Ostterrasse. Der Spalt war noch ziemlich breit, aber ihr blieb keine Zeit.

»Haltet Sie!«, schrie Amaury. »Diebin! Diebin!«

Letti schluckte, atmete tief durch und sprang. Die Mauer kam auf sie zugeschossen, und sie schickte ein Stoßgebet zu den alten Göttern, dass es reichen möge.

Tat es nicht. Letti tauchte knapp vor der Mauer ins kalte Wasser. Es schlug über ihr zusammen, etwas knallte gegen ihre Schulter und riss sie mit sich.

Die Strömung. Sie wollte schreien, beherrschte sich jedoch und schlug kräftig mit Beinen und Armen. Überall um sie herum sprudelte es, das Wasser kochte und spritzte.

Dann bekam sie Luft und sah die *Holde Berta.* Das Schiff glitt knapp an der Kaimauer entlang, einen halben Steinwurf entfernt. Männer standen an der Reling und suchten nach ihr. Einer entdeckte sie und schrie und deutete, doch Letti wurde von den Stromschnellen wie ein Blatt davongetragen.

Sie wurde herumgewirbelt, und noch einmal, und sie hatte alle Mühe, nicht unter Wasser gedrückt zu werden. Zum Glück konnte sie schwimmen und war gut trainiert vom Leben in den Gassen. Sie zwang sich zur Ruhe und ließ sich treiben. Der Fluss hatte viele Gesichter, sie brauchte eine ruhige Stelle, dann würde sie an Land schwimmen können.

Es kam aber keine ruhige Stelle. Der Strom schien Gefallen an ihr gefunden zu haben. Immer wenn sie dachte, jetzt würde das Wasser ruhiger werden, wurde sie wieder in einen Sog gerissen, der sie weitertrug, immer weiter hinaus aus der Altstadt. Bald war von der *Holden Berta* nichts mehr zu sehen. Ab und an bemerkte ein Passant auf einer der Brücken sie und rief, aber zu Hilfe eilte ihr niemand.

Nicht gut. Gar nicht gut. So langsam wurden ihre Arme und Beine müde. Hinzu kam die Kälte. Der Talister entsprang in den Himmelsspitzen und wurde im Sommer und Herbst von Schmelzwasser aus dem Gebirge gespeist. Das zog einem die Wärme aus dem Leib, vor allem wenn man so ein Hungerhaken wie Letti war.

Aber sie kämpfte und arbeitete sich Richtung Ufer. Irgendwann trieb ein dicker Ast vorbei, an den sie sich klammerte, um ihren Armen eine Pause zu gönnen. Als sie daran hing und die letzte der Brücken über ihr hinwegzog, dachte Letti an die Geschichten der Stadt. Im Eisentannenwald hatte man seit jeher die mächtigen Tannen geschlagen. Entastet waren sie zum Talister gekarrt worden, um sie dort in den Fluss zu werfen, damit er den Holzfällern den Transport abnahm. Das geschah in Tannrein, und so war der Name der Stadt entstanden, weil die Holzfäller immer geschrien hatten: »Tanne rein!«

Letti lächelte bei dem Gedanken, dass sie eine Tanne war, die gen Osten trieb. *In die Arme der fahlen Frau.*

Müde hob sie den Blick. Sie hatte die Stadt hinter sich gelassen und keine Ahnung, wann sie so weit abgetrieben worden war. Auch zog Nebel auf, der immer dichter wurde. Das irritierte sie. Nebel und Regen, wie ging das zusammen? Und wurde sie nicht auch langsamer? Überhaupt war es still geworden. Der Fluss rauschte und gluckerte kaum mehr. Ganz ruhig floss er dahin.

Ein zweites Mal mühte sie sich, den Kopf zu heben. Was sie voraus erblickte, ließ sie an ihrem Verstand zweifeln. Es schien, als staue sich der Talister. An den Rändern trat er über die Ufer, Sträucher und Büsche ragten aus dem braunen Wasser. Und eine Barriere aus Schwemmholz.

Ein Damm, ging es Letti durch den Kopf. Seit wann gab es hier einen Damm? Sie stellte sich die Biber vor, die es für die Errichtung eines solch gewaltigen Damms brauchte, und erschauderte.

Und dann begriff sie, dass dies ihre Rettung war. Über den Damm konnte sie an Land. Sie durfte nur nicht vorher ertrinken.

Aus dem Anblick schöpfte sie neue Kraft und schlug mit den schmerzenden Beinen. So verlangsamte sie noch ein wenig mehr ihr Tempo, bevor sie gegen das aufgeschichtete Holz stieß. Sie ließ den Ast los, tauchte unter Wasser, bekam Holz zu fassen und hielt sich fest. Ihre Finger waren kalt und steif, aber ihre Beine fanden Halt, und so schob sie sich irgendwie aus dem Talister hinauf auf den Damm.

Dort blieb sie keuchend liegen, schmeckte Essig auf der Zunge, gab nichts drauf und wartete, bis sich ihr Atem beruhigt hatte. »Und jetzt steh auf, Letti!«, flüsterte sie sich selbst zu. »Sonst erfrierst du hier. Beweg dich! *Los!* Nur so wird dir wieder warm!«

Sie glaubte ihren eigenen Worten nicht; glaubte nicht, dass ihr jemals wieder warm werden würde, aber sie stemmte sich hoch. Auf wankenden Beinen stand sie da und sah endlich, was hinter dem Damm lag. Es ließ ihr das Blut in den Adern gefrieren.

Hunderte Biber mit leuchtend gelben Augen und rosa Auswüchsen schafften Äste und Bäume heran, verdichteten den Damm und schufen eine Art Palisade dahinter. Sogar eine Handelsgaleere war verarbeitet worden, das Deck halb unter Wasser, der Mast gefällt. Dazwischen glänzte anderes Getier, das Letti noch nie in ihrem Leben gesehen hatte. Sie sah Hörner und Klauen und fahle Haut, Mäuler voller Reißer, Stoßzähne, Dornen, Panzer, Flossen und Schuppen. Die Wesen zischten und knurrten und fauchten, und da waren noch viel mehr hinter der Palisade im Wasser, ein Gewimmel wie von hunderten Würmern in feuchter Erde.

Zwischen all dem Fremden gab es aber auch eine vertraute Bewegung: Eine junge Frau schlenderte über das Deck des Boots, nackt, wie die Götter sie geschaffen hatten, und begutachtete das Werk der Biber. Ihre Haut war fahl wie Milch, an manchen Stellen geschuppt und knotig, das Haar glänzte grün wie Seetang, und ihre Augen glommen wie Sterne in der Nacht.

Die fahle Frau war also kein Märchen.

Kapitel 9

Stürmische See, an Bord der *Zwillingsfalke*

Die Sonne glitzerte auf den endlosen Weiten des Meeres. Kein Wölkchen zeigte sich am Himmel, einzig in der Ferne hing ein wenig Dunst. Artur blickte trotzdem finster drein. Ihm war das Meer nicht geheuer, nicht seit Leyna und Henning ihnen erzählt hatten, was in La Harb geschehen war. Die meisten Geschichten, die sie auf ihrer Reise nach Lensend gehört hatten, waren übertrieben gewesen, zumindest was Leyna anging, aber bei den Jundar hatten die Händler, Mägde und Reisenden eher untertrieben. Beim Gedanken, dass die Viecher jederzeit aus dem Meer kommen konnten, bekam Artur eine Gänsehaut. Ein Karren auf einer staubigen Straße inmitten der Südmark wäre ihm lieber gewesen.

Sein Vater trat neben ihn und lehnte sich auf die Reling, die Sonne im Gesicht. »Warum so grimmig?«

»Warum so gut gelaunt?«, blaffte Artur zurück.

»Weil wir endlich Gewissheit haben. Und Hilfe. Trotz des Wahnsinns mit Walburga.«

Artur blickte zum Hauptdeck hinab, wo Gallus und Henning die Klingen kreuzten. Jeden Tag kämpften sie miteinander, um sich vorzubereiten. Geschmeidig sahen ihre Bewegungen aus, wie ein Tanz zweier ebenbürtiger Krieger.

»Du solltest auch die Zeit nutzen, um zu üben«, riet sein Vater. »Es kann nicht schaden.«

»Ich habe meinen Bogen.«

»Der im Nahkampf mehr als ungeeignet ist. Frag die beiden einfach. Sie werden dir sicherlich ein paar Lehrstunden geben.«

»Ich werd's mir überlegen.«

»Überlege nicht zu lange, Junge.« Endres kam zu ihnen geschlendert. »Das ist das Problem der meisten Menschen. Sie wissen, was sie tun müssten, warten aber, bis es zu spät ist.«

Artur rollte mit den Augen. »Ihr und Eure schlauen Worte.«

»Nur die Wahrheit.« Der Alte lächelte und lehnte sich ebenfalls an die Reling, um dem Tanz zuzuschauen.

Der stand kurz vor dem Ende. Gallus und Henning badeten bereits in Schweiß und atmeten schwer. Gallus griff an, vollführte einen Hieb von links auf die schwächere Seite des Schmugglers. Der wich zurück, parierte den Schlag und stach dagegen, was Gallus erwartet hatte. Er lenkte den Stich ab und schlug mit der Faust nach Henning. Der fing sie ab, rotierte um die Achse, und wieder standen sie sich gegenüber, noch mehr schwitzend und schneller atmend als zuvor.

»Genug«, brummte Gallus, »oder was meint Ihr?«

»Ja, genug für heute.« Henning ließ seine Klinge sinken, trat vor und reichte dem Krieger die Hand. Der schlug ein.

»Wieder gut gekämpft«, sagte Gallus anerkennend. »Ihr hattet erstklassige Lehrmeister.«

»So wie Ihr. Wo habt Ihr gelernt?«

»Im Dienste Seiner Majestät von Tannrein. Erst Stadtwache, danach Heer. Allerdings wurde es in den letzten Jahren aus Kostengründen drastisch verkleinert, was mich die Anstellung gekostet hat. Einzig im Hügelland gibt es noch ein paar Scharmützel mit den Barbaren, aber ansonsten ist alles ruhig.«

»Seid froh!«, rief Endres vom Achterdeck herunter. »Lieber Frieden als Krieg.«

»Das kann man so und so sehen.« Gallus steckte sein Schwert weg, nickte dem Schmuggler noch einmal zu und stapfte zu den Kajüten, um sich umzuziehen.

Henning trat zu den dreien an der Reling. »Will von Euch jemand?«

»Mein Sohn«, sagte Dietz.

»Vater!«

»Was denn? Nutz die Gelegenheit!«

»Nicht heute.«

Henning sah zwischen ihnen hin und her und zuckte mit den Schultern. »Eure Entscheidung.« Dietz fragte er: »Habt Ihr schon einen Plan, wo wir an Land gehen?«

»Also entweder nördlich von Goldfeldern, und von dort über die alte Handelsstraße zum Wegkreuz. Dann müssten wir nur noch südlich am Talister entlang bis Tannrein marschieren.«

»Oder?«

»Wir könnten auch das Delta umschiffen und südlich des Hügellands der Barbaren an Land gehen.«

Henning dachte kurz nach. »Ihr meint an den tödlichen Riffen?«

»Genau. Dort erstreckt sich ein Meerbusen ins Landesinnere, die Bucht der Barbaren. Wenn Ihr die Riffe befahren könnt, kämen wir ein gutes Stück ins Landesinnere. Von dort würde uns der Weg an den Ausläufern des Hügellands vorbei, über Harins Tor und die alten Tempel der Marasz führen, zuletzt am Rand des Eisentannenwalds bis nach Tannrein.«

»Würden wir damit Zeit sparen?«

»Sicherlich ein paar Tage. Wir wären zwar etwas länger auf See, aber deutlich weniger an Land unterwegs.«

»Und die Barbaren?«, fragte Henning. »Man erzählt, sie wären kampfsüchtig. Und sie würden sich schwarze Kreise ins Gesicht tätowieren, damit ihre Seele bei Nacht den Körper verlassen kann.«

»Beides ist wahr, aber sie sind nicht mehr viele und leben zurückgezogen. Sie kommen nur noch aus ihren Hügeln, wenn die Winter streng werden und ihnen die Vorräte ausgehen. Außerdem hätte der Weg einen weiteren Vorteil: Es ginge nicht die ganze Zeit am Talister entlang, sondern nur das letzte Stück.«

Henning verstand, worauf Dietz hinauswollte. »Dann lasst uns das Delta ansteuern, die Lage prüfen und dann entscheiden.« Er wandte sich zum Gehen, als Endres ihn zurückhielt und fragte: »Wie geht es Eurer Frau?«

Hennings Gesicht verdüsterte sich. »Sie hadert mit dem Fluch.«

»Ist es schlimm?«

»Wie eine kalte Hand, die ihren Geist umklammert, sagt sie. Nicht gerade von Vorteil.«

»Können wir irgendetwas für sie tun?«

»Einen Weg finden, wie wir in die Feste Tannrein gelangen. Bis dahin seid Ihr aber wohl zum Nichtstun verdammt.«

»Ich könnte ihr alte Geschichten erzählen. Vielleicht finden wir so einen Weg, der bisher verborgen lag.«

Henning schien nicht überzeugt, sagte aber: »Ich werde sie fragen, ob sie Interesse hat. Momentan ringt sie noch mit dem Fluch.«

»Ist er wirklich nicht zu bannen?«, fragte Dietz.

»Nein.«

Alle fuhren herum. Wieder war sie lautlos erschienen.

»Leyna!« Henning trat zu ihr und gab ihr einen Kuss. »Wie geht es dir?«

»Wie es einer Verfluchten so geht.« Blass und müde sah sie aus, darüber hinaus konnte Artur keinen Unterschied feststellen. »Ich habe eine Idee, Henning.«

»Bezüglich des Fluchs?«

Sie nickte. »Es gibt Zeichen, um Dinge zu verschleiern, und Zeichen, um Dinge unsichtbar zu machen. Und es gibt Zeichen, die genau das Gegenteil bewirken. Vielleicht ist es möglich, den Fluch des Töters Gestalt annehmen zu lassen.«

»Und was soll das bringen?«

»Das weiß ich noch nicht, aber ist es nicht von Vorteil, den Feind zu sehen?«

»Immer«, pflichtete Dietz ihr bei. »*Lasst euren Feind nie aus den Augen*, hat unser Lehrmeister früher gesagt.«

»Das stimmt«, sagte Henning. »Aber wie willst du den Fluch sichtbar machen?«

»Mit einem Zeichenzirkel. Gibt es Farbe an Bord?«

»Sicherlich. Ein Fass für den Rumpf ist immer dabei.«

»Dann verrate mir, wo es ist, und lass mich tun.«

Henning musterte sie. »Seit wann brauchst du wieder Farbe?«

»Für einen beständigen Zirkel.«

»Verstehe.«

Wenig später schleppte er ein Fass aufs Achterdeck und öffnete es mit einem Brecheisen.

Leyna begutachtete die schwarze Farbe und befand sie für ausreichend. Sie krempelte sich die Ärmel hoch, tauchte Zeige- und Mittelfinger hinein und machte sich ans Werk. Auf die frisch geschrubbten Planken zeichnete sie einen Doppelkreis, schloss die Linien aber nicht vollends. Danach setzte sie ein großes Zeichen in die Mitte, welches aus mehreren gekreuzten Linien bestand. Schließlich widmete sie sich dem Doppelkreis und malte viele kleine Symbole in einem Ring drum herum. Mit kritischem Blick begutachtete sie den Zirkel, um zuletzt den Doppelkreis zu schließen.

Sofort erglühte die schwarze Farbe in dumpfem Schein und warf Blasen.

Das Schauspiel ließ sich niemand entgehen. Die Neugierde hatte sie alle aufs Achterdeck getrieben, Fratera wie Südländer. Sogar Fronicka war an Deck gekommen, die seit dem Tod ihrer Mutter völlig neben sich stand. Sie hielt am meisten Abstand, nur etwas mehr als Artur. Ihm war unwohl bei der Magie; ebenso wie Gallus, der sich zu Fronicka gesellte, die Hand am Schwertgriff.

Nur der Schmuggler hatte keine Furcht. Er stand neben Leyna, betrachtete die Zeichen und fragte: »Und jetzt?«

»Werden wir hoffentlich das Unsichtbare aufzeigen.« Leyna lächelte verhalten und trat mit einem großen Schritt in den Zirkel.

Artur zuckte zusammen, und ein Raunen ging durch die Versammelten. Es war ein seltsamer Anblick: Auf Leynas linker Schulter saß ein Rabe. Seine Gestalt waberte, als bestünde er aus Rauch, und als Leyna mit den Fingern nach ihm griff, glitten sie tatsächlich hindurch.

Henning starrte auf den Raben. »Also hatte ich mich in der Schänke nicht getäuscht.«

Sie nickte. »Es hatte nach einem Vogel ausgesehen, nicht? Da ist er.« Leyna hielt ihm die Hand hin, die er kritisch beäugte, aber sonst schien sie ihn nicht zu stören. Er reckte sogar die Flügel, nur um sie wieder zu schließen.

»Und was ist das?« Henning zeigte über Leyna Richtung Mast. Da erst bemerkte Artur ein blasses Band aus Lichtfunken, die gen Osten flogen und außerhalb des Zirkels verblassten.

Leyna betrachtete es. »Vermutlich das Band, das Ilka zwischen ihr, mir und deinem Bruder geknüpft hat.«

»Ich dachte, ihr hättet es beendet.« Eine Art Vorwurf schwang in Hennings Stimme.

»Erst wenn alle Seiten es beenden, wird es verschwinden, hat Ilka gesagt. Offensichtlich hat Nante es nicht beendet.«

»Aber du hast keinen Kontakt mehr zu ihm, oder?«

Leyna schüttelte den Kopf, den Blick in die Ferne gen Osten gewandt, als sehe sie dort etwas.

»Schiff voraus!«, rief da prompt ein Fratera aus dem Krähennest herab. »Bleiche Segel! Vermutlich ein Dreimaster!«

Alle wandten sich Richtung Osten, und Henning trat vorwärts, in den magischen Zirkel.

Schon schrie jemand, Aufregung erfasste die Anwesenden, und Leyna wisperte entgeistert: »Henning ...«

»Was ist? Ich ...« Er erstarrte und wandte ganz langsam den Kopf nach links. Auch auf seiner Schulter saß ein Rabe aus Rauch. Aus schwarzen, stechenden Augen taxierte das Schattenwesen den Schmuggler, irgendwie listig, und dann krächzte es laut.

Es hörte sich wie ein höhnisches Lachen an. Wie das Lachen der Wächterin höchstpersönlich.

Kapitel 10

Stürmische See, an Bord der *Zwillingsfalke*

Henning starrte den rauchigen Raben auf seiner Schulter an, und erst langsam dämmerte ihm, was dessen Anwesenheit bedeutete. Ein Zittern lief durch seine Beine, und würde nicht Peer im Krähennest erneut rufen, dass sich ein Schiff näherte, wäre Henning womöglich in die Knie gegangen. So machte er drei Schritte vorwärts, suchte Leynas Blick, deren Augen riesengroß waren, wandte sich dem nahenden Schiff zu und schrie: »Alle auf ihre Posten! Du erstattest weiterhin Bericht, Peer!«

»Aye, Käpt'n!«

Henning wollte losstürmen, doch Leyna hielt ihn zurück. »Der Fluch«, raunte sie. »Wie kann das sein, dass auch du …«

»Später!« Er riss sich los. Sein Blick streifte die Südländer, die blass herumstanden und ihn misstrauisch beäugten, dann war Henning schon an den Stufen hinab aufs Hauptdeck. Er brüllte dem Steuermann zu: »Kurs halten!«, und hastete weiter zum Bug. Der Rabe auf seiner Schulter war verschwunden, als er den Zeichenzirkel verlassen hatte, aber er meinte ihn zu spüren, die Krallen auf der Schulter, ein sanfter Flügelschlag an der Wange, und in seinen Ohren hallte das Krächzen nach.

»Schiff kreuzt!«, rief Peer aus dem Krähennest herab. »Die segeln hart am Wind!«

Direkt auf uns zu. Henning war mit drei Sätzen auf dem Vorderdeck und kletterte ein Stück die Takelage empor.

Der Dreimaster war nun deutlich zu erkennen. Schlichte Segel ohne Farbe, ohne Flagge, ohne Wappen. Hennings Herz klopfte schneller. Konnten es Fratera sein? Sie kamen ihnen direkt aus Osten entgegen, wo die Inseln des ewigen Schlafs lagen. War es womöglich sogar sein Bruder?

Henning horchte in sich hinein, ob er seinen Zwilling irgendwie fühlte, aber da war nichts. Er wusste nicht, ob er sich darüber freuen oder deshalb weinen sollte.

Das Schiff kreuzte abermals und schob sich wieder auf die andere Seite. Die Segel wurden größer und größer. Mittlerweile erahnte Henning die Galionsfigur – und erschauderte. Ein schwarzer Vogel hing unterhalb des Bugspriets, die Klauen zum Fang gespreizt, den Schnabel weit aufgerissen. Kein Rabe, sondern ein Falke, der Schnabel leuchtend gold.

Da lachte Peer herab. »Es ist Euer Bruder, Käpt'n!«

Nante. Der Vielstimmige. Die irren Zwillinge.

Und da entdeckte er ihn. Nante hing genau wie er in der Takelage und blickte ihrem Schiff entgegen. Sein wirres, schulterlanges Haar wallte im Wind.

»Segel bergen!«, rief Henning, ohne den Blick von Nante zu nehmen. »Soll er Kurs in den Wind nehmen!« Er kletterte aus der Takelage und sprang auf die Planken. Dort wartete Leyna auf ihn. Die kam ihm gerade recht.

»Und du willst nichts davon gewusst haben?« Er zeigte zur *Nachtfalke.* »Was läuft da hinter meinem Rücken?«

»Gar nichts! Ich habe seit La Harb nicht mehr mit ihm kommuniziert.«

»Und woher weiß er dann, dass wir genau hier unterwegs sind? Zufall? Vergiss es!«

»Vielleicht seine Stimmen!«

»Ja, seine Stimmen.« Henning wandte sich grimmig ab. Er wusste, dass er unfair war, denn sie hatte ihn noch nie angelogen, aber irgendwann war immer das erste Mal. Sie wusste, dass ihm das Band zwischen ihr und Nante nicht geheuer war. Er war davon ausgeschlossen, und somit entzog es sich seiner Kontrolle.

»Sie steuern bei!«, rief Peer herab.

»Dann macht das Tauwerk fertig!«

Henning ließ Leyna stehen und stapfte nach steuerbord. Dort wickelte er ein daumendickes Seil von der Halterung, um es an Bord des anderen Schiffs zu werfen. So konnten sie die beiden Boote vertäuen.

Und schon war es so weit. Die *Nachtfalke* glitt vorbei. Seile wurden hin- und hergeworfen, Fratera lachten und grüßten und polterten. Nur Henning und Nante schwiegen, beide auf ihrem Hauptdeck stehend, sich gegenseitig musternd, mit Wind im Haar.

Nante brach als Erster den Bann. Er lächelte, nahm kurz Anlauf und sprang herüber, um direkt vor seinem Bruder zu landen. »Freude hat dir auch schon mal besser gestanden!« Dann umarmte er Henning.

Dem entwich ein harter Atemzug, bevor er die Umarmung erwiderte. Nachdem er seinen Bruder eine Armlänge von sich geschoben hatte, sagte er: »Scheiße schaust du aus.«

»Dito.« Nante musterte Hennings linke Schulter, dann fixierte er wieder seinen Bruder. »Ich dachte, ich mache euch eine Freude und erspare euch ein paar Tage auf See.«

»Woher wusstest du's?« *Von ihr?* Die letzten Worte sprach Henning nicht aus, aber Nante verstand sie auch so.

»Tu ihr nicht unrecht, Bruder. Sie hat damit nichts zu tun.« Er wandte sich ab, rief: »Leyna!« und war bei ihr. Herzlich fielen sich die beiden in die Arme.

Tu ihr nicht unrecht. Die Worte hallten in Hennings Kopf nach, als er das Wiedersehen der beiden beobachtete. Wie alte Freunde verhielten sie sich, eine lange Umarmung, ein Lächeln, ein paar geflüsterte Worte, ein Nicken.

Dann wurde Nante ernst und betrachtete sie abwechselnd. »Ihr habt also einen Töter an Bord?«

»Woher –?«

»Es ist nicht zu übersehen.« Nante streckte den Arm vor Leynas linke Schulter, als böte er ihn einem Falken zur Landung an.

Leyna stieß einen Schrei aus, und plötzlich saß ein Rabe auf Nantes Arm. Ohne ein Wort zu verlieren, trat Nante zu Henning und wiederholte die Prozedur. Auch Henning spürte etwas, dann saßen beide Raben auf dem Arm seines Zwillingsbruders.

Ein Raunen ging durch die Südländer und auch durch einige Fratera. Nante war selbst ihnen nie ganz geheuer gewesen.

»Nett.« Der Vielstimmige musterte die Raben und kraulte ihnen das rauchige Gefieder, ohne dass seine Finger hindurchglitten. »Und so überflüssig.« Mit einem Ruck warf er sie in die Lüfte, und sie waren verschwunden.

»S-S-Sind sie weg?«, wagte der junge Jäger zu fragen.

Nante schüttelte den Kopf. »Erst wenn Leyna ihre Pflicht erfüllt hat.«

Die sah ihn neugierig an. »Woher weißt du das alles?«

Er zuckte mit den Schultern und rief plötzlich mit Walburgas hoher, kehliger Stimme: *»Iar horadri! Sempre kel y Moras y kel tallas. Victi múo Sancti! Iar horadri!«* Dabei wurden die Raben für einen Moment sichtbar; sie saßen wieder auf Hennings und Leynas Schulter. »Ich habe die Worte gehört«, sagte er mit seiner eigenen Stimme. »Der Wind wisperte sie bis zu den Inseln.«

»Und was bedeuten sie?«, wollte Henning wissen. »Und warum habe *ich* einen Scheißvogel auf der Schulter?«

»Weil der Fluch so gewirkt wurde. *Iar horadri!* Ihre Liebe.«

Leyna klappte der Mund auf. »Du meinst, es wird nicht meine Seele gefressen, sondern ...«

»Die deiner Liebe.« Nante nickte Henning zu.

Der spürte, wie er blass wurde. »*Ich* würde sterben?«

»Mehr als das. Deine Seele würde gefressen werden. Kein Besuch der Wächterin, dafür endlose Qualen.« Nante zuckte mit den Schultern, als spräche er nicht über seinen Bruder. »Aber so ist es nun mal, das Leben. Dreist und drollig.« Er wandte sich ab und lief direkt zu Endres. »Ein Geschichtenerzähler, wie interessant.« Danach begutachtete er auch die anderen Südländer, einen nach dem anderen, als wären sie Absonderlichkeiten, und kam wieder zurück zu Henning und Leyna. »Eine spannende Gesellschaft habt ihr da beisammen.«

»Noch spannender jetzt mit dir«, brummte Henning. »Du hast gesagt, du wolltest uns ein paar Tage ersparen. Was meinst du damit?«

»Ach, ihr wollt doch nach Tannrein und nicht zu den Insel des ewigen Schlafs, oder irre ich mich?«

»Haben dir das auch deine Stimmen verraten?«

»Nein, auch wenn sie wieder flüstern. Aber euer Ziel ist offensichtlich: Tannrein, die Geburtsstätte der Jundar. Es ist wie so oft: Der Anfang ist das Ende, und das Ende der Anfang. Irgendwie magisch, hab ich nicht recht, Endres Geschichtenerzähler?«

Der Alte schluckte hörbar, weil Nante seinen Namen kannte. »Ja«, sagte er, »so lautet die Wahrheit.«

Nachdem sie die Schiffe vertäut, die Segel gesetzt und wieder Kurs gen Osten genommen hatten, bat Henning Leyna und Nante zu sich in die Kapitänskajüte. Dort sank er auf einen Stuhl, schenkte sich zwei Fingerbreit Rum in ein Glas ein und leerte es in einem Zug. Dann wandte er sich an die beiden anderen.

»War der Auftritt vorhin nötig?«, fragte er seinen Bruder. »Spätestens jetzt sind die Südländer vollends verstört.«

»Ich würde eher sagen, jetzt haben sie den nötigen Respekt vor mir. Und das ist gut so, denn dann behelligen sie mich nicht.«

Henning wollte etwas erwidern, doch Leyna kam ihm zuvor. »Und wie hast du das gemacht? Dass sie auf deinen Arm flogen, als wärst du ihr Herr?«

»Ich habe ihn ihnen einfach nur angeboten. Weiter nichts.«

»Das ist ein Scherz?«

»Nein. Da war nichts dabei.«

»Aber warum wurden sie dann sichtbar?«

»Weil ich sie auch darum gebeten habe. Aber das tut jetzt wenig zur Sache.«

»Das glaub ich auch.« Henning schenkte sich noch einmal einen Fingerbreit Rum ein. »Die Frage ist: Kriegen wir den Fluch wirklich nur los, wenn wir die Jundar besiegen?«

»Nicht besiegen, sondern befrieden.«

»Aber *tallas* bedeutet *besiegen*«, sagte Leyna.

»Nicht in der früheren Bedeutung. Frag mich nicht, warum, aber ich weiß es. Du musst ihnen den Frieden bringen. Das ist alles.«

Leyna und Henning schnaubten gleichzeitig. »Und wie sollen wir das machen?«

»Keine Ahnung.«

»Toll! Das ist wieder mal eine Wahnsinnshilfe!«

»Sei nicht immer so undankbar, Bruder. Frag mich lieber, wie es um die Inseln steht.«

»Das hätte ich schon noch, keine Sorge.« Die Brüder musterten sich aus blauen Augen. »Und?«, fragte Henning schließlich. »Hast du was erreicht?«

»Drei Gevierte sind von Regenmachern befreit. Du willst nicht glauben, wie viele ich gefunden habe. Die Magie muss den Fratera im Blut liegen, auch wenn sie das nicht wissen.« Nante strich sich Haare aus der Stirn. »Einzig das Geviert des Braunbarts ist noch in Regen gehüllt.«

»Und Kea?«

Nantes Gesicht verschloss sich noch mehr. »Unauffindbar.«

»So, wie du es sagst, klingt das komisch. Was ist?«

»Ich weiß es nicht.« Nante schüttelte hilflos den Kopf. »Ich kann es euch wirklich nicht sagen. Die Stimmen haben monatelang geschwiegen. Vor ein paar Tagen jedoch haben sie plötzlich wieder gewispert und mir eine seltsame Vision beschert.« Er zitterte bei der Erinnerung.

»Was für eine Vision?«, wollte Leyna wissen.

»Eine Vision der Jundar, angeführt von einer fahlen Frau.«

»Einer Frau?« Henning furchte die Stirn. »Wie ist das zu erklären?«

»Das weiß ich noch nicht, aber die Jundar brüllten nicht mehr *Se Jundar*, sondern *Iar Jundar*.«

»Ihre Diener«, übersetzte Leyna.

»Ganz genau. Und das macht mir Angst, und ich kann nicht mal sagen, warum.«

»Kannst du die ... die Vision mit uns teilen?«

Nante zuckte mit den Schultern. »Womöglich.« Er streckte ihnen die Hände entgegen. »Aber seid gewarnt, es war verstörend.«

»Nicht verstörender als ein Rabe aus Rauch auf meiner Schulter.« Leyna griff nach Nantes Rechter, Henning nach kurzem Zögern nach seiner Linken.

»Schließt die Augen«, sagte Nante, »und dann *hört!*«

Im ersten Moment hörte Henning gar nichts, dann ein leises Wispern. Es wurde lauter und lauter, zu Worten, die er nicht verstand, und mit ihnen kamen Bilder von unzähligen Leibern, glänzenden Schuppen und Flossen. Von Gischt und Meer und Salz. Von Kehlen, die kreischten, die gurrten, die schrien, die sangen, hohl und kehlig, schnarrend und zischend, voller Wut und Zorn. Überall gurgelte dunkles Wasser voller Luftblasen, silbernen Sternen gleich. Darin wimmelte es von ihnen.

Henning wollte die Hand seines Bruders loslassen, doch der hielt ihn fest, und so wurde Henning tiefer ins Meer gezogen, immer tiefer in die Dunkelheit. Um ihn herum brodelte es, die Jundar umschwärmten ihn zu tausenden. Es war ein bizarrer Anblick, ein Furcht einflößender Traum.

Und es wurde noch seltsamer, als die Jundar plötzlich auseinanderstoben wie Makrelen vor großen Jägern. Etwas näherte sich aus der Dunkelheit. Bleiche Arme, blasse Beine und Haar so grün wie Seetang, das ihr Gesicht verbarg.

Die Frau schwebte durch das Wasser, grausig anzusehen und doch mit einer Schönheit, die einen in den Bann schlug.

»Hört!«, wehte Nantes Stimme heran, und Henning hörte.

»Iar Jundar!«, sangen sie. *»Iar Jundar! Iar Jundar!«*

»Nein!« Leynas heisere Stimme. *»Ihr dürft nicht hören, sondern ihr müsst sehen! SEHEN!«*

Vor der bleichen Frau flammte ein Zeichen auf, das an ein Auge erinnerte. Es schimmerte erst mattblau, dann hellblau, schließlich in sattem Türkis. Es erhellte die bleiche Frau, die plötzlich mit den Armen zuckte. Sie riss den Kopf herum, nach links und rechts und links und rechts. Ihr Haar folgte ihren Bewegungen, umwölkte sie wie ein dunkler Kranz.

»SEHT!«, schrie Leyna. Und zur Frau: »ENTHÜLLE DICH!«

Und die Frau enthüllte sich. Sie riss den Kopf nach vorn und dann weit nach hinten. Dabei schlug sie mit den Armen wie bei einem Schwimmzug. Ihr Haar glitt an ihr vorbei und enthüllte endlich ihr Gesicht.

Henning schrie vor Schreck und ließ Nante los. Im gleichen Herzschlag war er zurück in der Kajüte und taumelte rückwärts, bis er gegen die Wand stieß.

Leyna und Nante standen noch da, Hand in Hand. Ihre Gesichter waren zu Grimassen verzerrt, auf Nantes zeigte sich nackte Panik.

Auch er hatte die Frau erkannt.

Da ließ Leyna Nantes Hand los. Auch sie stürzte beinahe vom abrupten Wechsel in die Wirklichkeit. Ihr Atem kam schwer. »Ihr ... ihr kennt sie ... oder?«

Henning schluckte hart und nickte. »Es ist ...«

»Kea.« Nante öffnete die Augen. Tränen rannen über seine Wangen. »Unsere kleine Schwester.«

»Eure Schwester?«

Nante nickte. »Die Herrin der Regenmacher.«

Teil 2:

DIE FAHLE FRAU

Kapitel 11

Südmark, vor den Toren Tannreins

Letti hatte Tränen in den Augen. In etwa dreihundert Fuß Entfernung erhob sich das siebentürmige Osttor in den grauen Abendhimmel. Es war Teil der zweiten Stadtmauer, die die Außenbezirke umschloss. Die alte Mauer nahe der Burg diente nur noch als Schutz für die Altstadt, sollten je die äußeren Bezirke fallen.

Das war bisher nie geschehen. Die Mauern waren dick und mit Wehrgängen versehen. Soldaten patrouillierten rund um die Uhr mit Fackeln. Es gab Schießscharten und Ausgüsse für heißes Pech, ebenso bereitliegende Steinbrocken, die man auf die Angreifer werfen konnte.

Jeden Abend zum siebten Glockenschlag verschloss man das Tor über Nacht. Wer zu spät kam, musste vor den Toren bis zum nächsten Morgen lagern. Letti war das ein einziges Mal passiert, und dabei wäre sie beinahe umgebracht worden. Obwohl es mit Räubern kaum mehr Probleme gab, trieb sich Gesinde in den Schatten herum, denen eine junge Frau gerade recht kam. Damals hatte sie fliehen können, aber Letti floh heute nirgends mehr hin. Sie konnte sich kaum mehr auf den Beinen halten, so müde und schwach war sie. Sie spürte weder ihre Finger noch ihre Füße, dafür schlug ihr Herz wie eine Trommel, und ihr Atem kam in schnellen Stößen.

Letti musste es in die Stadt schaffen, andernfalls würde

sie heute Nacht sterben. Aber das war undenkbar. Sie hatte zwei Fläschchen flüssigen Galgen mit einer Binde an ihren Oberschenkel gebunden, der war ein Vermögen wert und wurde gebraucht. Nein, Sterben kam für Letti nicht infrage, nicht nachdem sie den Talister überlebt und unentdeckt der fahlen Frau entkommen war. Und noch stand das Tor offen. Sie sah die Torfeuer brennen, die Schatten der Stadtwachen, ihre Speere und Schwerter. Und dann schlugen die drei Türme Tannreins zur siebten Stunde.

Letti stolperte und fiel in den Matsch. Sie stöhnte und reckte die Hände. »Bitte«, flehte sie. »Bitte nicht!«

Irgendjemand packte sie von hinten und zerrte sie auf die Beine. »Komm, Kind! Weiter!« Es war eine ältere Frau, blass und grimmig, die auf das Tor zuschlurfte. Mit kräftiger Stimme rief sie: »Wartet! Zwei arme Seelen suchen noch den Schutz der Stadt!«

Letti stolperte neben ihrer Retterin her und sah, wie sich ein Kerl der Stadtwache zu ihnen herumdrehte, während der andere schon im Torhaus verschwand, vermutlich um das eiserne Gatter herabzulassen.

»Keine Ausnahme!«, schrie er zurück. »Zum siebten Glockenschlag ist letzter Einlass! Gerade jetzt, wenn die fahle Frau ihr Unwesen treibt.«

»Ihr undankbaren Flegel!«, rief die Alte. »Der Schlag ist noch nicht einmal verhallt! So wartet!« Sie schlurfte schneller dahin, sodass Letti nicht mehr mithalten konnte. Sie fiel zurück, stürzte wieder und sah, wie die Alte das Tor erreichte.

Der Stadtwächter versperrte ihr jedoch den Weg. »Ihr seid zu spät«, blaffte er.

»Aber das Tor ist noch offen!«

»Für Euch nicht mehr, außer Ihr habt einen Groschen für mich.«

»Einen Groschen? Ihr Halsabschneider!« Sie spuckte ihm vor die Füße.

Das ließ Zorn in seinem Gesicht aufblitzen. »Dann fort mich Euch, Weib! Tretet mir ja nicht mehr unter die Augen!« Er legte drohend die Hand auf den Schwertgriff, was sie wirklich umkehren und davonschlurfen ließ. Ihre Schimpftirade verhallte in der Nacht.

Letti stöhnte: »Bitte! Bitte! Ich habe Geld!«

Der Stadtwächter schien sie nicht zu hören, denn er rief zu seinem Kollegen: »Undankbar sind sie auch noch! Schließ das Tor, Eddi!« Er wollte in der Sicherheit der Stadt verschwinden, als Letti es noch einmal versuchte: *»Ich habe Geld!«*

Er blieb stehen, wandte sich um. »Was hast du gesagt?«

»Ich habe Geld.« Alles drehte sich um Letti. Trotzdem wiederholte sie: »Ich hab Geld, ja, ich hab Geld.«

Sie registrierte, dass er sich rührte. Mit einer Fackel kam er näher. Als der Schein sie erhellte, rümpfte er die Nase. »Du und Geld? Dass ich nicht lache!« Er spuckte direkt neben sie in den Morast. Wieder wollte er gehen, doch Letti griff nach seinem Bein.

Das ließ ihn grunzen. »Lass deine dreckigen Finger bei dir, oder ich schneide sie dir ab!« Er schlug nach ihr und traf sie in die Rippen.

Ihr entwich ein Wimmern, und sie wand sich im Dreck. *Das war es also*, ging es ihr durch den Kopf, der sich mit immer wirreren Gedanken füllte, doch dann sah sie ihn im Fackelschein: den Silberfaden über dem Wappen des Königs auf seiner Brust.

Sie blinzelte, doch da war er schon am Gehen. »Nein!«, keuchte sie. »Geht nicht! Ihr seid doch ein Diener Ihrer Majestät?«

Wieder blieb er stehen. Ganz langsam wandte er sich zu

ihr um, musterte sie argwöhnisch, dunkle Schatten auf dem Gesicht, und kam wieder näher. »Was hast du gesagt?«

»Dass Ihr doch ein ergebener Diener Ihrer Majestät seid.«

Er beugte sich zu ihr herab. »Wer will das wissen?«

»Nur ein Kind«, sagte sie, doch ihre Finger glitten unter der immer noch feuchten Kleidung des Giftmischers in ihre Unterhose. Sie spürte fast nichts, so taub und kalt waren ihre Finger, und doch ertastete sie ihr Schamhaar und zuletzt im geheimen Täschchen die Messing-Mark. Die zog sie mit letzter Kraft hervor und hielt sie ihm zitternd hin.

Er nahm sie ihr aus der Hand und betrachtete sie im Fackelschein von beiden Seiten. Es war keine gewöhnliche Messing-Mark – statt dem Konterfei des Königs auf der einen und dem der Königin auf der anderen Seite, zierte die Königin beide Seiten.

»Bei den Göttern!«, murmelte er und steckte die Münze ein. »Armes Kind!« Er bückte sich, hob sie aus dem Dreck und trug sie auf seinen starken Armen in den Schutz der Stadt.

Letti bekam davon nicht mehr viel mit. Sie spürte nur das Schaukeln seines Gangs, kurz den wärmenden Hauch des Torfeuers, und zuletzt hörte sie das laute Rattern des Gatters, das sich hinter ihnen schloss.

Kapitel 12

Südmark, an der Küste nördlich von Goldfeldern

Das Fischerdorf bestand mehr aus Hafen als aus Dorf. Nur ein paar weiß getünchte Häuser schmiegten sich zwischen Baumbestand an den Hang. Ein Weg aus Kopfsteinpflaster führte vom Hafen aus hinauf und verschwand im Wald.

Der Hafen war nicht riesig, aber bestens ausgebaut. Eine massive Kaimauer erzeugte eine Bucht und schützte die Schiffe vor Stürmen und hohem Wellengang bei Sturm. Am Rande ging die Kaimauer direkt in ein Gebäude über. Ein schmiedeeisernes Schild mit einem Krug, aus dem eine Haiflosse herausschaute, rostete an zwei Ketten. Auf der halb offen stehenden Tür stand *Zum Haifisch.* Lichter brannten keine, und Anwohner waren auch nicht zu sehen. Überhaupt war es zu still. Kein Hämmern, kein Sägen, keine Rufe – nur die Brandung und das Rascheln des Waldes am Hang.

»Scheint verlassen zu sein«, sagte Dietz erstaunt. Er saß mit seinem Sohn, Gallus, Henning, Nante und Leyna in einem Ruderboot, mit dem sie in den Hafen fuhren, um die Lage zu prüfen.

»Sie haben aber die Boote dagelassen«, bemerkte Henning erstaunt. Mindestens zwei Dutzend Fischerboote in verschiedenen Größen lagen im Hafen vor Anker.

»Aus Angst«, brummte Gallus. »Wenn ich eure Geschichten höre, wäre ich auch geflüchtet.«

»*Ihr* wäret geflüchtet?«

»Natürlich! Was glaubt Ihr, warum ich noch lebe? Man muss wissen, welchen Kampf man kämpft, und welchen nicht.«

»Sie sind sicher ins Landesinnere geflüchtet«, meinte Artur leise. »Richtung Goldfeldern oder Tannrein.«

»Oder gen Westen, weit weg von jedem Fluss, der mit dem Meer verbunden ist«, meinte sein Vater.

Schweigend ruderten sie weiter, bis das Boot über Kiesel schabte. Nante und Henning sprangen als Erste hinaus, schoben es noch weiter aus dem Wasser, wo sie es an Ketten vertäuten, die den Strand überzogen wie eiserne Adern.

Als sie alle an Land waren, fragte Leyna: »Und vom Wald hat man einen guten Blick über das Delta?«

»Einen erstklassigen«, versicherte Artur. »An klaren Tagen fast bis Tannrein. Endres erzählte einmal, der Talister wäre früher viel höher geflossen und habe sich im Laufe der Jahrhunderte ins Land gegraben. Entsprechend ist das Delta von Hügeln umgeben. Es gibt mehrere solcher Aussichtspunkte. Auf einem habe ich den Hirsch erlegt.«

»Wie weit ist das von hier entfernt?«, wollte Henning wissen.

»Einen Tagesmarsch vielleicht.«

»Also könnten sich auch hier befallene Tiere herumtreiben. Seid auf der Hut!«

Gallus zog schon sein Schwert. »Worauf Ihr Gift nehmen könnt.«

Dicht beieinander bewegten sie sich über den Kieselstrand zum *Haifisch*. Sie spähten durch die schlierigen Fensterscheiben, und Dietz schlich hinein.

Kurz darauf kam er wieder heraus. »Keine Menschenseele weit und breit. Die Lebensmittelkammern sind geplündert.«

»Dann weiter.«

Sie verließen den Hafen und stiegen den gepflasterten Weg empor. Die Häuser waren allesamt dunkel, und aus keinem Kamin stieg Rauch auf. An ein paar Türen rüttelten sie, doch die meisten waren verriegelt und verrammelt.

Immer weiter ging es den Hügel hinauf, und wenn sie zurückblickten, sahen sie die *Zwillingsfalke* und die *Nachtfalke* außerhalb des Hafens vor Anker liegen.

Schließlich erreichten sie das Ende des Fischerdorfs, ohne irgendjemanden gesehen zu haben.

»Wohin jetzt?« Henning betrachtete den Wald, die Hand am Schwertgriff.

»Noch ein Stück weiter, bis ein Trampelpfad links wegführt.«

»Dann geht vor, Meister Dietz.«

Im Schatten des kahl werdenden Waldes liefen sie weiter, und Leyna flüsterte: »Ist es nicht unnatürlich still? Man hört nicht einen Vogel.«

»Grabesstill«, bestätigte Gallus.

»Selbst die Tiere scheinen geflohen zu sein.« Artur erschauderte. »Aber die spüren ja die Gefahr oft vor uns.«

»Wahre Worte«, bestätigte sein Vater.

Endlich erreichten sie den Pfad und bogen ab. Die Bäume rückten näher heran, die Äste zum Teil entlaubt, zum Teil noch mit braungoldenen Blättern bestückt. Ab und an fuhr ein Windstoß hindurch und ließ sie rascheln oder einen Ast knarren.

»Gruselig«, wisperte Artur. »Habt ihr so etwas schon einmal erlebt?«

»Noch nie«, antwortete Henning.

»Nicht mal auf den Inseln«, sagte Nante. »Dort lebt zwar auch niemand mehr, aber den Tieren geht es prächtig.«

»Pssst!« Dietz hob den Arm. »Wir sind gleich am Plateau.«

Schweigend führte er die Gesellschaft weiter, bis sich der Wald lichtete. Eine markante Felsformation kam in Sicht. Flechten und knöchelhohe Sträucher wuchsen zwischen den Ritzen.

Der Ausblick über das Delta des Talisters und die Hügel verschlug ihnen die Sprache. Dunkle Regenwolken erstreckten sich einem Band gleich über den Strom bis weit ins Landesinnere. Es schien, als berührten die Wolken den Fluss, doch es waren Regenschlieren, wie Henning wusste. Der ganze Wahnsinn begann am Meer, das in Küstennähe vollständig unter Wolken verschwand. Ebenso Goldfeldern. Die Stadt, vom Plateau aus eigentlich gut zu sehen, war unter der Regenglocke versteckt. Die Felder drum herum glänzten wie mit flüssigem Silber übergossen.

»D-d-d-das ...«, stammelte Artur und verstummte.

»Ist Hochwasser.« Dietz' Stimme zitterte. »Bei den Göttern! Die ganze Ernte! Die Stadt! Die Menschen!« Er wollte losstürmen, doch Henning hielt ihn zurück.

»Allein könnt Ihr gar nichts ausrichten, Meister Dietz!«

»Aber ...«

»Glaubt es mir. Es ist wie in La Harb. Spätestens jetzt besteht kein Zweifel mehr.«

Leyna erklomm einen Felsen und ließ den Blick schweifen. Schließlich schüttelte sie den Kopf. »Sie nutzen den Fluss wie eine Hauptverkehrsader.« Sie zeigte auf eine Straße, die an höher gelegenen Stellen aus dem Hochwasser ragte. »Ist das der Weg zum Wegkreuz, von dem Ihr gesprochen habt?«

Der ältere Jäger nickte.

»Dann werden wir so nicht nach Tannrein gelangen«, stellte Henning fest, »außer Ihr seid lebensmüde und wollt Euch per Ruderboot in den Talister wagen.«

»Nicht mit mir«, knurrte der Ritter.

»Dann ist es beschlossen? Wir segeln weiter zur Barbarenbucht?«

»So sei es«, sagte der Ritter.

Auch Dietz und sein Sohn nickten, beide völlig geschockt vom Anblick ihrer Heimat. In Dietz' Augenwinkel glitzerten Tränen.

Da flüsterte Nante: »Etwas beobachtet uns.« Lautlos zog er seinen Dolch aus dem Gürtel. »Könnt ihr es riechen?«

Henning atmete tief ein. »Essig…« Auch er zog sein Schwert. »Irgendeine Ahnung, was und wo es ist, Nante?«

Sein Bruder schüttelte den Kopf, musterte den stillen Wald. Als ein Ast knackte, fuhren alle herum.

Als sich nichts rührte, sagte Gallus mit zitternder Stimme: »Wir sollten umkehren.«

»Das mein ich auch. Wir haben gesehen, was wir sehen mussten«, sagte Dietz.

Henning nickte und trat als Erster auf den Pfad. »Dann los! Bleibt dicht beieinander!« Er zog Leyna hinter sich, und so liefen sie den Trampelpfad zurück, die Waffen gezückt, die Nerven gespannt wie Bogensehnen.

Auf halbem Weg zurück zur Straße vernahmen sie ein Keuchen aus dem Unterholz.

Henning blieb stehen. »Was war das?«

»Keine Ahnung.« Leyna blieb dicht hinter ihm, die Hand erhoben, um jederzeit ein Zeichen in die Luft malen zu können.

Wieder keuchte etwas. Ein dumpfes Poltern folgte.

Artur schluckte. »Das klingt wie ein…«

»Bär!« Dietz zog einen Pfeil aus dem Köcher, als sich Äste teilten und ein Ungeheuer von Braunbär ausspuckten. Das Untier preschte auf allen vieren heran und brüllte im Zorn, die Schnauze mit den großen gelben Zähnen weit aufgerissen. In seinem Nacken hing ein violettes Ding, dessen Tentakel sich tief ins Fell gruben.

»Vorsicht!«, schrie Henning und fuhr mit der Paladinklinge herum.

Dietz ließ den Pfeil schon von der Sehne schnellen, verfehlte jedoch den Kopf des Bären um eine Handspanne. Das Monster war heran und schnappte nach dem Jäger, erwischte ihn am Gurtwerk des Köchers und riss den ganzen Mann zu sich, um ihn zu schütteln wie eine Katze eine Maus.

»Für Tannrein!« Gallus drängte vor. Sein Schwert verpasste dem Bären eine klaffende Wunde an der Flanke.

Der brüllte vor Wut und Schmerz, schleuderte Dietz Richtung Gallus und stellte sich auf die Hinterbeine. Mindestens acht Fuß ragte er auf, die Pranken groß wie Schaufeln.

Eine zweite Sehne knallte, und ein gefiederter Schaft ragte im nächsten Moment aus dem Rumpf des Bären. Es schien ihm wenig auszumachen. Er brüllte und griff wieder Gallus an. Der schlug nach der Pranke, verfehlte sie, fluchte und wurde von einem Hieb zu Boden geworfen. Sein Schmerzensschrei gellte durch den Wald. Doch bevor der Bär sich auf den Ritter werfen konnte, schlug Henning mit der Paladinklinge zu. Und auch Nante trieb den Dolch ins Fleisch des Tiers.

Der Bär geriet außer sich. Er warf den Kopf herum, von den vielen Angreifern irritiert, schnappte aber dann doch wieder nach Gallus, erwischte ihn am Hals und nahm Fleisch mit sich. Blut spritzte, der Ritter schrie noch lauter und schlug blindlings um sich.

»Blendet ihn!«, schrie Henning. »Auf die Augen!«

Wieder griffen die irren Zwillinge an, während Artur versuchte, Gallus aus der Reichweite des Tiers zu zerren. Auch Leyna war dort, um die Blutung zu stillen.

Der nächste Pfeil surrte durch den Wald und traf den Bären am Hals. Dietz trat keuchend aus dem Unterholz, wo er zu Boden gegangen war, das Gesicht blutverschmiert, aber er legte schon den nächsten Pfeil auf.

»Los jetzt! Ich lenke ihn ab!« Henning trat vor, riss die Arme hoch und brüllte den Bären an: »Hier, du Zottel! Los! Komm und hol mich!«

Der Bär fuhr herum, schlug nach Nante, nach Henning, schnappte wieder Richtung Gallus, als wolle er es zu Ende bringen, wandte sich dann aber doch dem schreienden Henning zu. Mit lautem Grunzen griff er an.

Henning wich nicht zurück. Er führte einen harten Schwertschlag und traf. Die linke Tatze des Bären flog in einer Wolke aus blutiger Gischt in den Wald. Auch Nante stieß zu, und Dietz und Artur halfen mit zwei weiteren Pfeilen.

Trotzdem stoppten sie das Monster nicht. Der Bär erreichte Henning und riss ihn um. In einer Lawine aus feuchtem Fell und harten Muskeln gingen sie zu Boden, Henning unten, der Bär oben. Saurer Geifer sprühte Henning ins Gesicht, darunter mischte sich der faulige Atem des Todes. Er stach dem Monster die schlanke Paladinklinge in den Hals. Der Bär erschauderte, grub seine Zähne in das gehärtete Leder, riss daran, links und rechts und links und rechts, richtete sich dann brüllend auf, nur um sich wieder auf Henning zu stürzen.

Da war plötzlich Leyna neben ihm. Die Luft leuchtete golden, und der Bär knallte gegen die magische Barriere. Sein Stumpf und die andere Klaue stießen dagegen. Er brüllte vor Zorn und keuchte und erzitterte – und hing keine drei Fuß über Henning in der Luft.

Der erkannte seine Chance, schrie im Rausch und ließ die Klinge vor- und zurückfahren. Vor und zurück. Dunkles Blut besudelte ihn in heißen Wellen, bis der Bär in einer letzten Zuckung erschlaffte. Die Tatze mit den Krallen sank herab, baumelte hin und her.

Leyna ächzte. »Ich kann… ihn… nicht… länger…« Das Leuchten erlosch, und der Bär stürzte herab, wobei er sie und Henning unter sich begrub.

Nur die harten Atemzüge der Gemeinschaft erfüllten noch den Wald.

»Ist er tot?«, fragte Artur heiser von irgendwoher.

»Ich glaube.« Sein Vater taumelte aus dem Unterholz, blass und mit einer hässlichen Wunde an der Schulter.

»Dann schafft ihn endlich von uns runter!«, ächzte Henning. Der Kopf des Untiers hing direkt vor seinem Gesicht. Die Augen standen offen, mit orangen, reptiliengeschlitzten Pupillen.

Als die anderen das Ungetüm von Henning und Leyna gewuchtet hatten, fragte er sie: »Bei dir alles in Ordnung?«

Sie nickte, das Gesicht von Blut bespritzt. »Und bei dir?«

»Zwei oder drei Rippen schmerzen, aber ich glaube, sonst sind es nur ein paar Kratzer.« Er sah an sich hinab; das gehärtete Leder hatte die größte Wucht der Zähne abgehalten. Einzig ein Biss hatte es hindurchgeschafft. Die Wunde brannte. »Wie gehts dem Ritter?«

»Er ist ohnmächtig«, rief Artur hinter einem Busch hervor. »Hat Blut verloren.«

»Dann lasst mich sehen!« Während Leyna sich um die Verletzung kümmerte, begutachteten Henning und Nante den Kadaver des Bären.

»Zähes Biest!« Er zog einen Pfeil heraus. »So eine Wut habe ich noch nie bei einem Tier gesehen.«

»Es wird am Befall liegen«, mutmaßte sein Bruder.

»Glaubst du?«

»Ja. Ich denke, sie machen sich die Tiere zunutze.«

»Wie eine Waffe?«

»Genau. Zielgerichtet. So wie sie die Regenmacher zu Wegbereitern machten.« *Nur was wird aus Kea?* Die Worte sprach Nante nicht aus, aber Henning hörte sie auch so.

Er schürzte die Lippen und nickte. Über Kea und die Vision hatten sie in den letzten Tagen häufig gesprochen. War sie Fantasie oder Realität? Und wenn es wahr sein sollte: Was bedeutete das? Bisher hatten die Jundar nur Menschen befallen, um Regenmacher zu erzeugen. Wofür hatten sie eine junge Magiebegabte zu ihrer Herrin auserkoren? Hatte sie noch eigene Gedanken, oder war sie wie die Regenmacher nur ein Knecht der Jundar? Und warum ausgerechnet Kea und nicht jemand anderes? Fragen über Fragen, auf die niemand eine Antwort hatte, nicht mal Nantes Stimmen. Auch Leyna konnte sich darauf keinen Reim machen.

Das Stöhnen des Ritters riss Henning aus seinen Gedanken.

»Hört Ihr mich?«, hörte er Leyna fragen.

Der Ritter brummte: »Haben wir das Biest niedergemacht?«

»Das haben wir!« Henning schob sich durch die Büsche zu den anderen. »Aber wir müssen weg, falls noch mehr dieser Ungeheuer von unserem Geschrei angelockt wurden. Könnt Ihr gehen, oder sollen wir Euch tragen?«

»Ich kann gehen.« Der Ritter stemmte sich ächzend hoch. Um seinen Hals hatte Leyna einen Verband aus einem Stück ihres Kleides angelegt, versehen mit Heilzeichen. »Aber ich glaube, ich könnte eine Stütze vertragen.«

»Die sollt Ihr kriegen.« Henning stützte den Krieger, und so verließen sie das Gebüsch.

Vor dem Kadaver bat Gallus um einen Moment. Er betrachtete den mutierten Bären mit den Reptilienaugen und den rosa Auswüchsen und spuckte darauf. »Wenigstens können sie sterben.«

»Aber sie sind zäh!« Dietz zog einen weiteren Pfeil heraus, betrachtete das dunkle Blut daran, rümpfte die Nase und warf ihn ins Gebüsch. »Wir waren zu sechst. Wenn ich mir vorstelle, es gibt eine Horde von ihnen … dazu Eber, Hirsche, Füchse und die Jundar selbst. Wie sollen wir gegen diesen Wahnsinn bestehen?«

»Wir werden!«, sagte Henning.

»Wir müssen!«, sagte Leyna.

Dietz sah skeptisch drein. Er wollte etwas erwidern, doch Gallus schüttelte den Kopf. »Mache nicht den Fehler, dich dem Zweifel zu ergeben. Genauso wenig wie der Angst oder dem Hochmut. Und nun kommt! Ich hätte nie geglaubt, einmal zu sagen, dass ich schnell auf ein Schiff möchte.«

Ohne weitere Zwischenfälle erreichten sie das Fischerdorf. Dietz und Henning stützten Gallus den steilen Weg über das Kopfsteinpflaster hinab, während Leyna voranging. Nante schloss zu ihr auf.

»Netter Zauber«, sagte er, die Hände in den Taschen vergraben.

»Ein Verteidigungszauber aus Ilkas Büchlein.«

Nante nickte, als wisse er das schon. »Hat sie auch Angriffszauber gesammelt?«

»Ein paar, aber die wollen einfach nicht gelingen. Henning und ich haben es hunderte Male probiert, aber es passiert nichts!«

Einige Schritte schwieg er, bis er fragte: »Darf ich den Zauber mal sehen?«

Leyna nickte und zeichnete ein Symbol in die Luft. Auf seine Aufforderung hin wiederholte sie es zwei weitere Male. »Irgendeine Idee, was daran nicht stimmt?«

Nante schüttelte den Kopf, die Lippen geschürzt.

Leyna seufzte. »Es frustriert ihn gewaltig.«

»Dass du keine Kampfzauber wirken kannst?«

»Ja. Er will mich vorbereitet wissen.«

Nante lächelte. »Er will alles vorbereitet wissen. Er überlässt nichts dem Zufall. Er hasst es, wenn Dinge nicht nach Plan laufen.«

»Das habe ich schon gemerkt.«

»Ist es schlimm für dich?«

»Keine Ahnung. Es ist ... gewöhnungsbedürftig.«

»Ich weiß. Ich muss das schon mein ganzes Leben lang ertragen.« Nante schenkte ihr ein Lächeln, bevor er sich auf den Weg konzentrierte. Das Kopfsteinpflaster wurde einige Häuser lang besonders glatt und glitschig, und der Weg steil, aber sie kamen alle heil hinab. Schließlich standen sie wieder im Hafen. Sanfte Wellen krochen über den Kieselstrand, und ein Krebs lief mit klackernden Scheren davon.

Leyna blickte ihm hinterher. »Das erste normale Tier, das ich seit Lensend sehe.«

»Sei froh«, rief ihr Henning zu. »Wenn das Krabbelzeug auch noch mutiert wäre ...«

Nantes Stimme unterbrach ihn. »Henning.«

»Was ist?«

»Gib mir dein Schwert!«

»Wie bitte?«

»Dein Schwert!«

Leyna wandte sich um und musterte Nante, der die Hand fordernd ausgestreckt hatte.

Henning zögerte. »Wenn du Krebse knacken willst, dann nimm deinen Dolch.«

»Keine Krebse. Ich will was anderes *knacken.* Und jetzt gib es mir endlich! Bitte.«

Das Zauberwort überzeugte Henning wohl. Er zog die Paladinklinge und reichte sie seinem Bruder mit dem Heft voran. Der nahm sie entgegen, betrachtete sie prüfend, vollführte zwei Probeschläge damit, ließ sie um seine Hand rotieren und nahm letztlich eine Kampfposition ein. Mit der freien Hand forderte er Leyna auf: »Greif mich an!«

Sie seufzte. »Nicht du auch noch.«

»Los jetzt! Greif an!« Er klang dabei wie Henning.

»Nante, bitte. Ich will …«

»Kämpfen!« Er nahm ihr die Entscheidung ab und griff an, ohne Schnörkel, ohne Täuschungen, einfach ein direkter Stich.

Leyna reagierte instinktiv und zeichnete den Verteidigungszauber in die Luft. Die Paladinklinge glitt ins Licht, wurde davon gebremst, nahm aber irgendwie das Leuchten auf und glitt zurück. Jetzt glomm sie, als hätte sie in einer Glut gelegen.

»Beim Paar!«, entfuhr es Leyna. »Was war das?«

»Greif an!«, forderte Nante erneut mit Hennings Stimme. »Los jetzt!«

Leyna zögerte, und wieder nahm er ihr die Entscheidung ab.

Sie blockte den zweiten Schlag wie zuvor. Das Leuchten der Klinge wurde dabei intensiver. Wie ein weißglühender Dorn glomm sie, und ihr Schein reflektierte in Nantes Augen.

»Jetzt greif endlich an!«, schrie er zornig in Hennings Stimme, »oder *ich* greife richtig an!«

Irgendwie glaubte sie ihm. Wo Henning sie zwar gefordert, aber doch geschont hatte, würde es Nante nicht tun. Sie schluckte und rief: »Wie du willst!«

Er lächelte und sprang vor. Die Paladinklinge verwandelte sich in ein flirrendes Licht, so schnell griff er an, und die Hiebe prasselten auf Leyna nieder, von links und rechts und unten und oben. Ein Zeichen nach dem anderen malte sie in die Luft, so schnell, dass ihr schwindelig wurde. Nante schien das egal zu sein. Still wie ein Schatten griff er an, und wieder und wieder und wieder.

Leyna spürte brennenden Schweiß in den Augen. Ihr Herz pochte immer schneller. »Hör auf!«, schrie sie. *»Hör auf!«*

Er hörte nicht auf, auch nicht als Henning schrie und Dietz und Artur. Er führte sogar einen besonders wuchtigen Schlag gegen Leynas Seite, den sie im allerletzten Moment geblockt bekam. Zumindest dachte sie das. Die Klinge wurde zwar langsamer, stieß aber doch hindurch und ritzte sie wie eine glühende Nadel am Arm.

Der Schmerz brachte sie in Rage. Sie brüllte vor Zorn, spürte ihn heiß und lodernd in ihrem Inneren, zeichnete den Angriffszauber in die Luft und stieß nach Nante.

Etwas Grelles zischte ihm entgegen. Die Luft knisterte und knallte und bog sich seltsam außenherum.

Das Ding hätte ihn getroffen, doch er brachte im letzten Moment die Paladinklinge hoch und spießte das grelle Licht auf.

Ein Donnern fegte über den Strand. Leyna spürte ihre Haare flattern, selbst das Meer kräuselte sich in der Nähe.

Dann war es vorbei. Die Lichter erloschen, die Paladinklinge wurde wieder fahl wie Milch. Rauch stieg von ihr auf.

Alle starrten entgeistert, nur Nante lächelte. »Du hättest nur wollen müssen«, sagte er zu Leyna. »Mehr nicht.«

Ihr Atem kam in harten Stößen, und sie war immer noch zornig. »Ich wollte immer!«

»Nein.« Nante zeigte mit der rauchenden Schwertspitze auf Henning. »Du wolltest nie mit ihm kämpfen. Warum auch? Du wärst ihm mit deiner Magie überlegen, und das wusstest du. Hier drin.« Er schlug sich auf die Brust, dann ließ er die Klinge durch die Luft wirbeln, fing sie geschickt an der Schneide und reichte sie seinem Bruder mit dem Heft voran.

Der schaute darauf, als wäre es eine giftige Schlange.

»Jetzt nimm!«, sagte Nante, »bevor ich es mir anders überlege und das Spielzeug behalte.«

Die Worte wirkten, und Henning griff nach seinem Schwert. Sein Gesicht war ausdruckslos, doch in seinen Augen flackerte etwas Dunkles, etwas Düsteres. Etwas, das Leyna noch nie zuvor darin gesehen hatte.

Kapitel 13

Stürmische See, an Bord der *Zwillingsfalke*

»Wirklich?« Der junge Wendelin wollte es nicht glauben. »Ein magisches Geschoss?«

Artur nickte vielsagend in die Runde. »Ihr hättet es sehen sollen. Geknistert, gefunkt und geleuchtet hat es. Fast wie ein Blitz, nur rund! Und erst der Kampf! Hin und her ging es, das sag ich euch. Der Schmuggler ist schneller mit dem Schwert als Gallus und kann auch noch zaubern! Er hat das Geschoss mit der Klinge vernichtet! Geglüht und geraucht hat sie. So etwas habe ich noch nie gesehen.«

»Von welchem Schmuggler sprichst du jetzt?«, wollte Rosa wissen.

»Von dem anderen! Der ist wirklich seltsam. Und dann die Stimmen, die er nachahmt. Gruselig.«

»Und der hat mit dem Schwert von dem einen gegen Leyna gekämpft?«

Artur nickte. »Das hat Henning nicht gefallen, auch das sage ich euch. Wie der geschaut hat! Kein Wort hat er danach mehr gesprochen, die ganze Rückfahrt nicht.«

Endres blickte besorgt drein. »Das klingt nach Zwist.«

»Verständlicherweise. Was hat er, der Irre, noch mal gesagt: Sie hatte nicht kämpfen wollen, weil sie ihrem Freund sowieso überlegen gewesen wäre.«

Der Alte verzog noch mehr das Gesicht, als hätte er etwas Bitteres im Mund. »Worte, die kein Anführer hören will.«

»Sieh das nicht so eng«, entgegnete Rosa, »es sind Zwillinge! Wenn die nicht offen miteinander reden können, dann weiß ich auch nicht mehr.«

Endres schien nicht überzeugt. »Das hat oft genug schon nicht funktioniert, aber wir wollen mal die Wächterin nicht an die Wand malen. Was ganz anderes: Wie geht es Gallus?«

Rosa seufzte. »Er schläft wie ein Baby. Und das bei dem Geschaukel.«

Sie waren nach der Rückkehr sofort mit den Booten gen Barbarenbucht aufgebrochen. In großem Bogen ging es um das Delta des Talisters, um so viel Abstand wie möglich zwischen sich und den Jundar zu halten.

»Ein Zauber lässt Gallus schlafen«, sagte Artur. »Das war auch die Hexe. Sie hat ihn im Wald verarztet und dann noch einmal auf der Rückfahrt. Dabei ist sie ihm mit den Fingern über die Augen gefahren, woraufhin er eingeschlafen ist.«

Der junge Wendelin kam aus dem Kopfschütteln nicht mehr heraus. »Magie, wohin man blickt.«

»Und das bei den Fratera«, sagte Endres. »Wer hätte das je gedacht? Das sind wahrlich Ereignisse für Heldengeschichten.«

»Heldin«, berichtigte Rosa. »Es geht um sie, vergiss das nicht, *Geschichtenerzähler.*«

»Willst du uns eigentlich mal verraten, warum der Bruder dich so genannt hat? Was hat es damit auf sich? Es klang fast so, als wäre das Geschichtenerzählen etwas… Magisches.« Dietz schaute den Alten herausfordernd an, während das Schiff in den Wellen wankte.

Endres zuckte mit den Schultern. »Daran ist nichts Besonderes. Früher sagte man, dass allen Geschichten Magie innewohne. Sie könnten begeistern, unsere Seelen wärmen, uns alles Mögliche oder auch das Fürchten lehren. Entsprechend las man in alten Schriften, dass Geschichtenerzähler und -erzählerinnen die Gabe in sich tragen müssten. Aber ich sehe in mir keine Magie. Vielleicht einen Funken, aber nicht mehr.« Er lächelte großväterlich.

»Rede es nicht so runter«, sagte Rosa. »Wenn man etwas über Tannrein wissen will, überhaupt über die Südmark, weißt du alles.«

»Nicht alles, meine Liebe, aber vieles, das will ich nicht leugnen. Es gibt so viele wundervolle Geschichten, ach, es gibt unzählbare, und ständig kommen neue hinzu!«

»Und welche ist Eure liebste?«, wollte der junge Wendelin wissen.

Endres blies die Wangen auf. »Ich denke ... die von Mathis und Mathes.«

Dietz furchte die Stirn. »Die der Gründerväter Tannreins. Es ist eine recht tragische Geschichte.«

»Aus der man etwas fürs Leben lernen kann, wenn man hinhört.«

»Erzählt Ihr sie?«, fragte Wendelin.

Endres zögerte. »Aber die kennt ihr doch. Wollt ihr sie wirklich hören?«

»Warum nicht?«, erwiderte Dietz. »Vielleicht lerne ich dann etwas. Außerdem ist die Nacht kalt und grau, und bei dem Wellengang finden wir Landratten ohne Zauber sowieso keinen Schlaf.«

»Auch wieder wahr. Nun denn ...« Endres räusperte sich. »Eine Reise führte einst zwei junge Adelsbrüder in die Südmark. Tannrein gab es damals schon, allerdings war es keine prächtige Stadt wie heute, sondern ein Dorf am Talister, überwiegend von Baumfällern und Waldarbeitern bewohnt. Auf einer der Zitzen stand damals ein noch älteres Kloster.«

»Von Sankt und Ives.«

»Genau, aber das ist eine andere Geschichte. Mathis und Mathes verliebten sich auf jeden Fall in Land und Leute – der Wildheit wegen, heißt es – und erbauten auf den beiden Hügeln der Stadt je eine Burg. Das alte Kloster wurde in die Feste integriert. Mit der Bruderhandbrücke verbanden sie die beiden Erhebungen, die auch als *die Zitzen* bezeichnet werden, aber das ist noch mal eine andere Geschichte. Und dann kam ...« Endres verstummte und blickte furchterfüllt drein.

»Was ist?«, fragte Dietz alarmiert.

»Ich ... ich hatte eben einen grausigen Gedanken.«

»Den Ihr mit uns teilen wollt?«

»Ich weiß nicht. Ich ...« Wieder verstummte der Alte, um dann den Kopf zu schütteln. »Ich erzähle einfach mal weiter. Man muss nicht immer auf jeden Gedanken etwas geben. So ... wo war ich?«

»Bei Mathis und Mathes, die ihre Burgen bauten.«

»Genau.« Ein Schlucken. »Es kam dann wie so oft: Die Brüder verliebten sich in eine Dame. Ja, eine überaus hübsche, reizende Dame. Nur wollte keiner dem anderen den Vortritt lassen, bis Mathis – der Klügere der beiden – um des Friedens willen vorschlug, sie könnten sich die Frau ja teilen. Eine Zitze sei für jeden doch ausreichend.«

Artur grinste. »Vornehm ausgedrückt. *Löcher hat sie wahrlich genug für uns!*, soll er gesagt haben.«

Endres winkte ab. »So erzählt man keine Geschichte, junger Mann, aber die Botschaft ist die gleiche. Mathes sah das natürlich anders. Ihn widerte die Vorstellung eines Dreiecksverhältnisses an. Es kam zum Streit, bei dem Mathes seinen Bruder von der Bruderhandbrücke stürzte, um dem Irrsinn ein Ende zu bereiten.«

»So hat er seinen Namen bekommen«, sagte Dietz leise. »Mathes der Brudermörder.«

»Und es ist wahrlich keine schöne Geschichte«, entschied Rosa. »Warum bitte ist Mord und Totschlag Euer Favorit?«

»Weil sie noch nicht zu Ende ist«, antwortete Endres. »Mathes sah nämlich, wie sein Bruder an den felsigen Ufern des Talisters zerschellte und fortgespült wurde, bis nichts mehr von ihm zu sehen war. Mathes verstand das als Aufforderung der Götter, alle Spuren seines Bruders von dieser Erde zu tilgen. Mit seinen Vasallen und Rittersleuten stürmte er die Burg seines Bruders und machte sie dem Erdboden gleich. Kein Stein blieb auf dem anderen, kein Anhänger seines Bruders überlebte das Gemetzel. In den rauchenden Trümmern verfiel er jedoch in eine tiefe Traurigkeit und bereute seine Tat. Er ließ an jenem Ort aus den Überresten der Burg eine Kirche für alle erbauen, in der er angeblich bis an sein Lebensende um Gnade für seine Taten betete.«

»Die Reue ist es also, die Euch gefällt?«, fragte Dietz.

»Sagen wir es so: ein Wort zu viel im Zorn gesagt oder einen Schritt zu weit gewagt, ist schnell passiert. Die Frage ist doch, wie man danach damit umgeht.«

»Wahre Worte«, sagte Dietz. »Wahre Worte.«

Der junge Wendelin schüttelte den Kopf. »Sagt mal, findet ihr das nicht auch seltsam?«

»Was denn?«

»Dass die Geschichte der von den Zwillingen Sankt und Ives ähnelt.«

»Na ja«, warf Artur ein, »die stritten sich nicht wegen einer Frau.«

»Aber wegen Magie, dem Wichtigsten, was sie damals hatten, oder? Sie waren die berühmtesten Magier aller Zeiten. Ist das nicht dasselbe?«

Endres schwieg lange, das Gesicht blass. »Gut gesprochen, junger Wendelin. Tatsächlich sind sich die Geschichten ähnlich: Zwei Brüder, ihr Liebstes, Streit darum und dann der Mord von einem der Brüder. Vorher vereint, dann für immer entzweit.«

Da zuckte Dietz. »Das war Euer grausiger Gedanke! Ihr seht Parallelen zu ...«

Die Tür zur Messe ging auf, und der irre Zwilling namens Nante kam herein, gefolgt von der Hexe. Er bemerkte, wie Dietz verstummte. »Lasst Euch nicht stören«, sagte er.

»Nein, nein, Ihr stört nicht. Im Gegenteil. Wollt Ihr Euch zu uns gesellen? Der Tisch ist klein, aber wir finden Platz.«

»Warum nicht?« Leyna klang ziemlich müde. Zuvor holte sie noch Brot und gesalzenen Fisch, den sie in Holzschalen auf dem Tisch verteilte. »Und worüber habt Ihr gesprochen?«

Dietz und Endres tauschten einen Blick.

»Alte Geschichten«, wich Endres aus.

»Um Mathis und Mathes«, präzisierte der junge Wendelin eifrig. »Und um Sankt und Ives. Alles Brüder, die sich gegenseitig umgebracht haben, weil sie ein und dasselbe wollten.«

Stille senkte sich über die Messe. Die Hexe musterte ihre Hände, Rosa flüsterte: »Oh«, und Nante sagte: »Und beide hatten ihre Gründe.« Sein Blick zuckte zu Leyna, dann wandte er sich an Endres und wechselte das Thema. »Habt Ihr schon Ideen, wie wir in die Feste gelangen?«

»Jein. Am einfachsten wäre es, den König darum zu bitten. Sollte das nicht gelingen, gäbe es die Bruderhandbrücke. Sie führt in beide Hügel und wäre erklimmbar. Es ist zwar steil, aber nicht unmöglich. Und dann soll es noch geheime Felsenzugänge geben und ebenso einen Weg von der Kathedrale aus, durch die alten Katakomben von Mathis' Burg.«

»Viel wäre, soll und gäbe«, sagte Nante.

»Wir finden einen Weg«, sagte Endres ernst. »Aber zuvor müssen wir nach Tannrein. Der Weg über die Ausläufer des Hügellands ist gut, aber auch dort müssen wir wohl mit Jundar rechnen. Etliche Bäche und Flüsse ergießen sich vom Hügelland aus in den Talister. Dort haben sich Fischer niedergelassen, Bauern und Hirten. Es ist recht wahrscheinlich, dass die Jundar auch dort das Land befallen haben.«

»Was wir sehen werden.«

»Bald hoffentlich«, sagte Artur. »Wie lange sind wir noch unterwegs?«

»Bis morgen Abend«, antwortete Nante. »Wenn uns die Mutter See und ihre Winde gewogen sind.«

»Hoffen wir's!« Dietz rieb sich über das Gesicht. »Ich möchte ungern nah am Delta in eine tagelange Flaute geraten.«

»Nein«, widersprach Nante. »Eine Flaute wäre ein Segen. Falls Ihr also beten wollt, dann um ruhigen Seegang.«

»Wieso das?«

»Weil wir die *Tödlichen Riffe* passieren müssen, um in die Barbarenbucht zu gelangen. Habt Ihr die Riffe jemals befahren? Irgendjemand?«

Niemand nickte.

»Seht Ihr. Wir auch nicht.« Nante lächelte. »Aber wir werden. Nicht umsonst nennt man uns die irren Zwillinge.«

Und irre war das Vorhaben. Die Riffe waren unter Seeleuten berüchtigt und wurden zumeist gemieden. Sie zogen sich weit von der Küste ins Meer hinein, vor Jahrtausenden waren sie vermutlich Ausläufer des Hügellandes gewesen. Deswegen gab es in der Barbarenbucht auch keinen Hafen, sondern nur eine Handvoll Fischerdörfer. Niemand ging das Wagnis ein, außer man war eben irre oder glaubte die Gunst der Götter auf seiner Seite.

Allerdings geizten die Götter dieser Tage mit ihrer Gunst. Weder die alten Götter noch das Paar noch die Mutter See erhörten die Gebete der Südländer. Und falls doch, verhöhnten sie sie, denn die Wellen schlugen hoch, als die beiden Schmugglerschiffe im Morgengrauen die Riffe erreichten.

Henning segelte voraus. Höchstpersönlich stand er an Bord, das Steuerrad der *Zwillingsfalke* in Händen. Es bockte und zerrte und drohte, ihm aus den Fingern gerissen zu werden, doch in Henning floss das Blut der Falks. *Wie Onkel Thevs*, ging es ihm durch den Kopf, als sich die *Zwillingsfalke* ins nächste Wellental senkte. Der hatte auch bei jedem Sturm persönlich am Steuer gestanden und den Winden und Brechern getrotzt, die Hände danach blutig und voller Blasen. Wo der Wanderfalke wohl steckte? Er war mit Henning und Nante in La Harb gewesen und hatte die letzte Schlacht mit ihnen geschlagen. Dabei war Lizzy Sisk, die Dornenmaid und Partnerin von Thevs, in den Fluten verschollen. Seitdem suchte er nach ihr. Einmal war er kurz in Lensend gewesen, hatte erzählt, dass er weiter gen Osten wollte, und war seitdem nicht mehr aufgetaucht. Nichts Ungewöhnliches für den Wanderfalken Thevs, aber Henning wünschte, er möge bei ihm sein.

Thevs wusste immer Rat, und den hätte Henning gebrauchen können. In ihm brodelte es seit dem Kampf zwischen Leyna und Nante. Da mühte er sich wochenlang ab, und dann kam Nante daher, und *zack!*, schon lief es bei Leyna und ihrer Magie. Sie wäre ihm überlegen. Natürlich! Henning hatte nichts mit Magie am Hut. Er begriff sie nicht, er fühlte sie nicht, er verstand sie nicht. Und das ließ ihn zweifeln. War er der Richtige für Leyna? Konnte er ihr geben, was sie brauchte? Wonach sie sich wirklich sehnte?

Etwas Dunkles schimmerte im nächsten Wellental, und Henning kurbelte schon mit aller Kraft am Ruder.

»Hoch den Flieger!«, rief er. Seine Fratera gehorchten umgehend und kümmerten sich um besagten Klüver. Das Schiff schwenkte herum, raste ins Tal und haarscharf an den Felsen vorbei. »Wieder abspannen!«

Henning kurbelte dagegen, und so erklommen sie auf altem Kurs die nächste Welle. Über hundert folgten, und dann war es plötzlich geschafft – von einer letzten harten Welle wurden sie in die Bucht der Barbaren getrieben. Die Wogen flauten ab. Überrascht stellte Henning fest, dass die Sonne hoch am Himmel stand, an einem milchigen Himmel, aber immerhin an einem Himmel ohne Regen.

Jemand trat neben ihn. »Käpt'n?« Es war der lange Ludo, ein erstklassiger Steuermann.

»Ja?«

»Soll ich übernehmen?«

»Nein.«

»Aber Eure Hände.«

Henning blickte hinab. Tatsächlich waren seine Hände bis zu den Unterarmen mit Blut überzogen. Als er das sah, spürte er das Brennen. Das Salz der See forderte seinen Tribut, und Henning ließ das Steuer los, plötzlich müde, als hätte er tagelang nicht geschlafen. »Ich ...« Er wankte, beherrschte sich und nickte dem langen Ludo zu. »Übernimm das Steuer!«

»Aye, Käpt'n!«

Henning wartete noch, bis Ludo auf seinem Posten war, bevor er sich auf den Weg in seine und Leynas Kajüte machte. Ob sie dort war? Er hatte sie nirgends an Deck gesehen, aber er hatte auch befohlen gehabt, dass sich nur erfahrene Fratera während der Passage an Deck aufhielten. Wäre jemand bei den Riffen über Bord gegangen, hätten sie ihn nicht retten können.

Irgendwie war er erleichtert und betrübt zugleich, als

er die Kajüte leer vorfand, doch die Frage, wo sie stecken könnte, verbat er sich. Er zerrte sich das schweißnasse Hemd vom Leib, betrachtete seine blutigen und mit Blasen übersäten Hände, dachte an Thevs, legte sich dann in seine Koje und schloss die Augen.

Als er sie wieder aufschlug, saß sie neben ihm auf einem Hocker und reinigte seine linke Hand mit einem feuchten Tuch. Dabei hüllte ein mattes Leuchten sie ein, und Wärme durchströmte seinen Arm bis zum Ellbogen.

»Halt still«, sagte sie leise.

Henning schloss die Augen und ließ sie ihrem Werk nachgehen. Ab und an schoss ihm ein Stechen durch die Hand, aber jedes Mal ließ der Schmerz schnell nach.

»Warum bist du mir aus dem Weg gegangen?«, fragte sie in die Stille hinein.

»Bin ich das?«

Sie hielt inne. »Lass das, Henning! Also warum? Hat Nante recht? Bist du angefressen?«

»Bin ich überhaupt nicht!«

»Deine Augen sagen etwas anderes.«

Henning sank zurück in die Koje und starrte die Decke an. »Weißt du«, sagte er, »ich mühe mich Tage, Wochen ab, dich das Kämpfen zu lehren, und er kommt daher, und es läuft.«

»Heißt das, du bist eifersüchtig?«

»Ich bin genervt, Leyna! Weil ich es nicht verstehe! Eure Magie, eure Rätsel, eure Zauber. Seine Stimmen! Den Fluch! Das ist mir alles so fremd.« *Und wird es immer sein.*

Sie erwiderte nichts, sondern widmete sich wieder seiner Hand. So verstrich die Zeit, bis sie fragte: »Ist das ein Problem für dich?«

»Keine Ahnung.« Er blickte zum winzigen Fenster hinaus in den Tag. »Ich habe mein Leben lang mit Nante verbracht. Irgendwann war es einfach ... normal.«

»Das ist keine Antwort auf meine Frage.«

»Ich weiß, aber was willst du hören?«

»Ein *Ja* oder ein *Nein.*«

Er schnaubte. »So einfach ist das nicht.«

»Warum nicht? Liegt es daran, dass du ein Mann bist? Ein Anführer der Fratera? Ein Käpt'n? Passt es dir nicht, dass ich dir in diesem Punkt überlegen bin?« Ihre Stimme war schärfer geworden.

Henning wandte sich ihr zu. »Das ist Käse, und das weißt du. Ich habe kein Problem mit starken Frauen!«

»Was hast du dann?«

Angst, dich zu verlieren.

Er brauchte es nicht auszusprechen, sie verstand es auch so, doch statt ihm die Angst zu nehmen, sagte sie nur: »Gib mir die andere Hand.«

Henning gehorchte und ließ sie ihr Werk vollenden. Dabei sprach keiner von ihnen ein Wort. Als sie schließlich fertig war und ihm um beide Hände einen dünnen Verband angelegt hatte, musterte sie ihn aus ihren dunklen Augen.

»Versprichst du mir was, Henning?«

»Kommt drauf an, ob es im Rahmen des Möglichen ist.«

»Für dich schon.«

»Dann sollte es kein Problem sein. Was möchtest du?«

»Dass du nie die Hand gegen deinen Bruder erhebst.«

»Wie bitte?«

»Du hast mich schon verstanden. Ich bitte dich, nie gegen deinen Bruder zu kämpfen, egal was passiert.« Ihre Augen glühten so grün. »Versprichst du mir das?«

Henning schluckte. Er verstand nicht, warum sie sich das von ihm erbat, warum genau das, und das machte ihm noch mehr Angst. »Ich …«

»Bitte, Henning.«

Er atmete tief durch. »In Ordnung. Ich verspreche dir, nie

die Hand gegen meinen Bruder zu erheben. Aber warum, Leyna? Wieso willst du das von mir hören?«

Sie senkte den Blick. »Weil sich Geschichten allzu oft wiederholen.« Mit einem Ruck stand sie auf und ging zur Tür.

Henning richtete sich in der Koje auf. »Hey! Was soll das heißen? Welche Geschichten?«

In ihren Augen glitzerte es feucht. »Alle, Henning. Einfach alle.« Und dann war sie draußen und schloss die Tür hinter sich.

Kapitel 14

Südmark, Tannrein

Als Letti die Augen aufschlug, war es dunkel um sie herum. Sie lag auf etwas Weichem, und es war warm, angenehm warm. Ihre Finger glitten über Stoff, der nicht kratzte. Darunter spürte sie eine wattige Füllung. War das etwa eine Zudecke? Lag sie in einem Bett? Einem richtigen Bett?

Ihre Finger tasteten nach der Unterlage – eindeutig Fell. Schaf vermutlich. Und darunter war etwas Strohiges. Es musste tatsächlich ein Bett sein! Noch nie hatte Letti in einem Bett geschlafen. Wo war sie?

Sie wollte sich aufrichten, als eine sanfte Frauenstimme sagte: »Keine hastigen Bewegungen, Kind.«

Letti erschrak und blickte sich in der Dunkelheit um. Hinter dem Bett entdeckte sie die Umrisse einer Frau, die einen Mantel mit Kapuze trug. Die Wächterin der Seelen, dachte sie im ersten Moment. Also war sie doch gestorben. Aber die Wächterin würde sie wohl gemütlich zur Ruhe betten. »Wer seid Ihr?«, fragte sie.

»Jemand, der wie du dient, Kind.« Die Frau trat neben das Bett und hielt ihr etwas hin, einen Becher vermutlich. »Und nun trink! In kleinen Schlucken.«

»Was ist das?«

»Hühnersuppe. Sie wird dir Kraft geben.«

Beim Gedanken an Hühnersuppe rumorte Lettis Magen. Sie richtete sich auf und nahm den Becher. Die Düfte von Karotten, Lauch und Petersilie stiegen ihr in die Nase. Die Suppe war hervorragend, salzig und pfeffrig, mit Fettaugen, die sie schmecken konnte. Erleichtert seufzte Letti und sank zurück auf das Bett. »Vielen Dank.«

»Wir haben für deine Dienste zu danken, Kind.«

Letti schluckte. »Ist alles wohlbehalten angekommen?«

»Durchaus. Mehr, als gebraucht wird.«

Letti biss sich auf die Unterlippe. Sie hatte den zweiten Galgen mitgehen lassen, um sich selbst ein Vermögen aufzubauen. Wer wusste schon, wie lange man in der Gunst der Edlen stand? »Ich ...«

»Schon gut. In diesem Fall ist zu viel besser als zu wenig.« Die Frau verschwand wieder in den Schatten. Stoff raschelte. Etwas klimperte. Dann erhellte sich das Zimmer mit mattem Schein. Eine Kerze war entzündet worden.

Letti richtete sich auf und reckte den Hals. Die Frau war noch da, hatte ihr aber den Rücken zugekehrt. Sie hantierte an einer Kommode herum, auf der die Kerze stand.

»Wie geht es weiter?«, fragte Letti zaghaft. Ihr tat immer noch alles weh, aber sie fühlte sich schon besser. Immerhin war ihr nicht mehr kalt.

»Wie stets.« Die Frau wandte sich um, doch mit der Kerze im Rücken erfüllten nur Schatten ihre Kapuze. »Du wirst dienen. Aber zuvor wirst du erzählen, was deine Augen gesehen haben. Von der fahlen Frau.«

Letti erschauderte. »Woher wisst Ihr –?«

»Du hast im Schlaf gesprochen, mein Kind. Von Bibern und Leibern und einer nackten Frau mit Seetang im Haar.«

»Dann habe ich schon alles erzählt. Ich bin den Talister hinangetrieben, weil der Strom so unerbittlich war. Ich dachte schon, ich würde sterben, aber dann war da eine Barriere. Ein Damm aus Treibholz und gefällten Bäumen.«

Die Frau rührte sich nicht, hörte einfach nur zu.

»Es war seltsam«, fuhr Letti fort. »Der ganze Talister war gesperrt, das Wasser trat bereits über die Ufer. Ich trieb dagegen und kletterte hinauf, und da sah ich sie, die fahle Frau auf einem Schiff.«

»Auf einem Schiff?«

»Ein gesunkenes Schiff. Einzig das Deck lag noch über Wasser, auf dem die Frau herumlief, nackt! Bei den Göttern, sie war nackt und fahl wie Ziegenmilch. Und da waren wirklich Biber. Hunderte, und andere Ungeheuer. Grausig anzusehen. Ich habe mich sofort versteckt, bin am Damm entlang an Land geklettert und dann gerannt, so schnell meine Beine mich trugen.«

»Hast du sonst etwas gesehen oder gehört?«

»Nein, aber das hat schon gereicht! Ich hatte solche Angst. Die Blicke dieser Frau – furchtbar, sage ich Euch! Und die Geräusche, die die Viecher von sich gegeben haben. Kehlig und scharrend.« Letti erzitterte.

»Schon gut, Kind.« Die Frau kam mit einem zweiten Becher zurück zum Bett, ohne dass ein Lichtstrahl ihr Gesicht erhellte. »Und nun trink das.«

»Noch mehr Suppe?«

»Nein. Es ist ein Kräutertrunk, der dich noch eine Nacht schlafen lassen wird.«

»Und dann?«

»Wirst du stark genug sein, um wieder zu dienen.«

Letti griff nach dem Becher, zögerte aber. »Und was ist meine neue Aufgabe?«

»Pssst... Kind. Erst den Becher.«

Plötzlich bekam Letti Angst. Was, wenn der Stadtwächter gar kein Diener *Ihrer* Majestät gewesen war, sondern *Seiner* Majestät? Wenn sie Letti in Sicherheit wiegten und aushorchten? Vielleicht war es ein Trunk, der sie alles ausplaudern ließ.

»Aber ich … ich wüsste gern, dass …«

»Ich diene?« Die Frau schien unter ihrer Kapuze zu lächeln. »Oh, dem kannst du dir sicher sein.«

»Worte«, wagte Letti zu widersprechen, »sind Schall und Rauch.«

Jetzt lachte die Frau wirklich. »Gut gesprochen, Kind.« Ihre Hand verschwand in der Tasche und zog etwas Funkelndes heraus: einen Silberthaler. Den reichte sie Letti.

Die besah ihn sich von beiden Seiten und erblickte zweifach die Königin. Das nahm ihr die Furcht, und sie wollte die Münze zurückgeben, doch die Alte schüttelte den Kopf. »Sie gehört nun dir.«

Letti bekam große Augen. »Ein Silberthaler?!«

»Je nach Diensten. Und nun trink.«

Diesmal trank Letti sofort, auch wenn das Gebräu scheußlich bitter schmeckte. Sie seufzte und sank zurück in die weiche Wolle und das wärmende Fell. »Und jetzt? Verratet Ihr mir nun, wie ich zu dienen habe?«

Die Frau mit der Kapuze beugte sich zu ihr hinab und flüsterte ihr ins Ohr: »Natürlich mit allem, was dir die Götter gaben.«

Kapitel 15

Südmark, Bucht der Barbaren

Wären die Umstände andere gewesen, hätte Leyna das Abenteuer genossen. Sie war noch nie so weit in den Süden gereist, und vom Land der Barbaren ganz im Südosten kannte sie nur wilde Geschichten. Ungestüme Krieger seien sie, die zurückgezogen im Hügelland lebten und allen Königen des Südens die Stirn boten – wenn denn einer versuchte, sie die Treue schwören zu lassen. Sie glaubten, dass die Seele während des Schlafs den Körper verlasse und auf den Traumpfaden wandle, um am Morgen zurückzukehren. Von den Traumpfaden hatte Leyna in einigen Werken gelesen; angeblich war Harin auf ihnen gewandelt, um sich mit der Wächterin der Seelen zu treffen. Harin, der einzige Liebhaber, den die Wächterin je gehabt haben soll. Zu der Legende gab es sogar ein Bauwerk, Harins Tor, das auf ihrer Route lag. Ein kurioses Bauwerk sei es, ein einzelner Turm ohne weitere Mauern, mit einem gewaltigen Tor, das man durchschreiten konnte. Der Legende nach kam man von dort auf die Traumpfade und ins Reich der Wächterin, wo das Meer des Schmerzes ewiglich wogte.

Leyna hätte Endres danach fragen können, der sicher noch die ein oder andere Geschichte dazu gekannt hätte, doch ihr war nicht nach Gesprächen. Ihr war kalt, und das nicht nur wegen des frischen Winds. Henning verhielt sich seit ihrem Gespräch distanziert. Zu Recht. Warum hatte sie ihm auch so ein Versprechen abringen müssen? Was hatte sie dazu verleitet? Ein paar alte Geschichten von Brüdern, die sich gegenseitig erschlagen hatten? Prima. Als ob Henning jemals gegen Nante die Hand erhoben hätte ...

Die grauen Wolken, die sich im Norden zusammenbrauten, verhießen nichts Gutes. Die Jundar waren ihnen einige Schritte voraus, der Talister wohl schon weiter ins Landesinnere vorgedrungen als gedacht. Es würde sicherlich keine einfache Reise bis Tannrein werden, und so zog die Gruppe überwiegend schweigend dahin.

Ohne Zweifel boten sie einen seltsamen Anblick in den Dörfern und Weilern, die sie passierten. Zwei Jäger, ein verletzter Ritter, ein alter und ein junger Mann, eine Ratsherrin und eine trauernde Tochter. Dazu eine Hexe, Zwillinge mit einer Paladinklinge und acht verwegene Fratera. Den Rest der beiden Mannschaften hatten sie bei den Schiffen in der Bucht der Barbaren zurückgelassen. Henning war nicht wohl dabei gewesen, seinen Stolz für unbestimmte Zeit aus den Augen zu lassen, und so hatte er dem Langen Ludo vorübergehend das Kommando übertragen. Nante hatte es ähnlich gehandhabt; die silberhaarige Ryscha vertrat ihn in seiner Abwesenheit. Die Schiffe ankerten in der Nähe eines kleinen Weilers, und die Bauersleute hatten riesengroße Augen gemacht, als Henning sie gefragt hatte, ob sie die beiden Schiffe versorgen würden – gegen Bezahlung natürlich. Die Münzen, die er ihnen auf den Tisch gelegt hatte, Eisen und Kupfer, waren vermutlich mehr, als die Familie in ihrem ganzen Leben verdienen würde.

Seitdem waren sie zu Fuß unterwegs, mittlerweile den zweiten Tag. Nördlich des Pfads lag das Hügelland, grau, braun und voller Felsen. Ab und an entdeckte Leyna eine Hütte aus Stein im Schutz eines Findlings. Nach Süden hin war das Land flach, entweder bemoost oder von dürrem Gras bewachsen. In der Ferne jedoch zeigte sich ein dunkles Band, der Eisentannenwald, wie Dietz erklärte. »Er erstreckt sich im Westen bis zum Talister und bis Tannrein, und im Osten bis zu den Himmelsspitzen.« Auch die waren zu sehen; riesige Berge, wild und zerklüftet. Der junge Wendelin meinte, es wären erstarrte Riesen mit Schnee auf den Schultern.

Dahinter lag das sagenumwobene Land jenseits der Himmelsspitzen. Seit Jahrzehnten war kein Wanderer mehr von dort gekommen. Die Pässe waren dicht, zugeschneit oder vereist, und selbst für die verwegensten Abenteurer unpassierbar.

Leyna war fasziniert vom Anblick der grauen Gipfel. Sie waren so hoch und ewiglich, dagegen kam sie sich so klein und unbedeutend vor. Wer war sie schon im Vergleich zu einem Gebirge?

Als der Pfad sich an einem rauschenden Bach entlangschlängelte, fiel ihr ein Strauch voller roter Beeren auf. Mit schnellen Sätzen war sie dort und rief: »Sind das Gonji-Beeren?«

Dietz kam zu ihr und nickte. »Die Barbaren schwören darauf. Wenn man viele davon kaut, versetzen sie einen in eine Art Blutrausch. Zudem färben sie dir die Zähne violett, und die Flecken gehen kaum mehr weg.«

Leyna zupfte eine Beere vom Strauch. »Ich hab von ihnen in einer Abhandlung über Heilkräuter gelesen. Das Herz sollen sie stärken. Und extrem sauer sollen sie schmecken.«

»Furchtbar«, bestätigte Dietz. »Es rollt Euch die Zehennägel in die Schienbeine, glaubt es mir.«

Leyna musste trotzdem probieren. Sie zerdrückte eine Beere mit der Zunge und verzog keine Miene. »Also ich finde sie nicht so schlimm.«

Das konnte Dietz kaum glauben, und er probierte selbst. Ihm verzog es das Gesicht, und er rang nach Atem.

Danach probierten sie alle eine Beere, bis auf Henning. Der stand schweigend daneben und wartete, den Blick seltsam abwesend.

Nach der Beerenverköstigung ging es nicht mehr ganz so schweigend weiter. Es war schön zu sehen, wie sich die Südländer und die Fratera näherkamen. Auf der Überfahrt war das noch anders gewesen, die Crew einerseits und die Gäste andererseits, jetzt aber waren sie alle gleich. Einige Male dachte Leyna an den Volksmund, der sagte: Die Straße unterscheidet nicht.

Die zweite Nacht verbrachten sie in einem verlassenen Bauernhof. Das Dach war eingestürzt, aber die Wände standen noch und boten Schutz vor dem schneidenden Wind. Der pfiff von den Himmelsspitzen her und hätte eigentlich die grauen Wolken im Norden davontreiben müssen wie der Wolf die Schafe – aber sie blieben, und jeder wusste, was das bedeutete.

Gegen Mittag des dritten Tages erreichten sie eine Grasebene. Die Wolken am Horizont waren nun deutlich zu sehen, ein blaugraues Band des Regens. Inmitten der Ebene jedoch stand ein prächtiges Haus in mattem Sonnenschein. Eine einsame Straße führte von Westen dorthin und endete an dem Eingang. »Das Wirtshaus zum Barbaren«, erklärte Dietz. »Die letzte Unterkunft im Südosten, bevor man das Land der Barbaren betritt.«

»Von denen sich keine haben blicken lassen«, warf der narbige Thore ein, einer von Nantes Schmugglern. »Gern hätte ich mit einem die Klingen gekreuzt.«

»Das haben wir zum Glück nicht«, sagte Endres. »Aber das Wirtshaus kommt gelegen. Wenn ich die Wolken so sehe, führt uns dieser Weg nah heran, wenn nicht sogar hinein. Davor noch eine trockene Nacht am Feuer wäre eine nette Sache.«

Darin stimmten alle überein, und so entschieden sie, nur bis zum Wirtshaus zu marschieren und dort zu nächtigen.

Sie brauchten trotzdem noch fast bis zum frühen Abend, denn die Weite täuschte. Außerdem hielten Bäche und Flüsschen sie auf, die überquert werden wollten. Dann hatten sie es endlich geschafft: Das Wirtshaus *Zum Barbaren* erhob sich vor ihnen, zweigeschossig und ganz aus Stein erbaut. Rauch kräuselte sich aus einem wuchtigen Kamin und wurde vom Wind davongerissen.

»Ein Feuer brennt schon mal«, sagte Endres mit einem Lächeln auf den Lippen. Er pochte gegen die Tür und trat ein.

Einzig drei ältere Männer saßen an einem schmalen Tisch in einer Ecke und tranken Bier. Die größeren Tafeln aus grauem Eisentannenholz waren allesamt verwaist und boten Platz für weitere vierzig Gäste.

Die Wirtin musterte die Gesellschaft argwöhnisch, doch als Dietz und Endres mit ihr gesprochen und Henning ein paar Münzen hatte klimpern lassen, lächelte sie breit und hörte nicht mehr auf. Sie positionierte die Gäste nah am Feuer an einer langen Tafel, servierte Bier und sagte, dass es zur achten Stunde Wildsau geben würde, nicht eher und nicht später.

Und dann saßen sie im Wirtshaus *Zum Barbaren*, ganz ohne Barbaren, und schlürften Bier.

»Morgen«, sagte Dietz, »erreichen wir die Kornkammer des Südens. Dann wird der Weg leichter, die Straße ist bestens ausgebaut. Zwei Fuhrwerke können sie passieren.«

»Wegen der Weizenernte, nicht?«, fragte Leyna.

»Richtig. Die Region versorgt die ganze Südmark mit Korn und Mehl.«

»Dort liegt auch Harins Tor, oder?« Die Frage kam von Nante.

»Genau. Der Turm liegt am Rand der Kornkammer, wenn man so will, hat aber damit nichts zu tun. Ihr werdet es sehen. Wir kommen daran vorbei.«

»Und liegen auf dem Weg nicht auch die alten Tempel der Marasz?«, wollte Henning wissen.

»Jein. Die Tempelruinen findet man weiter nördlich, nahe des Talisters. Die Marasz huldigten dort einst der Mutter See.«

»Ernsthaft?« Henning furchte die Stirn und verschränkte die Arme vor der Brust. »Was hatten die Marasz mit dem Meer zu tun?«

»Sie kamen ursprünglich von der See«, erklärte Endres. »Mit Langbooten sollen sie den Talister befahren haben und sich – wegen des Reichtums der Felder – dort niedergelassen haben.«

»Auch noch nie gehört. Ich weiß nur, dass die Grautarken, die früher auf den Inseln der Fratera lebten, Geschichten von den Marasz kannten.«

»Das passt.« Endres lächelte. »In Chroniken wird erwähnt, sie wären immer in den Sonnenuntergang gesegelt, bis sie auf Land stießen. Ich vermute deshalb, dass sie womöglich von einem anderen Kontinent kamen und auf ihrer Reise hier Halt machten. Aber das war noch viele Jahrtausende vor Sankt und Ives. Die alten Tempel sind eigentlich auch nur noch Ruinen, einzig einer ist noch gut in Schuss. Vom Talister aus sieht man Brückenbögen und das Hauptgebäude. Ziemlich beeindruckend.«

»Und ziemlich düster«, fügte Artur hinzu. »Ich war einmal dort, als ich nach Tannrein unterwegs war. Selbst bei Sonnenschein ist der Tempel ein düsteres Ungetüm mit Spitzen und Zacken und krummen Bögen.«

»Das stimmt, in unseren Augen ist er nicht gefällig.«

Henning zuckte mit den Schultern. »Uns muss ja nicht alles gefallen, was früher einmal schick war, oder?«

»Das ist wahr.« Endres leerte seinen Bierkrug und legte ihn seitlich auf den Tisch, damit die Wirtin es bemerkte. Die war auf Zack, trat sofort mit einem schweren Krug an den Tisch und schenkte nach. Mit ihr kam der Geruch von geschmortem Wild aus der Küche.

»Das duftet wundervoll«, lobte Endres die Wirtin beim Nachschenken.

Sie lächelte immer noch. »Genau so wird es Euch auch schmecken, werter Herr. Ich hoffe nur, die Wildsau reicht. Ihr seht recht hungrig aus, und die Soldaten werden es nicht weniger sein.«

Hennings Blick verdüsterte sich. »Soldaten? Des Königs?«

»Welche sonst hier im Nirgendwo, Fremder?«

»Gibt es Probleme mit den Barbaren?«, wollte Dietz wissen.

»Gab es die jemals?« Die Wirtin winkte ab. »Seine Majestät hat wegen dem anhaltenden Regen und der Gerüchte von der fahlen Frau einen Spähtrupp entsandt. Sie kontrollieren die Hügellande. Sind jetzt seit drei Tagen unterwegs. Bis zum achten Glockenschlag wollten sie zurück sein.«

»Eine große Truppe?«, fragte Endres beiläufig.

»Zwei Dutzend. Der König wollte auf Nummer sicher gehen, und ich sage dazu nicht Nein. Sollte die fahle Frau eine Bedrohung für das Wirtshaus werden, werden die Soldaten uns evakuieren.«

»Und wer ist diese fahle Frau?«, fragte Dietz.

Die Wirtin wurde grimmig. »Irgendeine verfluchte Hexe. Durch den Regen soll sie wandeln und eine Schar wilder Tiere befehligen.« Sie spuckte in die Sägespäne am Boden. »Sobald Magie im Spiel ist, gibt's nur Ärger. Braucht sonst noch jemand Bier? Nein? Dann ruft, bevor eure Kehlen trocken werden.«

Als sie in der Küche verschwunden war, herrschte bedrücktes Schweigen. Vielsagende Blicke wurden getauscht, bis Leyna leise meinte: »Sollen wir lieber wieder aufbrechen?«

»Nein«, sagte Endres. »Wenn wir jetzt gehen, wird die Gute argwöhnisch und mit den Soldaten über uns sprechen.«

»Aber zwei Dutzend Soldaten …«

»… werden müde sein«, versicherte Dietz. »Sie werden essen und saufen und scheißen und zu Bett gehen.«

Henning überzeugte das nicht. »Also wenn wir saufen, gehen wir nicht danach zu Bett.«

»Ihr seid auch Fr… Freunde mit gewissen Vorlieben.«

»Rum!« Thore lachte und trank sein Bier in einem Zug aus.

Leyna suchte derweil Hennings Blick. Sorge stand darin. »Vielleicht sollten wir ein Zimmer nehmen«, schlug er leise vor. »Wir sagen, dir wäre nicht gut, oder so.«

Es war kein schlechter Vorschlag, und doch zögerte Leyna. Sie konnte sich zwar verstecken und versuchen, ungesehen nach Tannrein zu kommen, aber wie sollte sie die Jundar besiegen oder befrieden, wenn sie sich in Spelunken verkroch? Sie brauchten die Hilfe des Königs, und irgendwann musste sie sich zeigen. Das Versteckspiel brachte gar nichts.

Sie wollte Entsprechendes erwidern, als Gebrüll hereinwehte. Die Tür zur Schankstube flog auf, und ein abgerissener Soldat kam herein. Keuchend brüllte er: »Wasser! Wir brauchen frisches Wasser! Und saubere Leinentücher!« Sofort stürmte er wieder hinaus. Man hörte Pferde schnauben, Ketten klirren, Männer rufen. Es hörte sich nicht nach Freude über die Ankunft am Wirtshaus an.

Leyna zog sich die Kapuze tiefer ins Gesicht. Henning blickte nervös zur Tür, dann in die Runde. Die Südländer wirkten erschrocken, nur Dietz schaute grimmig. Die Fratera hingegen schienen entschlossen. Sie nickten einander zu, die Hände an den Dolchen.

Wieder flog die Tür auf. Zwei Soldaten trugen einen dritten herein und wuchteten ihn auf den nächstbesten Tisch. »Wo bleibt das Wasser, Alte?«

»Kommt schon, kommt schon!« Die Wirtin eilte heran, verschüttete jede Menge Wasser aus dem vollen Krug und schrie vor Schreck, als sie die Wunde sah. Der linke Arm des Soldaten war in schmutzigen Stoff gewickelt und glänzte vor Blut.

Einer der Soldaten, ein hagerer Kerl, entfernte den Stoff. Als er den Krug Wasser erblickte, schüttelte er den Kopf. »Wir brauchen mehr! Viel mehr! Eine Schüssel am besten. Und holt endlich Tücher! Wir müssen die Blutung stoppen.«

Ein drittes Mal flog die Tür auf, und drei weitere Soldaten schleppten einen zweiten Verletzten herein. Diesmal ging ein Raunen durch die Südländer. Ein violettes Ding hatte sich wie ein Helm über den Kopf des Verletzten gestülpt. Grausige Tentakel wanden sich um seinen Hals.

Wieder tauschten Leyna und Henning Blicke. *Halte dich zurück*, sagten seine Augen.

»Scheiße!«, schrie einer der Soldaten, nachdem sie den Befallenen auf einen zweiten Tisch gelegt hatten. »Scheiße! Scheiße! Scheiße!« Er biss sich auf die Knöchel der Faust, dann zupfte er am Parasiten herum, woraufhin sich die Tentakel enger um den Hals des armen Teufels wanden. Das ließ den Kameraden innehalten. Sein Blick kam hoch, er registrierte die Gesellschaft und rief: »Ihr da! Kommt und helft!«

»Und wie?«, fragte Henning. Er deutete auf den Befallenen und sagte: »Das sieht verdammt nach faulem Zauber aus. Mit so was wollen wir nichts zu tun haben.«

»Es ist kein Zauber!«, stieß der Soldat hervor. »Es kam einfach aus dem Fluss. Es ist irgendein Tier, verdammt! Es bringt ihn um!«

»Was es vermutlich schon getan hat«, knurrte der Hagere. »Schau ihn dir doch an! Du solltest ihm die Kehle durchschneiden. Das würde er von dir auch erwarten.«

»Aber, aber ... ich kann doch nicht ...«

Erneut flog die Tür auf, und vier weitere Soldaten stapften herein. Sie waren völlig verdreckt und stanken nach Schweiß, Morast und Blut. Einer von ihnen schien der Anführer zu sein, denn ein goldenes Emblem mit dem Konterfei des Königs zierte seine Brust.

Er erfasste die Situation mit einem Blick, dann widmete er sich den beiden Verletzten. »Und? Wie sieht es aus?«

Der Hagere hatte den blutigen Verband abgenommen und meinte: »Nicht gut. Riechst du das, Michel? Könnte Wundbrand werden.«

Michel der Anführer trat zornig gegen den Tisch. Er wischte sich feuchtes Haar aus der Stirn, um danach den Befallenen zu begutachten. Auch er zupfte am Parasiten herum und zog schnell die Finger zurück, als die Tentakel sich bewegten.

Einige Herzschläge lang stand Michel da und blickte auf seinen Kameraden hinab, dann zog er seinen Dolch und trieb ihn in einen der Tentakel.

Der Parasit zuckte heftiger, ebenso der Befallene. Er verkrampfte die Beine und Hände, drückte den Rücken durch, dass es schien, als würde sein Rückgrat brechen. Am Hals traten seine Sehnen und Adern wie Stränge hervor.

Der Anführer zog das Messer zurück und wartete. Tatsächlich beruhigte sich der Befallene ein wenig. Nur sein Brustkorb hob und senkte sich hektisch.

»Ich sag's doch«, brummte der Hagere, der alles beobachtet hatte. »Ein schneller Schnitt durch die Kehle wäre die Erlösung.«

»Womit er recht hat«, sagte Nante.

Der Anführer drehte sich zu ihnen herum, die Augen zusammengekniffen. »Wer hat das gesagt?«

Nante hob die Hand.

»Und woher willst du das wissen? Wer bist du überhaupt? Und was willst du hier?«

»Er ist mein Bruder«, beeilte sich Henning zu sagen. »Und er ist manchmal ein wenig vorlaut und plappert irgendwas daher. Verzeiht.«

»Klang aber nicht nach Geplapper.« Der Anführer kam einen Schritt auf ihre Tafel zu. »Und was seid ihr eigentlich für eine komische Runde?« Jeden Einzelnen musterte er, Leyna mit ihrer Kapuze besonders lange.

»Sie sind Gäste«, sagte Rosa mit fester Stimme. »Meine Gäste.« Sie erhob sich und holte eine Pergamentrolle hervor, die sie als Ratsherrin auswies.

Der Anführer überflog das Dokument, dann betrachtete er wieder die Versammelten. »Und was wollt ihr so weit im Süden?«

»Nach Tannrein wollen wir«, antwortete Dietz. »Wir wollten nur nicht den Talister passieren. Gruselig sah es dort aus. Und die Gerüchte ...«

»Deswegen haben wir das Delta umschifft und sind nahe der Barbarenbucht an Land gegangen«, fügte Endres hinzu. »Der Weg durchs Hügelland erschien uns sicherer.«

Der Anführer schien nicht vollends überzeugt, gab aber das Dokument an Rosa zurück.

In dem Moment fluchte der Hagere. »Nicht, Pete! Du

wirst mir jetzt nicht unter den Fingern wegsterben! Vergiss es!« Er hatte einen fingerlangen Dorn in der Hand, von dem Blut tropfte.

Da hielt es Leyna nicht länger auf der Sitzbank. »Darf ich die Wunde sehen?«

Der Anführer wandte sich zu ihr. »Kennt Ihr Euch damit aus?«

»Ein wenig«, log sie. »Ich arbeitete in der Jugend in einem Lazarett.«

»Dann kommt!«

Als sie zum Tisch und dem Hageren trat, vorbei an den anderen Soldaten, spürte sie Hennings brennenden Blick, doch sie wich ihm aus. Sie konnte nicht zusehen, wie ein Mensch verblutete. Sie konnte es einfach nicht.

Die Wunde sah schlimm aus. Blut quoll aus einem Loch, dessen Ränder sich schwarz verfärbt hatten. Es war eindeutig Wundbrand. »Hat dort der Dorn gesteckt?«

Der Hagere nickte argwöhnisch. »Einen Tag lang. Wir sind zum Talister geritten, als sie uns plötzlich angegriffen haben.«

»Sie?«

»Diese Monster!« Er zitterte vor Zorn. »Aus den braunen Fluten kamen sie, stürzten sich auf uns mit ihren Klauen und Dornen und Hauern. Vier Pferde haben wir verloren und zwei Mann.«

Und den hier auch, wenn ich nicht einschreite. Nur, was konnte sie tun? Reinigen und Hoffen würde nicht genügen. Sie musste einen Zauber wirken, ohne dass es auffiel.

»Und?«, fragte der Anführer. »Könnt Ihr ihm helfen?«

Leyna zögerte. »Vielleicht ... mit einer Technik, die ich in La Harb einmal sah.«

»La Harb?« Seine Stirn furchte sich unter seinem verschwitzten, strähnigen Haar. »Wo die Hexen nachts bei Mondschein tanzen und über die Stadt fliegen?«

»Nichts davon tun sie«, versicherte Leyna. »Und nun entscheidet, ob ich es probieren soll oder nicht.«

Die Soldaten tauschten Blicke, dann sagte anstatt des Anführers der Hagere: »Tut, was Ihr meint zu können!«

Leyna nickte und setzte sich neben den Verletzten auf die Bank. Sie legte die Hand auf die Wunde und ließ heilsame Energie hineinfließen, ein Zauber aus Ilkas Büchlein. Er würde kein Fleisch zusammenwachsen lassen oder eine Wunderheilung herbeiführen, aber zumindest den Wundbrand herausziehen.

Als mattes Licht zwischen ihren Fingern hervorquoll, raunten die Soldaten. Einer zog sogar seinen Dolch, was Henning aufspringen ließ, doch der Anführer drückte seinem Kameraden die Hand herab.

Leyna ignorierte das alles und tat, was sie konnte. Dann nahm sie die Hand beiseite. Schwarzer Schleim klebte zwischen ihren Fingern, dafür sah die Wunde nicht mehr brandig aus. »Reinigt sie noch einmal«, sagte sie und wusch den Schleim im Krug von ihren Händen. »Am besten mit dem stärksten Brand, den die Wirtin besitzt. Und dann verbindet den Arm und gönnt dem Kerl Ruhe.«

Sie wollte sich erheben, doch der Anführer versperrte ihr den Weg. »Wer seid Ihr?«, fragte er leise.

»Eine Reisende.« Leyna wich seinem bohrenden Blick nicht aus. »Eine Reisende, die ein wenig vom Heilen versteht.«

»Ein wenig? Ihr habt gerade eine brandige Wunde mit Magie gesäubert!«

»Wollt Ihr Euch darüber beschweren?«, fragte Henning barsch. Er hatte sich zu ihnen bewegt, ohne dass es jemand mitbekommen hatte.

Auch Nante war aufgestanden, die Hand am Dolch.

Der Anführer sah sie abwechselnd an, und für einen Moment sah es aus, als würde die Situation eskalieren, doch dann schüttelte er den Kopf. »Im Gegenteil. Habt Dank.« Er zeigte auf den Befallenen. »Und was ist mit ihm? Könnt Ihr ihm auch helfen?«

»Ich fürchte nicht.«

Wieder ein prüfender Blick. »Weil Ihr wisst, was ihm widerfahren ist, oder?«

Leyna nickte. »Er ist nicht mehr zu retten. Tut mir leid.«

Der Anführer musterte sie durchdringend und sagte dann leise: »Ihr seid Leyna aus La Harb, nicht?«

Stille senkte sich über den Gastraum, bis Leyna ihre Kapuze abstreifte und die Soldaten scharf die Luft einzogen. »Wie habt Ihr mich erkannt?«

Der Anführer zeigte auf ihre Hände. »Die Verbrennungen haben Euch verraten. Niemand überlebt mit solchen Wunden.«

»Nur Hexen!« Die Stimme der Wirtin erhob sich schrill hinter der Theke. Die gute Frau hob eine schwere, gespannte Armbrust empor und richtete sie auf Leyna. Im selben Atemzug knallte die Sehne.

Leyna sah den Bolzen auf sich zufliegen, doch die Wirtin hatte schlecht gezielt. Der eisenbeschlagene Pfeil verfehlte sie um Haaresbreite und traf stattdessen den Anführer in den Hals. Eine Fontäne aus Blut erfüllte die Luft. Röchelnd taumelte Michel vorwärts und sackte Leyna in die Arme. Sie sah noch den überraschten Blick in seinen Augen, dann die Bitte, ihn zu retten, doch sie konnte ihn nicht halten, und er entglitt ihren Händen. Dumpf polternd schlug er auf dem Boden auf, was ihm den Pfeil gänzlich durch den Hals trieb.

Da schrie die Wirtin: *»Sie hat ihn umgebracht! Die Hexe! DIE HEXE!«*

Das Summen von Stahl erfüllte die Luft, als Schwerter und Dolche gezogen wurden, und schon sah sich Leyna von fünf Soldaten umringt.

»So eine bist du also«, knurrte einer von ihnen. »Schön nett vorne rum, und hinterm Rücken den Dolch wetzen.« Er wollte zuschlagen, als sein Kamerad neben ihm spitz aufschrie und sich an die Brust fasste. Eine fahle Paladinklinge glänzte rot zwischen seinen Fingern.

»Zu mir!«, rief Henning, zog die Klinge zurück und trat nach dem anderen.

Da brach das Chaos aus. Leyna sah ein Schwert auf sich zufliegen, zeichnete ein Zeichen in die Luft und blockte den Schlag. Jemand schrie vor Wut und Erstaunen. Jemand anders brüllte: »Für Tannrein!« Stahl klirrte auf Stahl. Ein Stuhl flog durch die Luft. Ein Fratera lachte, und Rosa schrie: »Hört auf! Hört auf! Hört auf!«

Leyna duckte sich unter einem zweiten Schlag weg und drängte zu Henning. Der focht mit einem der Soldaten, dabei ging es hin und her, eine schnelle Abfolge von Schlägen. Leyna musste aufpassen, dass sie dabei nicht erwischt wurde, und sprang hinter einen Tisch. Plötzlich war ein Soldat neben ihr, ein irres Funkeln in den Augen. *»Hexe!«*, zischte er und stieß mit dem Dolch nach ihr. Er erwischte sie am Arm, was sie aufschreien ließ und ihren Zorn entfachte. Sie hatte helfen wollen und das Leben eines Kameraden retten, und sie vergalten es ihr mit Stahl!

Plötzlich glomm die Luft zwischen ihren Fingern, es knisterte und knackte, und schon flog ein Kegel aus Licht auf den Kerl zu und traf ihn in die Brust. Ein Blitz erhellte den Raum, und Leyna meinte, seinen Schädel und das Skelett zu sehen, bevor er zusammenbrach. Rauch stieg von seiner Haut auf. Einige Haare kräuselten sich. Es stank nach Horn.

Da knallte wieder die Armbrust. Etwas riss Leyna von den Füßen, aber es war kein Bolzen, sondern Nante. Er kam sofort wieder auf die Beine, zog ein Wurfmesser und schleuderte es nach der Wirtin. Die schrie auf und taumelte rückwärts, das Messer steckte im Auge.

»Zur Küche!«, rief Nante über den Lärm hinweg. »Schnell!«

Tatsächlich war es der einzige Weg, in dem keine Soldaten oder Kämpfe den Durchgang versperrten. Durch den Eingang stürmten weitere Soldaten ins Wirtshaus, die wohl noch die Pferde versorgt hatten.

Leyna hatte keine Zeit zu reagieren, denn Nante zog sie mit sich. Er trat einen Tisch beiseite, donnerte einem Soldaten die Faust ans Kinn und stieg über einen Toten hinweg. Irgendwo schrie Henning nach ihr, doch da war sie schon über die Wirtin gestiegen und durch die Tür in die Küche gehastet.

Drei Kinder versteckten sich unter einer Arbeitsplatte, die Augen riesengroß, die Hände auf die Ohren gepresst. Nante stürmte an ihnen vorbei, dann rechts zum Kaminfeuer, über dem die Wildsau briet. Leyna fragte sich noch, was er dort wollte, bis sie die schmale Tür daneben erblickte. Durch diese flohen sie hinaus in die Abenddämmerung.

»Nante!«, keuchte sie. »Warte! *Warte!* Die anderen!«

»Kommen für den Moment ohne uns zurecht.« Er eilte hinterm Haus entlang und blieb an der Ecke stehen.

»Aber …«

»Kein Aber! Sie wollen dich tot sehen! Also komm!« Er zerrte sie weiter zum Unterstand. Dort waren knapp zwei Dutzend Pferde angebunden. Heftig scharrten sie mit den Hufen. Sie hörten den Kampflärm.

Eine Soldatenstimme schnitt durch den Abend: »Da läuft sie!« Stiefeltrampeln. Schnelle Atemzüge.

Nante wirbelte herum, hatte ein zweites Wurfmesser in

der Hand und schleuderte es dem Soldaten entgegen. Aber es waren drei, die ihnen entgegenrannten.

»Los! Auf ein Pferd!« Er schnitt mit seinem Dolch zwei Leinen durch, packte Leyna an der Hüfte und schob sie auf den Rücken der Stute. Die bockte und wieherte vor Angst, doch Nante schlug ihr an den Hals, und sie wurde still. Endlich saß Leyna im Sattel, und Nante gab dem Pferd einen weiteren Klaps, diesmal auf den Hintern. Mit einem Satz galoppierte es los, irgendwohin, nur weg.

Leyna krallte sich in die Zügel und hatte Mühe, sich im Sattel zu halten. Trotzdem wagte sie den Blick zurück. Es war furchtbar anzusehen. Durch die schlierigen Scheiben des Wirtshauses erkannte sie Schatten, die miteinander tanzten. Jemand schien eine Fackel zu schwenken. Schmerzensschreie mischten sich dazu, gellende Rufe und lautes Krachen von Stahl auf Stahl. Nante war selbst auf ein Pferd gesprungen und galoppierte hinter ihr her. Sein Haar wehte im Wind.

Die beiden Soldaten gaben nicht auf. Sie erreichten die Pferde, rissen zwei los und preschten hinterher. Hoffentlich hatten sie keine Bögen oder Armbrüste dabei.

Das Pferd unter ihr bockte unvermittelt und hätte sie beinahe abgeworfen, doch Nante war an ihrer Seite und hielt sie im Sattel. »Weiter!«, schrie er. »Schneller!« Er gab seinem Pferd einen derben Druck mit den Schenkeln und schoss vorwärts.

Leynas Stute schien das zu motivieren. Sie folgte ihrem Kumpanen blindlings mit vollem Galopp.

So flogen Leyna und Nante durch die Dämmerung, während der Lärm des Kampfes leiser und leiser wurde. Einzig die Schreie der Verfolger blieben, verstummten nur nach und nach, bis schließlich noch das Huftrampeln von vier Pferden und das Flüstern von Gras zu hören waren.

Weiter nach Westen!, hörte sie plötzlich Nante in ihrem Kopf über Ilkas Band sagen. *Zu Harins Tor!*

Leyna hatte keine Ahnung, warum er dorthin wollte, aber er wollte es mit einer absoluten Gewissheit, die sie nicht infrage stellte. Sie ritt und ritt und ritt, bis der Stute Schaum vor den Nüstern stand. Die Schritte wurden deutlich langsamer.

»Nante.« Auch Leyna atmete hart vom Ritt. »Das Pferd kann nicht mehr.«

Grimmig erschien er an ihrer Seite. »Wir sind fast da!«

Tatsächlich zeichnete sich vor ihnen ein dunkler Turm vor dem Nachthimmel ab. Er sah aus wie ein gigantischer Baumstumpf.

Leyna blickte zurück. Die Verfolger kamen wieder näher, hatten bei den Pferden offensichtlich eine bessere Wahl getroffen als sie. »Können wir nicht kämpfen?«

»Nein!«, presste Nante hervor. »Es muss so sein.«

»Warum?«

»Keine Ahnung.« Er packte sie an der Taille und zerrte sie einfach vor sich auf sein Pferd.

Leyna schrie vor Überraschung und auch vor Wut, weil er so grob zu ihr war, doch schon preschte Nantes Pferd weiter, und sie konnte sich nur noch in der Mähne festkrallen.

Hinter ihnen wurden Rufe laut, näher jetzt. Nante grunzte nur und trieb den Gaul erbarmungslos auf den Turm zu. In seiner Mitte gab es ein Tor, durch das man reiten konnte. Aber was brachte das, wenn man verfolgt wurde? Was wollte Nante dort?

Ein Gedanke durchzuckte sie, der grotesk war, aber irgendwie zu Nante passte: *die Traumpfade.*

Noch bevor sie weiter darüber nachdenken konnte, erreichten sie Harins Turm. Schwarz war der Stein des Torbogens, uralt und von Wind und Wetter glatt poliert. Ein von einer Kapuze umhülltes Gesicht zierte den Bogen im Osten. Der Turm war größer, als sie zunächst angenommen hatte, vermutlich bräuchte man fünfzig oder sogar hundert Personen, um ihn zu umringen.

Hindurchgeritten waren sie trotzdem schnell. Als sie auf der anderen Seite herauskamen, zügelte Nante das Pferd und zwang es herum. Die Verfolger ritten ihnen entgegen, waren vielleicht noch einen Steinwurf vom Turm entfernt.

»Nante ...«, sagte Leyna heiser. »Was hast du vor?«

»Dich in Sicherheit bringen.« Er blickte empor zur westlichen Seite des Torbogens. Die wurde von einem menschlichen Antlitz geziert, vermutlich einem Mann, aber das Gesicht war kaum mehr zu erkennen. Nur seine traurigen Augen blickten auf Nante und Leyna herab.

»Nante!«

Er schüttelte den Kopf, rief mit seltsamer Stimme irgendetwas in Eduschéeian und ritt wieder los, den Soldaten entgegen. Die schrien im Triumph, Mondlicht glitzerte auf ihren blanken Klingen.

Leyna sah ein violettes Flackern, das sie und Nante einhüllte, schmeckte Zimt auf der Zunge, roch Amber und Zinn, fühlte Kälte und Wärme zugleich und hörte ein leises Murmeln, wie von Wind in totem Laub.

Und dann waren die Verfolger verschwunden, ebenso der Turm und auch das Pferd. *Nein*, ging es Leyna noch durch den Kopf, *wir sind verschwunden.* Und das waren sie, irgendwo in den endlosen Gefilden der Traumpfade.

Kapitel 16

Südmark, Gasthaus *Zum Barbaren*

Henning strömte der Schweiß über das Gesicht, während er die Paladinklinge Hieb um Hieb führte. Aber sosehr er sich bemühte, die Kämpfe wollten nicht enden. Die Soldaten waren ihnen schlicht überlegen. Sie wussten wie Gallus, wie man kämpfte. Trotzdem teilte Henning weiter aus, er musste Leyna und Nante hinterher, die durch die Küche geflohen waren.

Er wusste nicht, ob er froh oder verärgert darüber sein sollte. Es war typisch Nante, sein eigenes Ding zu machen, allerdings wusste sein Bruder oft besser, was zu tun war. Vermutlich sollte sich Henning mehr Sorgen um sein eigenes Leben machen.

Er blockte einen Hieb im letzten Moment und schlug mit dem Schwertknauf nach einem anderen Soldaten. Neben ihm bemerkte er Gallus, der selbst verletzt einen Soldaten in Schach hielt. Aber es sah nicht gut aus. Zwei Fratera waren in eine Ecke gedrängt worden und ließen ihre Dolche fallen. Andere lagen tot am Boden, ebenso wie einige Soldaten. Auch den jungen Wendelin sah er zusammengesunken auf einem Stuhl sitzen. Blut quoll aus einer hässlichen Wunde in seinem Bauch.

»Haltet endlich ein!« Es war der hagere Soldat, der wie ein Berserker kämpfte. »Es ist aus!«

Henning sah das anders, griff wieder an, doch seine Arme

waren mittlerweile schwer, und der Soldat bekam den Angriff problemlos geblockt.

»Henning!« Gallus' keuchende Stimme.

»Es ist erst aus, wenn ...«

»Alle tot sind?« Gallus ließ sein Schwert sinken. »Vergiss es. Man muss wissen ... welchen Kampf man kämpft.« Das Schwert polterte zu Boden, und Gallus sank erschöpft in die Knie.

Nur noch Henning stand aufrecht wie ein Mast, die fahle Paladinklinge erhoben. Blut tropfte von der Spitze.

»Euer Freund hat recht«, sagte der Hagere. »Ihr habt verloren.«

»Einen Kampf, den wir nie hätten kämpfen müssen«, knurrte Henning.

»Den Ihr aber gekämpft habt. Jetzt lasst das Schwert fallen!«

»Und dann?« Es war Endres. Bleich und mit blutigen Händen trat er aus einer Nische, in der er sich wohl verschanzt gehabt hatte. »Was habt Ihr dann vor?«

Die Blicke des Hageren zuckten hierhin und dorthin. »Das hab nicht ich zu entscheiden.«

»Euer Anführer aber sicher auch nicht mehr. Wer ist sein Stellvertreter?«

Der Hagere schluckte. »Ich werd es trotzdem nicht entscheiden! Ihr gehört vor ein Gericht, verdammt! Ihr habt Soldaten Seiner Majestät angegriffen und getötet!«

»Für so was haben wir keine Zeit«, sagte Henning. »Ihr habt die Jundar selbst gesehen.« Er deutete mit der Schwertspitze auf den Befallenen. »Das wird der ganzen Südmark blühen, wenn wir nicht einschreiten.«

Der Hagere stutzte. »Seid ihr deswegen hier?«

»Da ist aber einer ganz helle im Kopf.«

Rosa kroch unter einem Tisch hervor. Sie zitterte am

ganzen Leib, stemmte sich langsam hoch. »Deswegen sind sie meine Gäste.« Sie schluckte schwer angesichts des Massakers in der Wirtsstube. »Wir haben sie von Lensend geholt.«

»Auf wessen Geheiß?«, fragte der Hagere. »Hat der König das befohlen?«

Endres und Rosa schüttelten die Köpfe. »Wir haben das selbst beschlossen. Ihr wisst selbst, wie der König über Magie denkt.«

»Zu Recht, scheint mir. Und jetzt lasst das Schwert fallen, oder wir machen dem ein Ende!«

Henning zögerte. In seinen Eingeweiden brannte Zorn, auch auf Leyna, die wegen irgendeines Soldaten ihre Tarnung hatte auffliegen lassen. Jetzt war sie mit Nante auf der Flucht und der Rest in der Hand der Soldaten. Der Hagere hatte recht: Der Kampf war vorbei. Wenn Henning weiterkämpfte, würde er eher früher als später mit einer Schwertklinge in der Brust enden. War das seine Bestimmung? Sollte er hier in der Südmark sterben und nicht auf See? Wäre der Fluch damit womöglich dahin? Oder würde der Rabe von Hennings Schulter davonfliegen und woanders landen? Auf Leynas Schulter? Auf Nantes?

Wahrscheinlich war es dieser Gedanke, der Henning das Schwert sinken ließ. Er seufzte tief. »Ich hoffe, Ihr wisst, dass das Schicksal der Südmark nun in Euren Händen liegt.«

Der Hagere schnaubte und nahm ihm die Paladinklinge weg. »Die Südmark ist sicher nicht auf einen wie Euch angewiesen.« Und dann rief er: »Legt sie in Fesseln! Alle miteinander!«

Mit im Rücken zusammengebundenen Händen wurden sie abgeführt. Es war ein Trauerspiel. Henning, Gallus, Endres, Rosa, Dietz und Artur und zwei Fratera waren noch am Leben. Den Rest hatte es erwischt, auch die junge Fronicka, die einen Schwertstreich abbekommen hatte. Von den Soldaten waren noch neun auf den Beinen, zwei weitere kamen aus der Dunkelheit angeritten.

Hennings Herz klopfte schneller. Waren das die Verfolger von Leyna und Nante? Waren wenigstens die zwei entkommen?

Der Hagere sah seinen Kameraden entgegen. Sie zügelten vier Pferde. »Das werdet ihr nicht glauben«, sagte einer mit vom Schreien heiserer Stimme. »Aber sie haben sich in Luft aufgelöst!«

»Wie bitte?«

»Die Hexe und der andere«, sagte der zweite Soldat, die Augen voller Furcht.

»Sie sind durch Harins Tor geritten«, erklärte der erste, »und waren im nächsten Herzschlag verschwunden. Ernsthaft! Sie saßen auf dem verdammten Gaul, und im nächsten Moment lief uns das Pferd allein entgegen.«

»Bockmist!« Der Hagere spuckte aus. »Ihr reitet zurück und sucht die Umgebung ab. Niemand löst sich in Luft auf.«

»Manche schon.« Es war Endres, mit einem Hauch Triumph in der Stimme. Und an die Verfolger gewandt fragte er: »Durch Harins Tor sind sie geritten, sagt Ihr?«

Er fing sich einen bösen Blick ein. »Ja ... und weiter?«

»Dann sind sie für uns Sterbliche nicht mehr zu erreichen. Ihr kennt die Geschichten über Harins Tor?«

»Das sind *Geschichten*, alter Mann.«

»Wie Ihr meint.«

»Ja, das meine ich.« Der Hagere rieb sich die Nasenwurzel, als hätte er üble Kopfschmerzen. Dann atmete er heftig aus. »Vier Mann suchen das Tor ab! Der Rest bleibt hier. Wir fressen jetzt die Wildsau, wenn sie nicht schon verbrannt ist, und im Morgengrauen brechen wir nach Tannrein auf.« Er wandte sich an Henning. »Dort wird man Euch vor einen

Richter führen, wie es sich in der Südmark gehört! *Euch alle!*« Mit einem Ruck wandte er sich ab und stapfte davon.

Artur fing an zu schluchzen. »Bei den Göttern! Die werden uns hängen, das sag ich euch!«

»Niemand wird uns hängen«, versicherte Rosa grimmig. »Man hängt keine Ratsherrin ohne Grund.«

»Da wäre ich mir nicht so sicher«, sagte Dietz. »Wir haben immerhin Soldaten Seiner Majestät ermordet.«

»In Notwehr!«

»Das wird der König anders sehen.«

»Und Ihr könntet das auch anders sehen«, sagte Henning.

Artur musterte ihn böse. »Wie denn, Schmuggler?«

Henning deutete mit dem Kinn zu den Pferden. »Wir werden vermutlich nach Tannrein reiten. Das spart uns eine ganze Menge Zeit.«

Kapitel 17

Auf den Traumpfaden

»Nante? Hörst du mich?«

Leyna irrte umher, ohne eine Ahnung, wo sie war. Bunte Wolken schwebten um sie herum, mal blau oder rosa, mal grün oder gelb, mal violett oder rot. Es gab schwarze Gewitterwolken und weiße Schäfchenwolken, aber keinen Boden. Es war, als schwebe Leyna durch die Lüfte, wobei sie nicht sagen konnte, wo oben und unten war.

»Hier!« Nantes Stimme wehte aus einer Richtung heran. »Hier bin ich.«

Er erschien hinter einer dunklen Wolke. Blitze erhellten sie flackernd, ebenso sein Gesicht. Es sah ganz anders aus, eingefallen, aber auch glatt und glasig. Und irgendwie besaß er zwei Gesichter. Da war etwas, das sie an Nante erinnerte, und dann noch etwas, das fremd war, wie eine andere Identität. Dessen Augen waren voller Trauer, die Haut schattig, aber dieses Gesicht blitzte nur manchmal durch das andere hindurch.

»Bei den Göttern«, entwich es Leyna. »Wie siehst du aus?«

Nante zuckte mit den Schultern. »Wie man hier eben aussieht. Du machst da keinen Unterschied, *Gezeichnete.*«

»Wirklich?« Leyna versuchte, etwas von sich zu erhaschen, doch es gab hier nichts Spiegelndes.

»Glaub es mir, aber deswegen sind wir nicht hier.«

»Wo sind wir überhaupt? Auf den Traumpfaden?«

Nantes langes Gesicht nickte. Mit fremder Stimme sagte er: »Der Weg der Götter.«

Leyna erschauderte und wiederholte ehrfürchtig: »Der Weg der Götter ...«

»Wenige Sterbliche haben ihn bisher beschritten«, fuhr die Stimme fort. »Und schon lange niemand mehr ...«

Leyna sah sich abermals um, entdeckte aber nirgends einen Pfad. »Und nun? Wie gehts weiter?«

Nante sagte mit seiner eigenen Stimme: »Jetzt finden wir einen Weg nach Tannrein.«

»Du meinst, wir kürzen unsere Reise ab?«

Er nickte, doch das lange Gesicht schüttelte den Kopf. »Das ist nicht gesagt. Der Weg kann auch länger sein, in jedem Fall anders und ohne die Lästigkeiten einer Reise zu Fuß oder Pferd.«

»Wer seid *Ihr* eigentlich?«, wollte Leyna von der fremden Stimme wissen.

»Das hat Euch nicht zu interessieren, *Gezeichnete.* Und nun geht! Verharrt nicht zu lange, denn Zeit ist hier nicht Zeit.« Das lange Gesicht wurde noch glasiger und war plötzlich kaum mehr zu erkennen.

Leyna seufzte. »Und in welche Richtung, meine Herren?«

Nante zeigte auf eine dunkle Wolke und lief los oder schwebte los oder was immer man auf diesem Weg der Götter tat.

Einige Zeit bewegten sie sich so dahin, an unzähligen Wolkenbergen vorbei, bis Leyna vor einer prächtigen Wolke in Rotgold stehen blieb. Fasziniert betrachtete sie die Wölbungen und fuhr mit den Fingern hindurch. Dabei fühlte sie ...

... Wonne. Geborgenheit. Liebe. Sie sah eine Frau in schlichten Gewändern auf einem Acker im Sonnenschein. Mit einer Sense mähte sie Weizen, die Haare feucht von

Schweiß, die Hände rau vom Sensengriff. Es roch nach frischem Gras und Grün. Insekten summten, und dann blickte die Frau auf und lächelte voller Wärme.

Etwas zerrte Leyna zurück auf den Traumpfad. Nante schüttelte neben ihr den Kopf.

»Was war das?«, fragte Leyna. »Ein Traum?«

»Ja. Das sind alles Träume von irgendwelchen Leuten. Manche sind voller Freude, andere düster und dunkel.« Sein Blick fiel auf eine dunkle Gewitterwolke, in der es blitzte.

»Unglaublich«, sagte Leyna. »Glaubst du, sie hat mich nun wahrgenommen?«

»Vielleicht. Vieles ist hier möglich. Aber nicht für uns. Komm! Wir müssen weiter!«

Leyna blickte noch einmal zur rotgoldenen Wolke und sehnte sich nach der Wärme und der Geborgenheit, die sie gespürt hatte.

»Genau das ist das Verlockende«, sagte die Stimme des langen Gesichts. »Dass Ihr Euch verliert. Ihr wärt nicht die Ersten.«

Leyna schluckte. »Ihr meint, in den Träumen anderer?«

»Oh ja. Es ist einfach, sich an der Liebe anderer zu erwärmen. Oder seine Rache am Zorn anderer zu laben. Aber es ist auch gefährlich.«

»Warum? Es sind doch nur Träume.«

»Träume, die wahr werden können. Träume, die Menschen beeinflussen. Das ganze Leben besteht aus Träumen.«

Leyna betrachtete abermals das lange Gesicht hinter Nantes und fragte zum zweiten Mal: »Wer seid Ihr?«

»Eine Erinnerung«, sagte das Gesicht.

»An wen?«

»Das geht Euch nichts an.«

»Aber Nante vielleicht.« Und dann stellte sich Leyna das Zeichen vor, mit dem sie die Raben hervorgelockt hatte.

Tatsächlich erstrahlte es vor ihr, erhellte Nantes Gesichtszüge und die des anderen. Für einen Moment glaubte Leyna, einen Mann mit edlen Konturen zu erkennen, die Augen hell und klar wie ein Wintertag. Im nächsten Moment knallte etwas, und das Zeichen zerstob in tausende Funken.

Zornig zischte das lange Gesicht: »Seid Ihr des Wahnsinns, hier an diesem Ort die Macht zu erheben?!«

Trotz regte sich in ihr. Wer war der Kerl, der sich *in* Nante verbarg? Entsprechend scharf sagte sie: »*Ihr* seid der Verrückte hier. Ihr habt uns hierhergebracht. Und Ihr beeinflusst wahrscheinlich schon immer Nantes Leben. Ist es da nicht fair zu erfahren, wer Ihr seid?«

Nante schüttelte den Kopf. »Lass es, Leyna! Er ist ein Freund! Ein Teil von mir.«

Leyna zögerte; Nantes Stimme klang fast flehentlich. Oder schmerzerfüllt. Was hatte Henning ihr über seinen Bruder erzählt? Als Kind wäre Nante beinahe wegen der Stimmen wahnsinnig geworden. War der Kerl wirklich ein Teil von ihm?

»Bitte«, flehte Nante abermals, und das ließ Leyna einlenken.

»Also gut«, sagte sie. »Dann weiter.«

Wieder schwebten sie vorbei an Wolken und über bunte Landschaften, die sich Leyna niemals hätte vorstellen können. Es war so bezaubernd. Allein die Vorstellung, dass so viele Träume geträumt wurden. Und so viel Licht und Hoffnung und Wärme. Es war unglaublich, und sie geriet in Verzückung wie ein kleines Kind. Sie rannte an einem Bach entlang. Das Wasser sprudelte und murmelte und rauschte. Moos und Tannennadeln federten ihre Schritte, es war lau und schattig und wundervoll. Harzgeruch hing in der Luft, prächtige Pilze streckten ihre Kappen empor, und ein Eichhörnchen huschte ins Unterholz. Dann sah Leyna den Blutbaum. Prächtig war die Hängeblutbuche mit ihren bis zum Boden hängenden Blättern, dunkelrot und mit einem glutgleichen Schein in den Äderchen. Der Volksmund sagte, dass unter einem Blutbaum ein Irrwisch hause, der einem entweder alle seine Wünsche erfülle oder einem das Leben nehme – je nachdem, an welchen Irrwisch man gerate. Der Volksmund sagte aber auch, dass es das größte Glück für einen Wanderer sei, einen Blutbaum zu finden, denn man würde die Nacht sicher darunter verbringen, egal was geschehen mochte.

Die hiesige Hängeblutbuche war in jedem Fall der prächtigste aller Blutbäume. Das Laub raschelte leicht, und die Äste wogten, als wollten sie Leyna einladen. Langsam schritt sie über den weichen Boden näher heran. Ein Sonnenstrahl stach durch den Wald und ließ für einen Moment die Blätter erglühen. Irgendwo krächzte ein Kauz.

Leyna hob den Arm und berührte die seidigen Blätter. Die Ränder waren gezackt und kitzelten ihre Fingerspitzen. Sie schob ein paar Äste beiseite und duckte sich hindurch. Unter dem Baum war es still. Eine matte Finsternis erfüllte das Blätterdach, geschwängert mit dem Duft von Geschichten und Geheimnissen. Leyna hielt die Luft an, so zauberhaft war es …

Bis das Licht erstrahlte. Der Irrwisch schoss aus dem Stamm und erhellte die matte Dunkelheit. Da sah Leyna die Gesichter, erstarrt im Wurzelwerk und den Ästen, die Münder zu Schreckensschreien aufgerissen, die Augen voller Schmerz und Angst und Panik.

»Willkommen«, sagte der Irrwisch und lachte irre. »Willkommen, Gezeichn…«

Wieder riss es Leyna zurück auf den Traumpfad. Das lange Gesicht verharrte grimmig neben ihr. »Ich sagte doch, Ihr müsst vorsichtig sein!«

»Ich …«

»Ja … ich. Beinahe hättet Ihr Euch verloren in jenem Albtraum.« Nante zeigte auf eine dunkle Wolke, die von einem Schein erhellt wurde, der verdammt an das Licht des Irrwischs erinnerte.

Leyna erzitterte. »Vielen Dank.«

»Jaja«, sagte das lange Gesicht. Und dann ging es weiter.

Leyna achtete nun besonders darauf, keine Wolke zu berühren oder überhaupt zu lange anzusehen. Sie hatte keine Ahnung, wie die Traumpfade funktionierten. Vorhin hatte sie nicht mal gemerkt, wie sie in den Traum abgedriftet war. Es schien wirklich tückisch zu sein.

Hochkonzentriert geriet sie zwar nicht mehr in einen Traum, aber wohin sie unterwegs waren, entzog sich ebenfalls ihrer Kenntnis. Alles sah gleich aus, es gab keine Anhaltspunkte wie sonst beim Reisen, und wenn doch, erkannte sie keine.

Nante hielt schließlich inne und blickte sich um. Mehrfach. »Ich … ich bin mir nicht sicher, wie es weitergeht.«

Auch Leyna sah sich um. »Woher wusstest du es bisher?«

»Keine Ahnung, ich wusste es einfach.«

»Und dein *Freund*? Hat der keine Ahnung?« Da erst fiel ihr auf, dass das lange Gesicht verschwunden war. »Wo ist er eigentlich hin?«

»Keine Ahnung«, sagte Nante. »Die Stimmen kommen und gehen, das war schon immer so.«

»Grandios. Wir sind also wegen seines Geflüsters hier gelandet, und jetzt lässt er uns im Stich? Toller Freund.«

»Hör auf damit!«, sagte Nante barsch. »Er hat mir und Henning schon so oft das Leben gerettet. Und auch diesmal sind wir unseren Verfolgern entkommen. Vergiss das nicht!«

»Schon gut. Nur, wie kommen wir jetzt weiter? Ich sehe

kein Tannrein. Ich sehe gar nichts, außer …« Leyna verstummte. Ein Zittern lief durch ihren Körper.

Nante sah fragend zu ihr und erstarrte ebenfalls, als er den Umriss bemerkte.

Wie ein Turm ragte die Gestalt zwischen den Wolken auf. Sie trug einen Mantel mit spitz zulaufender Kapuze. Über den Schultern spitzten sichelförmige Gebilde hervor, die zwei offene Kreise bildeten.

Und sie kam näher.

Leyna hörte das Klicken von Knochen auf Knochen. Sie spürte Kälte und einen Hauch von Moder, wurmdurchsetzter Erde und feuchtem Wurzelwerk. Der Mantel flatterte zwischen den Wolken wie gebirgsgroße Banner. Die eingestickten Muster wogten voller Lebendigkeit.

»Bei den Göttern!« Nante wich zurück. »Die Gleichmacherin.«

Im nächsten Moment war sie heran und ragte über Nante und Leyna auf, schlank und hochgewachsen, mit purpurnem Schein unter der ewig dunklen Kapuze. Es gab keinen Zweifel. Sie war es höchstpersönlich.

Sie, die am Ende alle gleichmachte.

Sie, die alle zu sich holte.

Sie, die Wächterin der Seelen.

Kapitel 18

Südmark, Kornkammer des Südens

Sie waren nicht im Morgengrauen aufgebrochen, wie es der Hagere befohlen hatte, sondern erst zur Mittagsstunde, die Handgelenke gefesselt, aber wenigstens zu Pferd. Zuvor hatten die Soldaten des Königs ihre Kameraden und die tote Wirtin abseits des Gasthauses bestattet. Mit Steinen hatten sie sie zugedeckt, wie es im Süden Sitte war. Für Henning waren die dreizehn schlanken Hügel ein ungewohnter Anblick. Bei den Fratera wurde man im Meer bestattet, in den Armen der Mutter See. Ein weiterer Grund, nicht im Süden zu sterben.

Allerdings war das Meer Tage entfernt, und so bat Henning, auch die verstorbenen Fratera sowie Wendelin und Fronicka mit Steinen beerdigen zu dürfen. Der Hagere hatte es nach langem Überlegen erlaubt. Henning, Artur und Dietz hatten unter Aufsicht geschuftet, bis einundzwanzig Steinhügel den Winden trotzten. Ihre Hände waren danach blutig gewesen.

Nach der Bestattung waren sie dann endlich gen Westen losgeritten, umwölkt von trübem Nebel und melancholischen Gedanken. Zu viele waren in der Nacht sinnlos gestorben, das musste selbst den Soldaten einleuchten. Einsichtig sahen sie aber nicht aus, im Gegenteil. Henning erntete mehrere grimmige Blicke und konnte nur froh sein, dass die allein nicht töten konnten.

Schweigend ging es die Handelsstraße dahin, die sich um Findlinge schlängelte und im Nebel verlor. Bald schälte sich Harins Tor aus der Suppe. Ein hässlicher Turm, der Henning an einen Richtblock erinnerte. Er passte zu den Geschichten um die Wächterin. Nur, was hatten Leyna und Nante hier getan? Hatten sie sich wirklich in Luft aufgelöst? Das wollte er nicht glauben. Heilen und Schwerthiebe abfangen waren das eine, aber einfach verschwinden etwas anderes.

»Ihr fragt Euch, wo sie hin sind.« Endres hatte sich mit seinem Pferd etwas zurückfallen lassen und ritt nun neben ihm.

Henning nickte.

»Sie sind sicherlich auf den Traumpfaden gelandet.«

»Traumpfade…« Henning schüttelte den Kopf. »Manche Dinge kann ich verstehen, die mir Leyna über Magie erzählt hat. Über konzentrierte Kraft und gelenkte Energie und die Macht von Gedanken. Aber sich in Luft auflösen? Irgendwo dort im Nebel wandeln? Durch Träume streifen? Ernsthaft? Ich glaube eher, sie haben den beiden Soldaten einen netten Streich gespielt und sich versteckt, und die Kerle hatten keine Lust, im Dunkeln zu suchen und am Ende doch noch ein Schwert in den Nacken zu bekommen.«

»Ebenso möglich, aber ich glaube, Eure Leyna und Euer Bruder vermögen mehr, als Ihr Euch vorstellen könnt. Auch Harin hat das Unmögliche geschafft und mit der Wächterin eine Liebelei begonnen. Dreihundert Jahre lang sollen sie sich hier getroffen haben. Auf dem Turm am Feuer, unter den Augen der alten Götter.«

»Glaubt Ihr das wirklich?«

»Glauben und glauben wollen sind verschiedene Dinge, Henning.« Endres lächelte matt. »Ich mag die Vorstellung eines Rings, den die Wächterin aus Liebe schmiedete und Harin schenkte, um ihm das ewige Leben zu ermöglichen. Dafür musste er allerdings einen Preis zahlen. Er war hier an den Turm gebunden, um sich mit seiner Geliebten zu treffen. Und ist das nicht die Essenz des Lebens? Ein Geben und Nehmen. Willst du das, bezahlst du dies.«

»Damit habt Ihr schon recht, Endres, die Essenz der Geschichte mag stimmen, aber ob es wirklich so stattfand …? Die Wächterin der Seelen. Glaubt Ihr wirklich an sie? Ich nicht.«

»Aber Ihr glaubt doch auch an die Mutter See. Das ist nichts anderes.«

Henning wollte widersprechen, ließ es aber. Endres hatte ja recht, viel Unterschied gab es da nicht. Ob man an die See als Göttin glaubte oder an die alten Götter, an die Wächterin der Seelen oder an das Paar, das im Norden verehrt wurde, welche Rolle spielte es?

Als ahnte Endres seine Gedanken, sagte er: »Die Geschichten sollen Halt geben, Henning. Erklärungen, Hoffnung. Wie bitter wäre der Gedanke, dass es nach dem Tod einfach aus und vorbei ist? Deswegen mag ich die Geschichten der Traumpfade, eine Welt abseits von unserer, getragen vom fünften Element. Wie wunderbar müsste es sein, dort zu wandeln? Ist nicht allein die Vorstellung die Geschichte wert?«

Henning blieb hart. »Für mich nicht.« Er blickte nochmals zu Harins Tor, das sie fast passiert hatten, und gab seinem Pferd mit leichtem Druck zu verstehen, dass es etwas schneller traben sollte. Er hatte keine Lust mehr auf Geschichten. Er wollte einfach nur zu Leyna und wissen, wie es ihr ging.

Sie ritten weiter, überwiegend schweigend, passierten einige Steinbrücken und eine Furt. Der Nebel wich schließlich Nieselregen. Feinste Tröpfchen hingen in der Luft. Der Weg wurde mittlerweile von Feldern gesäumt; Getreide so weit das Auge reichte. Einzelne Höfe standen in der Einsamkeit. Aus manchem Kamin kräuselte sich Rauch, aber Henning entdeckte auch Bauernhäuser, bei denen die Fenster mit Brettern vernagelt worden waren.

»Viele sind geflohen«, sagte einer der Soldaten, der neben Henning ritt. Es war der Kerl, dem Leyna das Leben gerettet hatte. Blass und mit dunkel geränderten Augen hing er auf seinem Pferd, die Zügel locker, doch seine Augen waren hell und klar.

»Vor den Jundar«, murmelte Henning.

»So nennt Ihr die Biester?« Der Kerl verzog das Gesicht. »Furchtbar sind sie. Nie habe ich so etwas Grausiges gesehen, und ich hab viel gesehen, vielleicht nicht so viel wie Ihr, Schmuggler, aber genug für ein Leben.«

Henning besah sich den Kerl genauer. Er war vielleicht so alt wie Thevs, drahtig und zäh. Die leichte Rüstung saß an Ort und Stelle. Das Schwert an seiner Seite sah gepflegt aus, der Schwertgriff war mit Griffleder frisch gewickelt. »Woher wisst Ihr es?«

»Dass Ihr ein Fratera seid?« Er zuckte mit den Schultern, was ihn vor Schmerz das Gesicht verziehen ließ. »Das weiß man einfach, wenn man einen sieht. Eure Ausstrahlung, Eure Worte, Eure Art. Vielleicht solltet Ihr Euch das nächste Mal, wenn Ihr in fremden Landen unterwegs seid, verkleiden.« Er nickte Henning zu und ritt wieder nach vorn zu seinen Kameraden.

Verkleiden? Henning hätte beinahe gelacht. Als was? Als Bettler? Als Wanderer? Als Söldner? Als Mönch? Nein, er war, was er war. Und zwar in erster Linie grimmig.

Grimmig war er auch Stunden später noch, als der Hagere das Nachtlager aufschlagen ließ. Aber hinter dem augenscheinlichen Ärger war Henning hellwach. Er musterte sie alle, jede ihrer Bewegungen, ihre Ausrüstungen, ihre Waffen. Er lauschte ihren Gesprächen, ihren Witzen, ihren Namen. Er merkte sich ihre Eigenarten. Der Hagere befingerte ständig die Paladinklinge, die er Henning abgenommen hatte. Ein anderer schnalzte immer wieder mit der Zunge, vermutlich, weil er nervös war. Und der Geheilte schien viel Interesse an Henning zu haben, auch wenn er das zu verbergen versuchte. Henning spürte die verstohlenen Blicke und wich ihnen aus.

Das Nachtlager hatte leider keine Schwachstellen. Die Soldaten errichteten grobe Unterstände, pflockten die Pferde an, schürten ein Feuer in der Mitte und ketteten ihre Gefangenen an den Füßen aneinander, damit sie zwar essen, aber nicht fliehen konnten. Als Mahlzeit gab es Suppe mit Fleischresten der Wildsau. Wenigstens gab man ihnen genug, um bei Kräften zu bleiben.

Danach saßen sie am Feuer, während immer zwei Mann Wache hielten. Sie hatten unter einem der Unterstände Posten bezogen und schauten Richtung Talister. Als einer von ihnen einen Nachschlag Suppe holte, sah Henning das Unwohlsein in seinen Augen. Die Vorstellung, nachts von den Jundar überfallen zu werden, sorgte bei den Soldaten für Angst und Schrecken. Keiner wollte mit einem Parasiten über dem Kopf enden. Nicht einmal einen Weinschlauch ließen die Soldaten kreisen, damit sie alle bei Sinnen blieben.

Es sah nicht gut für eine Flucht aus, aber Henning war geduldig. Wenn sie in dem Tempo weiterritten, würden sie noch ein paar Tage bis Tannrein benötigen, eher mehr. Irgendwann würde sich eine Gelegenheit ergeben, da war er sich sicher. Es ergaben sich immer Gelegenheiten, man musste sie nur erkennen und nutzen.

Als sie mit dem Essen fertig waren, hielt es Gallus offenbar nicht mehr aus. Der Krieger wandte sich an den Hageren und fragte: »Glaubt Ihr wirklich, Ihr erreicht etwas, indem Ihr uns vor Gericht zerrt? Das Gegenteil ist der Fall! Wir müssen zusammenhalten, um diesen Wahnsinn zu beenden!«

Der Hagere furchte die Stirn. »Seit wann zählt für einen ehemaligen Soldaten Seiner Majestät keine Gerechtigkeit mehr? Oh, Ihr mögt mich vielleicht nicht erkennen, aber ich Euch. Schon als ich Euch im Wirtshaus sah, dachte ich, der kommt mir bekannt vor. Ihr habt im Dienste Seiner Majestät gestanden, bis das Heer verkleinert wurde, nicht? Ihr wart damals einer der Ausbilder. Gallus, wenn ich mich nicht täusche.«

»Ihr täuscht Euch nicht.«

Der Hagere nickte zufrieden. »Einen fairen Ausbilder hat man Euch genannt.«

»Auch das stimmt.«

»Also. Warum erhebt Ihr dann Euer Schwert gegen uns? Ihr habt Kameraden getötet! Schämt Ihr Euch gar nicht?«

Gallus wurde still, und lange Zeit sprach niemand, einzig das Feuer knackte und zischte. Dann schüttelte der Ritter den Kopf. »Es geht in diesem Fall nicht um Gerechtigkeit, weder um mich oder Euch oder die Gefallenen. Es geht um das Überleben der Südmark, wenn nicht sogar des Kontinents.«

Der Hagere schnaubte und zeigte in die Runde. »Und Ihr wolltet dabei etwas bewirken? Dass ich nicht lache.«

»Nicht wir«, sagte Gallus ernst, »sondern Leyna.«

»Die Hexe? Wisst Ihr was: Ich scheiß auf Hexen und Zauberer! Haben sie je etwas Gutes getan?«

»Sie hat Euren Kameraden geheilt«, warf Dietz ein. »Oder wollt Ihr das bestreiten?«

Das ließ den Hageren nur die Nase rümpfen. »Genug von dem Geschwätz!«

»Aber ...«

»Hört Ihr nicht? Ich will nichts mehr davon hören!«

Weil Ihr blind und dämlich seid. Henning sparte sich den Kommentar. Es war alles gesagt. Da ihm sonst nichts blieb, außer zu schlafen, legte er sich bald hin und schloss die Augen. Der Schlaf wollte sich aber nicht einstellen. Hennings Gedanken kehrten immer wieder zu Leyna und Nante zurück. Von der zuvor verspürten Eifersucht waren nur noch Hoffnung und Sorge übrig. Hoffentlich ging es den beiden gut. Hoffentlich kümmerte sich Nante um Leyna. Sie war manchmal so naiv ... Warum hatte sie dem Soldaten unbedingt helfen müssen? So viele Leben für eines. War es das wert gewesen?

Irgendwann schlief Henning doch ein und träumte wirre Geschichten von seinem Bruder, der lachend Jundarbabys am Strand der Inseln mit seinem Messer knackte und genüsslich graues Fleisch aus den Kadavern heraussaugte, das Gesicht von Sand und Blut gesprenkelt. Dabei sprach er immer wieder mit anderen Stimmen, erzählte von den Marasz, den Grautarken, von Sankt und Ives und dem Donnerbalken der Götter am Firmament. Leyna lag ihm nackt zu Füßen und räkelte sich lasziv in der Brandung. Ihr Haar war aus Seetang und die Haut fahl und knotig.

Eine sanfte Berührung schreckte Henning aus dem Wahnsinn. Es war der Soldat, dem Leyna das Leben gerettet hatte. Er beugte sich im matten Schein der Glut über Henning.

Der wollte sofort nach seinem Dolch greifen, der nicht da war, sah aber dann den ausgestreckten Finger über den Lippen des Soldaten und entspannte sich ein wenig. Fragend schaute er den Soldaten an. Der zeigte auf die Fußfesseln.

Erst, als der Kerl eine Decke um die Ketten wickelte, schwante Henning, was das werden sollte. Als der Soldat dann auch noch einen Schlüssel hervorholte und die Fesseln löste, war alles klar. Aber warum? Bei der Mutter See, warum?

Der Soldat zeigte auf die Dunkelheit hinter Henning und schlich am Unterstand vorbei. Henning erhob sich vorsichtig, um Artur neben sich nicht zu wecken, und folgte ihm geräuschlos aus dem Lager in die Nacht. Immer noch nieselte es, und vermutlich würde es nicht mehr aufhören. Das feuchte Gras wisperte um ihre Füße.

Schließlich blieb der Kerl stehen. Das Lagerfeuer schimmerte ein gutes Stück entfernt, erhellte umrisshaft die Unterstände. Ab und an hörte man eines der Pferde leise schnauben. Wenn sie leise sprachen, würde man sie im Lager nicht hören.

Der Kerl räusperte sich und zog Hennings Dolch hervor, dem er ihm mit dem Griff voran reichte. »Geht!«, presste er hervor. »Haut endlich ab!« In seinen Augen schimmerte ein schlechtes Gewissen.

Henning ergriff den Dolch, völlig baff. Er hatte gedacht, der Kerl wollte mit ihm unter vier Augen reden, stattdessen verhalf er ihm zur Flucht? Wieso? Das war Verrat! »Warum tut Ihr das?«

»Weil Eure Hexe mir das Leben geschenkt hat. Dafür schenke ich Euch Eures.« Er trat näher heran. »Euer Ritter hat recht. Sie ist hier, um zu helfen, aber ohne Eure Unterstützung wird sie scheitern. Ihr habt nämlich ein Ziel vor Augen. Ihr hättet mich auch verbluten lassen, das hab ich in Euren Augen gesehen.« Er nickte grimmig. »Solche wie Euch braucht es. Ohne magische Hilfe« – er fasste sich an den Arm, den Leyna behandelt hatte – »werden wir gegen diese Ausgeburten der Hölle untergehen. Ja … untergehen im Regen und in Überschwemmungen und in Leid und Not.« Er ballte die Hände zu Fäusten. »Geht jetzt und findet Eure Leyna! Und dann besiegt diesen Wahnsinn der Jundar!«

Henning zögerte. »Und die anderen? Was geschieht mit ihnen?«

»Vermutlich nicht viel. Kein Richter wird eine Ratsherrin, einen alten Kerl, einen ehemaligen Ritter und zwei Jägersleute im Dienst des Königs richten lassen. Eure Brüder womöglich, Euch aber ganz sicher.«

Henning verstand. Das war also der Preis, den er zahlen sollte: zwei seiner Brüder einem Richter überlassen. Es brach ihm das Herz, aber er nickte.

»Habt Dank.« Er steckte den Dolch ein und ergriff die Hand des Soldaten. »Zwei Bitten habe ich noch.«

Der Soldat bekam einen bitteren Zug um den Mund. Es musste ihn viel Überwindung kosten, was er hier tat. »Was wollt Ihr noch?«

»Mein Schwert.«

»Unmöglich. Helge schläft darauf.«

»Das habe ich gesehen. Aber behaltet es im Auge. Es ist eine wertvolle Klinge, dazu ein unersetzliches Geschenk. Sollten wir den Wahnsinn überleben, hätte ich sie gern zurück.«

»Von mir aus. Was noch?«

»Euren Namen.«

»Wofür das?«

Henning lächelte ohne Freude. »Damit ich Euch wiederfinde.«

Kapitel 19

Auf den Traumpfaden

»Wer wagt sich auf den Weg der Ewigen?« Die Stimme der Wächterin knarrte wie ein morscher Ast im Wind und donnerte zugleich so sehr in Leynas Kopf, dass sie meinte, er würde platzen.

»D-d-der Vielstimmige«, wagte Nante zu sagen.

Sein Blick traf Leyna, und sie fügte hinzu: »Und die Gezeichnete.«

Die Wächterin schien sie zu mustern, und dabei meinte Leyna, dass ihr Innerstes nach außen gekehrt wurde. All ihre Geheimnisse wurden der Wächterin offenbart, alle Gedanken und Wünsche und Hoffnungen. Dann stieß die Ewige einen zornigen Ton aus.

»Und du!«, rief sie.

Dabei spürte Leyna eine Macht, die all ihre Vorstellungen übertraf. Als sie die Seelensplitter der Jundar in La Harb zerstört hatte, war die freigesetzte Macht riesig gewesen, aber was sie jetzt spürte, war unbeschreiblich.

»Herrin.« Nante verbeugte sich, doch es war nicht mehr Nante, sondern der andere Kerl mit den klaren Augen.

»Nenn mich nicht so, Menschenkind!« Der Zorn der Wächterin drohte Leyna hinfortzuspülen wie ein Sandkorn in einer Sturmflut.

»Wie Ihr wünscht.« Der Kerl verbeugte sich noch tiefer.

Das ließ den Zorn noch höher wallen, aber er verschwand,

als plötzlich wieder Nante vor der Wächterin stand. Unter ihrer Kapuze flackerte purpurner Schein, als sie sagte: »Er war es, der euch hergebracht hat, nicht?«

Nante nickte.

»Das erklärt vieles.« Die Wächterin schien zu seufzen. »Eine Schande ist es. Eine Schande bis ans Ende aller Tage!«

»Mit Verlaub«, wagte Leyna zu fragen. »Wovon sprecht Ihr?«

»Von seinem Trotz, endgültig zu sterben!« Wieder spürte Leyna den kalten Zorn wie Winterwind über sich hinwegstreichen.

»Er?«

»Ja, er, der Heilige. Aber genug von ihm.« Die Aufmerksamkeit der Wächterin schien sich zu fokussieren, denn Leyna fühlte sich plötzlich wie in einem Schraubstock. »Und ihr wollt nach Tannrein?«

Leyna nickte schnell. »Das würden wir gern ... Herrin.«

»Das würdet ihr gern, ja. Ihr Menschen wollt immer irgendetwas. Heute dies, morgen das, gestern jenes. Wusstet ihr, dass euer Wollen euer Ende ist?«

Leyna hatte keine Ahnung, wovon die Wächterin sprach, sagte aber: »Wenn Ihr das sagt, Herrin.«

»Jaja. Menschenkinder. Also Tannrein ...« Die Aufmerksamkeit der Wächterin entfernte sich ein wenig, nur um noch härter zuzupacken. »Was seid ihr bereit, dafür zu geben?«

Nante erzitterte. »Wie ... wie meint Ihr das?«

»So, wie ich es gesagt habe, Vielstimmiger. Glaubst du etwa, der Weg der Ewigen ist für euch umsonst? Hat der Heilige dir das ins Ohr geflüstert? Ja?«

»Nein, Herrin. Er hat uns hierhergebracht, um uns ... vor Euch zu schützen.«

Das schien sie irgendwie zu belustigen. »Das sieht ihm

ähnlich. Aber er ist halt auch nur ein älteres Kind.« Die Wächterin machte eine Bewegung mit den knochigen Händen, und ein Rabe flog durch die Wolken auf ihre Finger. Womöglich lief all jenen Träumern dabei ein kalter Schauer über die Glieder, und sie würden am nächsten Morgen von einem schwarzen Raben berichten, der sie heimgesucht hatte. »Ein Kind, das meint, etwas zu wissen.« Sie strich dem Raben übers Gefieder, was ihn genüsslich krächzen ließ.

Leyna wurde schlecht beim Anblick des Raben auf der Hand der Wächterin. Sie wollte plötzlich nur noch weg, weg aus diesem Wahnsinn, weg von dieser ... Gottheit, die so anders war, so grausam und so kalt. »Was wollt Ihr also für unseren Weg nach Tannrein?«, hörte sie sich selbst fragen.

»Was früher oder später mir gehört.« Die Wächterin warf den Raben in die Luft, und schon spürte ihn Leyna wieder bei sich, auf sich, in sich. Und den harten Griff der Wächterin, die hinzufügte: »Jahre, Kinder. Lebensjahre.«

Irgendwie überraschte das Leyna nicht – oder nicht mehr. »Wie viele?«, fragte sie mit fester Stimme.

»Das lasst mein Geheimnis sein.« Ein belustigtes purpurnes Flackern unter der Kapuze. »Also, Kinder. Soll ich euch nun den Weg weisen?«

Nante und Leyna tauschten Blicke. Sie fragte: »Was sagt dein *Freund* dazu?«

»Gar nichts!«, zischte die Wächterin. »Der hat nichts zu sagen. Nicht hier, nicht jetzt, nicht heute. Vielleicht gestern und vielleicht morgen, aber nicht *jetzt!*«

Das ließ Nante die Lippen schürzen und anschließend nicken. »Also gut. Ich bin bereit, den Preis zu zahlen.«

»Schön, Vielstimmiger. Und du, Gezeichnete?«

Leyna zögerte. Es war zu absurd. Feilschte sie gerade wirklich mit dem Tod um Lebensjahre? Wie wahnsinnig war das? Aber was blieb ihr anderes übrig?

»Er könnte sie dir schenken«, schlug die Wächterin vor, für die Leynas Gedanken offenlagen. »So gnädig will ich sein.«

Leyna schüttelte sofort den Kopf. »Das kommt nicht infrage. Er wird nicht doppelt zahlen.«

»Aber jemand wird bezahlen!« Das Donnern fegte Leyna und Nante fast davon.

»Dann lasst mich bezahlen!« Es war der Heilige. Seine hellen Augen fixierten die Wächterin. »Ich habe sie hierhergebracht, also ist es mein Preis, nicht ihrer.«

»Du! Du kannst nicht zahlen!«

»Nicht gestern, nicht heute, aber morgen.«

»Morgen, Morgen, Morgen. Das höre ich von dir andauernd!«

»Trotzdem wisst Ihr, dass ich bezahlen werde.«

»Ja, das wirst du! So wahr ich die Wächterin bin!«

»Also dann! Meine Jahre statt ihrer.«

Die Wächterin musterte sie alle drei, dann drang ein Knurren aus ihrer Kapuze hervor, der Mantel flatterte, umfing sie mit Grabeskälte, und im nächsten Moment standen Leyna und Nante im Mondschein auf einer steinernen Brücke. Der Talister floss gemächlich unter ihnen hinweg, während auf der Burg und der Kathedrale helle Leuchtfeuer brannten.

»Tannrein!«, wisperte Leyna entgeistert. Ihre Hände lösten sich von Nante und fanden die Brüstung aus sandigem Stein. »Das gibt es doch nicht.«

»Offenbar schon.« Nante hob den Blick zur Statue empor, die direkt neben ihm die Brüstung zierte. Es war eine schlanke, hochgewachsene Gestalt in bodenlangem Mantel mit spitzer Kapuze. Für einen Moment sah es so aus, als flackere es darunter purpurn, aber nein, es war nur alter grauer Stein.

Kapitel 20

Südmark, Tannrein

Letti saß zwischen zwei Fachwerkhäusern im Schutz der überhängenden Dächer in der Dunkelheit. Ein Regenschwall klatschte unweit vor ihr aufs Pflaster, aber am Fenster war es trocken.

Als Schritte ertönten, sah Letti zur Straße. Zwei Stadtwächter mit erhobener Laterne liefen vorbei, und einer von ihnen blickte in ihre Richtung, sah sie aber vermutlich im Schatten nicht. Dann verschwanden sie wieder aus Lettis Blickfeld.

Die ballte die Finger um die Münzen. In jeder Hand hielt sie eine. In der Linken den Silberthaler mit dem doppelten Konterfei Ihrer Majestät. In der rechten eine Messingmark mit dem Konterfei Seiner Majestät. Diese Münze war schwarz angelaufen, doch frische Kratzer zeigten das Messing darunter.

Sie hatte die Mark einen Tag nach ihrem Gespräch mit der verhüllten Frau bekommen. Ein kleines Mädchen war in der Gasse vor ihr stehen geblieben und hatte gemeint, sie hätte da was für sie. »Was denn?«, hatte Letti irritiert gefragt und die Münze in die Finger gedrückt bekommen. »Dein Auftrag«, hatte das kleine Mädchen noch gesagt und war davongesprungen.

Letti hatte ihr hinterhergewollt, aber dann gesehen, dass das Mädchen die Hand einer älteren, verhüllten Frau ergriff. Die hatte ihr zugenickt und ihr dann den Rücken gekehrt.

Mein Auftrag.

Letti öffnete die Finger und besah sich die Münze. Viel erkannte sie in der Dunkelheit nicht, aber sie spürte die beiden tiefen Kratzer, die das Gesicht des Königs kreuzten.

Sie erschauderte. Für ihn war also der flüssige Galgen bestimmt, und sie sollte ihn verabreichen.

Dem König.

Im Auftrag der Königin.

Letti konnte sich in ihren wildesten Fantasien nicht ausmalen, was das für sie bedeutete. Königsmörderin ...

Aber was waren ihre Alternativen? Sie konnte den König aufsuchen und ihm die Verschwörung offenlegen, aber das würde die Königin mitbekommen und sie dann verschwinden lassen. Auf Wiedersehen, Letti ... und das war's dann.

Andererseits würden die Soldaten des Königs sie jagen, sollte ihr das Attentat gelingen. Falls sie nicht schon bei dem Versuch starb.

Wenn sie es nüchtern betrachtete, war sie am Arsch.

Aber sie war ihr ganzes Leben lang am Arsch gewesen, und doch saß sie hier, einen Silberthaler und eine Messingmark in Händen, den flüssigen Galgen in der Unterwäsche.

Irgendwie würde sie aus dem Schlamassel herauskommen.

Sie überlegte, einfach zu verschwinden. Tannrein den Rücken zu kehren. Vielleicht wäre es angesichts der fahlen Frau und des Damms sowieso angebracht, aber Tannrein war ihre Heimat. Sie hatte nie etwas anderes gesehen. Sie hatte keine Ahnung, wohin sie gehen sollte. Und dann wäre sie eine junge Frau allein auf den Straßen. Sie dachte an die Nacht, die sie zwangsweise außerhalb der Stadttore verbracht und nur knapp überlebt hatte. Vielen Dank. Da wurde sie lieber zur Königsmörderin.

Letti lehnte den Kopf gegen die kalten Steine der Hauswand. »Königsmörderin«, wisperte sie. »Letti, die Königsmörderin.«

Das klang wie aus den Geschichten, die in den Spelunken erzählt wurden. Geschichten von Helden, Verrätern und Hexen. Von Schmugglern und Magiern, und von Königsmördern. Von der Tochter der Wächterin, die seit Jahrhunderten ihr Unwesen trieb und unzählige Könige ermordet haben sollte.

Würden sie über Letti auch Geschichten am Feuer erzählen? Oder sie sogar für die Tochter der Wächterin halten?

Letti musste lächeln. Sie und die Tochter. Allein die Vorstellung...

Der Volksmund sagte, die Tochter der Wächterin würde ewig leben. Sie habe keinen Puls, kein Herz, sondern einen Kristall in der Brust, der sie am Leben hielte. Manche erzählten sogar, sie käme aus Tannrein, wäre einst eine Schankmagd gewesen, bevor man ihre Familie abgeschlachtet und sie Rache geschworen habe. Bei ihrer Suche nach Vergeltung soll sie den Sohn der Wächterin kennengelernt haben, der ihr seinen Kristall schenkte, weil er das ewige Leben satthatte.

Das klang wie ein Märchen, aber ein gutes Märchen.

Von der Schankmagd zur Legende.

Vom Straßenkind zur Königsmörderin.

Letti steckte die Münzen ein. Sie wusste, dass sie tief im Herzen längst eine Entscheidung getroffen hatte.

Sie erhob sich und verließ den Spalt zwischen den Häusern. Als sie in den Regen trat, wirkte sie nur wie eine ganz normale junge Frau, fast noch ein Mädchen, und niemand käme auf die Idee, dass sie dunkle Pläne schmiedete.

Der König würde sterben.

Bald.

Kapitel 21

Südmark, Kornkammer des Südens

Der Regen lief Henning in die Augen, unter den Mantel, in die Schuhe, und weichte ihm die Knochen auf. Er war den zweiten Tag seit seiner überraschenden Befreiung unterwegs gen Nordwesten, wobei er die Handelsstraße mied. Vermutlich hatten die Soldaten samt ihrer Gefangenen ihn längst überholt, und sicherlich suchten sie nach ihm. Oder vielleicht auch nicht, wenn er das Land so sah, durch das er stapfte. Die Wiesen und Felder soffen ab, je weiter er nach Nordwesten kam. Der Regen hatte die Halme und Ähren niedergedrückt, der Boden war aufgeweicht, matschig und morastig, sodass Henning an manchen Stellen einen Umweg laufen musste, um nicht knöcheltief im Dreck zu versinken. Seine Schritte verursachten saugende, schmatzende Geräusche, und oft brauchte er viel Kraft, um überhaupt weiterzukommen auf diesem Weg, auf dem sich immer häufiger silberne Pfützen bildeten. Trotz des andauernden Regens hing über allem ein feiner Nebel, der einen leicht säuerlichen Geruch hatte – den Geruch der Jundar. Gesehen hatte Henning noch keines der Viecher. Hoffentlich blieb das so.

Henning querte gerade ein Feld, und seine Gedanken waren so niedergedrückt wie das Getreide um ihn herum. Ob ihm der Soldat namens Erardt mit der Flucht einen Dienst erwiesen hatte? Henning glaubte es nicht mehr. Wie sollte er zu Fuß Leyna und Nante finden? Er hatte keine

Ahnung, welchen Weg die beiden eingeschlagen hatten, er kannte zwar die Richtung, aber die Wiesen und Felder waren weitläufig. Und er kam so langsam voran... es war zum Wahnsinnigwerden.

Wenigstens fand er genügend Essen. Die erste Nacht hatte er in einem leer stehenden Bauernhaus verbracht. Die Bewohner hatten mitgenommen, was sie tragen konnten, aber er hatte auf einem Strohsack geschlafen, ein Feuer entfacht und einen Sack Mehl sowie ein Beutelchen Salz gefunden. Ein Teil davon war wegen eines Lochs im Dach feucht geworden, aber mit dem Rest hatte er einfache Fladenbrote gebacken, bestehend aus Mehl, lauwarmem Wasser und einer Prise Salz. Heiß und kross waren sie der Himmel auf Erden gewesen, den Rest hatte er eingepackt. Überhaupt hatte er das Bauernhaus ziemlich geplündert, nannte jetzt einen geölten Sack voller Proviant und einen schlichten Wanderstab sein eigen. Siebzehn weitere Bauernhäuser hatte er seitdem gesehen, allesamt verlassen, manche leer geräumt, andere Hals über Kopf verlassen. Spuren von Jundar hatte er hingegen nirgends entdeckt, und das irritierte ihn. Waren die Leute nur aus Angst geflohen? Wegen ein paar Schauergeschichten? Irgendwie konnte er das nicht glauben, andererseits waren die Südländer ein abergläubischer Haufen. Dass die Heilerinnen aus La Harb auf Besen durch die Lüfte reiten würden... Irrsinn. Aber ihm sollte es recht sein, und so stieß er in der Abenddämmerung auf die achtzehnte Bleibe.

Diesmal war es nur eine ärmliche Hütte. Das Dach war mit Moos und Laubwerk abgedichtet, bot vermutlich kaum Schutz gegen den Regen. Das einzige Fenster wurde durch einen Laden verschlossen, und die Besitzer hatten die Ritzen mit Grasschnitt abgedichtet. Wie bei allen anderen Häusern kräuselte sich kein Rauch aus dem Kamin. Trotzdem näherte sich Henning der Unterkunft mit Vorsicht. Man wusste nie, was einen erwartete.

Und tatsächlich schoss etwas Graues hinter der Hütte hervor, als Henning fast heran war. Er zog seinen Dolch und hob den Wanderstab, um sich gegen einen Angriff zu wappnen, doch dann erkannte er, was da auf ihn zukam: eine graue Hündin, abgemagert und mit zotteligem Fell. Die Rippen waren deutlich zu erkennen.

Sie blieb vor ihm stehen, fletschte die Zähne und knurrte, aber sie griff ihn nicht an.

»Ruhig«, sagte Henning. »Ganz ruhig, gutes Mädchen.«

Die Hündin bellte einmal und knurrte dann wieder, den Fremden argwöhnisch musternd.

»Darf ich?« Henning deutete zur Tür. Der Blick der Hündin folgte seinen Fingern. Sie leckte sich das Maul, dann wich sie zurück und gab den Weg frei.

»Gutes Mädchen.« Henning lächelte und ging langsam zur Eingangstür. Die war nicht verschlossen, klemmte aber im Rahmen; vermutlich hatte sie sich wegen der Feuchtigkeit verzogen. Er zerrte sie auf und ließ einen Strahl grauen Lichts ins Innere.

Wie erwartet war die Hütte leer, das sah er sofort, denn sie bestand nur aus einem Raum. Bevor er eintrat, schaute Henning abermals zu der Hündin. Die stand im Regen und musterte ihn. *Ich habe dich im Blick*, sagten ihre Augen.

»Kommst du mit rein?« Er öffnete die Tür vollends und deutete hinein. Das ließ sich die Hündin nicht zweimal sagen; schon war sie an ihm vorbei und lag auf einem Haufen Stroh neben einem Strohsack. Henning musste trotz allem lächeln.

Innen sah er sich kurz um und war erstaunt, dass er die Hütte einerseits trocken vorfand, andererseits vollumfänglich ausgestattet. Ein wollener Mantel hing neben dem Kamin, darüber ein breitkrempiger Hut aus Öltuch. Ein Kessel hing über der kalten Feuerstelle; getrocknetes Moos und Anzündstahl lagen bereit, ebenso gehacktes Feuerholz. Und auch an Essen mangelte es nicht, wie Henning zu seiner Freude feststellte. In einer Kühlgrube, wie sie in solchen Hütten üblich war, lagen Kartoffeln, Äpfel und Karotten sowie ein Stück harter Käse.

Henning wandte sich wieder an die Hündin, die näher kam und den Käse erschnüffelte. Speichel troff aus ihren Lefzen.

»Du hast Hunger, was?« Er brach ein Stück ab und hielt ihn ihr hin. Gierig fraß sie ihm aus der Hand und schleckte seine Finger ab. Er tätschelte ihr den Kopf, erhob sich und sah sich um. Hier war niemand geflohen. Die Hündin wäre nie allein zurückgeblieben.

»Ich schau mich nur um, ja?« Er nickte ihr zu und verließ die Hütte. Weit und breit war niemand zu sehen, auch keine Fußspuren außer seinen. Vielleicht hinter dem Haus, von wo die Hündin gekommen war? Leise umrundete er die Hütte, und tatsächlich stand dort ein Mann, die Arme in den Himmel gestreckt. Das Gras zu seinen Füßen war platt gedrückt, mehrere Kothaufen verströmten einen üblen Geruch. Den Kerl störte das nicht; ein Jundarparasit hatte sich über seinen Kopf gestülpt und ihn zu einem Regenmacher gemacht.

Hennings Finger ballten sich zu Fäusten. Sie wagten sich also doch bis hier in die Felder.

Er überlegte, ob er den Kerl erlösen sollte oder nicht. Würden die Jundar es mitbekommen, wenn er ihm die Kehle durchschnitt? Henning hatte keine Ahnung, und so ließ er den Kerl, wie er war. Aus La Harb wusste er, dass von ihm keine Gefahr mehr ausging. Er war nur noch ein Gefäß zum Regenmachen, mehr nicht.

Als er in die Hütte zurückkehrte, winselte die Hündin,

und Henning strich ihr über den knochigen Kopf. »Hast du die ganze Zeit bei ihm verharrt? Ja? Gutes Mädchen.« Er gab ihr noch ein Stück Käse, dann verriegelte er die Tür und widmete sich der Feuerstelle. Wenig später brannte ein zartes Feuer, das die Feuchtigkeit ein wenig vertrieb. Henning schälte sich aus seinen nassen Kleidern, hängte sie zum Trocknen nah ans Feuer und hüllte sich in eine Decke, die neben dem Strohsack lag. Sie roch muffig, wärmte aber. Noch mehr wärmte die Hündin, die zu ihm kam und sich an seine Seite schmiegte.

Die Wärme und Nähe trieben ihm mit einem Mal die Tränen in die Augen. Im ersten Moment wollte er sie wegblinzeln, aber wer sollte sie schon sehen außer der Hündin, und so gab er sich dem Gefühl hin und weinte bitterlich. Aber nicht zu lange, er war immerhin ein Falk, ein Fratera! Fratera weinten nicht!

Henning rieb sich die Tränen von den bärtigen Wangen, dann beschloss er, ein Abendessen zu kochen. Er schnitt Kartoffeln und Karotten klein, füllte sie mit Wasser aus einer Schale in den Topf und gab Salz hinzu. Das ließ er kochen, bis das Gemüse weich war. Mit Fladenbrot löffelte er es aus dem Kessel, und immer wieder gab er der Hündin einen Happen davon. Als sie beide gesättigt waren, legte er noch ordentlich Feuerholz auf. Er konnte es sowieso nicht mitnehmen.

Vor einem fröhlich prasselnden Feuer kroch er schließlich zurück unter die Decke und blickte in die Flammen. Allmählich tanzten sie ihn in den Schlaf, aber immer wieder schrak Henning hoch, einmal schweißgebadet und im Glauben, die Jundar schlichen um die Hütte, aber es prasselte nur der Regen auf das Dach.

Als der Morgen graute, war Henning bereits auf den Beinen. Er kochte ein zweites Mal Suppe, fütterte die Hündin und aß sich satt. Die restlichen Vorräte packte er ein, dann zog er sich all seine Kleider wieder an, die mittlerweile getrocknet waren, warf sich zuletzt den zerschlissenen Wollmantel um die Schultern und setzte den breitkrempigen Hut auf. Der war ein Segen und würde ihn deutlich besser vor dem Regen schützen als jede Mantelkapuze.

So stand Henning Falk schließlich in der Tür, bereit zum Aufbruch. Die Hündin sah ihn aus traurigen Augen an.

»Ich muss weiter«, sagte Henning zu ihr, »aber wenn du mitkommen willst…« Er deutete zur Tür.

Sie schien ihn zu verstehen und kam zu ihm. Gemeinsam schlüpften sie hinaus in den Regen, doch sofort verschwand sie hinter der Hütte, um nach ihrem Herrchen zu sehen.

Henning folgte ihr seufzend. Immer noch stand der Regenmacher an Ort und Stelle, die Lippen zu einem stummen Schrei geöffnet.

»Er leidet«, erklärte Henning. »Er leidet bis ans Ende aller Tage. Außer ich erlöse ihn.« Er zog seinen Dolch, was die Hündin bellen ließ.

»Ich weiß.« Henning atmete schwer. »Aber es gibt keinen anderen Weg. Einmal befallen, immer befallen.« Er suchte in den Augen der Hündin nach Verständnis, nach Zustimmung, doch sie starrte ihn nur drohend an.

»Schau weg«, sagte er, erst sanft, dann laut: »SCHAU WEG!« Er trat nach ihr, was sie einen Satz davonmachen und um die Hütte fliehen ließ. Henning nutzte den Moment und öffnete dem armen Kerl die Kehle. Er reinigte noch seinen Dolch im Gras, bevor er sich auf den Weg gen Nordwesten machte.

Die Hündin wartete zu seiner Überraschung vor der Hütte auf ihn. Sie winselte und lief ihm erst hinterher, dann zurück zur Hütte, wieder zu ihm und zur Hütte. Dort blieb sie sitzen und jaulte herzzerreißend.

Henning sah zu ihr und rief: »Jammern bringt nichts, Mädchen! Es ist, wie es ist.«

Mit einem Ruck wandte er sich ab, stapfte los und sah nicht mehr zurück. Wieder kamen ihm Tränen, aber diesmal blinzelte er sie weg. Und dann hörte er das Gras wispern, und etwas Graues gesellte sich zu ihm.

»Gutes Mädchen«, sagte er heiser. »Und nun komm! Hier gibt es nichts mehr, was uns hält.«

Sie zogen weiter durch die sumpfigen Felder, und irgendwann hörte Henning auf, die verlassenen Hütten, Häuser und Gehöfte zu zählen. Er musste einsehen, dass er auf die Art Leyna und seinen Bruder nicht finden würde. Die Kornkammer des Südens war zu weitläufig, es gab zu viele Verstecke und Wege, und in keinem der Häuser hatte er Spuren der beiden entdeckt. Entweder waren sie auf einer anderen Route unterwegs, oder sie hatten sich wirklich in Luft aufgelöst. Das konnte er sich zwar kaum vorstellen, andererseits saß auf seiner Schulter ein unsichtbarer Rabe aus Rauch ...

Gegen Mittag rasteten sie im Schutz einer Baumgruppe, und er taufte die graue Hündin Reyna. Der Name passte zum Regen und seiner Stimmung. Außerdem konnte er sie schlecht dauernd *Gutes Mädchen* nennen.

Danach querten Reyna und er eine weite Ebene, für die sie gefühlt eine Ewigkeit brauchten, weil die Wiesen und Felder noch aufgeweichter waren als bisher. Dann änderte sich das Gelände; der Boden wurde steiniger und fester. Sanfte Hügel erinnerten Henning an die Dünen auf den Inseln seiner Heimat. Eine der höheren Erhebungen erklomm er, um einen weitläufigeren Blick zu erhaschen. Das letzte Stück schob er sich im Schutz flacher Büsche bis hoch zum Kamm. Falls er von hier aus weit sehen konnte, würde man auch ihn aus der Ferne erblicken.

Seine Vorsicht rettete ihm das Leben. Als er hinter Felsen und Büschen den Kamm erreichte, bot sich ihm ein bizarrer Anblick. In der Ferne floss der Talister dahin, nur noch im Regendunst zu erahnen. Davor ergoss er sich in eine Ebene. Gräser spitzten aus dem Hochwasser, und noch etwas anderes: fahle Erhebungen aus blassem Leder, mit wurmartigen Auswüchsen und Sehnen und schwarzen Beulen. Hunderte davon lagen zwischen dem Gras im Wasser. Und sie wurden von Jundar bewacht.

Einige der Bestien schlängelten sich vorsichtig hindurch, hielten bei manchen Erhebungen an, befühlten sie und zogen weiter.

Eier, wurde Henning klar. *Sie vermehren sich.*

Das traf ihn hart. Bei der Schlacht in La Harb hatte ein Jundar mindestens zwei Mann in Schach gehalten. Und die grausigeren Bestien unter ihnen hatten wie Kolosse aus dem Wasser geragt und ganze Schiffe zertrümmert.

Eine der Ausgeburten erspähte er bei einigen Büschen. Im ersten Moment hatte er sie für einen Findling gehalten, aber Findlinge bewegten sich nicht. Es war ein aufgeblähter, verkrusteter Haufen, der waberte und zappelte. Einige kleinere Jundarwesen krabbelten darüber wie handgroße Ameisen und massierten die borkige Haut.

Ein kreischender Schrei hallte über die Ebene. Der Haufen waberte, eine Art Schlund öffnete sich und drückte ein Ei heraus. Es fiel platschend ins Wasser, und sofort kamen die kleinen Jundar herbei und kümmerten sich darum.

Reyna neben ihm grollte bei dem Anblick, und Henning schob sie zurück in den Schutz der Büsche.

»Wir haben genug gesehen«, sagte er leise. »Wir werden die Ebene umlaufen.« Das kostete sie zwar einige Glockenschläge, aber er wagte sich nicht näher an die Jundar. Er war jetzt schon viel zu nah dran.

Vorsichtig schlich er zurück. Als er sicher war, dass man ihn nicht mehr von der überfluteten Ebene aus sehen konnte, richtete er sich auf und erstarrte.

Einen Steinwurf entfernt standen zwei vermummte Gestalten. Sie trugen weder Soldatenkleidung noch irgendwelche Abzeichen. Einer von ihnen schrie erschrocken auf, als er Henning erblickte, der andere schnallte eine Armbrust vom Rücken.

»Das auch noch.« Henning hob die Arme mit dem Wanderstab. Was hatte Erardt ihm geraten? Er solle sich verkleiden. Na, wenn das keine gelungene Verkleidung war, dann wusste er auch nicht. Henning, der Wanderer.

So stieg er ganz langsam den Hang hinab und näherte sich den beiden Kerlen. Reyna blieb an seiner Seite, den Kamm im Nacken gesträubt.

»Hey«, rief Henning leise. »Ich will euch nichts.«

Der mit der Armbrust betrachtete ihn argwöhnisch. »Was willst du hier?«

»Ich ziehe nun doch nach Tannrein«, antwortete Henning bitter. »Reyna und ich haben bisher ausgeharrt, aber Hans, unser Nachbar, ist von etwas befallen worden. Er ist wie erstarrt und steht seit zwei Tagen hinter seiner Hütte. Unheimlich, sage ich euch.«

Die beiden sahen sich an, doch die Armbrust blieb auf Henning gerichtet. »Und was wolltest du da oben?«

»Einfach mal schauen. Und ihr? Was wollt ihr hier? Seid ihr auch nach Tannrein unterwegs?«

»Du stellst zu viele Fragen«, brummte der mit der Armbrust.

Henning zuckte mit den Schultern. »Auch gut. Ich wollte sowieso gehen. Nichts für ungut.« Er sagte zur Hündin: »Komm! Wir ziehen weiter.«

»Nichts da!« Die Armbrustspitze zielte weiterhin auf seine Brust. »Du bleibst, wo du bist!«

»Und was soll das bringen?«, fragte Henning. »Ihr wollt doch nicht ernsthaft einen armen Bauern überfallen? Ich hab nichts von Wert. Nur ein paar Kartoffeln und Karotten in meinem Sack. Ist es das, was ihr wollt?«

»Halt jetzt dein Maul, bevor sie uns hören!« Der andere zitterte am ganzen Leib. »Und lass die Hände oben!«

»Schon gut, schon gut.« Henning schürzte die Lippen und fügte leise hinzu: »Aber das ist doch echt Schwachsinn jetzt.«

Da fing Reyna an zu grollen, tief aus der Brust. Sie knurrte die beiden an und zeigte ihre gelben Zähne.

»Ruhig!«, flüsterte Henning entschieden. »Ganz ruhig!«

»Das würde ich deiner Hündin auch raten«, sagte eine dritte Stimme. Hinter Büschen trat eine Frau hervor, die ebenfalls eine Armbrust in Händen hielt. Ihr Gesicht starrte vor Dreck. Ihr Haar hing ihr nass in die Stirn. »Denn wenn sie kommen, werden sie uns zerfetzen.«

Henning nickte grimmig. »Hab sie gesehen. Jede Menge sind dort auf dem Feld.«

»Und sie legen Eier.« Die Frau spuckte aus wie ein Mann. Irgendwie kam ihm ihre Aussprache bekannt vor.

»Seid ihr deswegen hier?«, wollte Henning wissen. »Um sie zu überwachen?«

»Schlaues Bürschchen. Aber nicht schlau genug.«

Henning spannte sich. »Wie bitte?«

»Du hast mich schon verstanden. Glaubst wohl, deine Verkleidung ist gut, was? Ist sie auch, bis du den Mund aufgemacht hast. Du bist niemals von hier.«

Da wusste es Henning endlich. »Und ihr auch nicht! Ihr hört euch verdammt nach Westend an.«

Die Frau grinste, wobei sie dunkle Zähne zeigte. »Viel herumgekommen, was?«

»Geht so. Und jetzt? Wollen wir noch länger hier rumstehen und quatschen?«

»Halt endlich dein Maul!« Wieder der Kerl mit der Armbrust. Sein Gesicht war rot angelaufen.

»Lass, Jonny«, sagte sie, ohne Henning aus den Augen zu lassen. »Der tut dir nichts.«

»Woher willst du das wissen?«

»Weil *er* gesagt hat, dass er auftauchen wird.«

»Hä?« Jonny begriff gar nichts mehr.

Henning auch nicht. Fragend musterte er die verdreckte Frau. »Wen meinst du mit *er*?«

Sie lächelte geheimnisvoll. »Das wirst du bald erfahren, *Wanderer*. Und jetzt komm! Wenn wir uns sputen, sind wir noch vor der Dunkelheit im Lager!« Sie deutete mit der Armbrust nach Westen.

Zu Hennings Überraschung lief Reyna sofort los. In einiger Entfernung blieb die Hündin zwischen feuchten Gräsern stehen und blickte zu ihm zurück. *Wo bleibst du?*, schien sie zu fragen.

Diesmal konnte er ihr nur seufzend folgen.

Die Frau führte sie erst an den Hügeln entlang und dann querfeldein über eine weitere, sanfte Erhebung. Dahinter lag ein Hain. Einige Bäume trugen noch Laub, andere hatten es bereits abgeworfen. Die übrigen Blätter waren gelb und braun und grau, und die dürren Stämme boten wenig Schutz, aber die Anspannung der zwei Kerle wich sichtlich. Die Frau hingegen war entspannt wie zuvor.

Sie war Henning das größte Rätsel. Irgendetwas an ihr rüttelte an seinen Erinnerungen, aber er konnte sie nicht zuordnen. Dazu die Aussprache aus Westend. Als Fratera war er das ein oder andere Mal in den Küstenstädten im Westen gewesen, aber dass er sie dort einmal getroffen hatte, erschien ihm unwahrscheinlich. Normalerweise erinnerte er sich an die Leute, die seinen Weg kreuzten. Und was sollte eine Frau aus Westend hier ganz im Süden zu tun haben? Und wer war dieser *Er*?

Irgendwie hoffte er, dass sie Nante meinte. Vielleicht hatte sein Bruder das Unmögliche geschafft und Unterstützer gefunden. Aber wie sollte er das in so kurzer Zeit bewerkstelligt haben? Nein, das war unmöglich, aber wer könnte dann seine Ankunft *vorhergesagt* haben?

Henning fand keine Antworten auf diese Fragen, und so stapfte er nur mit den dreien mit, Reyna an seiner Seite.

Sie stießen auf einen Pfad, der sich durch den Wald schlängelte und leicht bergan führte. Fußspuren hatten sich mit Regenwasser gefüllt, etliche Fußspuren. Hier kamen häufiger Leute vorbei. Henning sah einen groben Unterstand und etliche Baumstümpfe gerodeter Bäume, doch niemand war dort. Einzig zwei hässliche rostige Äxte lehnten unter dem Unterstand.

Es ging weiter und weiter, bis sich der Hain lichtete. Henning blieb überrascht stehen. Vor ihm fiel das Gelände zu einer flachen Ebene ab, und auf der erhoben sich die Ruinen der Marasz.

Die meisten alten Tempel waren eingestürzt, nur noch wüste Steinhaufen aus massiven, dunklen Quadern, von Moos und Flechten überzogen. Kleine Teiche hatten sich dazwischen gebildet. Hier und da erhob sich daraus ein knorriger Ast oder die kahlen Finger eines Busches.

Der Pfad schlängelte sich zwischen den Ruinen hindurch und verschwand bei einem größeren Steinhaufen aus Hennings Blick. Die Brocken waren offenbar Teil einer alten Brücke gewesen, denn dahinter spannten sich steinerne Brückenbögen über das Grasland. Sie führten geradewegs auf den letzten Tempel zu, der noch intakt war. Wie Artur gesagt hatte, war es ein seltsam anmutender Bau aus Türmen, aus denen dornengleiche Auswüchse ragten. Regenfeucht, grau und steinig erhoben sie sich in den bleiernen Himmel. In deren Mitte klaffte ein Portal auf, ein schwarzer Schlund, der irgendwohin führte. Das vorderste Tor war längst verschwunden, musste aber früher eine imposante Erscheinung gewesen sein. Halb geschwungen und mit Scharten, die wie eine Zahnreihe anmuteten, wenn es denn einst in die steinerne Fassung gepasst hatte.

Seltsame Gesichter aus Stein blickten aus der Höhe auf sie herab. Manche hatten die Münder weit aufgerissen und bleckten lange Steinzungen, von denen Regen spritzte.

»Spannend, was?« Die Frau behielt ihn die ganze Zeit im Auge.

Henning nickte. »Die Bauweise ist recht… gewöhnungsbedürftig.«

»Eher gruselig«, sagte der Kerl mit der Armbrust. »Es sieht so ganz anders als alles aus, was ich je gesehen habe.«

»Nicht menschlich«, sagte der Dritte und erschauderte.

»Und doch sind es nichts als alte Steine.« Die Frau zeigte auf den Tempel. »Los! Ich will ins Trockene.« Sie lief voraus, und Reyna folgte ihr sofort.

Henning grinste über den Pragmatismus der Frau und die Furchtlosigkeit der Hündin, sagte: »Von den beiden könnt ihr euch 'ne Scheibe abschneiden«, und lief ihnen hinterher.

Der Pfad führte sie tiefer zwischen die Ruinen, und erst als Henning dazwischenstand, wurde ihm die einstige Größe bewusst. Die Quader waren riesig; es musste unendlich viel Manneskraft gekostet haben, die Tempel zu errichten. Dazu die Steinmetzkunst. Auch wenn die Gesichter, Ausbuchtungen und Scharten im Laufe der Jahrtausende von Wind und Wetter glatt geschliffen worden waren, wirkten sie immer noch voller Leben. Henning fragte sich, wie die Tempelanlage wohl bei ihrer Fertigstellung ausgesehen hatte. Sie musste beeindruckend gewesen sein.

»Der Talister ist früher regelmäßig über die Ufer getreten«, sagte die Frau in die Stille hinein. »Deswegen die Brücken. Stell dir vor, das lag alles unter Wasser, nur die Tempel ragten heraus.«

»Nett.«

»Noch gruseliger«, meinte der Ängstliche. »Wie die das überhaupt gebaut haben. Verrückt.«

Henning dachte an den Hafen in seiner Heimat mit den gewaltigen Kaimauern, die ins Meer ragten, sagte aber nichts. Mit dem Ängstlichen war nicht zu diskutieren, das spürte er.

Schweigend liefen sie weiter, bis endlich der Tempel vor ihnen aufragte. Ohne zu zögern, erklomm die Frau die ausgetretenen Stufen zum Portal. Oben wartete sie, sichtlich ungeduldig, und trat dann in die Dunkelheit des Schlunds.

Henning staunte nicht schlecht, als er mehrere Frauen und Männer im Schatten entdeckte, die, bis an die Zähne bewaffnet, Wache standen. Aus Holzstämmen hatten sie Palisaden mit angespitzten Pfählen errichtet, mit denen sie den Eingang versperren konnten. Auch zwei Kohlebecken standen bereit, in denen dunkelrote Glut glomm. Die Wächter, allesamt in Lumpen und zerschlissenen Klamotten über gehärtetem Leder, musterten ihn argwöhnisch, sagten aber nichts.

»Ihr habt euch im Tempel eine Basis eingerichtet«, stellte er fest. »Nicht schlecht. Aber ist es nicht gefährlich, so nah bei den Jundar?«

Ohne sich umzudrehen, schüttelte sie den Kopf. »Sie wagen sich nicht hierher. *Er* meint, es könne am Erbe der Marasz liegen. Irgendein Zauber, der sie von den Tempeln fernhält.«

Henning besah abermals den alten Stein, der sie umgab, und fühlte in sich hinein. Er spürte nichts, aber was hatte er auch mit Magie zu tun?

»Trotzdem strategisch unklug«, sagte er. »Wenn das der einzige Weg ist, kommt niemand mehr heraus, falls sie doch angreifen.«

»Aber sie auch nicht hinein, und mehr zählt nicht.«

Der Flur endete in einem zurückgesetzten gewaltigen Tor aus Eisentannenholz, das gerade so weit offen stand, das eine Person hindurchschlüpfen konnte. Dahinter flackerte Feuerschein. Die Frau verschwand dahinter, ebenso Reyna. Die schien sich hier wohl zu fühlen, was Henning als gutes Zeichen wertete. Tiere hatten ein anderes Gespür für Gefahr als Menschen. Trotzdem war ihm flau im Magen, als er in die hohe Halle hinter dem Portal trat. Es handelte sich um einen einzigen, gewaltigen Saal, der zu einem Lager umfunktioniert worden war. Zwei lange Tafeln und eine provisorische Kochgelegenheit nahmen die eine Ecke ein, Schlafplätze die andere, ein Waffenarsenal die dritte. In der vierten Ecke, am weitesten von den Schlafplätzen entfernt, versperrten roh gezimmerte Holzwände den Blick auf einen weiteren Teil des Raums.

Henning interessierte sich mehr für die Versammelten. Zwei Handvoll Frauen und Männer saßen an den Tafeln und sahen auf, als sie eintraten.

Einer von ihnen kam ihnen sofort entgegen.

Henning verschlug es die Sprache.

Der Kerl war aufrecht wie ein Mast, mit kräftigen Schultern und Augen lebendig wie der Sturm. Ein Mann der Tat, mit einem prächtigen Säbel an der Seite. Henning kannte ihn.

Es war niemand anderes als der Wanderfalke – Hennings Onkel Thevs.

Kapitel 22

Südmark, Tempelruinen der Marasz

»Henning!« Thevs kam ihm grinsend entgegen, umarmte ihn und klopfte ihm derb auf die Schulter, nur um ihn wieder eine Armlänge von sich zu schieben. »Das nenn ich mal eine Verkleidung! Henning der Wanderer.«

Henning konnte es kaum glauben. »Was machst *du* hier, Onkel?«

Thevs' Lächeln verflog wie Rauch im Wind, und der Wanderfalke seufzte. »Das ist eine lange Geschichte, Neffe, und keine schöne.«

»Das glaube ich dir sofort.« Henning schüttelte den Kopf, sodass jede Menge Regen vom breitkrempigen Hut stob. »Bei der Mutter See! Da trifft man den Wanderfalken im dunkelsten Loch der Südmark! Verdammt, wo ist dein Schiff? Deine Mannschaft? Wer sind die ganzen Leute hier? Und warst du nicht immer noch auf der Suche nach Lizzy?«

Die Erwähnung von Lizzy Sisk tilgte den letzten Rest Wiedersehensfreude von Thevs' Gesicht. »Eins nach dem anderen, Neffe. Und bevor wir reden, leg endlich diese nassen Fetzen ab und komm mit an die Kohlebecken.« Er wandte sich um und rief: »Eddie! Hol uns bitte zwei Krüge Bier!«

Mit denen saßen sie sich kurz darauf an einem der Tische gegenüber. Der rote Schimmer des Kohlebeckens erhellte

Thevs' linke Gesichtshälfte, die andere lag im Halbschatten. Müde sah der Wanderfalke aus. Und traurig. Oder war es Verzweiflung, die sich hinter dem aufgesetzten Lächeln verbarg?

Henning hielt Thevs den Bierkrug entgegen. »Also dann: Aufs Wiedersehen!«

»Aufs Wiedersehen!« Sie stießen die Krüge aneinander und tranken. Thevs trank gleich ein zweites Mal, völlig untypisch für den Wanderfalken, und senkte dann den Blick.

Henning schob den Krug von sich und verschränkte die Hände ineinander. »Also? Ich glaube, es ist an der Zeit, ein paar Fragen zu beantworten, Onkel.«

»Ja.« Der Blick der sturmblauen Augen kam hoch. »Die Zeit ist wohl gekommen.« Der Wanderfalke seufzte, und es schien, als wollte er wieder trinken, doch er spielte nur mit dem Griff des Kruges, bevor er sagte: »Ich habe von dir geträumt, Neffe.«

»Aha. Wusstest du deshalb, dass ich auftauchen würde?«

Thevs nickte. »Es war wie damals in La Harb, als ich vom Tod meines Bruders träumte.«

Henning versetzte die Erwähnung seines Vaters einen schmerzhaften Stich. »Und deswegen bist du hier? Um mich abzupassen?«

Ein Kopfschütteln. »Nicht direkt, aber es hat mit dir zu tun – oder besser gesagt mit Leyna.«

Jetzt wurde Hennings Gesicht lang. »Die mit Nante verschwunden ist.«

»Ich weiß«, sagte Thevs. »Auch davon habe ich geträumt. Ich habe die beiden kurz gespürt... sie sind bereits in Tannrein.«

Das ließ Henning die linke Augenbraue heben. »Wie soll das gehen?«

»Woher soll ich das wissen, aber sie sind schon dort. Sie

standen in meinem Traum auf einer Brücke zu Füßen der Wächterin.« Thevs sagte es mit solcher Gewissheit, dass Henning nicht widersprach.

»Und was willst du von ihr?«, fragte er.

»Ihre Heilkünste.« Thevs hob den Blick. »Ich habe nämlich Lizzy gefunden.«

»Wirklich?« Auch das hatte Henning nicht erwartet. Die Dornenmaid war bei der Schlacht von La Harb über Bord gegangen und mitten im brodelnden Wahnsinn aus Jundar verschwunden. Er hatte sie für tot gehalten. »Wo ist sie?«

Thevs befeuchtete sich die Lippen mit der Zunge. »Henning ...«

»Was ist? Ist sie ...« Henning verstummte, als es ihm dämmerte. »Sie ist eine Regenmacherin geworden, oder?«

Thevs schüttelte den Kopf. »Keine Regenmacherin, aber ...« Wieder brach der Wanderfalke ab und seufzte. Dann stand er auf. »Komm!« Ohne auf seinen Neffen zu warten, holte er eine Fackel, entzündete sie im Kohlebecken und lief in den hinteren Teil der Halle, die mit groben Bretterwänden abgesperrt war.

Henning verstand gar nichts, folgte aber seinem Onkel. Der löste ein massives Schloss, das zwei Wände miteinander verband, und hob ächzend einen Teil der Abdeckung beiseite. Dahinter stand ein Käfig, mannshoch und etwa genauso breit und tief, die Bretter mit Eisenbeschlägen verstärkt. In die Wände waren Löcher gebohrt, aus denen es unangenehm säuerlich roch.

Henning bekam eine Gänsehaut. »Du hast sie eingesperrt?«

»Ich musste.« Thevs' Stimme war so voller Trauer, dass es schmerzte. »Ich weiß nicht mehr weiter.«

Er trat zum Käfig, löste einen vorgeschobenen Riegel und öffnete eine Klappe. Knarzend schwang sie zur Seite.

Sofort zischte etwas scharf, und zwei fahle Hände klammerten sich um die Eisenstangen dahinter. Hände voller Horn und mit klauenartigen Nägeln.

»Ruhig!«, sagte Thevs in einem Tonfall, in dem Henning mit Reyna gesprochen hatte. Er hob die Fackel näher an den Käfig heran.

»Bei der Mutter See!« Sein Herz pochte hart in seiner Brust. »Das …«

»… ist Lizzy.« Thevs lächelte und trat noch näher an den Käfig heran.

Eine der Hände wollte nach ihm grapschen, doch ein paar Fingerbreit fehlten. Die Gestalt zischte vor Wut und Zorn und warf den fahlen Kopf in den Nacken. Das lange Haar, in dem Seetang getrocknet war, flog hin und her. Speichel tropfte von ihrem Kinn auf ihre nackten, geschuppten Brüste.

»Meine Lizzy«, wiederholte der Wanderfalke und atmete tief durch. Dass sie weiterhin versuchte, nach seinem Gesicht zu greifen und ihm die Augen herauszureißen, schien ihn nicht zu stören.

Henning bekam sich unter Kontrolle und trat selbst näher heran, um die Dornenmaid zu begutachten. Sie sah furchtbar aus. Ihr ganzer Körper war mit Flecken und Schuppen überzogen. Seltsame Ausbuchtungen und Falten lagen dazwischen, zeigten knochige Rippenbögen und dornige Auswüchse an Schultern, Hüften und Beinen. Doch am schlimmsten waren ihre Augen: Gelborange und geschlitzt glommen sie im Fackelschein.

»Das ist nicht mehr deine Lizzy, Thevs«, hörte er sich sagen. »Das ist nur noch eine Ausgeburt der Höllen. Du würdest ihr einen Dienst erweisen, wenn du ihr die Kehle durchschneidest.«

Sein Onkel blieb ganz ruhig und schüttelte den Kopf,

den Blick auf seine einstige Liebe gerichtet. »Das ist nur vorübergehend, Neffe. Leyna wird sie heilen. Leyna wird sie retten. Leyna ist der Schlüssel.«

Die Worte hallten seltsam nach, und gern hätte Henning sie geglaubt, aber diesmal konnte er es nicht. Das Wesen vor ihm rettete niemand mehr, außer die Wächterin der Seelen höchstpersönlich. »Thevs ...«

»Nein, Henning!« Der Wanderfalke löste den Blick von der Gestalt und wandte sich ihm zu. »Leyna wird sie retten!«

»Hast du das auch in deinen Träumen gesehen?« Es klang sarkastischer, als er wollte, doch Thevs Falk nickte.

»Genau das habe ich, Neffe. Genau das.« Dabei spiegelte sich die Flamme der Fackel in Thevs' Augen wie ein Hoffnungsschimmer, doch Henning sah darin nur eine furchtbare Erinnerung: seine Leyna auf dem Scheiterhaufen.

Kapitel 23

Südmark, Tannrein

Der Regen fiel und fiel und fiel.

Leyna hatte die feuchte Kapuze tief ins Gesicht gezogen und duckte sich in den abendlichen Schatten zwischen zwei gedrungenen Fachwerkhäusern. Nante war in der namenlosen Spelunke gegenüber verschwunden, um nach einem Zimmer für die Nacht zu fragen, aber die Lage schien aussichtslos. Die Stadt platzte aus allen Nähten, Geflüchtete aus dem Osten drängten sich in den Gassen; Fischer, Bauern, Städter aus Goldfeldern, dazu das Vieh, das viele Geflüchtete mitgenommen hatten, weil sie sonst nichts mehr besaßen. Überall lag Kot herum, vom Regen aufgeweicht oder zum Teil in die überquellenden Abflussrinnen gespült. In einem Viertel trat der Talister schon über die Ufer: Die Gassen der Gerber standen bereits hüfthoch unter Wasser, wie erzählt wurde. Soldaten schleppten Sandsäcke hinunter, um Dämme zu bauen und weitere Teile der Stadt zu schützen. Der Erfolg war fragwürdig, denn die Jundar errichteten eine riesige Barriere im Talister, die den Strom aufstaute. Anscheinend wollten sie Tannrein einfach ersäufen.

Eine Bewegung ließ Leyna zusammenzucken, aber es war nur Nante, der aus der Spelunke kam und mit gesenktem Kopf zu ihr trottete. »Vergiss es«, sagte er. »Dort drinnen wird für das letzte Zimmer aufgeboten. Sie sind bei einem Goldass für die Nacht.«

Leyna bekam große Augen. »Ein Ass?«

»Wahnsinn, nicht?« Nante blickte die stinkende Gasse entlang, das Haar nass und strähnig in die Stirn hängend. Er musterte eine Gruppe von vier Soldaten, die einen Handkarren mit weiteren Sandsäcken hinter sich herzogen. Die Räder hinterließen tiefe Furchen im Dreck der Gasse. Er stellte sich dicht vor Leyna und legte ihr die Hände auf die Schultern, um sie vor Blicken abzuschirmen. Für die Soldaten waren sie so vermutlich nur ein Paar, das keinen Schutz vor dem Regen fand.

»Und jetzt?«, fragte Leyna, als die vier vorbei waren. Ihre Zähne klapperten, so kalt war ihr plötzlich.

Nante zuckte mit den Schultern. »Rumstehen dürfen wir auf jeden Fall nicht, da holen wir uns den Tod.«

Leyna nickte und trat aus dem Schatten heraus. Nante bot ihr den Arm an, und ohne zu zögern, hakte sie sich ein. Im selben Moment fragte sie sich, ob das in Ordnung war. Wie konnte sie mit Hennings Bruder Arm in Arm herumlaufen, ohne dass es sie störte? Das musste sie sich nämlich eingestehen: Nantes Nähe fühlte sich gut an, seltsam vertraut, fast vertrauter als Hennings. Lag es an der Magie? An den Hürden, die sie überstanden hatten?

Leyna hatte darauf keine Antworten, entschied sich aber, die Hand nicht zurückzuziehen. Als Paar fielen sie weniger auf, und so liefen sie schweigend Seite an Seite die Gasse entlang, bis sie zurück zu einem der vielen Marktplätze kamen. Dort hatten sie schon erfolglos alle Unterkünfte abgeklappert, ja nicht einmal ein warmes Mahl hatten sie auftreiben können. Normalerweise wurde in den zahllosen Buden alles Mögliche verkauft, von gebratenem Fleisch und krossen Backwaren über Obst und Gemüse bis zu frischem Fisch, aber die Buden waren leer oder verriegelt. Auf manchen von ihnen saßen einzig ein paar Vögel dicht an dicht.

»Unfassbar«, sagte Nante grimmig. »Wie schnell kann eine Stadt wie Tannrein an den Rand der Belastung kommen?«

»Offensichtlich schneller, als man glauben mag.«

Leyna sah sich um und entdeckte eine Gruppe Leute, die um einen Kerl herumstanden. Er war auf ein Podest geklettert, hatte die Arme erhoben wie ein Prediger und rief mit theatralischer Stimme: »Seht, wohin uns unsere Sünden geführt haben! Seht, wie sich der Fluss gegen uns erhebt! Seht, wie die Götter zürnen! Aber verzagt nicht, meine Schwestern und Brüder, denn noch ist es nicht zu spät. Die Götter können besänftigt werden, wenn wir sie nur aufrichtig darum bitten.«

»Rattenfänger«, sagte Nante verächtlich. »Als Nächstes bittet er um Opfergaben.« Seine Augen weiteten sich. »Opfergaben! Das ist es!«

»Wie bitte?«

»Die Kathedrale!«

Leyna konnte ihm nicht folgen. »Wovon sprichst du?«

»Von der Kathedrale, die Mathes damals auf einem der Hügel bauen ließ. Er bat doch darin um Vergebung für den Mord an seinem Bruder.«

»Und weiter?«

»Na, die Kirche ist doch allen zugänglich. Das war Mathes' Anliegen: Wer beten will, findet dort immer eine offene Tür.«

»Du willst dich als Gläubiger ausgeben und hoch zur Kathedrale pilgern?«

»Warum nicht? Ein Dach über dem Kopf ist besser als keines, auch wenn es ein Gotteshaus ist. Außerdem können wir uns von der Zitze aus einen besseren Überblick verschaffen. Die Aussicht von Burg und Kirche soll beeindruckend sein.«

»An klaren Tagen ...«

»Seit wann so pessimistisch, Gezeichnete?«

Leyna seufzte. »Du hast ja recht. Vermutlich wird man von dort mehr sehen als hier in den dreckigen Gassen.«

»Eben. Und hat nicht der Geschichtenerzähler gesagt, dass es womöglich Zugänge von der Kathedrale zur Bruderhandbrücke gibt? Vielleicht kommen wir sogar direkt in die Feste.«

Leyna zweifelte daran, hatte aber auch keine bessere Idee. »Also gut. Dann los, bevor ich hier erfriere.«

Sie liefen am Prediger und seinen Zuhörern vorbei, passierten weitere verlassene Buden und verließen den Marktplatz Richtung Talister. Eine kopfsteingepflasterte Straße führte direkt zu den Zitzen, die nach einigen Querstraßen zwischen den Hausdächern zum Vorschein kamen. Auf einem Burgturm brannte ein Leuchtfeuer, ein zweites auf einem Hof seitlich der Kathedrale. Die hohen Fenster waren ebenfalls hell erleuchtet.

»Mindestens wärmen werden wir uns können«, sagte Nante.

Bei der Vorstellung von einem prasselnden Feuer erschauderte Leyna. »Das wäre immerhin etwas.« Sie liefen weiter. Mit jedem Schritt sahen sie weitere Passanten, die ebenfalls Richtung Kathedrale gingen. Schlussendlich kam das Ende einer langen Schlange in Sicht.

»Beim Paar«, entfuhr es Leyna. »Wollen die alle beten?«

Nante reckte den Hals, um über die Wartenden hinwegzublicken. »Offensichtlich. Siehst du das? Die Schlange zieht sich den ganzen Weg hoch bis zum Plateau mit dem Feuer.« Er suchte ihren Blick. »Vielleicht sollten wir uns doch eine andere Bleibe suchen. Das hier kann Stunden dauern.«

»Ist es aber wert«, sagte ein Mädchen, das sich vor ihnen

in die Schlange einreihte. Sie war vielleicht fünfzehn Jahre alt, bis auf die Knochen durchnässt und verdreckt, aber in ihren Augen blitzte der Schalk.

Nante mustere die junge Frau argwöhnisch. »Und warum?«

»Wegen Seiner Majestät.« Als weder Nante noch Leyna reagierten, sagte sie: »Ihr seid auch Geflohene, oder?«

»Heute angekommen«, bestätigte Leyna.

»Dann könnt ihr es nicht wissen. Seine Majestät hat heute der Abendandacht beigewohnt und für seine Stadt gebetet. Danach gibt es auf dem Feuerplatz Eintopf, für jeden eine Schale voll. Ein Geschenk Seiner Majestät. Er wird selbst den Eintopf austeilen, haben seine Herolde verkündet. Dabei wird er ein offenes Ohr für uns alle haben.«

»Der edle Herrscher, was?«

»So sagt man.« Das Mädchen lächelte Nante an. »Aber wenn ich ehrlich bin, gehts mir nur ums Feuer und den Eintopf.« Sie zwinkerte verschmitzt und wandte sich wieder um.

Nante und Leyna tauschten einen Blick und sagten gleichzeitig: »Also doch Kathedrale.« Sie stockten und lachten und wurden sofort wieder ernst. »Wir sollten die Gelegenheit nutzen und mit ihm sprechen«, sagte Leyna leise. »Wer weiß, wann sich uns wieder die Möglichkeit bietet, an ihn ranzukommen.«

»Aber hat nicht die Ratsherrin gesagt, er hasst Magie?«

Leyna nickte, die Lippen geschürzt. »Was bleibt uns anderes übrig?«

Nante zuckte nur mit den Schultern und sah wieder zur Kathedrale und dem lodernden Feuer empor.

Einige Zeit warteten sie schweigend und rückten Schritt um Schritt vor. Dabei fiel Leyna auf, dass sich das Mädchen immer wieder nach ihnen umsah. Als sie es das nächste Mal tat, fragte Leyna: »Darf ich dich was fragen?«

»Klar, aber nur wenn ich euch auch was fragen darf. Eine Frage kostet eine Frage sozusagen.«

Die Direktheit ließ Leyna grinsen. »Abgemacht. Und du darfst sogar anfangen, weil du die Jüngere bist.«

»Ach, wie nett! Aber ob ihr das nicht bereuen werdet?« Das Mädchen zeigte auf Leynas Gesicht unter der Kapuze. »Darf ich das mal sehen?«

Leyna erstarrte. »Das ... das willst du nicht sehen.«

»Echt nicht? Schade. Sieht nämlich richtig übel aus.«

»Ist es auch«, brummte Nante. »Deswegen zeigt sie es auch nicht gern her. Die meisten kriegen Angst.«

»Was ist passiert? Ein Unfall?«

»Sozusagen.« Leyna seufzte. »Unsere Hütte ist vor Jahren abgebrannt. Ich konnte mich gerade noch retten.«

»Oh! Das tut mir leid. Hat es wehgetan?«

»Verdammt weh. Solche Schmerzen wünsch ich nicht mal meinem größten Feind.«

»Und wer ist das?«

»Wie bitte?«

»Wer ist euer größter Feind?«

»Niemand speziell ... das sagt man nur so.«

»Aha. Verstehe.« Das Mädchen lächelte und wollte sich wieder abwenden, doch Nante hielt sie zurück.

»Eine Frage für eine Frage«, wiederholte er mit ihrer Stimme. Und dann mit seiner: »Jetzt sind wir dran. Frage Nummer eins: Kennst du dich hier in Tannrein gut aus?«

»Klar! Bin hier aufgewachsen. Ich kenne jede Gasse, selbst die, die man nicht kennen dürfte.«

»Sehr gut.« Nante lächelte zufrieden. »Dann bist du genau die Richtige für uns. Wir suchen nämlich noch eine Bleibe für die Nacht, aber alles ist voll. Kennst du ein trockenes Versteck, wo wir unsere Ruhe haben und die Nacht verbringen können?«

Das Mädchen überlegte nur kurz. »In der Bäckergasse gibt es mehrere Hinterhöfe mit Dutzenden Verschlägen. Dort lagern die Bäcker Mehl und Getreide. Die Verschläge sind bestens vor Regen geschützt. Dort könnt ihr, sofern euch ein Schloss nicht aufhält, eine Nacht im Trockenen verbringen. Und so wie ihr ausseht, hält euch kein Schloss auf.«

»Das mag sein«, erwiderte Nante. »Kommen wir zur nächsten Frage: Wir suchen eine alte Freundin meiner Eltern, die Ratsherrin Rosa. Weißt du, wo wir sie finden können?«

Das Mädchen blähte die Wangen auf, bevor sie den Kopf schüttelte. »Da muss ich leider passen. Ich weiß nicht, wo die wohnt... keine Ahnung.«

»Nicht so schlimm«, sagte Leyna. »Wir finden es anderweitig heraus. Was mich aber noch interessieren würde: Du hast vom König gesprochen. Bei uns behauptet man, er wäre ein richtig harter Hund. Jetzt teilt er Eintopf aus. Was stimmt denn jetzt?«

Das Mädchen zuckte mit den Schultern. »Beides vermutlich. Er führt Tannrein mit harter Hand, das muss man ihm lassen. Die Straßen sind großteils sicher, Diebe und Gesinde hängt man rigoros nach kurzem Prozess. Andererseits feiert er das Erntedankfest wie kein König vor ihm. Fässer rollt er aus der Burg, und Ochsen braten an Spießen, sodass das Fett nur so in die Straßen tropft. Und alles umsonst. Wie der Eintopf.«

»Also doch der edle Herrscher«, sagte Nante. »Und was sagt man über die Königin?«

»Hey! Das ist schon die fünfte Frage!«

Nante kam ihrem Gesicht ganz nah. »Du hast sieben gestellt.«

»Hab ich gar nicht!«

»Hast du.« Mit ihrer Stimme wiederholte er: »Darf ich das mal sehen?« Er hob einen Finger. »Echt nicht?« Zweiter Finger. »Was ist passiert?« Dritter Finger. »Ein Unfall?« Vierter Finger. »Hat es wehgetan?« Fünfter Finger. »Und wer ist das?« Er hob wieder den ersten Finger. »Wer ist euer größter Feind?« Zweiter Finger. Den hielt er ihr vors Gesicht und sagte mit seiner Stimme: »Wir haben also noch ein paar Fragen.«

»D-d-das ist nicht fair!«

»Deine Regeln. Und jetzt erzähl etwas über die Königin. Wir haben sowieso nichts Besseres zu tun.« Womit er recht hatte; die Schlange quälte sich erbärmlich langsam den Hügel empor.

Das Mädchen seufzte. »Also gut, aber viel kann ich auch nicht sagen. Ihre Majestät lebt eher im Schatten Seiner Majestät. Man sagt aber, sie spinnt die Fäden. Ob das stimmt ... Eine zielstrebige Frau ist sie allemal. Und offen für Neues.«

»Das haben wir gehört«, bestätigte Leyna und fügte leiser hinzu: »Sie soll sich für Magie interessieren.«

»Davon weiß ich nichts, aber wer bin ich auch? Nur eine junge Frau in einer großen Stadt.«

»Nein«, entgegnete Nante. »Du bist mehr als das.«

Die Worte ließen das Mädchen schlucken. »W-W-wie meinst du das?«

»So wie ich es gesagt habe.« Nante sah sie noch einen Moment lang durchdringend an, bevor er fragte: »Hast du auch was über die fahle Frau gehört?«

Plötzlich wurde das Mädchen blass. »Ich habe sie sogar gesehen.«

»Wirklich?«

»Ja. Am Damm, den sie baut. Ihr könnt ihn sehen, wenn wir oben sind. Vom Feuerplatz aus liegt er im Osten der Stadt.«

»War sie jung?«, wollte Nante wissen. »So alt wie du vielleicht?«

Das Mädchen schluckte abermals. »Woher weißt du das?«

Nante verzog grimmig den Mund. »Das erzählt man sich in den Straßen.«

»Und noch einiges mehr.« Das Mädchen fühlte sich sichtlich nicht mehr wohl bei ihnen. »Warum interessiert euch das alles?«

»Weil man seine Feinde kennen sollte.« Nante sagte es mit düsterer Stimme, lächelte aber einnehmend.

Dem Mädchen war das nicht geheuer; sie bedachte beide mit einem kritischen Blick und wandte sich ab.

Leyna sollte es recht sein. In einiger Entfernung entdeckte sie die ersten Soldaten, die die Menschenschlange flankierten. Sie machte Nante darauf aufmerksam.

»Keine Gefahr für uns«, sagte er nach einem flüchtigen Blick. »Sie sehen nicht mal hin, was sie aber ...« – die Andeutung eines Nickens zum Rücken des Mädchens – »... bei manchen tun sollten.«

»Wie meinst du das?«

»Weiß nicht genau. Ich habe vorhin ein Wispern vernommen, das mich auf sie aufmerksam gemacht hat.«

»Von deinem *Freund?*«

»Genau von dem. Aber lass den Sarkasmus stecken.« Nantes Gesicht kam ganz nah an ihres heran. »Denn bisher hat er mir und dir nur gute Dienste erwiesen.« Irgendwas in seiner Stimme ließ Leyna frösteln, und wieder wurde ihr bewusst, dass Nante eben nicht Henning war.

»Kannst du eigentlich Henning erreichen?«, fragte sie, nachdem sie an den ersten Soldaten vorbeigekommen waren. »Über euer Band der Zwillinge?«

Nante schüttelte den Kopf. »Ich habe es schon versucht, aber etwas verhindert es.«

»Was könnte das sein?«

»Keine Ahnung.«

Leyna seufzte. Es wäre schön gewesen, Henning wissen zu lassen, dass sie wohlauf waren und wo sie sich aufhielten. Wie es ihm wohl ging? Und den ganzen anderen? Sie hatte ein schlechtes Gewissen, weil sie sie im Stich gelassen hatte, andererseits würde der Wahnsinn ein Ende finden, sollten sie die Seelensplitter finden. Sie wandte den Blick zur anderen Seite des Ufers, wo die Burg in den Abendhimmel ragte. Düster sah sie aus; nur wenige Fenster waren erleuchtet, und die Banner hingen schlaff im Regen herab. Die Zitze darunter wölbte sich wie ein schwarzes Geschwür aus der Stadt hervor, und irgendwo dort mussten die Seelensplitter sein. Sie schienen so nah und zugleich so fern...

Eine unendliche Last drückte plötzlich auf ihre Schulter, und Leyna meinte, den Raben ganz deutlich darauf sitzen zu sehen, aber im nächsten Augenblick war er wieder verschwunden.

Jaja, sagte Leyna zu ihm im Stillen, *ich weiß, dass du da bist, keine Sorge.*

Mit grimmigerer Miene ging es weiter den Hügel empor, bis die Kathedrale nur noch einen Steinwurf entfernt lag. Genauso düster wie die Burg wirkte sie, obwohl die Fenster hell erleuchtet waren. Es lag an der Architektur; sie war wuchtig, schwer, erdrückend. Dazu der schwarze Stein, der alles noch finsterer machte. Wie Leyna aus ihrer Ausbildung zur Professin wusste, wurden seit Jahrhunderten in der Kathedrale die Könige des Südens gekrönt. Sie bot Platz für über zweitausend Besucher, die den Zeremonien beiwohnen konnten. Der Hauptturm erhob sich mehr als dreihundert Fuß in die Höhe, und nur die Priester und Angehörige der Königsfamilie durften ihn besteigen. Es war wie überall: Je adeliger und reicher, desto höher durfte man hinauf. Das Gesinde blieb hingegen unten in den dreckigen, verschissenen Gassen. In La Harb war das Problem regelmäßig diskutiert worden, denn auch dort gab es mit den Terrassen sichtbare Standesgrenzen. Und eins war klar: Dreck und Notdurft mussten irgendwohin, und der ganze Mist floss nun mal bergab, nicht bergauf.

»Dort!« Nantes Stimme riss sie aus ihren Grübeleien. »Der Damm!«

Leyna folgte seinem ausgestreckten Finger und spürte, wie ihr die letzte Farbe aus dem Gesicht wich. Der Damm erhob sich im Osten der Stadt wie eine fahle Mauer aus Holz und Treibgut. Unnatürlich dichter Nebel tauchte das Land dahinter in milchiges Grau, aus dem einzig ein paar schemenhafte Schiffsmasten ragten.

Und der Damm …

… bewegte sich! Leyna meinte zuerst, er breche unter der Last des Wassers, aber es waren Jundar, die darüber hinwegkrochen, von der Ferne nur als Punkte wahrzunehmen. Es mussten tausende sein, viele tausende!

»Bei den Göttern«, entfuhr es ihr, und sie suchte bei Nante Halt.

»Furchtbar, nicht?« Wieder das Mädchen, das grimmig zum Damm blickte. »Manche Soldaten sagen, dass es wohl bald zu einem Angriff kommt. Man hat die äußere Stadtmauer voll besetzt. Seht ihr die Feuer? Alles Wachposten auf der Mauer.«

»Recht maue Feuer«, sagte Nante.

»Wegen des verdammten Regens.« Das Mädchen winkte ab. »Wenn ihr mich fragt, hätte der König angreifen sollen, als der Damm noch viel kleiner war, aber seine Heerführer und die Stadtwache waren dafür, sich auf die Verteidigung zu konzentrieren. Dass der Damm so riesig wird, hatten sie wohl nicht erwartet.«

»Waren sie schon in der Stadt?«, fragte Leyna heiser.

»Wer?«

»Die Jundar?«

Das Mädchen musterte sie neugierig. »Heißen die Viecher so?«

»Schon. Kennst du die Geschichten aus La Harb nicht? Dort sollen sie im Frühjahr angegriffen haben.«

»Doch, hab ich gehört. Eine Hexe und verwegene Piraten sollen die Stadt gerettet haben.«

»So sagt man, ja.«

»Und ihr glaubt das?«

Leyna zuckte mit den Schultern. »Jeder Geschichte wohnt ein wahrer Kern inne.«

»Jaja.« Das Mädchen winkte ab. »Ich glaube eher an Feuer und Stahl und Manneskraft.« Sie wandte sich vom Damm ab Richtung Leuchtfeuer. In sicherer Entfernung davor war ein großer Unterstand aufgebaut, um vor dem Regen Schutz zu bieten. Darunter flankierten zwölf Soldaten einen Mann und zwei Gehilfen, die aus Kesseln Eintopf ausgaben.

»Ist das der König?«, fragte Leyna.

Das Mädchen nickte und bekam einen abwesenden Glanz in den Augen.

»Wenig beeindruckend«, meinte Nante.

Leyna gab ihm stumm recht. Seine Majestät war ein unscheinbarer Mann mittleren Alters mit gestutztem Bart und schütterem Haar. Er trug keine Krone, kein Geschmeide, nur ein Prunkschwert am Gürtel, das unter dem indigofarbenen Mantel hervorspitzte. Der Mantel war vielleicht das Auffälligste an dem Kerl; verziert mit Mustern und Goldfäden, mit Hermelin und Brokat.

»Ich würde eher sagen: fast bescheiden für einen König.«

»Und das findest du gut?«

»Das werden wir sehen.«

»Und du willst ihn wirklich ansprechen?«

Leyna nickte. »Wer persönlich Essen an sein Gefolge verteilt, wird für Rettungsvorschläge seiner Stadt ein offenes Ohr haben.«

»Hoffen wir es.«

Bürger um Bürgerin rückten sie weiter vor, bis nur noch zwei Leute vor ihnen in der Schlange standen. Ab da hörte Leyna die Unterhaltungen.

Der König fragte die Frau vor dem Mädchen: »Habt Ihr eine Bleibe, meine Dame?«

Die Frau, abgerissen und mit nackten Füßen, schüttelte das gesenkte Haupt. »Leider nein, Eure Majestät. Ich bin aus Goldfeldern geflohen und war noch nie hier.«

»Dann meldet Euch nach dem Essen an der Pforte des Mittelschiffs.« Er zeigte am Feuer vorbei auf ein Portal, vor dem zig Soldaten standen. »Und gebt das den Männern.« Er reichte ihr eine Holzmarke. »Ihr könnt damit die Nacht in der Kathedrale verbringen.«

Die Frau brach in Tränen aus. »Habt Dank, Eure Majestät. Habt Dank.«

Er nickte milde und wartete, bis sie gegangen war, bevor er sich dem Mädchen zuwandte. »Und du? Hast du eine Bleibe für die Nacht, mein Kind?« Er ließ sich von einem der Diener eine leere Holzschale reichen und füllte sie mit dampfendem Eintopf. Es roch nach Pfeffer und Zimt und Fleisch.

»Wahrscheinlich, Eure Majestät.« Das Mädchen knickste. »Eine Freundin nimmt mich auf, aber ihr fehlt es an Essen. Und an Gesundheit. Ihr Knöchel ist dick geschwollen. Deswegen bitte ich Sie inständig, zwei Portionen bekommen zu dürfen, Eure Majestät.«

Leyna schnaubte leise. »Frech«, flüsterte sie Nante zu.

Der König betrachtete das Mädchen aus dunklen Augen,

den Eintopf noch in der Hand. Offenbar überlegte er, ob er ihr glauben sollte oder nicht. Schließlich sagte er: »Niemand bekommt hier und heute zwei Portionen, denn sonst reicht es womöglich nicht für alle. Aber nenne meinen Männern die Unterkunft, und sie werden euch morgen Brot bringen.« Mit den Worten reichte er ihr die Schale.

Das Mädchen griff danach, verneigte sich, sagte: »Zu gütig!«, und machte mit der anderen Hand einen komischen Schlenker. Der König keuchte auf und zog die Hand zurück, als hätte er sich verbrannt.

»Was war das?«, entfuhr es ihm. Er keuchte ein zweites Mal und griff sich an den Hals.

Das Mädchen schleuderte da schon dem nächststehenden Soldaten den Eintopf ins Gesicht, etwas anderes klapperte zu Boden, und schon sprintete sie in die entgegengesetzte Richtung davon. Leyna sah nur noch flatternde Fetzen eines Mantels, und schon war das Mädchen im Gedränge verschwunden.

Verwirrt wandte sie sich dem König zu. Der spuckte aus, das Gesicht rot angelaufen. Angst stand in seinen weit aufgerissenen Augen.

»Ein Anschlag!«, schrie einer seiner Soldaten. »Haltet das Mädchen!« Mehrere Soldaten zogen ihre Schwerter und stürmten los.

Nante bückte sich derweil nach etwas Silbernem, das zu Boden gefallen war. Einer der Soldaten sah es und beobachtete, wie Nante ein kleines Messer aufhob und es im Feuerschein begutachtete. Eine zähe, transparente Flüssigkeit klebte daran.

Der Soldat begriff und rief: »Gift! Jemand hat den König vergiftet! Holt den Medicus! Schnell!«

Nante und Leynas Blicke trafen sich. Er meinte: »Sieht verdammt nach dem flüssigen Galgen aus.«

Leyna besah sich vorsichtig das Messerchen und nickte.

Der Soldat hatte es auch mitbekommen und wurde gänzlich blass. »Dann ist Seine Majestät der Wächterin geweiht.« Er schloss die Augen und sprach ein Gebet, das nichts helfen würde. Der König lag schon am Boden, von seinen Soldaten umringt, und röchelte wie ein altes Schwein. Seine Augen liefen rot an.

»Wenn du das tust«, sagte Nante leise, »liegt das Schicksal nicht mehr in unseren Händen.«

Leyna sah ihn verständnislos an.

»Ein zweites Mal kann ich dich nicht verschwinden lassen.« Trotzdem lächelte er. »Die Entscheidung liegt diesmal ganz bei dir, Gezeichnete.«

Leyna blickte noch einmal zum König. Nur noch ein schrilles Pfeifen drang aus seiner Brust, während sich seine Finger so stark in seinen Hals krallten, dass ein Blutfaden hervorquoll. Auch die Leute in der Schlange begriffen mittlerweile, was vor sich ging. Geschrei erhob sich ringsum, entsetztes Kreischen und Gebete erfüllten den Platz.

Und dann Leynas donnernde Stimme: »Macht Platz! Ich bin eine Medica!«

Kapitel 24

Südmark, Tannrein, Feuerplatz der Kathedrale

Letti rannte mitten zwischen die Wartenden, drängte sich an einem feisten Kerl und einer hageren Frau vorbei, duckte sich unter einem Arm hindurch, entging grapschenden Händen und sprang über ein Bündel, das in einer Pfütze lag.

Hinter ihr wurde es laut. Jemand brüllte: »Ein Anschlag! Haltet das Mädchen!« Ein anderer schrie: »Gift! Jemand hat den König vergiftet! Holt den Medicus! Schnell!« Stiefel polterten über Kopfsteinpflaster, Soldaten brüllten Befehle, Leute schrien vor Schreck und Angst und Panik.

Nicht jemand hat den König vergiftet, ging es ihr dabei durch den Kopf, *sondern ich. Königsmörderin.* Ihr Herz pochte wie wild, als sie einen Haken schlug, weil ihr Soldaten entgegengerannt kamen. Sie hielt auf die Kathedrale zu. *Und eure Medici können gar nichts dagegen tun!*, machte sie sich Mut. *Bis die wissen, welches Gift ich benutzt habe, ist er lange tot. Tot… im Auftrag Ihrer Majestät.*

Letti sah sich schon ein Goldass mit der Königin auf beiden Seiten in Händen halten, als eine andere Stimme über den Platz donnerte, eine Frauenstimme, die ihr bekannt vorkam: »Macht Platz! Ich bin eine Medica!«

Es war die komische Frau mit dem verbrannten Gesicht.

Die Erkenntnis ließ Letti beinahe straucheln. Konnte das wirklich sein? Eine Heilerin? Ihr entwich ein Stöhnen. Wie viel Pech musste sie haben, genau so jemand hinter sich stehen zu haben? Und wie gut konnte die Frau ihr Handwerk? Konnte sie den flüssigen Galgen heilen? War das überhaupt ohne Bilsenkrautsamen möglich? Letti hatte keine Ahnung, es hieß immer, dass der Galgen das tödlichste Gift der Welt sei, aber der Zweifel war gesät. Sie musste wissen, ob ihr Anschlag erfolgreich gewesen war. Wenn nicht …

Sie verdrängte die Vorstellung, schlug einen weiteren Haken und schlüpfte zwischen eine Gruppe Frauen, die die Hälse reckten und tuschelten. Dahinter verfiel sie in einen langsameren Gang und entfernte sich von der Gruppe. Dabei sah sie sich verstohlen um und entdeckte einige Soldaten, die stehen blieben und sich nach ihr umsahen. Weiter hinten am Unterstand bildeten Soldaten einen Ring aus Schilden und Speeren und blankem Stahl, doch tatsächlich ließen sie die Frau und den seltsamen Typ hindurch.

Letti fluchte und lief weiter. Sie musste irgendwo hochklettern, um besser sehen zu können. Ihr Blick traf die Kathedrale. Die Fassade bestand aus versetzten Steinmauern mit Zierrat, an dem sie sicher gut emporklettern konnte. Also schnell weiter, Kopf gesenkt, Gesicht unter der Kapuze, nicht auffallen, aber auch nicht trödeln. Zwei Soldaten rannten an ihr vorbei, nahmen aber keine Notiz von ihr. Und dann war sie schon an den regenfeuchten Mauern. Sie schlüpfte in eine Nische, zog sich die Kapuze vom Kopf, um besser sehen zu können, und untersuchte die Mauer. Breite Fugen würden es zu einem Kinderspiel machen, und so zog sich Letti empor, fand mit den Fingern immer neuen Halt und kletterte und kletterte, Quader um Quader, Zierrat um Zierrat.

Ihr Atem ging keuchend, als sie einen Vorsprung erreichte, auf dem sie sitzen konnte. Durch einen halbrunden Bogen spähte sie hinunter auf den Hof. Sie sah im Schein des Feuers den Unterstand mit dem Ring aus Soldaten. Von ihrer halb schrägen Position aus erhaschte sie gerade so einen Blick auf den König. Er lag rücklings und mit dunklem Gesicht auf dem Boden. Ob er noch lebte, war nicht zu erkennen.

Allerdings erkannte sie die Frau – und was sie machte, ließ Letti den Atem anhalten. Ihre Finger huschten durch die Luft, zeichneten irgendwelche Symbole, die zu leuchten begannen. Ein Raunen ging durch die Menge. Jemand schrie: »Hexe!« Einige der Soldaten richteten daraufhin ihre Waffen auf sie, doch ihr Begleiter rief etwas, einen Dolch in der Hand, und die Luft waberte um sie herum, als … als koche sie. Schlieren verzerrten die Symbole wie Blasen, und es pfiff und rauschte, und die Lichter flackerten und schienen dann im nächsten Moment wie erstarrt.

Letti meinte, ihr Herz setze für einen Schlag aus, nur damit es umso heftiger weiterpochen konnte, als die Lichter erneut flackerten. Jede Menge Funken vom Leuchtfeuer stiegen empor und verteilten sich wie tausend Käfer in der Nacht.

Und dann war der Zauber vorbei. Die Frau kniete neben dem König und hielt seine Hand. Der hob die andere, zur Faust geballt, und krächzte etwas, zu leise, als dass Letti es verstand. Aber die Soldaten schienen es zu verstehen. Einige rissen jubelnd die Schwerter in die Höhe, und andere skandierten: »Er lebt! Er lebt! Der König lebt!«

Letti schloss die Augen und ließ den Kopf gegen den steinernen Zierrat sinken.

Eine Träne rann ihr über die Wange, tropfte von ihrem Kinn.

Der König lebt!

Sie hatte versagt.

Schwindel erfasste sie und ließ sie wanken, doch sie krallte sich fest und wartete, bis der Anfall vorüber war. Sie hatte keine Ahnung, was sie als Nächstes tun sollte. Ihre Majestät würde vor Wut kochen. Sie hasste Fehlschläge und Inkompetenz. Letti blieb also nur eines: verschwinden. Nur wohin? Auf dem Platz wimmelte es vor Soldaten. Sie sperrten die Zugänge ab, um nach der Attentäterin zu fahnden. Letti konnte also nicht hinab, sondern nur hinauf – und das tat sie. Flink wie ein Eichhörnchen kletterte sie weiter empor und hievte sich schließlich über eine Kante auf das Dach der Kathedrale. Über steinerne Vorsprünge und Erker lief sie bis zum großen Turm, um Schutz vor dem Regen zu finden. Dort entdeckte sie in einer Nische drei Fenster aus Buntglas, hinter denen kein Licht brannte.

Als sie die Motive erkannte, hätte Letti beinahe gelacht. Das mittlere Fenster zeigte die Wächterin der Seelen mit spitzer Kapuze. Die Fenster daneben je eine ihrer berühmten Doppelsicheln. Welch Hohn, wenn Letti bei der Wächterin Zuflucht fand, sie, eine Mörderin. *Versuchte Mörderin*, korrigierte sie sich und schlug mit dem Ellenbogen eine der Sichelscheiben ein. Durch das Loch kroch sie ins Innere auf ein breites Sims und fand sich in einem düsteren Raum wieder, in dem nur eine nackte Holzbank zum Knien vor den Fenstern stand.

Letti ließ sich vorsichtig hinab, um sich nicht an den Scherben zu verletzen, und schlich zur einzigen Tür, die es gab. Die war nicht versperrt. Sie spähte hinaus in ein dunkles Treppenhaus, das erfüllt war von Stille und dem Duft von Weihrauch und Myrrhe. Staub kitzelte in ihrer Nase.

Letti konnte ihr Glück kaum fassen. Hier war schon lange niemand mehr gewesen, und wenn sie sich nicht täuschte, hatten nur Könige und Priester Zugang zum Turm. Sie schien also in Sicherheit zu sein. Vorerst zumindest.

Sie zog sich zurück in die Gebetskammer, schloss die Tür und kniete sich auf das knarzende Holz, auf dem vermutlich nur Könige vor *ihr* gekniet hatten. Ihr Blick ging hoch zur Wächterin der Seelen. Purpurn glomm es unter der Kapuze, die Künstler hatten als Blickfang violettes Glas eingesetzt. Durch das kaputte Fenster drang Regen herein.

»Ich hoffe, du wirst mir das mit der Sichel verzeihen«, sagte Letti laut. »Und das mit dem gescheiterten Attentat. Aber ich schwöre dir: Wenn ich das hier überlebe, werde ich dir bis ans Ende meines Lebens danken und zu Diensten sein. Hörst du, Wächterin? Wenn du mir ein langes Leben schenkst, gehör ich dir.«

Ein Windstoß pfiff durchs Fenster und brach sich an den Resten der Scheiben. Das Heulen hörte sich fast wie eine Zustimmung an.

Kapitel 25

Südmark, Tempelruinen der Marasz

Die Nacht war seltsam grau, als Henning aus dem Portal des Tempels ins Freie trat. Er blieb im Schutz der massigen dornengleichen Steintürme stehen, um nicht nass zu werden, und steckte die Hände in die Manteltaschen.

Er begriff noch nicht, was Thevs alles gesagt hatte, und wie das alles hatte passieren können. Leyna und Nante seien schon in Tannrein. Lizzy Sisk mutiert zu ... ja, wozu eigentlich? Zur fahlen Frau, von der im Süden alle sprachen? Aber was war dann mit Kea, von der Nante befürchtete, ihr könnte dasselbe widerfahren sein, nachdem sie bei der Invasion der Inseln des ewigen Schlafs verschwunden war? Zu viele Fragen, mit denen Henning nichts anfangen konnte. Zum Teufel mit dem ganzen Wahnsinn von Magie und Mysterien! Das war nicht seine Welt.

Ein Zittern lief durch seinen Körper, und er sehnte sich so sehr auf sein Schiff, nach Wellengang, nach dem Auf und Ab in hartem Wind, der vom Salz scharf war.

»Mir wäre es anders auch lieber.« Thevs trat aus dem Portal an seine Seite. In seinem Mundwinkel steckte eine Pfeife aus Walknochen, aus der sich ein Rauchfaden kräuselte.

Henning erwiderte nichts, stand einfach nur da und blickte in die feuchte Dunkelheit.

»Sie war unweit von hier mit einer Gruppe Jundar unterwegs«, sagte Thevs nach einem schmatzenden Atemzug.

»Den Trupp haben wir überfallen und abgeschlachtet. Nur sie haben wir mitgenommen.«

»Einen Trupp?«

»Ja.« Wieder schmatzte die Pfeife. »Sie lernen, Henning. In La Harb waren sie ein ungeordneter Haufen Ungeheuer, jetzt sind sie unterteilt und organisiert. Lizzy hatte vierundzwanzig Jundar bei sich, genau so groß war ihre Mannschaft auf der *Geist der Dornen*.«

»Du glaubst, Lizzy hat sie angeführt?«

»Den Jundartrupp mit Sicherheit. Ich sage dir: Sie lernen von den Befallenen. Sie übernehmen die Denkweisen oder wie man das auch immer nennen will.« Er zog geräuschvoll Rotz hoch. »Und sie werden Tannrein belagern, so viel ist sicher. Das wird eine Invasion, wie wir sie nie zuvor gesehen haben.«

»Deswegen sind wir ja hier: um den Wahnsinn zu stoppen.« Henning kam sich bei diesen Worten so unbedeutend vor, so lächerlich. Wer waren sie, die Welt zu retten?

Zu seiner Verwunderung sagte Thevs: »Verzage nicht, Neffe! Alles ist möglich! Leyna ist der Schlüssel.«

»Leyna, Leyna, Leyna! Wie soll sie bitte eine Horde Monster besiegen? Und wie Lizzy heilen? Sie hat es vergeblich in La Harb bei ihrem Vater versucht. Ich war dabei! Es war aussichtslos, Thevs.«

»Damals vielleicht, aber nicht heute. Sie wird mit jeder Erfahrung stärker und klüger.«

»Und woher willst du das wissen? Hörst du auch Stimmen, die dir das zuflüstern?«

Der Wanderfalke schüttelte den Kopf. »Ich spüre es einfach. Es sind Träume, Visionen, die mich manchmal heimsuchen. So habe ich auch von Lizzy als Jundar geträumt. Und dann habe ich die Gerüchte von der fahlen Frau gehört und mich sofort auf den Weg hierher gemacht.«

»Und dein Boot? Und deine Mannschaft? Und wer sind überhaupt die Leute hier?«

»Einige sind von Lizzys Mannschaft, die mich bei der Suche begleiten. Der Rest sind Leute von hier, die sich im Tempel versteckt hatten. Die Jundar wagen sich nicht hierher. Ich vermute, die Marasz haben die Tempel mit Magie versehen. Es gibt Legenden über die Tempel, dass einem dort nichts Schlimmes widerfahre. So grausig und brachial sie aussehen, sind sie doch jahrhundertelang eine Zuflucht für Reisende gewesen, bis die Marasz verschwanden. Und meine Leute ... die ließ ich bei meinem letzten Besuch auf den Inseln, damit sie beim Wiederaufbau helfen. Meine Suche nach Lizzy ist ganz allein meine Sache, nicht die der Fratera.«

Henning schwieg daraufhin einige Zeit, bis er fragte: »Hast du auch von Kea geträumt?«

»Nein, warum?«

»Weil Nante glaubt, sie wäre die fahle Frau. Er hat sie in eigenen Visionen gesehen, die er mit mir und Leyna geteilt hat. Es war grausig, das sag ich dir.«

Thevs schluckte hart. »Das wäre es auch. Kea ... bei der Mutter See. Allein die Vorstellung!« Er rieb sich mit der Hand über das müde Gesicht. »In welche Gezeiten sind wir da nur hineingeraten, Henning?«

»Das frag ich mich auch.« Er atmete tief durch. »Und jetzt? Wie gehts weiter?«

»Liegt eigentlich auf der Hand, oder?«

»Wir müssen nach Tannrein und Leyna und Nante finden.«

»Dann kann sie Lizzy heilen, und danach wissen wir vielleicht sogar mehr über die Jundar. Wie sie denken, wie sie agieren, wo ihre Schwachstellen sind.«

Henning widersprach nicht, auch wenn er Letzteres für

sehr unwahrscheinlich hielt. »Und wir können den oder die restlichen Seelensplitter suchen.«

»Wo vermutest du sie?«

»Unter der Feste. Irgendwo in den Katakomben, wo die Jundar einst erschaffen worden sind.«

»Klingt nach einem Plan.« Thevs lächelte. »Ich würde sagen, wir brechen im Morgengrauen auf.«

»Und was ist mit Lizzy?«

»Was soll mit ihr sein? Wir nehmen sie mit.«

Henning furchte die Stirn. »In diesem Zustand? Wie stellst du dir das vor? Soll sie in Ketten neben uns hertrotten?«

»Nein. Wir packen den Käfig auf einen Karren und fahren los. Den Karren haben wir schon gebaut. Steht gut verborgen oben am Hain.«

Hennings Stirn furchte sich tiefer. »Einen Karren? Ernsthaft?«

»Na klar. Du bist nicht der Einzige, der sich verkleiden kann.«

»Und als was willst du deine Truppe hier verkleiden? Als Wegelagerer?«

Thevs grinste. »Hat dir schon mal jemand gesagt, dass du ganz nach deinem Vater kommst? Der hatte auch immer so einen schnippischen Tonfall drauf.«

»Und womit? Mit Recht. Also: Als was willst du uns verkleiden?«

Ein schelmisches Lächeln huschte über das Gesicht seines Onkels. »Als fahrendes Volk natürlich. Ich an deiner Stelle würde daher schon mal meine Stimme ölen. Ab morgen reisen wir als Kasai nach Tannrein.« Er erhob die Stimme und sang ein altes Kinderlied, das jeder kannte:

»Wir malen uns die G'sichter an! Kasaiaiaiai.
Wir fahren raus bis Silberran! Kasaiaiaiai.

Dort singen wir mit viel Elan! Kasaiaiaiai.
Vom Leben und 'nem Lebertran! *Kasaiaiaiai!*«

Der Wanderfalke warf die Hände in die Luft, lachte irre, trommelte Henning auf die Schultern und verschwand dann im Inneren des Tempels, während er wieder mit der Strophe begann, nur leiser diesmal.

Henning blickte seinem Onkel hinterher und wusste nicht, ob er lachen oder weinen sollte. Was war aus ihnen allen geworden? Ein irrer Kasai. Eine mutierte Bestie. Eine verbrannte Hexe. Ein verfluchter Pirat. Sie sollten lieber als Absurditätenkabinett auf Reisen gehen und auftreten. Damit hätten sie vermutlich bessere Aussichten auf Erfolg als mit ihrer wahnsinnigen Idee, die Südmark zu retten. Aber die Dinge waren, wie sie waren, und so brach Henning im Morgengrauen mit seinem Onkel und dessen Gefolge auf, den breitkrempigen Hut auf dem Haupt und die graue Hündin an seiner Seite.

Vier unspektakuläre Tage vergingen. So wie die Südmark in Regen und Nebel gehüllt war, so waren es auch die Gedanken ihrer Gesellschaft. Die meiste Zeit trotteten sie schweigend neben dem Karren her, den zwei Esel zogen. Die waren störrisch, blieben regelmäßig stehen und wollten nicht weiter. Thevs lockte sie dann mit einer Möhre, und wenn das nicht half, mit einem energischen Klaps aufs Hinterteil. Die Esel taten Henning leid, denn der Weg war aufgeweicht und morastig und die Räder schmal, und obwohl sie auf die Handelsstraße gewechselt waren, um überhaupt voranzukommen, schien es nicht besser zu werden. Er fragte sich, wie es Lizzy dabei ging. Die hockte in der Dunkelheit des Käfigs, und ab und an meinte er, eines ihrer schaurigen Augen hinter einem Luftloch aufblitzen zu sehen.

Sonst geschah nichts.

Sie begegneten weder Jundar noch Soldaten und auch keinen Flüchtenden. Die Südmark schien wie leer gefegt, nur Wiese, Feld und Wald, getaucht in Trostlosigkeit. Nicht einmal Vögel oder andere Tiere fielen ihm auf.

Am Morgen des fünften Tages tat sich dann doch etwas: Aus dem Dunst am Wegrand schälte sich eine Statue. Mindestens zehn Fuß war die Dame groß, aus dunklem Granit und fein ausgearbeitet. Sie zeigte die Straße gen Westen, einen freudigen Ausdruck auf dem Gesicht.

Waldfried, einer der Südländer aus dem Tempel, ging vor ihr in die Knie und berührte mit den Lippen den leicht vorgestreckten Schuh der Statue. Die steinerne Kappe war abgewetzt und glänzte wie poliert.

»Wofür ist das?«, fragte Thevs neugierig.

»Es bringt Glück.« Der Südländer blickte zum Gesicht der Statue empor. »Es ist die heilige Erna, die Schutzpatronin der Reisenden im Süden. Der Volksmund sagt, dass einem nichts Böses widerfährt, wenn man ihren linken Fuß küsst, sobald man ihr begegnet.«

»Also gibt es davon mehrere im Süden?«

»Jede Menge. Sie stehen an den Hauptstraßen vor größeren Städten und weisen den Weg. Wir müssten gegen Mittag Tannrein erreichen.«

»Das ist gut.« Thevs wischte sich Regen von der Stirn. »Langsam hab ich nämlich das Gelaufe satt. Ich bin einfach nicht fürs Land gemacht.«

»Wem sagst du das.« Henning besah sich die Statue genauer. Eigentlich hielt er nichts von Aberglaube, aber Glück konnte er gebrauchen, am besten einen ganzen Sack voll, und so ging auch er in die Knie und küsste den Stiefel.

Waldfried lächelte zufrieden. »Du wirst es nicht bereuen.«

»Hoffen wir's. Schaden wird es wahrscheinlich nicht.«

Mit dem Geschmack von Regen und Stein auf den Lippen ging er weiter.

Einmal rasteten sie noch im Schutz einer gewaltigen herbstfarbenen Eiche, die ihre Äste über die Straße reckte. Es war an der Zeit, dass Thevs Lizzy etwas zu essen brachte – besser gesagt, ihr in den Käfig warf. Sie stürzte sich sofort auf die Karotten und das Trockenfleisch und schlang alles hinunter. Wie in den Tagen zuvor sah Thevs dabei zu, ein feuchtes Glitzern in den Augen.

Henning hütete sich, einen Kommentar von sich zu geben. Am ersten Tag hatte er es gewagt und gesagt, sie sei nur noch ein Tier, doch Thevs wollte das nicht hören. »Siehst du nicht den Funken Menschlichkeit in ihren Augen?« Sah er nicht. Er sah nur Hass und Wut und Animalisches, und so behielt er seine Meinung für sich und hörte sich nur das Zischen und Grollen an, das aus dem Käfig drang. Nichts davon gefiel ihm.

Gestärkt verließen sie wenig später den Schutz der Eiche und setzten ihren Weg fort. Die Straße, mittlerweile von hüfthohen Steinmauern abgegrenzt, schlängelte sich über weite Felder und zuletzt durch ein Waldstück. An dessen Ende blieb die Reisegesellschaft abermals stehen.

Vor ihnen in der Ferne lag Tannrein. Die Zitzen ragten wirklich wie der Busen einer liegenden Frau in den Himmel, waren jedoch nur als Schemen zu erkennen. Deutlicher war das gewaltige Gebilde zu sehen, fahl und breit, das sich wie eine in Wolken gehüllte Rampe vor der Stadt aufschichtete und den Talister aufstaute. Große Flächen standen bereits unter Wasser.

»Ist das ein Damm?«, fragte Henning grimmig.

Thevs schluckte. »Sieht so aus. Wahnsinn, wie groß er ist. Bei der Mutter See, die Jundar müssen kurz vor der Invasion stehen.«

Henning musterte seinen Onkel von der Seite. »Kommt nicht ganz überraschend.«

»Na ja ... dass sie einen Damm bauen, um die Stadt zu fluten, hätte ich nicht gedacht. Einen Damm!«

»Was hast du erwartet? Sonnenschein und holde Maiden in den Wiesen?«

Der Kommentar ließ Thevs zornig werden. »Pass auf, dass du nicht verbitterst!«

»Ich?! Bemerkst du überhaupt noch was, Thevs? Hast du noch einen Funken Gespür für die Realität? Dass du mit beiden Beinen fest auf den Planken stehst, hab ich mein ganzes Leben lang an dir beneidet, aber schau dich an! Was ist aus dem Wanderfalken geworden?«

Thevs kam ganz nah an ihn heran. »Ich bin ganz Ohr?«

»Das wäre das erste Mal seit Tagen. Aber ich will's dir sagen: Ein verblendeter Träumer bist du geworden, der die Augen vor der Wahrheit verschließt. Glaubst du wirklich, Leyna kann Lizzy retten? Schau sie dir an!« Er deutete auf den Käfig. »Jedes Mal, wenn du die Klappe öffnest, versucht sie, dir die Kehle rauszureißen, und du redest von *menschlich!* Wach auf! Da lässt sich nichts mehr retten. Wahrscheinlich genauso wenig wie bei Tannrein. Schau dir den Damm an! Dort wimmelt es vor Jundar, und sie können beliebig über den Talister Nachschub holen. Sie ziehen sich den Nachwuchs in den überschwemmten Gebieten. Das ist Wahnsinn, Thevs! Früher oder später fällt die Stadt, sie kann sich unmöglich auf Dauer gegen die Jundar verteidigen. Und was mich angeht: Ich habe einen verdammten Fluch auf meiner Schulter sitzen. Glaubst du, der lässt mich freudig ein Liedchen trällern?«

Thevs' Mundwinkel zuckten, doch er sagte nichts. Mit einem Ruck wandte er sich ab und rief: »Los! Wir fahren weiter! Auf nach Tannrein!« Dabei gab er einem der Esel einen Klaps und rief »Hooo!«

Henning trat kopfschüttelnd zur Seite und ließ den Wagen passieren, bevor er ihm resignierend folgte. Er hatte sich so über das Wiedersehen mit Thevs gefreut, aber sein Onkel war nicht mehr der Alte, seit er Lizzy gefunden hatte. Der Wanderfalke war nur noch ein Schatten seiner selbst, getrieben von falscher Hoffnung.

Henning glaubte nicht, dass Leyna in der Hinsicht irgendetwas ausrichten konnte. Sie vermochte mittlerweile dank Ilkas Büchlein vieles, aber eine Bestie in einen Menschen verwandeln? Wie war Lizzy überhaupt dazu geworden? Er sah nirgends einen violetten Glibber an ihr, der die mutierten Tiere und Regenmacher befallen hatte. War vielleicht einer der Parasiten *in* sie hineingekrochen? Die Vorstellung ließ ihn erschaudern und den Rest des Wegs mit gesenktem Kopf dahintrotten. Nicht einmal Reyna, die sich zu ihm gesellte, konnte ihn erheitern.

So ging es vorwärts, bis sie schließlich von Süden her Tannrein erreichten. Normalerweise ständen auf dem Vorplatz vor dem Südtor Buden und Zelte für diejenigen, die die Nächte nicht in der Stadt verbringen konnten, hatte Waldfried erwähnt, doch die Wiese war reiner Morast. Zerbrochene Wagenräder, Speichen und Ausrüstungsteile lagen in braunen Pfützen. Das Stadttor, einen Steinwurf entfernt, war trotz der Tageszeit geschlossen. Zig Soldaten standen mit Lanzen, Speeren und Armbrüsten auf den wuchtigen Mauern und spähten argwöhnisch herab.

Einer von ihnen, ein Glatzkopf, beugte sich weit über die Zinnen und rief: »Zieht weiter! Die Stadt ist voll.«

»Voll womit?«, rief Thevs zurück. »Mit Regen? Sicherlich. Mit Kasai, die Hoffnung spenden? Sicherlich nicht.«

Der Glatzkopf blieb unbeeindruckt. »Auch Buntgesichter wollen fressen, saufen und irgendwo an einem Feuer nächtigen. Zieht weiter! Am besten in den Süden, weit weg von jedem Fluss.«

»Sicher ein gut gemeinter Rat, mein Freund, aber wir kommen von weit her, haben zahllosen Gefahren getrotzt, sind durchnässt und in der Tat hungrig. Aber dafür haben wir bare Münze!« Thevs hob ein Säcklein hoch und drückte es mit den Fingern, sodass man das Knirschen von Münzen hören konnte.

Der Glatzkopf betrachtete sie noch einige Zeit, dann verschwand er hinter der Mauer, vermutlich um sich mit anderen zu beratschlagen. Henning ahnte, wie es ausgehen würde. Es war hier wie überall: Wenn man genug Gold lockermachte, bekam man alles. Früher war das anders gewesen, wenn man den Geschichten glauben mochte. Als vor der Exilierung der Magiebegabten überall auf dem Kontinent Kriege tobten, waren die Soldaten noch Soldaten gewesen, direkt, schroff und ohne Gnade. Sie hätten die Tore niemals geöffnet, wenn der Befehl lautete, sie geschlossen zu halten, aber heute …

Und tatsächlich knarrte eine schmale Tür im Tor, und der Glatzkopf trat heraus. Mit grimmiger Miene stapfte er durch den Morast zu ihnen. »Wehe, es lohnt sich nicht!«, drohte er schon im Voraus.

»Es wird sich lohnen, mein Freund.« Thevs lächelte einnehmend, plötzlich wieder ganz der alte Schmuggler. »Komm! Du kannst dich selbst davon überzeugen.« Er reichte dem Kerl das Säcklein. Der wog es in der Hand, schürzte zufrieden die Lippen und löste das Bändchen. Seine Finger kramten in den Münzen herum und zogen ein paar hervor. Henning sah Silber glänzen.

»Einen Silberthaler für jeden von uns«, bot der Wanderfalke ganz geschäftsmäßig an. »Dafür dürfen wir unseren

Karren mit unserem Hab und Gut mit in die Stadt nehmen.« Den Käfig hatten sie vorher verhängt, mit weiteren Brettern verkleidet und mit ein paar Fratzen bemalt. Er sah so tatsächlich wie ein Wagen der Kasai aus.

Der Glatzkopf zählte schnell durch. In seinen Augen glänzte es ebenso silbern wie in seinen Fingern. »Und was ist mit den Eseln? Auch die fressen und scheißen …«

Thevs tat empört. »Die sind genügsam. Wir haben Heu für sie dabei.«

»Und doch *leben* sie.«

Der Wanderfalke furchte die Stirn. »Ihr seid ein gieriger Mann, mein Freund. Was stellt Ihr Euch für die Esel vor?«

»Einen Silberthaler – für beide.«

Der Preis war Wucher, aber Thevs nickte nach langem Überlegen. »Abgemacht!« Er besiegelte den Handel mit einem Handschlag und rief Waldfried zu, dass sie passieren konnten, als ein Poltern aus dem Käfig drang.

Sofort lag die Hand des Soldaten auf dem Schwertknauf. Regen rann ihm über die Glatze. »Was war das? Was habt ihr da geladen?«

»Nur unsere Ausrüstung. Musikinstrumente, Farben, etwas Requisiten für den Auftritt. Wir haben alles in den Aufbau gepackt, damit nichts nass wird. Allein die Vorstellung aufgeweichter Lauten – der Horror.«

Die Erklärung schien den Soldaten zu besänftigen, und was ging es ihn auch an, wenn man dafür Silber bekam, aber dann kreischte Lizzy zornig, und der Kerl wich angsterfüllt zurück. Sein Schwert sprang ihm in die Finger.

»Zeigt die Ladung!«, befahl er. »Oder ihr könnt von mir aus hier ersaufen.«

Thevs' Kaumuskeln tanzten. »Mein Freund …«

»Nicht *mein Freund!* Aufmachen oder verschwinden, Buntgesichter!«

Henning trat zwischen die beiden und hob beschwichtigend die Hände. »Können wir uns in Ruhe unterhalten?«

Der Soldat zögerte. »Bleib, wo du bist, Wanderer!«

Er wollte nach seinen Kameraden rufen, doch Henning schüttelte den Kopf. »Du brauchst vor uns keine Angst zu haben«, sagte er ruhig. »Wir sind im Auftrag der Ratsherrin Rosa unterwegs.«

»Der Ratsherrin?« Verwirrung huschte über sein Gesicht. »Was hat die Ratsherrin mit Kasai zu schaffen?«

»Nichts, denn wir sind keine.« Henning lächelte milde. »Es war nur eine Lüge, um in die Stadt zu kommen.«

Die Blicke des Soldaten flogen zwischen ihnen hin und her und zuckten gelegentlich zum Käfig. »Und was ist dann wirklich euer Auftrag?«

Henning trat näher und flüsterte: »Die fahle Frau zu fangen.«

Der Glatzkopf bekam riesige Augen. »Die fahle Frau!« Er starrte den Karren an und schluckte hart. »Euer Ernst?«

»Durchaus. Wir konnten sie nahe der Tempel der Marasz überwältigen und einsperren.«

»Henning...«

»Nicht jetzt, Onkel! Also noch einmal, damit Ihr das auch verstanden habt: Die Ratsherrin wollte, dass wir die fahle Frau fangen und in die Stadt bringen. Vielleicht können wir so Tannrein retten, indem wir sie gegen Frieden eintauschen. Versteht Ihr? Ein Handel.«

Der Soldat überlegte fieberhaft, ob er das glauben sollte. Schließlich fragte er: »Darf ich die fahle Frau sehen?«

Thevs wollte widersprechen, doch Henning brachte seinen Onkel mit einem scharfen Blick zum Schweigen. »Natürlich. Aber seid vorsichtig, damit sie Euch nicht die Kehle herausreißt.« Henning führte ihn zur Rückseite, hob die Abdeckung hoch und öffnete eine der Klappen.

Der Soldat zitterte sichtlich, als Lizzys Hände zum Vorschein kamen und ihre Augen zornig im Halbdunkel des Käfigs blitzten.

»Und die Ratsherrin Rosa hat das beauftragt, sagt Ihr?«

»Genau die. Kennt Ihr sie? Etwa Ende vierzig, Anfang fünfzig, reicht mir knapp bis zur Schulter, dunkelbraunes Haar. Eine nette Frau. Ihr könnt Sie holen lassen, wenn Ihr wollt.«

»Nein, nein, schon gut. Wenn das so ist.« Er verbeugte sich und entfernte sich rückwärts zum Tor, den Blick auf den Käfig gerichtet. Seine Fußstapfen füllten sich mit Regen.

»Bist du des Wahnsinns!«, zischte Thevs, als der Soldat das Tor erreichte und seinen Kameraden zurief, sie sollten es öffnen. »Jetzt weiß es beim nächsten Glockenschlag die ganze Stadt.«

»Na und? Hauptsache wir kommen hinein, Lizzy eingeschlossen.«

Thevs wollte widersprechen, doch das Tor knarrte laut und öffnete sich. Mindestens drei Dutzend Soldaten schoben die schweren eisenbeschlagenen Flügel aus Eisentannenholz auf. Dann zogen sie Armbrüste unter den Mänteln hervor und richteten sie in zwei Reihen auf den Trupp. Der Glatzkopf erschien dahinter und rief: »Ratsherrin Rosa wurde vor drei Tagen eingesperrt. Ich sah, wie sie in Ketten in die Stadt gebracht wurde. Lügner seid ihr also, elende Lügner. Ergebt euch, oder wir machen kurzen Prozess mit euch!«

Thevs schloss die Augen und stöhnte. »Großartig gemacht, Neffe! Und jetzt sag mir, wer hier der Träumer ist.«

Kapitel 26

Südmark, Feste Tannrein

Acht Mitglieder der Königsgarde standen im Turmgemach des Königs Wache, zwei weitere vor der Tür. Ein Feuer prasselte im Kamin und erfüllte das Zimmer mit behaglicher Wärme. In einer Räucherschale neben dem Himmelbett schwelte getrockneter Beifuß, der eine milde Würzigkeit verströmte; das Räucherwerk sollte bei Atembeschwerden helfen. Entzündet hatte es der Medicus des Königs, der schweigend neben dem Bett stand, die Hände in den weiten Ärmeln seiner Robe verborgen, und Leyna und Nante argwöhnisch anschaute. Seine Majestät saß unter den indigofarbenen Baldachinen, in die mit Goldfaden Sonne, Mond und Sterne sowie die Augen der alten Götter gestickt worden waren. Kissen voller Daunenfedern stützten ihn im Rücken. Sein Gesicht war blass, die Augenpartien dunkel umrandet, das Weiß der Augäpfel von Blut gefleckt. Aber er lebte und nippte an einem Becher Quellwasser. Als er getrunken und den Becher dem Medicus gereicht hatte, wandte er sich endlich Leyna und Nante zu, die er am Tag nach seiner Rettung zu sich gerufen hatte.

Leyna wollte im ersten Moment knicksen, wie sie es gegenüber Würdenträgern aus La Harb gewohnt war, erinnerte sich dann aber ihrer Position – Matronin und Heldin aus La Harb, Lebensretterin, Gezeichnete – und beließ es bei einem Neigen des Haupts.

Seine Majestät schien das nicht zu brüskieren. Er musterte sie mit einer Mischung aus Neugierde, Argwohn und Ekel von oben bis unten, betrachtete Nante deutlich kürzer und fragte dann mit krähender Stimme: »Ihr seid also wahrlich die Hexe aus La Harb?«

»Leyna«, erwiderte sie doch ein wenig unterwürfig. »Mein Name ist Leyna, aber ja, manche nennen mich Hexe, wobei ich mich als Heilerin verstehe. Zudem nennt man mich Matronin der Gilde der Zeichen.«

Der Medicus brummte: »Heilerin ...«

Doch Seine Majestät nickte. »Sehr viele Titel und Namen, die Ihr da tragt, Matronin.« Dass er sie Matronin nannte, war womöglich ein gutes Zeichen.

»Die ich mir nicht alle ausgesucht habe, Eure Majestät.« Sie lächelte milde. »Erlaubt mir die Frage: Wie geht es Euch und Eurem Hals?«

Sein Blick verdüsterte sich. »Ich kann atmen, aber es brennt bei jedem Atemzug, als hätte ich flüssiges Feuer geschluckt.«

»Das war zu erwarten. Leider wird Euch das Brennen noch einige Tage begleiten. Der flüssige Galgen lässt das Gewebe anschwellen. Ich konnte das Fortschreiten zwar eindämmen, aber nun muss Euer Körper den Rest tun. Schont Euch, trinkt viel Wasser, am besten warm und gewürzt mit Salbei oder Kamille. Bei Eurem Medicus seid Ihr sicherlich in besten Händen.« Sie nickte dem Herrn zu, der sie nur unter zusammengezogenen Augenbrauen anfunkelte, als wäre sie die Pest in Person.

Der König seufzte. »Das bin ich wahrlich, und doch hätte er mich nicht vor der Wächterin bewahren können. Sagt, Matronin, wie habt Ihr das vollbracht? Meines Wissens nach ist der Galgen nur mit Bilsenkrautsamen zu überstehen. Ihr aber habt ... Licht und Schatten gewirkt. Sind es die dunklen Künste einer Hexe, die mich am Leben halten?«

Leyna schüttelte den Kopf. »Keine dunklen Künste, Eure Majestät, aber Magie war durchaus im Spiel.«

Wieder brummte der Medicus: »Also doch dunkle Künste.«

»Nein, Medicus. Magie an sich ist nicht böse. Die Frage ist, wofür man sie einsetzt.«

»Wie ein Messer«, schob Nante hinterher. »Ihr könnt damit arbeiten und Gutes tun, aber Ihr könnt damit auch jemanden umbringen.«

Der König betrachtete Nante ausgiebiger. »Seid Ihr dieser Henning? Ehrenbürger Westends? Ich las in einer Korrespondenz davon. Eigentlich ein Unding, dass man einen Piraten zum Ehrenbürger erklärt, aber es ist ja nicht mein Reich, in dem das geschehen ist.«

»Wohl zu meinem Glück.« Nante grinste. »Aber ich bin auch nicht Henning, sondern sein Bruder.«

»Auch ein Fratera.«

»Durch und durch, Eure Majestät.«

Der König schnaubte fast belustigt. »Eine Hexe und ein Fratera, und beiden habe ich mein Leben zu verdanken. Ihr wisst, dass Ihr meinen Gesetzen nach an den Galgen gehört?«

»Durchaus«, sagte Nante.

»Das dachte ich mir fast. Die Frage ist nur: Sehe ich in Eurem Fall darüber hinweg, obwohl man Euch zaubern gesehen hat? Ihr kennt vermutlich meinen Ruf, dass ich Magie verabscheue. Wie also soll ich nun handeln, ohne meine Glaubwürdigkeit zu verlieren?«

»Nun, Majestät«, sagte Nante. »Ihr stellt die Frage falsch.«

Der König hob eine Augenbraue. »Wie würdet Ihr sie stellen, *Schmuggler?*«

»Ganz einfach: Wie würdet Ihr dem Herzen nach handeln?«

Dem Herzen nach…

Die Worte hingen wie der Beifußrauch in der Luft des Gemachs, und Leyna wusste nicht, ob sie wohltaten oder nicht.

Der König seufzte tief und wandte sich wieder Leyna zu. »Was verschlägt Euch hierher, Matronin? Sicher nicht der Zufall.«

»Die Jundar.«

Seine dunklen Augen blitzten. »Die Ihr in La Harb besiegtet, wenn man den Geschichten und Briefen aus Westend glauben mag.«

»Die Ihr glauben könnt, Eure Majestät.« Leyna neigte das Haupt. »Und deswegen sind wir hier: Eine Delegation kam zu uns nach Lensend und bat uns zu helfen.«

»Eine Delegation aus Tannrein?« Ärger huschte über sein Gesicht. »War es mein verdammtes Weib, das nach Euch rufen ließ?«

»Das müsst Ihr uns sagen. Zu uns kam die Ratsherrin Rosa mit einigen Getreuen. Sie hatten Angst um Tannrein und die Südmark.«

Der König schnaubte. »Die Ratsherrin Rosa… das sieht ihr ähnlich. Noch nie hat sie mir zugetraut, dass ich die Dinge regle. Immer schießt sie quer.«

»Offensichtlich eine weise Frau«, warf Nante ein.

Ärger loderte im Blick des Königs auf. »Nehmt den Mund nicht zu voll, Schmuggler, oder Ihr stürzt noch heute mit einem Strick um Euren Hals aus diesem Turm!«

Nante wollte erneut etwas erwidern, doch Leyna kam ihm zuvor: »Mit Verlaub, Eure Majestät, wir zweifeln nicht an Euren Fähigkeiten. Ihr seid als konsequenter Mann voller Tatendrang bekannt. Und als Gegner von Magie. Und doch kamen wir auf die Bitte der Delegation hierher, um Euch unsere Hilfe anzubieten. Wie Ihr es richtig gesagt habt: Wir haben die Jundar schon einmal besiegt. Wir können es ein zweites Mal. Außerdem glauben wir, dass sie es auf magische Kristalle abgesehen haben, die höchstwahrscheinlich hier in der Burg lagern.«

»Tief in den Katakomben, wo Ives die Jundar einst erschuf«, fügte Nante hinzu.

Der König sah zwischen ihnen hin und her. »Magische Kristalle hier in der Feste?«

»Durchaus. Die Südmark war einst eine Hochburg der Magie.«

»Weswegen genügend Kriege geführt wurden! Nicht umsonst hat man die Magie verboten und alle Zauberkundigen ins Exil geschickt!« Trotz seines wunden Halses war seine Stimme erstaunlich laut geworden, doch die Kraft verließ den König genauso schnell wieder, und er sagte leise: »Die Südmark braucht keine Hilfe einer Hexe, Matronin. Wir werden das Übel selbst besiegen.«

»Aber ...«

Er hob herrisch die Hand, was sie verstummen ließ. »Lasst gut sein!«

Er wandte sich an seinen Medicus und verlangte nach Wasser. Als er ausgiebig getrunken hatte, betrachtete er einige Zeit seine Finger, bevor sein Blick wieder zu Leyna und Nante hochkam.

»Ich habe mich entschieden«, sagte er.

Leynas Herz pochte schneller. Würde er ihnen jetzt doch Stricke um die Hälse legen? War der Mann so verblendet von Hass und Tradition?

Sein Mund öffnete sich, und eine Überraschung kam heraus: »Ihr dürft gehen«, sagte er. »Ihr versichere Euch freies Geleit bis Westend. Seht es als Dank für mein Leben. Eine meiner Truppen wird für Eure Sicherheit sorgen, aber« – er hob den Zeigefinger – »Ihr werdet noch heute aufbrechen. Tannrein braucht Euch und Eure Künste nicht.«

Leyna wollte es nicht glauben. »Also sterbt Ihr lieber? Wofür habe ich Euch eigentlich das Leben gerettet?«

Zorn blitzte in seinen Augen. »Hütet Eure Zunge, Matronin, sonst vergesse ich meine Dankbarkeit. Und nun hinaus! Ich habe an meinem Verteidigungsplan der Stadt zu arbeiten! Denn sterben wird hier niemand – außer diese Geschöpfe der Unterwelt.«

Und damit war alles gesagt. Vier Leibgardisten führten Leyna und Nante aus dem beifußschwangeren Gemach und ausgetretene Stufen hinab bis zum Burghof. Feuchtkalter Regen empfing sie. Er schmeckte sauer auf der Zunge. Der Himmel war grau und hing so tief, dass man ihn fast mit den Händen greifen konnte.

Zwei Gardisten blieben am Ausgang des Königsturms zurück, die anderen geleiteten sie über den Burghof zu einem unscheinbaren Nebengebäude. In dem hatten sie die Nacht verbracht. *Eine verschwendete Nacht*, wie Leyna bitter feststellte. *Wie kann man nur so engstirnig sein und Hilfe ablehnen*? Sie würde es nie verstehen.

Einer der Gardisten öffnete ihnen und führte sie in einen leeren Bankettsaal. »Wartet hier! Man wird euch holen.« Dann verließen die beiden Soldaten mit ihren blau-weißen Umhängen den Saal. Das Poltern der Tür hallte nach.

Leyna sank auf einen der vielen freien Stühle. »Bei der Mutter See!« Sie seufzte, wie Henning es gern tat. »Wie dumm kann man sein?«

»Dumm genug, uns gehen zu lassen.« Nante besah sich sogleich die Tür. »Nicht einmal verriegelt«, murmelte er, und mit einem Klacken sprang sie auf. »Wollen wir? Auf *Geleit* kann ich herzlichst verzichten.«

Leyna rührte sich nicht. Sie war plötzlich so müde. »Und dann?«, fragte sie matt. »Willst du zurück in die Gassen und nach einer Bleibe suchen?«

»Warum nicht? Eine *Hexe* und ein *Pirat* gehören nun mal in die Gosse zum Gesinde.« Er lächelte breit. »Oder hast du eine bessere Idee?«

Sie zögerte, dann schüttelte sie den Kopf.

Ihm war der kurze Moment nicht entgangen. »Was?«, fragte er neugierig. »Was hast du eben gedacht?«

»Ob wir uns nicht wirklich nach Westend geleiten lassen sollen. Warum jemandem helfen, der die Hilfe nicht will? Henning hatte recht: Wir hätten einfach in Lensend bleiben sollen.«

»Du vergisst den Töter.«

»Nein. Genauso wenig wie die ganzen Tannreiner, die wegen der Dummheit eines Mannes sterben werden.« Leyna erhob sich. »Der König mag vielleicht keine Hilfe annehmen, aber die Leute werden es.«

»Und ich auch.«

Leyna und Nante fuhren herum. Eine Wandvertäfelung war zur Seite geklappt und offenbarte einen dunklen Flur, in dem eine Kerze brannte. Eine schlanke Frau in schwarzen Gewändern trat aus dem Gang. Sie war vielleicht Ende dreißig, aber schon vollständig ergraut. Mit dem dunklen Kleid, dem Überwurf, den dunklen Handschuhen und den Stiefeln wirkte sie irgendwie erhaben, als schwebe sie über den Dingen.

»Wer seid Ihr?«, wollte Leyna wissen. Sie hatte eine Hand erhoben, um sofort ein Schutzzeichen in die Lüfte zeichnen zu können.

»Keine Blinde«, sagte die Frau. »Jemand, der erkannt hat, dass der Stolz eines Mannes tausende das Leben kosten wird.«

Da dämmerte es Leyna. »Eure Majestät!«

Ein Lächeln huschte über harte Gesichtszüge, und die Königin neigte andeutungsweise das Haupt. »Matronin.« Dann zeigte sie in den Geheimgang hinter ihr. »Würdet Ihr mir folgen?«

Nante trat an Leynas Seite. »Warum sollten wir?«

»Weil Ihr nicht so naiv seid und glaubt, dass die Eskorte meines Mannes Euch wohlbehalten in Westend abliefern wird. Und die Gosse ... wie wollt Ihr dort Eure Zaubersteine finden, die angeblich unter meiner Burg lagern?«

Leyna bekam große Augen. »Ihr habt uns belauscht.«

Ihre Majestät lachte. »Ach, wie putzig! Natürlich habe ich Euch belauscht. Ich höre jedes Wort, das in dieser Burg gesprochen wird. Also: Folgt mir!«

Leyna trat auf die Königin zu. »Das klingt ja alles ganz nett, aber warum sollten wir *Euch* vertrauen? Mir scheint, als wäre Lügen die einzige Sprache der Adeligen.«

Die Worte ließen die Königin lächeln. »Gut erkannt, Leyna aus La Harb, und sicher tut Ihr gut daran, niemandem in Tannrein zu vertrauen. Aber im Moment scheine ich Eure einzige Verbündete zu sein, eine mächtige Verbündete.« Die Königin trat geräuschlos aus dem Gang und blieb vor Leyna stehen. »Und ich habe noch ein Argument.« Ein süffisanter Zug umspielte die schmalen Lippen der Frau.

»Das wäre?«

Ihre Majestät beugte sich nah zu ihr herüber und flüsterte: »Ich bin ehrlich zu Euch.«

Leyna erwiderte den Blick. »Und was wollt Ihr mir ehrlicherweise sagen?«

»Dass Ihr die Stadt nicht lebend verlassen werdet, wenn Ihr mir nicht helft.«

Leyna wollte etwas erwidern, doch Nante lachte lauthals los, prustete ein »Sie gefallen mir!« hervor und verschwand in der Dunkelheit des Geheimgangs.

Kapitel 27

Südmark, Tannrein

Henning, Thevs und die Gesellschaft wurden von den Stadtwächtern Richtung Feste eskortiert. Immerhin waren sie *in* der Stadt, aber das war das einzig Positive, das Henning der Gesamtsituation abgewinnen konnte. Die Soldaten waren erstklassig bewaffnet, und jetzt, wo sie dem Grauen alias Lizzy direkt ins Auge geblickt hatten, umso aufmerksamer. Das galt auch für den Glatzkopf, der zwar Gold lieben mochte, aber noch mehr seine Stadt. Aufmerksam behielt er sie alle im Blick, dazu kamen vier Soldaten mit aufgezogenen Armbrüsten, die hinter ihnen herliefen. Deren Bolzen würden schnell und schonungslos ihr Ziel finden.

Henning wusste, dass er Geduld brauchte. Irgendwann ergab sich immer eine Gelegenheit zur Flucht. Das war sein ganzes Leben so gewesen, egal wie mies es ausgesehen hatte. Er musste nur auf der Hut sein und die Gelegenheit erkennen.

Thevs hingegen war völlig in sich zusammengesunken. Mit hängenden Schultern trottete er neben dem Karren her. Er wusste, dass ihre Festnahme das Todesurteil für Lizzy bedeutete, das war so sicher wie die nächste Nacht.

Der Anblick seines Onkels brach Henning das Herz, schürte aber gleichzeitig die Wut. Was war nur aus dem Wanderfalken geworden? Wie konnte *ein* Schicksalsschlag so vernichtend wirken? Galt das auch für ihn? Wenn Leyna etwas passieren würde, was dann? Wäre sie befallen worden, wäre das für den Fratera Henning Falk das Ende, oder würde das Leben weitergehen? Würde er sie erlösen und dem ein Ende machen? Er hatte darauf keine Antworten, ja, er liebte Leyna, aber er wollte sie nicht leiden sehen. Aber das hatte der Wanderfalke vermutlich auch gedacht...

»Nach links, ihr Ratten!« Zwei Soldaten waren an einer Kreuzung stehen geblieben und lenkten sie in eine breitere Querstraße. Der Karren mit Lizzy rumpelte lautstark über das Kopfsteinpflaster. Sie fauchte aus dem Käfig heraus und schlug die Fäuste gegen die nassen Bretter, doch die Soldaten ließen sich davon nicht beirren. Sie tauschten zwar Blicke aus, wichen aber nicht zur Seite.

Henning nutzte die Gelegenheit, um die Gasse zurückzublicken. Die Straße, in die sie gebogen waren, fiel hinter ihnen leicht ab. Links und rechts des Wegs waren Abflussrinnen in den Boden gegraben worden. Bäche von braunem, stinkendem Wasser rannen darin von der Burg hinab, während der Regen heftig auf die Steine trommelte. Menschen sah er nirgends.

Der heisere Ruf eines Mannes ließ ihn herumfahren. Im nächsten Moment war die Straße voller Soldaten.

Es waren noch mehr Männer der Stadtwache. Henning sah Kettenhemden, Handschuhe und gefettetes Leder. Umhänge klebten an breiten Rücken. Es waren mindestens zwanzig, die die Straße versperrten und ihren Tross zum Halten brachten. Ihr Anführer, hoch zu Ross, wischte sich das nasse Haar aus dem Gesicht.

»Wer führt den Trupp an?«, rief er. Sein Stadtwachenwappen auf der Brust war prächtig von Silberfaden eingefasst.

Der Glatzkopf trat vor. »Ich, Sir! Wir haben Gefangene für Seine Majestät. Und etwas ganz Besonderes.«

Den Soldaten schien das nicht zu interessieren. Er schaute nur kurz zum Wagen, dann wieder zum Glatzkopf. »Für Gefangene haben wir jetzt keine Zeit. Gebt mir jeden Mann, den Ihr abziehen könnt! Ein Damm beim Gerberviertel ist gebrochen. Wir brauchen jede Hand, um die Stadt zu retten!«

Der Glatzkopf wurde blass. »Greifen sie an?«

»Noch nicht, aber sicherlich bald, wenn wir den Damm nicht schließen.« Er musterte die Gefangenen, die Soldaten, und dann wählte er einfach von ihnen aus: »Du! Du! Du! Du! Du da hinten! Ja, du! Du! Du! Und du! Ihr kommt mit!«

Unschlüssig sahen die ausgewählten Soldaten drein, traten dann jedoch aus den Reihen und rotteten sich zusammen.

Der Glatzkopf schluckte. »Und wie sollen wir die Gefangenen ...«

»Ihr werdet wohl mit ein paar Frauen und Männern vom fahrenden Volk fertig, oder?«

»Ja, Sir!«

»Also.« Der Anführer wendete sein Pferd und rief mit donnernder Stimme: »Hinunter zum Fluss! Los! Los! Los!« Und schon preschte er voran, gefolgt von seinen und den neu ausgewählten Soldaten.

Der Glatzkopf blickte ihnen hinterher, bis sie verschwunden waren, bevor er sich langsam zu Henning umdrehte. »Wagt es ja nicht!«, zischte er. »Wir haben keine Scheu, zu den Waffen zu ...«

Thevs rammte ihm die gefesselten Fäuste ins Gesicht. »Ich hab auch keine Scheu«, knurrte er und trat nach. Im selben Herzschlag brach das Chaos in der Gasse los. Henning hörte, wie eine Armbrustsehne peitschte und jemand vor Schmerzen schrie. Andere zogen ihre Schwerter. Stahl sang, und Henning duckte sich unter einem miesen Hieb hindurch, schlug dem Soldaten die Fäuste an den Hals und wand ihm das Schwert aus den Fingern. Damit durchtrennte er seine Fesseln und warf sich in den Kampf. Er sah Blut und Regen, roch Leder und Angst, schmeckte Eisen und Säure. Eine von Lizzys Mannschaft stieß einem Soldaten den Daumen ins Auge, ein anderer spaltete sie dafür mit einem monströsen Hieb vom Hals bis zur Brust. Die Esel blökten vor Angst, und Lizzy im Käfig kreischte zornig.

So schnell, wie der Kampf begonnen hatte, war er vorbei. Die Soldaten der Stadtwache lagen entweder tot oder verletzt in der Gasse. Auch von ihrem Trupp hatte es einige erwischt, aber Thevs und Henning waren unverletzt, ebenso die meisten Frauen von Lizzys Mannschaft. Leider war ein Esel zusammengebrochen. Ein Bolzen hatte ihn in die Flanke getroffen. Er wimmerte herzzerreißend.

Der Glatzkopf lebte noch und drückte sich die Hand auf den Bauch. Blut quoll zwischen seinen Fingern hervor.

»Wie war das?«, schrie Thevs ihn an, immer noch voller Zorn. »Einen Silberthaler wolltet Ihr für die Esel?« Er riss das Geldsäcklein vom Gürtel des Soldaten und entnahm einen Thaler. Den stopfte er dem Kerl in den Mund. »Den werde ich Euch sogar für ein totes Tier bezahlen! *Schluckt!*«

Der Kerl würgte und blähte die Wangen. Rotz rann aus seiner Nase, doch Thevs brüllte ihn an: »SCHLUCKT!«, und der Kerl schluckte.

Und würgte. Und rang nach Atem.

Henning wandte sich ab, als dem Kerl die Augen aus den Höhlen quollen und er sich den Hals hielt, während das Blut aus seiner Bauchwunde quoll.

Als das Röcheln endlich verebbt war, wischte sich Thevs den Regen vom Gesicht und schaute kurz zu seinem Neffen, bevor er sich mit einem Ruck abwandte, um den armen Esel zu erlösen. Danach löste er das Geschirr, streichelte den Kopf des anderen Tiers und raunte ihm beruhigende Worte ins Ohr.

Henning betrachtete den toten Glatzkopf, bevor er zu seinem Onkel trat. »Hast du dich wieder besonnen, wer du bist?«

»Scheint so. Komm! Wir hauen ab, bevor sie zurückkehren.« Er legte dem Esel das zweite Geschirr um, damit dieser den Karren alleine ziehen konnte. Es würde gehen, wenn auch nicht allzu lange.

»Mit dem Karren?«, fragte Henning zweifelnd. »Glaubst du, wir kommen damit weit?«

Thevs fuhr herum. »Entweder mit oder gar nicht!« Er kraulte den Esel nochmals hinter den Ohren, bevor er ihm einen Klaps auf den Hintern gab. »Los!«, rief er. »Auf! Auf!«

Während der Karren losrumpelte, begleitet von Thevs, sah sich Henning noch einmal nach den Toten und Verwundeten um. Drei lebten noch, wenn auch schwer verletzt. »Bitte ...«, flehte einer. »Ich habe Kinder ...«

Henning seufzte und wollte etwas erwidern, doch eine Armbrust schnalzte, und ein Bolzen ragte im nächsten Moment aus dem Hals des Mannes.

Eine der Piratinnen ließ die Armbrust sinken und antwortete: »Kinder hatten unsere Leute vielleicht auch.« Sie spuckte auf ihn und lief Thevs hinterher. Auf dem Weg erlöste sie auch die beiden anderen Verwundeten mit ihrem Messer.

Henning blieb zurück, zwischen all den Toten, und fühlte sich schlecht. Sie waren hergekommen, um zu helfen, und was brachten sie? Tod und Ärger. War das der Sinn der Sache?

Er spürte Blicke auf sich. Aus den Fenstern der umliegenden Häuser musterten ihn blasse Frauen und Männer. Der Kampflärm hatte sie dazu bewegt, die Läden zu öffnen und einen Blick zu wagen.

Henning hätte gern etwas gerufen, wie: *schaut nicht so!*, doch er folgte Thevs und den anderen. Die Toten ließen sie auf der Straße liegen. Der Regen spülte das Blut bereits fort.

Sie folgten der breiteren Straße bis zur nächsten Quergasse. Dort bogen sie ab, um sich im Gewirr der Häuser Tannreins zu verlieren. Das schien zu klappen, denn bald hatte Henning keine Ahnung mehr, wo sie waren. Thevs scheinbar schon, denn er führte zielstrebig den Esel weiter und bog mal hier und mal da ab.

Als sie gerade einen Hinterhof erreicht hatten, wurde Hufgetrappel laut. Aus einer schmalen Häuserschlucht trat ein Pferd, hart am Zügel gehalten. Der Reiter war in schwarze Wolle gehüllt, Schatten verbargen sein Gesicht, aber Henning erkannte den Wallach. Es war das Tier des Anführers, der vorhin die Soldaten abkommandiert hatte.

Hennig brachte sofort sein Schwert hoch, doch der Reiter hob beschwichtigend die Hand. »Ruhig«, sagte er. »Ich will Euch nichts Böses.« Er schwang sich sogar aus dem Sattel und kam mit erhobenen Händen auf sie zu.

»Keinen Schritt weiter!«, rief die Piratin mit der Armbrust. »Oder ich spicke Euch wie eine Erntedankgans!«

Der Soldat blieb stehen. »Bitte ... ich komme als Freund.«

»Als Freund von wem?«

»Als Freund von Fratera.«

Das Wort hallte seltsam nach auf dem Hinterhof, der vom Geräusch des Regens erfüllt war.

»Wer seid Ihr?«, wollte Thevs wissen.

»Euer Stadtführer.« Der Kerl öffnete eine Satteltasche und holte eine Laterne hervor. »Jemand muss doch dafür sorgen, dass Ihr dort ankommt, wo Ihr hinsollt.«

Die Worte gefielen dem Wanderfalken nicht. Lauter und schärfer wiederholte er seine Frage: *»Wer seid Ihr?«*

Der Stadtführer seufzte. »Ein Freund, der nicht offen

reden kann.« Sein Blick glitt über die geschlossenen Fensterläden und Hausfassaden.

Henning begriff, was er meinte. »Weil Häuser Ohren haben.«

Ein Lächeln huschte über das Gesicht des Mannes. »Viele Ohren. Und noch mehr Münder, die flüstern können.« Er hob beide Hände und winkte Henning zu sich.

Der ließ das Schwert sinken und ging näher, bis er dem Kerl direkt gegenüberstand und dessen Nasenhaare sehen konnte. Ganz leise fragte er: »Wer schickt Euch?«

Der Kerl beugte sich noch näher zu ihm, eingehüllt vom Geruch nasser Wolle, und wisperte: »Ihre Majestät, die Königin.«

Kapitel 28

Südmark, Feste Tannrein

Leyna stand zusammen mit Nante vor einem breiten Bleiglasfenster und blickte hinaus in den Regen. Obwohl es erst Nachmittag war, lag die Stadt in diffuser Dunkelheit unter ihnen. Der Blick aus den Gemächern der Königin war trotzdem atemberaubend, denn das Gebäude hing über die schroffen Felsen der Zitze hinaus. Senkrecht blickte man hinunter zum Talister, horizontal über die ganze Oststadt bis hin zum Damm.

»Was glaubst du, wann sie angreifen werden?«, fragte Leyna.

»Bald«, antwortete Nante bestimmt.

»Sagt dir das dein Freund?«

Ein Nicken. »Er spürt es. Und ich spüre, dass er es spürt.« Nante lächelte matt. »Und dann werden wir endlich wissen, ob Kea für fremde Zwecke missbraucht wurde oder nicht.«

»Ich hoffe es nicht, und ich kann es mir auch einfach nicht vorstellen. Wie alt ist sie? Vierzehn, fünfzehn?«

»Fast noch ein Kind«, bestätigte Nante. »Aber sie trägt die Gabe in sich. Und was soll *Iar Jundar* sonst bedeuten?«

»Vielleicht gar nichts. Visionen müssen nicht immer wahr werden.«

»Das stimmt.« Nante blickte wieder hinaus, während Regenschlieren über das Glas rannen. »Doch bisher haben sie mich nie genarrt.«

»Dein Geist könnte dir einen Streich spielen. Ich meine, du suchst Kea seit Monaten. Du willst sie unbedingt finden, und du hoffst, dass sie lebt. Vielleicht hat sich dieser Wunsch mit deiner Vision vermischt, als ich sie sichtbar werden ließ.«

»Durchaus möglich, und doch weiß ich, dass sie irgendwo dort draußen ist. Ich weiß es einfach, Leyna! Kea lebt. Sie ist nicht gestorben.«

Er sagte es mit solcher Bestimmtheit und mit so viel Hoffnung, dass Leyna nichts erwiderte. Was auch? Sie kannte Kea Falk nicht, hatte sie nur kurz in der grausigen Vision gesehen, die sich ihr eingebrannt hatte. Die fahle Haut, die Haare voller Seetang, die knochigen, knotigen Hände, Arme und Beine.

Es pochte an der Tür, und zwei Gardisten der Königin öffneten. Zu Leynas Überraschung wurden Rosa, Endres, Artur, Gallus und Dietz hereingeführt.

Als sie Leyna entdeckten, machten sie große Augen.

Nur Endres lächelte. »Welch freudige Überraschung!« Er eilte zu ihr und ergriff ihre Hände. »Ich wusste, dass wir uns wiedersehen würden, Gezeichnete.«

»Wirklich? Ich war mir da nicht so sicher. Der Kampf im *Barbaren*…«

»Übel, ja. Und so nutzlos. Er hat Fronicka und Wendelin das Leben gekostet.«

Leyna hob die Hand zum Mund. »Das ist ja furchtbar.« Und dann klopfte ihr Herz schneller. »Und Henning. Ist er auch …«

»Nein.«

»Wo steckt er dann?«

Endres senkte den Blick. »Er ist verschwunden.«

»Wie … verschwunden?«

»Gleich in der Nacht, nachdem Ihr entkommen seid. Er

lag noch neben mir am Feuer, doch als ich das nächste Mal zu ihm blickte, war sein Schlafplatz leer.«

»Nicht Euer Ernst!«

»Leider doch. Die Soldaten, die uns im Gasthaus festgenommen haben, suchten nach ihm, aber fanden keinerlei Spuren. Es ist, als hätte er sich in Luft aufgelöst – so wie Ihr damals.«

»Was Henning aber sicherlich nicht vermag.«

Endres zuckte mit den Schultern. »Ich kann nur sagen, was ich weiß. Und das ist nicht allzu viel, wie mir erscheint. Wie seid Ihr hierhergekommen?«

»Über die Traumpfade.«

In den Augen des Alten blitzte es. »Wirklich? Davon müsst Ihr mir erzählen!«

»Gern ein andermal. Aber sagt, wie lange seid Ihr schon in Tannrein?«

»Seit drei Tagen.« Endres' Gesicht wurde lang, und er rieb sich die zitternden Hände. »Wir ritten wie die Teufel, und eigentlich dachte ich, der König würde unser Anliegen unterstützen, doch der hatte nicht einmal Zeit für eine Audienz. Seine Soldaten sperrten uns stattdessen wegen Verrats in den Kerker. Verrat! Das ist ein übler Scherz! Wir wollen helfen!«

»Was zum Glück Ihrer Majestät zu Ohren kam«, fügte Dietz hinzu. »Soldaten Ihrer Leibgarde kamen vorhin in den Kerker und haben uns befreit.«

So wie uns auch, fügte Leyna im Stillen hinzu. Die Königin musste ihre Augen und Ohren wahrlich überall haben. Und eine völlig andere Ansicht als ihr Gemahl.

»Und?«, fragte Artur, dessen Blick immer wieder zum Fenster hinaus wanderte. »Habt Ihr schon etwas gegen die Jundar bewirken können?«

»Noch nicht«, gestand Leyna. »Aber wir waren auch ...

recht beschäftigt, und jetzt warten wir erst einmal auf die Königin. Sie wollte jeden Augenblick hier sein.«

Und da ging auch schon das Portal, und Ihre Majestät schwebte herein. Sie trug noch das schwarze Gewand und zusätzlich einen silbernen Reif im grauen Haar.

Endres, Rosa, Artur, Gallus und Dietz verneigten sich augenblicklich.

»Ihre Majestät«, ergriff der Alte das Wort. »Wir stehen zu Ihren Diensten.«

»Mit Leib und Seele«, entgegnete sie. Als sie alle der Reihe nach aus kalten Augen begutachtet hatte, fragte sie: »Wo sind Walburga und ihre liebreizende Tochter?«

Endres blinzelte erstaunt. »Ihr kennt die beiden?«

»Durchaus. Sie sind getreue Dienerinnen.«

Getreue Dienerinnen, Dienerinnen, Dienerinnen…

Der Alte schluckte hörbar. »Waren, Ihre Majestät. Leider.«

Die Königin hob eine Augenbraue. »Das hört man nicht gern. Was ist ihnen widerfahren?«

»Die Tochter ereilte ein Schwerthieb«, erklärte Dietz, »und die Mutter… ja, die…«

»Gab ihr Leben für einen Fluch«, vollendete Leyna den Satz. *Getreue Dienerinnen, Dienerinnen, Dienerinnen…* Konnte es sein, dass Walburga im Auftrag der Königin gehandelt hatte? Da sich keinerlei Regung auf dem königlichen Antlitz zeigte, ahnte Leyna die Antwort. »Es geschah auf Euren Befehl, nicht?« Im nächsten Moment loderte der Zorn in ihr. »Ihr seid für den Fluch verantwortlich! Ihr habt den Töter geschickt! Was fällt…«

»Schweigt!« Die Stimme der Königin peitschte durch den Raum wie eine neunschwänzige Katze. »Ein solcher Tonfall steht Euch nicht zu, Matronin. Nicht hier!«

»Aber Euch steht es zu, über andere Leben zu entscheiden?« Leyna hatte die Hände zu Fäusten geballt. Sie spürte das magische Kribbeln, genährt vom Zorn. Es war wie damals in La Harb mit Luc Lazards – warum glaubten Adelige, über allem und jedem zu stehen? Das verfluchte blaue Blut!

Zu ihrer Überraschung seufzte die Königin. »Mir bleibt keine andere Wahl, Matronin. Mein Gemahl tut nichts. Oh ja, er will kämpfen. Er glaubt, die Stadt und die Südmark mit Stahl zu retten, aber so blind bin ich nicht. Man kann Magie nicht mit Stahl bekämpfen, sondern nur mit Magie. Und Ihr wart die Einzige, die mir in den Sinn kam, nein, Ihr seid vermutlich die Einzige auf diesem Kontinent, die etwas auszurichten vermag. Ich brauche Eure Dienste unbedingt.«

»Dann hättet einfach nett gefragt!« Die Worte kamen so bitter, und für einen Moment kämpfte Leyna mit noch bittereren Tränen, aber sie riss sich zusammen. »Ich hätte Euch gern geholfen.«

»Was keiner wissen konnte angesichts des Preises, den Ihr in La Harb bezahlt habt.« Der Zug um den Mund der Königin wurde milder. »Jetzt ist es, wie es ist, Matronin. Ich hoffe, Ihr verzeiht einer besorgten Regentin, die nur das Wohl ihrer Bürgerinnen und Bürger im Sinn hat.«

Leyna erwiderte nichts. Was blieb ihr auch anderes übrig? Wenn sich der Strick schon um den Hals zuzog, blieben wenig Alternativen, außer freiwillig zu springen …

»Wir helfen«, sagte Nante an ihrer Stelle. Dabei ergriff er Leynas Hand. »Töter hin oder her.«

Die Worte ließen die Königin erleichtert wirken. »Das freut mich zu hören. Ihr werdet es nicht bereuen. Sosehr ich Unterstützung brauche, so sehr werde ich Euch danken. Dem könnt Ihr Euch gewiss sein. Und nun …«

Wieder pochte jemand ans Portal, was die Königin brummen und »Ja?« rufen ließ.

Zum dritten Mal pochte Leynas Herz schneller, als ein Stadtwächter mit Laterne einige zerlumpte Gestalten hereinführte. Die vorderste kannte sie: Thevs Falk. Was keinen Sinn ergab. Was machte der Wanderfalke in Tannrein in den Gemächern der Königin? Und wer waren die anderen Gestalten? Und die letzte mit dem breitkrempigen Hut…

Leyna stieß einen heiseren Schrei aus, ließ Nante los und stürzte vorwärts. »Henning!«

Der blieb wie angewurzelt stehen. Sein Blick flatterte durch den Raum, streifte Nante, die anderen und zuletzt Leyna, die ihm just um den Hals fiel.

»Beim Paar! Du bist wohlauf!« Sie drückte ihm einen feuchten Kuss auf die bärtige Wange und lachte. »Dem Paar sei Dank!«

Henning schluckte hart. »Und du zum Glück auch.« Er lächelte, drückte sie an sich und flüsterte: »Aber du warst auch in guten Händen.«

»Henning…«

»Schon gut. Ich bin ihm nicht böse. Nicht mehr. Hauptsache ihr seid unbeschadet hier, und wir…«

Die Königin erhob die Stimme: »Wie schön, dass man sich kennt.« Ihre federleichten Schritte waren kaum zu hören, als sie zu Henning und Leyna trat. »Und Ihr seid also Sir Henning Falk, Ehrenbürger Westends, der Herr über Lensend, wo alle Abenteuer enden.«

»Beginnen«, korrigierte Henning. Er nahm den Hut ab und neigte sein Haupt. »Eure Majestät.«

Seine Unterwürfigkeit amüsierte sie. »Ich wusste gar nicht, dass Fratera Anstand besitzen.«

»Mehr als Ihr glaubt.«

»Offenbar.« Sie nickte ihm zu und wandte sich an alle Anwesenden. »Nun denn… Ich denke, wir sind endlich vollzählig. Lasst den Rat beginnen!«

Da räusperte sich der Soldat mit der Laterne. »Wir haben noch jemanden… oder besser *etwas* mitgebracht, Eure Majestät.«

»Und das wäre?«

»Die fahle Frau.«

Die Worte hingen zwischen ihnen, als könne man sie greifen. Nante war der Erste, der die Stille mit heiserer Stimme durchbrach: »Wo ist sie?«

»Ein Stockwerk tiefer im Käfig«, antwortete Henning. »Aber es ist nicht Kea.«

»Sondern?«

»Lizzy.« Die Stimme des Wanderfalken war ganz leise, und doch hörte sie jeder im Gemach. Ebenso wie die Drohung, die er hinterherschob: »Und niemand außer Leyna wird sie anrühren, so wahr ich Thevs Falk heiße.«

Niemand außer Leyna, niemand außer Leyna, niemand außer Leyna…

Die Königin und ihre Leibwächter hatten sie alle aus dem Saal geführt, eine ausladende Treppe hinab in eine Art Eingangshalle für Dienstboten. An den Türen standen Soldaten mit Hellebarden Wache, ebenso vier weitere um den Karren herum, der in der Mitte der Halle abgestellt worden war. Die Abdeckungen hatte man entfernt, die Bretter mit den Atemlöchern nicht.

Als sie sich dem Karren näherten, knurrte etwas im Inneren. Ein oranges Auge blitzte hinter einem Loch auf.

Leyna brach der Schweiß aus. Niemand außer ihr sollte *die fahle Frau* berühren, aber wollte sie das überhaupt? Was sollte sie gegen einen Befall tun? Sie hatte damals selbst ihrem Vater den Hals geöffnet, um ihn zu erlösen, weil es keine andere Möglichkeit gegeben hatte.

Furchtlos marschierte die Königin bis zum Karren,

den Rücken kerzengerade durchgestreckt. »Öffnet die Klappe!«

»Ich würde zurücktreten«, riet Thevs, als er danach griff. »Lizzy ist schnell.« Er schob den Riegel beiseite, löste die Klappe und tat einen Schritt rückwärts.

Sofort war das Wesen an den Stäben und kreischte und grapschte.

Einige der Soldaten hoben ihre Schwerter und Hellebarden, Rosa stieß einen erstickten Schrei aus, andere raunten und hielten sich die Hände vor den Mund.

Nicht die Königin. Mit versteinerter Miene betrachtete sie das Geschöpf. »Und das war einst Eure Frau?«

»Geliebte«, korrigierte Thevs. »Und das ist sie immer noch, denn Leyna wird sie heilen.«

Die Königin musterte Leyna lange, bevor sie befahl: »Dann soll sie es versuchen! Wer den flüssigen Galgen heilen kann, vermag womöglich auch dieses Wunder. Kommt, Matronin! Tretet vor! Wir haben keine Zeit zu verlieren.«

Leyna schluckte und trat auf den Karren zu. Hinter ihr wurde getuschelt. Sie hörte Henning jemanden fragen: »Den flüssigen Galgen?« Sie versuchte, die Worte auszublenden, sich nur auf das Wesen zu konzentrieren, das einmal Lizzy Sisk gewesen war. Langsam näherte sie sich der Klappe und blieb in ausreichendem Abstand stehen, damit das Wesen sie nicht packen konnte.

»Lizzy?«, fragte sie leise. »Kannst du mich hören?«

Die Gestalt kreischte und warf sich gegen die Gitterstäbe.

»Du wirst es schaffen«, hörte sie Thevs neben sich raunen. »Du bist der Schlüssel. Du bist die Gezeichnete. Wenn jemand sie retten kann, dann du.«

Leyna schnaubte leise. »Leider hab ich keine Ahnung, was ich tun soll.« Abermals taxierte sie das Wesen und ging in Gedanken Ilkas Büchlein durch. Einige Möglichkeiten fielen ihr ein, aber dazu musste sie näher an die mutierte Lizzy heran. Die würde aber sofort angreifen – da kam ihr eine Idee. »Ich brauche Farbe! Egal welche.«

»Wofür?«, wollte die Königin wissen.

»Für einen magischen Zirkel. Nur in dem werde ich mit ihr arbeiten können.«

»Dann sollt Ihr Farbe bekommen.«

Und die bekam sie.

Mit flüssiger Kreide zeichnete Leyna einen Bannkreis auf den Boden, der den Karren umspannte. »Es ist wie ein Käfig«, erklärte sie dabei. »Ein magischer Käfig. Im Inneren gelten andere Gesetze. Die Gesetze der Zeichnerin.« Sie schloss den Kreis und erhob sich. Die Kreide glühte in mattem Schein, als Leyna in die Runde nickte. »Nur eines ist wichtig: Was auch immer passieren mag, *niemand* außer mir und Nante betritt den Zirkel.«

»Ist er auch ein Heiler?«

»Nein, er ist der Vielstimmige. Womöglich weiß er im Notfall Rat. Und jetzt tretet zurück! Auch du, Thevs.«

Der Wanderfalke schien nicht gehorchen zu wollen, doch dann überließ er ihr den Zirkel.

Leyna suchte noch einmal Hennings Blick, der ihr zunickte, bevor sie tief durchatmete, sich auf das Bannzeichen konzentrierte und darüber in den Kreis trat.

Es war, als wate sie in einen brusthohen See. Es glitzerte und schimmerte auch am Boden wie Lichtreflexe in flachem Wasser. Sie hörte weit entfernt die Leute staunen, konzentrierte sich auf den Zirkel, der ihr gehorchte, und schon war der Widerstand weg. *Gut so. Und jetzt zu ihr.*

Mit gebührender Vorsicht näherte sich Leyna dem Karren. Ein schwerer Riegel verschloss das Gitter. Das Wesen stand dahinter, regungslos, doch die reptilienhaften Augen folgten jeder ihrer Bewegungen.

»Lizzy? Hörst du mich?«

Die Jundar antwortete nicht.

»Ich öffne jetzt das Gitter«, erklärte Leyna. »Und dann holen wir dich zurück.«

Wieder keine Reaktion.

Leyna griff nach dem Riegel, zögerte, schob ihn dann aber zur Seite.

Darauf reagierte die Gestalt. Sie sprang vor, doch Leyna verbat es ihr. Die Luft wurde dick, und die Jundar gefror mitten in der Bewegung. Ein zorniges Grollen drang aus ihrer Brust. Nur ihre Klauenfinger zuckten.

»Ich bin die Herrin!«, stieß Leyna lauter hervor. »Ich mache die Gesetze!« Sie lockerte den magischen Griff, was das Wesen zwei Schritte taumeln ließ.

Die beiden standen sich gegenüber und musterten sich.

»Sag mir«, begann Leyna und zeichnete ein magisches Zeichen in die Luft, »ob du mich verstehst?«

Das Geschöpf starrte auf das leuchtende Zeichen und krächzte: »Iar Jundar! Iar Jundar! Iar Jundar!«

Leyna spürte, wie sich das Wesen gegen die Magie stemmte. Es knirschte und knackte, die Lichter flackerten, aber der Bannzauber hielt.

»Ruhig!«, befahl Leyna. Das nächste Zeichen erglomm zwischen ihren Händen. »Ich werde jetzt versuchen, einen Zirkel zwischen uns zu weben.« So wie Ilka einen zwischen ihr, sich selbst und Nante gewoben hatte. Vielleicht konnte sie so herausfinden, ob in dem Geschöpf noch etwas Menschliches übrig war.

Doch dazu musste sie es berühren.

Ganz langsam schob sie sich näher an die Jundar heran, immer auf der Hut und bereit, sie in Magie zu sperren, sollte sie angreifen. Aber das Wesen reagierte nicht, glotzte nur argwöhnisch.

»Gib mir deine Hand«, bat Leyna und streckte ihre Linke aus. »Verbinde dich! Offenbare dich!« Zwei Zeichen flammten auf, und tatsächlich hob das Wesen langsam die klauengleiche Hand. Finger näherten sich Fingern. Blicke trafen Blicke. Und dann reichten sich Leyna und die fahle Frau die Hände.

Leyna schrie vor Schreck, als eine Woge fremder Gedanken und Empfindungen über sie hinwegrollte. Sie meinte tief in kaltem, stinkendem Wasser zu stehen, Regen auf dem Gesicht zu spüren, Algen und Fisch zu riechen, Furcht von Menschen zu spüren, Holz und Schaum und Gischt. Da war Wut und Zorn und Angst und etwas Kaltes, Präzises. Bösartig, aber auch irgendwie verständnisvoll. Eigen und fremd und so voller wirrer Überlegungen, dass Leyna schwarz vor Augen wurde. Aus der Schwärze schälte sich ein geisterhaftes Gesicht. Thevs. Er lächelte voller Liebe. Er hob die Hand und zögerte. Er stand da und weinte. Kalte, salzige Tränen, die wütend machten. Hilflos. *Warum tötest du mich nicht endlich? Warum lässt du mich leiden? Warum, Thevs Falk? Warum?*

Leyna zitterte, glaubte zu zerreißen, doch sie nahm sich zusammen und fragte: *Lizzy?*

Ein Schreck ging durch die Dunkelheit. *Wer ist da? Wer bist du? Nein… bleib weg! Bleib fern! Nein, nein! Du nicht, du nicht! D*ie Dunkelheit waberte und wurde dick wie Sirup. Leyna meinte, Knochen brechen zu hören, ein Wimmern, ein Lachen, und wieder rollten tausende Empfindungen über sie hinweg. Sie sah den Damm, untergegangene Schiffe, schräge Masten, Seetang und Gestrüpp, sie sah die fahle Frau, die *wahre* fahle Frau, und ihr Name war einst Kea Falk gewesen. Ihr Blick brannte sich durch Mauern, Stein, Magie – und durch Lizzy Sisk.

Gezeichnete!, zischte Kea. *Du wirst uns nicht aufhalten.*

Niemand wird uns aufhalten! Niemand! Wir wagen. Wir wagen. Wir wagen. Wir sind sein Ende, sein Ende, sein Ende. Das Ende. Das Ende. Das Ende.

Ein harter, magischer Schlag traf Leyna, und sie taumelte rückwärts. Im nächsten Moment war sie zurück in der Eingangshalle und sah sich der mutierten Lizzy Sisk gegenüber. Die fletschte die Zähne und griff an. In einem Sturzbach aus Klauen, Knochen und Sehnen ging Leyna zu Boden. Hart schlug sie mit dem Hinterkopf auf den Steinquadern auf. Ihr Blick verschwamm. Jemand schrie ihren Namen, und die Sorge in der Stimme ließ sie ein Zeichen in die Luft malen.

Ein greller Blitz leuchtete auf, und das Geschöpf wurde nach hinten gerissen. Es krachte gegen den Wagen, schrie vor Zorn, packte das Wagenrad und riss es aus der Achse, um es nach Leyna zu werfen. Die rollte sich zur Seite und wich dem eisenbeschlagenen Rad aus. Das polterte vorbei und kratzte dabei die Farbe des Zirkels von den Steinen, bevor es zur Seite kippte und wie eine Münze rotierend zum Liegen kam.

Leyna starrte auf den gebrochenen Zirkel, und dann war die Jundar über ihr. Sie riss Leyna den Kopf in den Nacken und schlitzte ihr mit den Klauen Hals und Gesicht auf. Leyna schrie vor Schreck und Schmerz, bis etwas über sie hinwegsprang, die Jundar traf und von ihr riss.

Es war eine graue Hündin, die wie wild nach dem Wesen schnappte und versuchte, ihm die Kehle herauszureißen.

Sie fauchte, packte die Hündin und schüttelte sie ab. Ein Wimmern erfüllte den Raum, gefolgt von Hennings Schrei: »Macht endlich ein Ende!«

Stiefel polterten, jemand anderes schrie, und Stahl krachte auf Stahl. Leyna spuckte Blut aus und stemmte sich irgendwie auf die Beine. Ihr Hals brannte, ebenso ihre

Wange. Vor ihr erschien Nante, voller Sorge, dahinter Endres und die Königin, abgeschirmt von Soldaten.

»Du Bastard!«, hörte sie Thevs brüllen, und wieder krachte Stahl auf Stahl. Onkel und Neffe kreuzten die Klingen, während die Jundar drei Soldaten in Schach hielt, die Arme rot von Blut.

»Du wirst sie nicht töten!«, kreischte Thevs und griff an. »Sie ist meine Frau! Meine Frau!«

Henning bekam gerade noch das Schwert eines Soldaten hoch. »Thevs!«, schrie er. »Komm zu dir!«

Aber der Wanderfalke wollte nicht. Er hackte auf seinen Neffen ein, zornig wie ein Gott, und Henning hatte alle Mühe, nicht niedergemetzelt zu werden. Die Soldaten griffen derweil die Jundar an, doch die Frauen ihrer Crew packten die Soldaten und rangen sie nieder, um ihre ehemalige Anführerin zu schützen.

Leyna wischte sich Blut von den Lippen. »Hört auf!«, wimmerte sie. »Hört auf!«

Aber niemand hörte auf sie. Jemand bekam direkt vor ihr ein Schwert in den Bauch und brach zusammen. Die Gedärme klatschten auf den Boden. Wieder kreischte die Jundar und zerfetzte einem Soldaten das Gesicht. Henning und Thevs tanzten immer noch. Und Nante? Nante zog ein Wurfmesser aus dem Gürtel und schleuderte es quer durch den Raum.

Leyna sah es fliegen, einen silbernen Blitz, der die Jundar in die Schulter traf. Sie brüllte vor Schmerz und Wut, und es war der Moment, der Thevs unaufmerksam werden ließ und in dem Henning ihm die Faust ans Kinn schlug. Dem Wanderfalken entwich ein Keuchen, und er taumelte benommen rückwärts gegen die Wand. Sein Schwert klapperte zu Boden.

Leyna hoffte, dass es damit vorbei war, doch aus den Räumlichkeiten wehte ein lautes Fauchen herunter. Auch zur Tür drängte es herein und durch die geschlossenen Fenster.

Der Lärm erhob sich draußen und jagte Leyna eine Gänsehaut über die Arme.

Es waren die Jundar. Aus tausenden Kehlen fauchten sie zum Angriff. Lizzy fiel mit ein, jaulte herzzerreißend, packte den erschrockenen Soldaten neben ihr und riss ihm die Wange aus dem Gesicht. Das Fleisch fiel zu Boden, doch sie sprang bereits über ihn hinweg und hetzte auf die Treppe zum Gemach zu.

»Tötet die Bestie!«, kreischte die Königin mit hohler Stimme, und jemand schleuderte seine Hellebarde nach Lizzy, doch ein verzweifelter Thevs lenkte die Waffe ab. Grimmig und blutüberströmt taumelte er hinter Lizzy her, um ihr Schutz zu bieten.

Es reichte aus: Die Jundar entwischte durch die Tür.

»Du Narr!« Henning packte seinen Onkel und stieß ihn zu Boden. »Was hast du getan?!«

»Das Richtige!«, keuchte Thevs, wehrte sich aber nicht mehr.

»Hinterher!«, plärrte die Königin. »Lasst es nicht entkommen!«

Ein paar Soldaten waren noch auf den Beinen und hasteten die Treppe empor. Leyna tappte selbst hinterdrein. Vielleicht konnte sie Lizzy wieder einfangen. Vielleicht...

Sie hatte die Hälfte der Stufen zurückgelegt, als sie Glas splittern hörte. Soldaten brüllten. Leyna wurde heiß und kalt zugleich. Auf wackeligen Beinen taumelte sie die letzten Stufen hoch und sah, was sie befürchtet hatte: Die breite Fensterscheibe war zerstört. Die Soldaten beugten sich hinaus und blickten in den Regen. Oder zu den Jundar, die sich wie eine Sturmflut in die Stadt ergossen.

Eine von ihnen war Lizzy Sisk.

Kapitel 29

Südmark, Feste Tannrein

Henning war erfüllt von heißem Zorn, als er auf seinen Onkel hinabblickte. Der Wanderfalke lag vor ihm auf dem Boden, das Gesicht voller Blut, aber er lebte und war bei Sinnen.

»Du Narr!«, wiederholte Henning bitter. »War es das wert?« Er zeigte auf die Toten in der Halle. »War *deine* Liebe das wert?«

Thevs hob kurz den Kopf, um sich das Elend anzusehen, und schloss dann die Augen. »Für mich schon«, wisperte er. »Und du hättest es nicht anders gemacht.«

»Hätte ich schon!«

Der Wanderfalke schüttelte im Liegen den Kopf. »Hättest du nicht. Liebe macht blind.« Er hustete und drehte sich zur Seite, um sich aufzurappeln. Dann zuckte er erstaunt, als Henning ihm die Hand hinhielt. Sein Blick kam fragend hoch.

»Komm jetzt!«, sagte Henning grimmig. »Du bist trotzdem mein Onkel.«

»Und du mein Neffe.« Der Wanderfalke schlug ein und ließ sich auf die Beine zerren. Seite an Seite stapften sie die Treppen empor in die Gemächer.

Dort standen die Gefährten entweder am Fenster und starrten hinaus oder leckten ihre Wunden. Die Königin kochte vor Wut und schrie auf Leyna ein: »Und *das* soll

Hilfe gewesen sein? Wie bitte wollt Ihr die Stadt retten, wenn Euch *ein* Geschöpf beinahe das Leben kostet?«

Leyna wischte sich Blut vom Hals. Furchtbar sah sie aus. Zu den silbrigen Narben des Feuers waren vier klaffende Risswunden gekommen. Die Haut an den Rändern leuchtete rot. »Es ging hier um etwas ganz anderes«, sagte sie und spuckte aus. »Ich wollte Kontakt aufnehmen!«

»Was prächtig geklappt hat!«

Leyna rang mit den Händen. »Tatsächlich hat es geklappt – nur anders als erwartet!«

»Ach ja?« Die Königin war außer sich. »Und was habt Ihr herausgefunden? Dass sie uns jetzt angreifen? Das sehe ich selbst!« Sie wandte sich an einen ihrer Soldaten. »Zieht alle Mann zusammen. Wir sichern die Burg!«

»Und lasst die Bevölkerung verrecken?« Leyna wollte es nicht glauben. »Das ist also Euer wahres Gesicht. Die Leute sind Euch am Ende doch scheißegal.«

Die Königin fuhr herum und wollte auf Leyna losgehen, doch Henning trat dazwischen, breit und ruhig wie ein Fels. »Noch ist es nicht vorbei«, sagte er barsch. »Wir müssen die Seelensteine finden. Wenn Leyna sie zerstört, können wir das Schlimmste vielleicht noch verhindern.«

Leyna nickte. »Ja, die Seelensteine.«

Zu ihrer aller Überraschung war es Nante, der widersprach. »Die Seelensteine sind nur ein Teil.« Er schob sich zwischen Leyna und Henning und legte ihr die Hände auf die Schultern. »Der andere Teil ist die fahle Frau. Was hast du vorhin gesehen? Sie? Ist es Kea? Ist Kea die Herrin der Regenmacher?«

Tränen traten in Leynas Augen. »Ja, sie ist es. Zumindest sah sie genau so aus wie in deiner Vision! Sie ist der Schwarm. Iar Jundar!«

Nantes Kaumuskeln traten deutlich hervor, und für

einen langen Moment verschleierte sich sein Blick, bevor er nickte. »Dann haben wir zwei Aufgaben: Die Steine und Kea.«

Henning verstand es nicht. »Und was willst du mit Kea?«

»Sie retten natürlich!«

Das ließ Henning schnauben. »Fang jetzt nicht an wie Thevs! Du hast eben gesehen, was passiert ist. Das Biest wollte uns alle töten! Da ist nichts mit Heilen! Wenn Kea wirklich befallen wurde, dann ist es vorbei.«

Nantes Kinn begann zu zittern. »Weißt du überhaupt, was du da redest? Sie ist unsere kleine Schwester!«

»Und Lizzy war Thevs große Liebe! War, Nante! *War!* Dinge ändern sich! Lasst uns diesen verdammten Seelenstein finden.« Er wandte sich an die Königin. »Gebt uns so viele Leute, wie Ihr entbehren könnt, und lasst uns in die Katakomben. Wenn wir den oder die Steine finden, können wir das Schicksal Tannreins womöglich noch zum Guten wenden.«

Ihre Majestät schien unentschlossen, ihr Mund ging auf und wieder zu, dann nickte sie. »Dann tut das! Sucht diese verdammten Kristalle.«

Henning drehte sich erleichtert zu Leyna um, um mit ihr aufzubrechen, doch Nante stand zwischen ihnen und schüttelte den Kopf.

»Du wirst die Steine suchen«, sagte er bestimmt zu Henning. »Nur du.«

»Wie bitte?«

»Du hast mich schon verstanden.« In Nantes Augen funkelte Zorn, aber auch Vernunft.

»Und was willst du mit Leyna bitte tun? Händchen halten?«

Nantes Mundwinkel zuckten. »Besinne dich mal, mit wem du sprichst, Bruder! Glaubst du, ich will irgendetwas von deiner Leyna? Ich will nur unsere Schwester retten.«

Henning stöhnte. »Das hatten wir doch gerade!«

»Ja, und trotzdem müssen wir Kea aufhalten.«

»Und wie willst du das tun?«

»Mit Magie.« Nante hob beide Hände und zeichnete parallel zwei Zeichen in die Luft. Die flammten auf und knisterten und knackten. »Wir werden Kea ein Ende setzen. Wir werden sie erlösen.«

Henning packte Nantes linkes Handgelenk und zwang es herab, sodass das magische Leuchten erlosch. »Ich glaube, *du* bist nicht mehr bei Sinnen! Glaubst du wirklich, ich lasse euch in den Kampf ziehen? Was ist, wenn Leyna dabei stirbt? Dann ist niemand mehr da, der die Kristalle vernichten kann.«

Nante hielt dem Blick seines Bruders stand. »Wenn Leyna stirbt, Henning, dann ist dieser Krieg sowieso verloren. Sie ist der Schlüssel. Sie ist die Einzige, die Kea aufhalten kann.« Und dann packte Nante die Hand seines Bruders mit der zweiten Hand. »Verstehst du nicht? Die Jundar missbrauchen Keas Magiebegabung für ihre Zwecke. Kea wird durch die Reihen der Soldaten wandeln wie eine Sense durch Gras. Ihre Majestät hat es richtig erkannt: Man kann Magie nur mit Magie bekämpfen.«

Das Duell der Brüder hielt an, keiner wich zurück, bis Henning den Kopf schüttelte. »Trotzdem wirst du Leyna nicht in den Kampf führen!«

»Nein, das wird Nante nicht.« Leyna legte ihre blutigen Hände auf die Hände der Brüder. »Ich werde selbst in den Kampf gehen. Ich werde den Schwarm aufhalten.«

»Leyna ...«

»Nein, Henning! Du hattest immer recht. Du hast immer gesagt, wir müssen vorbereitet sein, wenn sie zurückkehren. Jetzt kehren sie zurück, und ich bin vorbereitet. Ich habe Kea durch Lizzys Geist ins Auge geblickt. Ich habe ihre Macht gesehen. Ich kann sie aufhalten. Ich bin der Schlüssel. Es passt alles zusammen. Ilkas Büchlein voller Zauber, unsere Übungen, die Hürden, die Magie. Ich habe die Traumpfade beschritten, der Wächterin ins Auge geblickt, bin verflucht und gezeichnet. Wenn jemand den Schwarm aufhalten kann, dann ich.«

Henning spürte ihre warme Hand auf seiner, und Nantes kühle darunter. Heiser fragte er: »Ist es wirklich das, was du willst?«

Leyna nickte entschieden. »So soll und wird es sein.«

Dem hatte Henning Falk nichts hinzuzufügen. Er sah ihr ein letztes Mal tief in die grünen Augen, dann in die sturmblauen seines Bruders. Sodann wandte er sich mit einem Ruck ab und löste seine Finger aus ihren Händen.

Teil 3:

Das letzte Gefecht

Kapitel 30

Südmark, Tannrein, Kathedrale

Die Kerzenflamme flackerte wild. Letti hielt die Luft an, blieb stehen und schirmte das Lichtlein mit der hohlen Hand ab. Ein paar Zuckungen, dann brannte die Flamme wieder ruhig. Der Windhauch musste von vorn rechts gekommen sein.

Letti hob die dicke schwarze Kerze höher. Sie hatte sie in der Gebetskammer der Wächterin gefunden, dazu Feuerstahl und Stein. Der Stein war nur noch winzig, sodass sie ewig gebraucht hatte, um damit die Kerze zu entzünden. In absoluter Dunkelheit würde sie es vermutlich nicht mehr schaffen, sollte sie ihr ausgehen.

Sie wartete noch einige Atemzüge, bevor sie die Kerze wieder höher hob. Der matte Schein erhellte grobe Steinwände, teils aus dem dunklen Fels der Zitzen, teils aus Steinquadern, die beinahe fugenlos aneinandergesetzt worden waren. Es mussten die Überreste von Mathis' Burg sein, die man noch tief unter der Kathedrale finden konnte. Der Staub lag dick, und es war still. Nicht eine einzige Maus hatte Letti gesehen, auch keine Spinne. Nur Stein, Staub und Dunkelheit.

Sie hatte die Nacht in der Kammer der Wächterin im Turm der Kathedrale verbracht, aber als das erste Licht des Morgens zu den Fenstern hereingespitzt war und die Buntglasfenster gefärbt hatte, waren Schritte im Turm erklungen. Soldaten des Königs suchten vermutlich immer noch nach ihr und wollten womöglich das Dach überprüfen.

Letti hatte sich die Kerze geschnappt und war aus der Kammer geschlichen. Viele Stufen hatte sie hinter sich gebracht, Türen geöffnet und geschlossen, leere Zimmer und Säle durchquert, immer weg von den Geräuschen. Eine steile Wendeltreppe hatte sie schließlich in die Sakristei hinabgeführt. Goldverzierte Gewänder hingen an Holzstangen, und Fässer voller Wein füllten Regale. Eines davon war geöffnet, der Deckel nur aufgelegt. Sie hatte daraus mit einer Kelle getrunken, heiligen Weißwein der Priester, schwer und vollmundig und schimmernd wie Gold. Auch hartes Brot, das in den Messen gebrochen wurde, hatte sie gefunden und hinuntergeschlungen. Danach hatte sie die Stufen in den Keller entdeckt, vor denen ein schwerer Tisch aus Stein zur Seite geschoben war.

Lange Zeit hatte sie die Stufen betrachtet, die Wangen vom Wein gerötet, und sich nicht entscheiden können. Hinunter bedeutete Richtung Fluss, Richtung Altstadt, weg von der Burg, Seiner Majestät und den Soldaten. Die Furcht hatte sie letztlich hinabgetrieben.

Dabei wäre Letti beinahe den Soldaten in die Arme gerannt, die offenbar auch die Keller der Kathedrale absuchten. Im letzten Moment hatte sie die Kerze in eine Nische zu einer Heiligenfigur gestellt und sich gegenüber unter einem Altar verborgen. Die Soldaten mussten hier bereits gesucht haben, denn sie waren nur vorbeimarschiert. Als ihre Schritte verklungen waren, hatte sich Letti mit zitternden Beinen aus dem Versteck gewagt, die Kerze genommen und war tiefer hinabgestiegen.

Und so lief sie nun durch stille Gänge, gewaltige Höhlen und enge Stollen, einzig begleitet von der Insel aus Licht und dem Geruch des mit Kohle geschwärzten Bienenwachses. Das Licht der Wächterin wies ihr den Weg ins Leben.

Wieder flackerte die Kerze, heftiger diesmal. Letti spürte den Windhauch auf den Wangen, kühl und feucht. Es roch nach Regen. Irgendwo musste ein Ausgang sein.

Ihr Herz klopfte schneller, sie beschleunigte ihre Schritte – und wäre beinahe die Treppenstufen hinuntergestürzt, die sich abrupt aus der Dunkelheit schälten. Es waren über hundert, schätzte Letti, breit und ausgetreten. Am Ende befand sich ein gewaltiges Portal. Durch Löcher drangen graue Speere Tageslicht herein.

Flink wie ein Wiesel war Letti am Portal und presste das Gesicht dagegen, ein Auge an einem der Löcher, in dem vermutlich einst Eisenniete gesteckt hatten. Sie sah ein Stück Himmel voller Regenwolken und feuchten Stein. Der hatte die Form eines riesigen Daumens.

Die Bruderhandbrücke! Letti konnte es kaum glauben. Sie war am Übergang zur Feste. Im ersten Moment wollte sie vor Wut heulen, doch als sie länger darüber nachdachte, schöpfte sie Hoffnung daraus. Falls sie hinauskam, konnte sie vielleicht die Zitzen hinabsteigen. Oder einen Weg in die Katakomben der Burg finden. Es hieß, die Zitzen seien löchrig wie Käse. Irgendeinen Weg hinab musste es geben.

Erst einmal brauchte sie aber einen Weg hinaus. Das Portal war mit massiven Balken aus Eisentannenholz verriegelt, die vielleicht vier erwachsene Männer wegstemmen konnten, aber kein einzelnes Mädchen. Irgendwo musste es eine Tür im Tor geben, das wusste sie von den Herrenhäusern. Niemand wollte jeden Tag die schweren Portale öffnen und schließen.

Und tatsächlich fand sie einen solchen Durchgang. Letti musste sich mehrmals dagegenwerfen, bis ihre Schulter schmerzte, dann ließ er sich öffnen.

Sie wurde mit frischer Luft und saurem Regen begrüßt. Es musste später Vormittag sein, vielleicht auch Mittag, bei den Lichtverhältnissen war das kaum zu sagen. Der Anblick war auf jeden Fall gigantisch: Die Stadt unter ihr, die Burg und die Kathedrale über ihr, der Damm samt Jundar vor ihr in der Ferne.

Letti lehnte sich über die Brüstung und blickte hinab zum Talister. Braun und träge floss er dahin, die Lebensader der Südmark. Oder ihre Todesader. Letti sah glänzende Leiber, fahle Häute, Hörner und Klauen; es waren tausende, eher mehr, und sie würden bald den Talister hinabkommen und die Stadt überrennen.

Sie musste weg, eindeutig, und zwar weit weg. Raus aus der Stadt, am besten raus aus der Südmark.

Hinabzusteigen war aber keine Option. Die Wände waren um die Brücke herum so steil und glatt, dass ihr nur ein irrwitziger Sprung als Option blieb – oder der Eingang in die andere Zitze.

Lange blickte sie hinab auf das dunkle Wasser, erinnerte sich an ihr letztes Bad im Talister und entschied sich, nicht zu springen. Zwischen den steinernen Fingern hindurch eilte sie zum zweiten Portal. Es glich dem ersten in jedem Balken und jeder Niete, war aber mit gelben Streifen bemalt anstatt mit roten. Gelb war die Farbe von Mathes gewesen, rot von Mathis. Auch hier gab es den schmalen Durchgang, und auch der war nicht verschlossen. Womöglich eine Fluchtmöglichkeit für den König und seine Gemahlin, falls die Feste angegriffen wurde.

Letti sollte es recht sein.

Im Windschutz des Portals entfachte sie erneut die Kerze, die auf der windigen Brücke ausgegangen war. Sie brauchte dafür etwa zwei Dutzend Versuche, und der Feuerstein war danach nur noch körniges Pulver, aber die Kerze brannte und erhellte die Innenseite des Portals. Ein seltsamer Anblick. Uralte Armbrustbolzen ragten aus dem Holz. Es sah fast so aus, als hätte dort jemand gehangen, auf die Tür gespickt wie eine Erntedankgans. Letti trat neugierig näher und befühlte das Holz. Es fühlte sich ganz normal an, aber es schimmerte leicht rötlich, wie mit Blut getränkt.

Da hatte es wohl vor langer Zeit einen armen Tropf erwischt. Vielleicht einen Dieb oder eine Mörderin, wie sie?

Letti schob die Angst beiseite, die sie packen wollte, schloss die schmale Tür hinter sich und nahm die Kerze.

Der Soldat mit der Laterne lief voraus, dicht gefolgt von Henning, Thevs und einer Handvoll weiterer Soldaten. »Wonach suchen wir genau?«, wollte er wissen, während er sie tiefer in die Katakomben unter der Feste führte.

»Nach einem rauchblauen Kristall, mindestens fingergroß. Es kann einer sein, vielleicht auch mehrere.«

»Und was haben die mit den Jundar zu tun?«

»Eine ganze Menge: Die wurden mit den Kristallen von Ives erschaffen.«

Der Stadtwächter musterte Henning kritisch. »Ihr sprecht von Sagen, als wären sie tatsächlich geschehen.«

»Sind sie auch. Glaubt es ruhig. Ives spielte mit der Essenz des Lebens und erschuf hier in den Katakomben seine Diener. *Se Jundar.*«

»Aber damals gab es doch die Burg noch gar nicht. Die wurde erst von Mathes erbaut.«

»Das stimmt, aber es gab zuvor eine Art Kloster«, erklärte Thevs. »Oder nennt es Zauberhaus. Hier haben die Magier Sankt und Ives residiert. Die Zitzen waren wohl schon immer ein anziehender Ort für Menschen.«

Der Stadtwächter musste grinsen. »Verständlich, oder? Aber sagt, wie sollen wir hier unten Kristalle finden? Sie können überall sein, und die Katakomben sind riesig. Wirklich riesig. Ein Labyrinth von Gängen, Kammern, Gräbern und Alkoven.«

»Dann sind wir ja froh, dass Ihr Euch auskennt.«

Der Kerl brummte. »Erwartet nicht zu viel.«

»So schwer kann es nicht sein«, sagte Henning. »Wir müssen sehr weit runter. Ives hatte früher den Talister in eine der Kammern fluten lassen, um darin die Jundar zu erschaffen.«

»Den Fluss?« Der Stadtwächter blähte die Wangen. »Dann können wir gleich die alten Treppen nehmen und das hier oben auslassen.«

»Alte Treppen klingt gut.«

»Wie man es nimmt.«

»Was soll das heißen?«

»Das werdet Ihr sehen. Kommt!«

Sie hasteten weiter, nur begleitet vom flackernden Schein der Laternen, die Gänge voller Ornamente und verblasster Malereien erhellten. Schatten zuckten über einen Bogen hier, einen Pfeiler dort und eine Statue da.

»Frühere Könige«, erklärte der Führer. »Sie haben sich in Stein verewigen lassen.«

»Sehr schlau«, brummte Thevs. »Das ist genau das, was ich mir für nach dem Tod vorstelle: als Statue in der Dunkelheit herumstehen.«

»Tja«, sagte Henning. »Du bist ja auch kein König.«

»Zum Glück!« Thevs hastete weiter. Er litt eindeutig Schmerzen, klagte aber nicht. Der Wanderfalke war hart im Nehmen.

»Dort vorn kommen wir gleich zu den alten Treppen«, sagte der Stadtwächter. »Seid vorsichtig.«

Als sich der Flur zu einem gewaltigen Saal öffnete, wusste Henning, warum. Schmale Stufen führten in die

Tiefe, doch wurden sie nicht von einem Geländer begrenzt. Links und rechts ging es einfach kerzengerade hinab, ein falscher Tritt, und man fiel tief in die Dunkelheit.

»Nicht Euer Ernst!«, stöhnte Thevs. »Das ist ja Selbstmord.«

»Der älteste Weg, den ich kenne. Wenn einer nach unten zum Wasser führt, dann der.«

Henning beugte sich vorsichtig vor, um in die Tiefe zu spähen. Der Abgrund führte mindestens dreihundert Fuß hinab. Am Grund sah er ein kleines Licht.

»Was ist das?«, fragte er.

Auch der Stadtwächter spähte hinab. »Keine Ahnung, aber... hey! Es bewegt sich.« Und tatsächlich: Das Licht huschte weiter und verschwand aus ihrem Blickfeld.

»Da ist jemand!« Henning schaute auffordernd zu den Männern. »Jemand, der womöglich auch die Kristalle sucht. Wir müssen so schnell wie möglich runter.«

»Dann los, Schmuggler.« Der Stadtwächter reichte ihm seine Laterne. »Wenn Ihr rennen wollt, tut es. Ich werde jeden Schritt auf diesen Stufen mit Bedacht setzen.«

»Auch gut.« Henning nahm die Laterne entgegen und wandte sich an Thevs. »Kommst du, oder willst du auch wie ein alter Mann hinunterwatscheln?«

Der Wanderfalke grinste. »Ich komm schon, Neffe. Wie viel willst du setzen?«

»Worauf?«

»Na, wer von uns beiden schneller unten ist.«

Letti drückte sich in eine Nische zwischen namenlosen Statuen und rang nach Atem. Die Soldaten waren also immer noch hinter ihr her. Sie hatte keine Ahnung, wie man sie gefunden hatte, aber es waren eindeutig Stadtwächter gewesen.

Sie musste unbedingt raus aus den Katakomben. Wege gab es dem Volksmund nach genügend, nur wie einen davon finden? Sie war diese irrwitzigen Stufen hinabgestiegen, immer hinab Richtung Fluss, doch tiefer schien es nicht mehr zu gehen. Und es gab nur einen einzigen Ausgang. Der Weg vor ihr schlängelte sich durch den Fels. Ein seltsamer Geruch hing in der Luft, wie ihn Letti nie zuvor wahrgenommen hatte. Irgendwie... ja, so stellte sie sich den Geruch von Jahrhunderten und Geheimnissen vor.

Der Gedanke amüsierte sie kurz. Dann schluckte sie klebrigen Speichel hinunter und hastete weiter. Es ging um atemberaubende Felsformationen herum, drei Stufen hoch, vier wieder hinunter, durch eine Halle voller steinerner Särge bis zu einem breiten Durchgang. Dort blieb Letti abermals stehen. Breite Stufen führten noch tiefer hinab, und die Stufen waren prächtig anzusehen. Feinste Steinmetzarbeiten verzierten die Tritte; Letti entdeckte Jagdszenen und Erntedankfeste, prächtige Hirsche und geschmeidige Fische mit ausgearbeiteten Schuppen. Dazwischen waren Buchstaben zu erkennen, doch Letti konnte weder lesen noch schreiben. Was sie aber mit Gewissheit wusste, war: Feuchte Luft wehte ihr entgegen.

Sie hob den Blick zur Dunkelheit über sich und sagte: »Danke, Wächterin!« Dann hastete sie die Stufen hinab und sah sich am Fuß der Treppe einem genauso reich mit Steinmetzarbeiten verziertem Portal gegenüber. Seltsame Symbole wanden sich wie Schlangen um Hände und stilisierte Köpfe. Der Spitzbogen darunter schimmerte im Kerzenschein bläulich.

Jenseits dessen hörte sie Wasser, das gegen Stein schwappte.

Allerdings war das Portal verschlossen. Es gab kein Schloss, keinen Griff, keinen Riegel, keinen Balken in der hölzernen Tür. Egal wie sehr sich Letti mit der Schulter dagegenstemmte, es geschah gar nichts.

»Nicht dein Ernst!« Sie stellte die schwarze Kerze beiseite, um mit beiden Händen das Portal abzutasten. Aber da war nichts, keine Rillen, keine Vertiefungen, keine versteckten Nuten oder Hebelchen.

Entnervt trat Letti drei Schritte zurück. »Das ist jetzt ein Witz, oder? Eine Tür ohne Griff?« Zornig schüttelte sie den Kopf. Sie war doch nicht so weit gekommen, um kurz vor dem Ziel an einer Tür zu scheitern. Irgendwie musste sie weiterkommen. Vielleicht gab es einen anderen Weg?

Dann aber schnell, Letti. Sie schnappte sich die Kerze und lief die Kammer ab, doch nirgends verbarg sich ein geheimer Tunnel oder ein Spalt zwischen den Felsen. Es gab nur das Portal und den Weg zurück. Aus dem drangen nun Stimmen, noch leise und geisterhaft, aber bald würden die Soldaten hier sein.

Letti wandte sich wieder dem Portal zu. »Geheimnisse«, sagte sie. »Es stinkt hier nach Geheimnissen. Und es sieht auch ganz nach welchen aus. Also. Welches Geheimnis hast du, liebe Tür? Magst du es mir verraten?« Sie trat wieder ans Portal und begann erneut, es zu untersuchen.

Henning und Thevs hatten endlich das Ende der irrwitzigen Treppe erreicht und sahen sich um. »Dort!« Henning hielt die Laterne höher. »Ein Gang!«

Thevs drehte sich selbst einmal um die Achse. »Offenbar der einzige.« Er zeigte auf zum Teil verschüttete Türen.

»Umso besser. Ich glaube auch, das ist die Richtung, in der das Licht verschwunden ist.«

»Dann weiter.«

Sie trabten zum Gang und spähten in die Dunkelheit. Ihre Blicke trafen sich kurz, ein Nicken, und sie eilten weiter.

»Was glaubst du«, fragte Thevs zwischen zwei harten Atemzügen, »wer sonst noch den Kristall suchen könnte?«

»Keine Ahnung, aber wenn wir davon wissen, können es auch andere wissen.«

»Kea?«

»Unwahrscheinlich. Die würde nicht mit einem Licht hier durch die Katakomben streifen. Die würde vom Talister aus kommen.« Henning ballte die freie Hand zur Faust. »Vom Talister. Unsere Kea.« Er schüttelte den Kopf.

Thevs blieb kurz stehen, um sich die schmerzende Schulter zu reiben. Zwischen zwei Atemzügen fragte er: »Du würdest sie wirklich töten? Deine eigene Schwester?«

»Wenn sie so wäre wie Lizzy – ja.«

Der Wanderfalke blies die Wangen auf. »Ich könnt's nicht. Nicht für jedes Gold der Welt.«

»Das habe ich gemerkt.« Henning atmete tief durch. »Thevs ...«

»Ich habs probiert, Henning.« Der Wanderfalke blickte in die Dunkelheit, plötzlich einen seltsamen Glanz in den Augen. »Als wir sie eingefangen hatten, wollte ich ihr den Dolch ins Herz stoßen, aber ich konnte es nicht. Es ... es wäre so endgültig gewesen, verstehst du? Mit dem Tod begräbst du auch die Hoffnung.«

»Hoffnung auf etwas, das nie eintreten wird, ist falsche Hoffnung.«

»Vielleicht, aber ich sehe das anders, Henning. Hoffnung ist genau dafür da: dass das Unmögliche doch noch wahr wird.«

Henning schüttelte den Kopf. »Seit wann bist du so rührselig, Onkel?«

Der Wanderfalke zuckte mit den Schultern. »Vielleicht kommt das mit dem Alter. Wer weiß?«

Sie hatten genug verschnauft und liefen weiter, bis der

Stollen an einem Durchgang endete, hinter dem eine prächtige Treppe begann. An deren Ende erhob sich ein Portal, vor dem eine einsame schwarze Kerze brannte. Niemand war zu sehen.

Henning bekam große Augen. »Das ist es! Das ist das Portal, das ich damals in einer Vision gesehen habe! Dort drinnen hat Ives die Jundar erschaffen! Ich glaube es nicht! Es sieht genau so aus!«

Thevs musterte seinen Neffen. »Du hast also auch Visionen?«

»Nein, eigentlich nicht. Es war nur ein Fiebertraum, damals auf der Reise nach La Harb, nachdem ich nach dem Gefecht ins Meer gestürzt war. Ich hab geträumt, dass ich mit Nante hier herumlief und wir uns unterhielten. Über Magie und ach … keine Ahnung. Nante erzählte mir auf jeden Fall, dass er experimentiert habe. Mit der Essenz des Lebens. Das Ergebnis waren die Jundar.«

»Nante hat dir das im Traum erzählt?«

Henning nickte. »Aber irgendwie war es auch nicht Nante, ich weiß nicht. Ist ja auch egal, das ist auf jeden Fall eindeutig das Portal! Nur hatte es in meinem Traum keine Tür.«

»Und irgendwo muss derjenige stecken, der die Kerze mitgebracht hat.« Thevs sah sich argwöhnisch um, die Hand am Dolchgriff. »Komm raus!«, rief er. »Wer auch immer du bist, wir wollen dasselbe.«

Niemand antwortete. Nur das Licht der Laterne warf flackernde Schatten über Felsen und Wände.

»Versteckt sich wohl vor uns.« Henning lief einige Stufen hinab, die Laterne hoch erhoben. »Verstecken ist zwecklos! Wir finden dich! Und eigentlich bist du uns auch völlig egal. Wir wollen nur durch diese Tür.« Er pochte daran, drückte dagegen, versuchte, die Finger in den winzigen

Spalt zwischen den Flügeln zu bekommen und zu ziehen. »Rührt sich überhaupt nicht. Scheiße!« Er trat zurück und besah sich das Portal und den Zierrat. Ein achteckiger Schatten fiel ihm auf, direkt oberhalb des Portals. »Was ist das?«

»Sieht aus wie ein Fenster oder Durchbruch.«

»In den Raum dahinter.« Henning stellte die Lampe beiseite und winkte Thevs zu sich. »Komm! Mach mir 'ne Räuberleiter.«

»Wozu? Du passt da nie durch.«

»Ist mir egal. Ich will's mir ansehen. Komm jetzt!«

Thevs seufzte, verschränkte die Hände und hievte Henning nach oben. »Aber steig mir nicht auf die kaputte Schulter, Neffe!«

»Jaja.« Henning streckte sich, so gut er konnte, und bekam einige steinerne Verzierungen zu fassen. An denen zog er sich hoch, seine Beine baumelten kurz in der Luft, dann spürte er wieder Thevs, der ihm mit den Händen Halt bot. »Noch ein Stück!«, knurrte Henning und kletterte höher hinauf. Seine Finger glitten über den Stein und fanden eine Spalte. Daran zog er sich weiter hinauf und bekam das Sims des Achtecks zu fassen.

»Komm schon!«, zischte er, suchte mit den Füßen Halt und fand ein Ecklein, um sich abzustützen. Dann war er oben und schob sich mit dem Oberkörper in das Fenster.

Tatsächlich war es ein Durchbruch in die Kammer dahinter. Das Rauschen von Wasser wehte herüber, genauso wie der Geruch vom Fluss. Aber Henning würde vermutlich nicht durch den Spalt passen; der war recht schmal, wahrscheinlich nur zur Belüftung gedacht. Und angefüllt mit undurchdringlicher Dunkelheit.

»Thevs!«, rief er. »Kannst du mir 'ne Laterne hochwerfen?«

»Da schwappt nur das Öl raus. Ich probier es mit der Kerze! Warte ... Jetzt links von dir. Du musst die Hand ganz weit runterstrecken ... und dich nicht verbrennen.«

»Super!« Henning fingerte durch die Luft, spürte plötzlich die Hitze einer Flamme und bekam die Kerze zu fassen. Keuchend brachte er sie zu sich, erhellte den Spalt – und fiel beinahe rückwärts hinab.

Vor ihm kauerte ein Mädchen mit riesengroßen Augen. Als das Licht sie traf, schob sie sich tiefer in den Spalt.

»Hey, hey! Warte! Wir wollen dir nichts!«

Das Mädchen verstand ihn entweder nicht oder war in Panik. Sie kroch und robbte rückwärts, zwängte sich ächzend durch die enge Röhre. Sie sah ihn noch einmal an und verschwand aus seinem Blickfeld. Henning hörte Wasser patschen, wie wenn Kinder in Pfützen sprangen.

»Was ist?«, fragte Thevs.

»Ein Mädchen! Sie ist in den Raum dahinter geklettert.«

»Ein Mädchen?«

»Ja, keine Ahnung. Ist mir auch egal, sie ist auf jeden Fall drin!« Lauter rief er: »Hey, Kleine! Wir wollen dir nichts! Wir wollen nur in die Kammer!«

Einen Moment lang gurgelte nur Wasser, dann rief das Mädchen. »Um mich zu töten! Vergesst es!«

»Was? Nein! Niemand will dich töten.«

»Ihr lügt! Alle wollen mich töten! Der König und die Königin!«

Henning runzelte die Stirn. »Ich nicht. Und mein Onkel auch nicht. Wir wollen nur in diese Kammer.«

Er hörte wieder Wasser platschen. Sie lief offenbar herum. *Durch finsterste Dunkelheit ...*

»Warum wollt ihr das?«, rief sie heiser.

Sie sucht einen Ausweg. Henning schluckte hart. *Wenn ich sie überzeugen kann, die Tür zu öffnen. Oder die Kristalle zu suchen…* »Wegen der Jundar. Wegen dieser Bestien! Du weißt schon.«

Sie erwiderte nichts.

»Sie wurden einst hier unten erschaffen«, fuhr Henning fort. »Vielleicht kennst du die Sagen um Sankt und Ives. Hier in der Kammer geschah es. Es passt zu allem, was Ilka uns erzählt hat. Außerdem hab ich die Kammer in Träumen gesehen. Und deswegen müssen wir dort rein. Hörst du? Kannst du das Portal von innen öffnen?«

Nur Stille antwortete ihm.

»Hey! Ich meine es ernst. In der Kammer gibt es womöglich magische Kristalle. Die müssen wir zerstören. Nur so können wir die Stadt retten.«

Er hörte ein Schniefen. »Und wenn ich die Stadt gar nicht retten will?«

»Warum solltest du das nicht wollen? Wer bist du? Warum bist du hier unten?«

Sie antwortete nicht, stattdessen hörte Henning Schritte am Portal. Die Soldaten Ihrer Majestät hatten endlich aufgeholt.

»Und?«, fragte der Führer. »Wie sieht es aus?«

»Gut, wenn wir dieses Portal aufbekommen«, antwortete Thevs. »Oder das Mädchen das tut.«

»Ein Mädchen?«, fragte einer der Soldaten irritiert. »Hier unten?«

Und ein anderer sagte: »Bei den Göttern, das könnte die Attentäterin sein.«

Henning wandte sich halb aus dem Schacht. »Attentäterin?«

»Die den König töten wollte. Es hieß, es war eine junge Frau. Gefunden hat man sie bisher nicht, aber sie brach offenbar übers Dach in die Kathedrale ein. Man fand Spuren in einem heiligen Raum der Wächterin.«

Hennings Blick fiel auf die schwarze Kerze in seinen Händen, und er murmelte: »Bei der Mutter See!« Mit einem Ruck wandte er sich wieder dem Schacht zu: *»Kleine!* Hörst du mich? Wir wollen dich nicht töten! Wir sind nicht im Auftrag des Königs hier! Uns ist es völlig egal, ob du versucht hast, den Schwachkopf zu ermorden.«

Ein kurzes Zögern, dann: »Schwachkopf?«

»Ja, der König ist ein Trottel. Er wird die Stadt in den Untergang führen, wenn wir nicht einschreiten. Bitte, öffne uns das Tor! Du hast das Wort von Sir Henning Falk, dass dir nichts geschehen wird. Bitte!«

»Henning Falk?«

»So nennt man mich.«

»Der Fratera, der in La Harb die Hexe aus dem Feuer geholt hat?«

Die Geschichten waren also bis tief in den Süden vorgedrungen. »Genau der, Kleines. Bitte. Du kannst mir vertrauen. Niemand krümmt dir ein Haar.«

»Fratera?«, hörte er sie leiser sagen. Und dann: »Schwört Ihr mir eines?«

»Wenn es in meiner Macht steht.«

»Wenn Ihr Sir Henning Falk seid, dann steht es in Eurer Macht. Nehmt mich mit! Nehmt mich auf in Eure Gemeinschaft!«

Henning hätte beinahe gelacht. »Nichts lieber als das! Wir können jede Hand und jeden hellen Kopf gebrauchen.«

»Dann schwört es! Schwört es bei der Wächterin! Schwört es bei Eurem Leben!«

Henning schluckte, angesichts der Kerze der Wächterin in der Hand. Sein Leben lang hatte er nicht an die Göttin geglaubt, aber Leyna und Nante hatten gesagt, sie waren ihr auf den Traumpfaden begegnet. Der Wächterin der Seelen …

»In Ordnung.« Er räusperte sich. »Dann schwöre ich, Sir Henning Falk, hiermit ganz offiziell und im Namen der Wächterin der Seelen, deren Kerze ich in der Hand halte, dass dir, Königsmörderin, nichts geschehen wird. Wir werden dich in die Gemeinschaft der Fratera aufnehmen. Wir werden dich beschützen. Du wirst eine von uns sein.«

»Lasst es *sie* bezeugen!«

Henning schloss die Augen. Sie hatten dafür keine Zeit, aber dem Mädchen war es todernst. »Und wie?«, fragte er.

»Indem Ihr *ihr* Euer Leben versprecht, solltet Ihr den Schwur brechen!«

Henning hätte beinahe geschnaubt. Als ob die Wächterin seinen Schwur hören würde. Es war einfach nur idiotisch, aber wenn es dieses verdammte Tor öffnen würde ...

»Also gut! *Wächterin, ich verspreche Euch mein Leben, sollte ich den Schwur brechen! Hört Ihr mich!*«

Ein kalter Windhauch erfasste ihn, und die Kerze flackerte tiefviolett auf. Im tanzenden Schatten vor sich meinte Henning, eine Kapuze zu erkennen, doch der Moment war so schnell vorbei, dass er sich nicht sicher war.

Das Mädchen hingegen schon. Sie begann vor Erleichterung zu weinen. »Danke, Wächterin! Danke!« Schritte patschten durch Wasser. Etwas klopfte gegen das Portal, und dann hörte Henning das Schaben eines Riegels.

Kapitel 31

Südmark, Feste Tannrein

Leyna stand zusammen mit Nante, Ihrer Majestät, Gallus, Dietz, Artur, Rosa und einer Handvoll Soldaten auf einem Wehrgang der Burg und schaute auf Tannrein. Der alte Stadtmauerring umspannte die Zitzen samt einem Gürtel prächtiger Fachwerkhäuser. Es folgte die Neustadt, ausladend wie ein Flickenteppich von Häuserdächern, der von der neuen Stadtmauer abgegrenzt wurde. Dahinter lag der Damm als bleiches Band über dem Talister. Das Wasser staute sich bereits in Teile der Neustadt.

Ein Soldat zeigte auf eine Hauptstraße, die schnurgerade von der Altstadt quer durch die Neustadt hinunter zum Fluss führte. Zur Königin sagte er: »Dort reitet Euer Gemahl!« Es waren mindestens dreihundert Reiter, alle hoch zu Ross und in die indigofarbenen Mäntel Seiner Majestät gekleidet. »Sie wollen sich am Hauptmarkt gegen die Jundar formieren.«

»Keine dumme Idee«, sagte Gallus. »In den Gassen fehlt es den Reitern an Platz, aber auf dem Markt können sie den Vorteil ihrer Pferde ausspielen.«

»Aber werden die Jundar dort angreifen?«, warf Dietz ein. »Wenn ich sie wäre, würde ich über den Fluss kommen und von dort aus Stück für Stück die Stadt einnehmen.«

Und genau danach sah es aus. Eine schuppig glänzende Masse an Leibern kroch aus dem Fluss, erklomm die Kaimauern und verschwand zwischen den Häusern. Überall entbrannten Scharmützel; wo Soldaten gerade noch Dämme gegen das Hochwasser errichtet hatten, kämpften sie im nächsten Moment gegen die Bestien, die Barrieren einrissen und aus dem Wasser glitten wie der stille Tod. Einwohner flohen aus den betroffenen Stadtteilen. Schreiend hasteten sie durch die Straßen und kannten nur eine Richtung: hoch zu den Zitzen. Dazu kamen scharenweise Tiere, die über den Damm kletterten und sich ins Wasser warfen, um in die Stadt zu schwimmen. Leyna sah Bären, Hirsche, Rehe, Biber, aber auch Füchse und Wildschweine. Selbst ein Schwarm Raben kreiste über dem Damm, um in einer pfeilschnellen Formation vom Himmel zu stürzen und einen Soldaten niederzumachen.

Leyna hatte keine Ahnung von Kriegsführung und Schlachtplänen, aber sie sah, wohin das alles führte: direkt ins Chaos.

»Ihr habt recht«, sagte ein Soldat grimmig. »Sie kommen überwiegend über den Fluss. Das Ufer lässt sich nicht verteidigen.«

»Weil mein Mann versagt hat.« Die Königin stützte sich auf die Zinnen, als lasteten Tonnen auf ihren Schultern. Ihr grau meliertes Haar hing ihr feucht in die Stirn. »Ich wusste schon immer, dass er kein Stratege ist, aber dass er so unfähig ist... Was bitte hat sein Kriegsrat getan? Däumchen gedreht und Worte hin und her geworfen? Seit dieser Damm aufgetaucht ist, lag ich ihm in den Ohren, er solle handeln und die Stadt sichern. Barrikaden bauen, selbst einen Damm aufschichten, was weiß ich, aber er sagte nur, er wisse, was zu tun sei. Und was tat er? Er verteilte Eintopf an die Armen, der Narr.« Die Königin schüttelte den Kopf. »Und jetzt?«, fragte sie in die Runde. »Irgendwelche Ideen, um zu retten, was zu retten ist?«

»Wir brauchen Zeit«, erklärte Nante. »Jeder Moment erhöht die Wahrscheinlichkeit, dass Henning und Thevs den Stein auftreiben. Wir müssen also die Burg halten.« Er zeigte auf die alte Stadtmauer und eine steinerne Brücke, die sich unweit der Burg über den Talister spannte. In gewisser Weise verband sie die beiden Enden der Stadtmauer über dem Fluss. »Können wir die zum Einsturz bringen?«

Die Königin war entsetzt. »Die Brücke der Heiligen?«

»Sie ist aus Stein, oder?«

»Ja, aber ...«

»Also wird sie das Flussbett aufschütten. Vielleicht nicht vollständig, aber es wird ein Hindernis für die Jundar werden. Wenn Ihr Eure Soldaten außen herum auf den Mauern positioniert, ebenso am Kai entlang, können wir die Jundar von allen Seiten empfangen.«

»Keine dumme Idee«, pflichtete Gallus bei. »Man könnte zusätzlich auf den Gebäuden in der Nähe Bogenschützen stationieren. Von dort können sie den Bereich ebenfalls unter Beschuss nehmen.«

Die Königin schien nicht überzeugt, doch dann nickte sie. »Tut, was getan werden muss!«

Ein Soldat salutierte. »Ich kümmere mich um die Sprengung der Brücke!« Schon rannte er davon. Auch die Königin machte sich auf den Weg zurück in die Burg.

Rosa, Gallus, Dietz und Artur blieben zurück und tauschten Blicke. Dietz meinte: »Ich werde mit Artur auf einem der Gebäude Posten beziehen. Unsere Bögen sind so am effektivsten.«

»Und ich werde in erster Reihe kämpfen«, versprach Gallus grimmig. »Sollen sie nur kommen, aber nicht an mir vorbei.«

Rosa sah noch einmal hinab. »Ich kümmere mich um die

Versorgung. Soldaten müssen essen und trinken, wenn sie lange kämpfen wollen.«

»Das ist ein guter Plan.« Gallus sah zu Leyna und Nante. »Und Ihr?«

»Wir werden uns ebenfalls dort unten positionieren und warten«, sagte Nante. »Wenn Ihr uns den Rücken freihalten könntet, Gallus, wäre ich Euch zu Dank verpflichtet.«

»Darauf könnt Ihr Gift nehmen!« Er salutierte und eilte los, um einen Trupp zusammenzustellen.

Auch Dietz und Artur wandten sich zum Gehen, doch Dietz hielt noch einmal inne und sagte: »Viel Glück!«

»Euch auch!« Leyna sah allen hinterher, wie sie geschäftig den Weg hinab in die Altstadt einschlugen. »So geht es also dahin«, sagte sie traurig.

»Nein«, widersprach Nante. »So beginnt es.«

»Du meinst, wie mit den Abenteuern in Lensend?«

»So ungefähr. Jeder Anfang ist ein Ende, und jedes Ende ein Anfang. Komm! Lass uns auch hinuntergehen!«

Leyna widersprach nicht, und so stiegen sie Seite an Seite hinab, während der Schlachtlärm aus der Neustadt herüberwehte.

Es ist wie in La Harb, dachte Leyna traurig. *Ein einziges Gemetzel.* Noch war es viele Straßen entfernt, aber dort starben gerade Männer, Frauen und Kinder. Schicksale erfüllten sich, Tragödien spielten sich ab, hundertfach, tausendfach, und alles nur wegen des Ehrgeizes eines Zauberers vor ein paar tausend Jahren.

Nantes Stimme riss sie aus den düsteren Gedanken. »Ich habe einen Plan«, sagte er, den Blick auf die Heiligenbrücke gerichtet.

Leyna seufzte. »Henning würde jetzt sagen, das klingt nicht gut.«

»Ja, das würde er sagen.« Das Blitzen eines Lächelns.

»Aber es ist ein guter Plan. Wir werden Kea aus der Zeit nehmen.«

Leyna blieb abrupt stehen. »Das ist nicht dein Ernst.«

»Doch. Damit schlagen wir zwei Fliegen mit einer Klappe. Wir unterbinden einerseits ihre Anführerrolle und schaffen uns andererseits ein Zeitfenster, um sie zu retten.«

»Du weißt, dass der Zauber uralt ist und ich ihn noch nie gewirkt habe. Außerdem hat ihn Ilka erfolglos in La Harb an meinem Vater versucht; warum glaubst du, wird er bei deiner Schwester funktionieren?«

»Weil er funktionieren muss!« Auch Nante blieb stehen. Zorn und Wut ließen seine Augen leuchten. »Es ist ihre letzte Gelegenheit, Leyna!«

»Das mag sein, aber was ist, wenn es nicht funktioniert? Was dann, Nante?«

»Dann wirst du sie töten, Gezeichnete«, sagte Nante plötzlich mit der Stimme des Heiligen, der mit ihnen auf den Traumpfaden gewandelt war.

Im nächsten Atemzug schrie Nante mit seiner eigenen Stimme: »Nein! Nein! Nein!«

Und wieder mit der anderen Stimme, dröhnend und donnernd: *»Doch! Und nun schweig, Nante! Der Zauber mit der Zeit ist deine letzte Option. Wenn er misslingt, wird deine Schwester sterben.«*

Nante verzog das Gesicht vor Schmerz und griff sich an den Kopf, als wolle der zerspringen. Er riss ihn nach links und rechts und wimmerte: »Nein! Nicht Kea! Niemals!«, doch dann ging ein Ruck durch ihn, und er richtete sich langsam auf.

In seinen sonst sturmhellen Augen funkelte etwas Dunkles, Düsteres, und sein Gesicht schien plötzlich schmaler zu sein.

»Sollte der Zauber misslingen, wirst du sie töten, Gezeichnete, ganz egal, was dein Freund hier sagt. Hast du mich verstanden?«

Leyna erzitterte angesichts der Macht, die Nante ausstrahlte. Sie neigte instinktiv das Haupt und hörte sich selbst sagen: »Wie Ihr befehlt, Herr.«

Der Herr namens Nante lächelte, und dann war es wieder Nante, schwer schnaufend und das Gesicht von Schweiß bedeckt. Unter seinen wirren Haaren brannte sein Blick hervor, doch er sagte nichts. Er wischte sich nur den Schweiß von der Stirn, bevor er wortlos die Straße hinab zum Fluss marschierte.

Kapitel 32

Südmark, Feste Tannrein

Das Portal öffnete sich. Henning hätte gejubelt, wenn er nicht gerade einen Schwur mit der Wächterin eingegangen wäre. Er glaubte es noch nicht recht – er hatte nur ein paar Worte gesagt … wie konnte das sein? Wohnte ihm vielleicht doch ein Funken Magie inne?

Ein Soldat schrie überrascht auf, als aus dem Spalt zwischen den Türflügeln knöchelhoch Wasser sprudelte und sich bis zu den Treppenstufen ergoss. Es brachte den Geruch des Talisters mit sich und war kalt. Eiskalt.

»Das gibts ja nicht!«, rief der Stadtführer. »Noch nie hat es hier unten Wasser gegeben!«

»Nicht mehr seit ein paar tausend Jahren«, korrigierte Henning. Gespannt blickte er in die Dunkelheit hinter dem Portal. Schemen bewegten sich, und für einen Moment befürchtete Henning, eine Horde Jundar würde herausstürmen, doch es war nur das Mädchen. Eher eine junge Frau, blass und abgerissen. Als sie die Soldaten erblickte, wollte sie zurück in die Dunkelheit weichen, doch Henning hob die Hände und sagte: »Keine Angst! Niemand tut dir was.«

»Das glaub ich Ihnen, aber denen nicht. Sie sollen es auch schwören!«

Der Stadtführer seufzte. »Keiner krümmt dir ein Haar, Kind.«

»Nenn mich nicht Kind!«

»Gut, dann meine Dame.« Er verneigte sich.

Thevs trat vor und brummte: »Sind wir jetzt fertig? Dir tut niemand was, keine Sorge, und wir kommen endlich in die Kammer.« Er hob die Laterne und trat ans Portal heran. Flackernder Schein erhellte ein Podest, zu dem Stufen hinaufführten. Dunkles Wasser schwappte dagegen. Von irgendwoher drückte es sich in die Kammer, man hörte es rauschen und sprudeln und blubbern, vermutlich wegen des Rückstaus durch den Damm.

Henning hatte nur Augen für die junge Frau. Ihr Schatten, von der Kerze an die Wand geworfen, sah aus wie die Wächterin der Seelen, mit spitzer Kapuze und zwei Sicheln. Als Thevs sich bewegte, war der Eindruck verschwunden.

»Wer bist du?«, fragte er das Mädchen.

»Letti«, antwortete sie.

Henning zwang sich zu einem Lächeln. »Dann willkommen bei den Fratera, Letti! Wusstest du, dass wir alle einen Spitznamen haben?«

»Wie zum Beispiel *der Wanderfalke*«, fügte Thevs hinzu.

Er wollte wie die Soldaten in die Kammer, aber irgendwie traute sich niemand an der jungen Frau vorbei. Die stand verloren im Portal, die Schultern hängend, das Haar wirr und feucht; ein verängstigtes Mädchen in den Katakomben.

»Einen Namen?«, wiederholte sie.

»Ja, Letti. Wähle am besten selbst einen, bevor du einen ... dummen bekommst – wie *die Lunte* oder *der lange Ludo*. Manche benennen sich nach Eigenschaften. Nante ist der Vielstimmige. Sina war das Messer. Lizzy ...« Henning verstummte, doch Thevs vollendete: »Die Dornenmaid.«

Letti verstand. »Dann will ich Letti die Wächterin genannt werden.« Sie lächelte andeutungsweise, und dann trat sie endlich beiseite und gab den Weg frei.

Thevs und die Soldaten stürmten sofort hinein, doch

Henning reichte der frischgebackenen Fratera die Hand: »Damit sei es besiegelt.«

Sie schlug ein. »So sei es, Sir Henning Falk.«

Er grinste. »Lass das *Sir* und den *Falk* stecken. Nur Henning. Und jetzt komm, wir brauchen diese Kristalle.«

Auch er und Letti liefen in die Kammer. Sie glich exakt der aus seinem Traum: die fremd anmutenden Verzierungen auf den Wänden, die Erhebung in der Mitte, das Wasser außen herum. Einzig die silbernen Leiber der Jundar fehlten, aber Henning würde sich nicht über deren Abwesenheit beschweren.

»Hier!«, rief Thevs von der Erhebung herunter. »Das könnte es sein.«

Henning war mit drei weiten Schritten bei ihm. Mittig auf der Erhebung ragte eine hüfthohe Säule empor, in der ein rundes Becken eingelassen war. Darin sprudelte eine silbrige Flüssigkeit. Etwas lag darin. Im Lampenschein erspähte Henning rauchblaue Lichtreflexe.

»Das ist es!« Henning konnte es nicht fassen: Sie hatten wirklich den Kristall gefunden. Er wollte zugreifen, doch da schrie ein Mann: *»Nicht so!«*

Henning zuckte zurück, als hätte er sich verbrannt. Er wandte sich wie alle anderen zum Portal. Dort stand Endres.

»Habt Ihr denn den Geschichten nicht gelauscht?«, schimpfte er.

Henning stöhnte. »Hört mir jetzt auf mit Euren Geschichten! Dafür haben wir keine Zeit!«

»Doch! Die Zeit müsst Ihr Euch nehmen, wenn Ihr nicht sterben wollt.« Der Alte humpelte herein. »Was wisst Ihr über den Bruderkrieg?«

»Dass er brutal war. Schonungslos. Tausende starben wegen der Fehde zwischen Sankt und Ives. Weil Ives mit dunkler Magie hantiert hat.«

Der Alte nickte grimmig. »Also habt Ihr doch zugehört. Dunkle Magie. Was glaubt Ihr, was dieses silberne Zeug ist? Wasser? Habt Ihr Wasser gesehen, das Jahrtausende überdauert?«

Henning blickte auf das sprudelnde Silber in der steinernen Schale und schluckte. »Es ist ein Schutzzauber?«

»Und was für einer! Kein Mann und keine Frau, kein lebend Mensch kann ihn überwinden, wie es heißt.«

»Und das sagt Ihr jetzt!« Henning kochte plötzlich vor Wut. »Warum habt Ihr uns hier heruntergeschickt, ohne uns zu warnen? Niemals hätte ich Leyna und Nante ziehen lassen!«

Endres erklomm die Stufen, Ärger auf dem Gesicht. »Ihr habt wieder nicht zugehört. *Kein Mann und keine Frau, kein lebend Mensch* heißt es. Ist Leyna eine Frau? Ich denke doch. Und lebt sie? Ich denke auch.«

Henning wurde es zu bunt. »Und wer soll ihn dann herausholen? Die Wächterin der Seelen?« Er wandte sich an Letti. »Wie wär es? Du trägst schon ihren Namen, vielleicht kannst du ihn herausholen.«

»Nein«, entgegnete Endres. »Sie würde auch nur sterben. Aber nicht ich.« Er griff sich ans Gesicht und nahm irgendwie Fleisch davon. Darunter kam eine Frau in Hennings Alter zum Vorschein. Wachsbrocken klebten an ihren Wangen und Büschel grauen Haares an der Stirn.

Henning zog seinen Dolch, wie alle anderen auch. »Keinen Schritt weiter! Wer seid Ihr?«

Die Frau, die einmal Endres war, lächelte. »Ich heiße Marla, aber Ihr werdet mich nicht unter dem Namen kennen.«

»Sondern?«

»Ich bin die Tochter der Wächterin.«

Die Soldaten raunten, Thevs musterte sie argwöhnisch,

Letti wich zurück, nur Henning lachte. »Die nächste Sage! Ach, Mutter See, wo hast du mich da reingeschickt?«

»In die Realität, Wanderer.« Marla trat vor ihn, ergriff seine Hand und führte sie an ihren Hals. Dort drückte sie seine Finger unterhalb des Kiefers an die Halsschlagader. »Fühle es selbst.«

Henning hob die Augenbrauen. »Ich fühle gar nichts.«

»Eben.«

Da begriff er, stutzte und tastete an ihrem Hals umher. Sie lächelte dabei ohne Freude. »Du kannst es ruhig glauben. In meiner Brust schlägt kein Herz, sondern ein magischer Kristall. Er hält mich am Leben. Aber ich bin *kein lebend Mensch*, wie es Ives formulierte.« Sie schob seine Hand beiseite und trat vor das Becken. Lange Momente blickte sie hinein, dann griff sie beherzt zu.

Als ihre Finger das flüssige Silber berührten, seufzte Marla auf und taumelte. Einen Moment lang meinte Henning, die Laternen würden alle gleichzeitig flackern, aber der Eindruck ging vorbei, und Marla zog einen rauchblauen Kristall aus dem Becken.

Mit einem matten Lächeln auf den Lippen reichte sie ihn Henning. »Der ist für Euch, Wanderer. Geht und bringt ihn der Gezeichneten.«

Er zögerte und griff dann zu. Kalt und feucht fühlte sich der Kristall an. Er hatte die Form eines groben Daumens mit Handballen. Drei Bruchkanten waren zu erkennen, wo Zeige-, Mittel- und kleiner Finger gewesen wären. »Die anderen drei Splitter!« Er suchte Thevs' Blick. »Dann ist das der Rest!«

»Bleibt die Frage, wie der Kristall einst auseinanderbrach«, warf Thevs ein, den Blick auf das flüssige Silber im Becken gerichtet.

»Es muss geschehen sein, als Sankt und Ives starben«,

sagte Marla. »Sankt hat, seinem Tagebuch nach, einen mächtigen Zauber gewirkt, der ihn selbst das Leben kostete. Dabei muss der Stein explodiert sein. Bruchstücke spritzten aus dem Schutzzauber, nur der schwere Sockel verblieb im Becken.«

»Ist mir ehrlich gesagt auch scheißegal.« Henning hob den rauchblauen Kristall vor sein Gesicht, betrachtete das Schimmern und Wogen und Wallen im Inneren und ballte dann die Faust darum. »Und jetzt lasst uns verschwinden.«

»Nur allzu gern!« Thevs war schon an der Tür, gefolgt von den Soldaten. Auch Letti lief hinterher, nur Marla verharrte auf dem Podest.

»Kommt Ihr nicht und kämpft mit uns?«, wollte Henning wissen. »Wir können jemanden wie Euch an der Front gebrauchen.«

»Zweifellos, aber ich kämpfe schon lange nicht mehr. Ich habe es so satt.« Sie lächelte mit einer Weisheit in den Augen, die keinen Widerspruch duldete. »Und nun geht, Wanderer! Rettet meine Heimat!«

Das ließ sich Henning nicht zweimal sagen. Er machte auf dem Absatz kehrt und hastete aus der Kammer, während das Wasser unter seinen Stiefeln in alle Richtungen spritzte.

Die Tochter der Wächterin blieb allein zurück, stellte die schwarze Kerze auf den Rand der Schale, strich mit den Fingern darüber und schloss dann die schweren Portale, bevor sie in den Schatten der jahrhundertealten Gänge verschwand.

Kapitel 33

Südmark, Tannrein, Altstadt

»Vorsicht!«

Die Soldaten der Königin karrten auf einem Wagen Fässer voller Schießpulver heran. Trotz des Regens und der Kälte waren ihre Gesichter gerötet. Keinem wollte ein Fass vom Karren fallen.

Gallus stand neben der Heiligenbrücke und besah sich das Werk der Männer. Neun Fässer hatten sie bereits am südlichen Sockel der Brücke aufgetürmt. Einige bedeckten sie mit Sandsäcken, um die Explosion zu verstärken.

»Ich glaube, es reicht«, brummte Gallus. »Die Fässer von dem Karren noch, und dann sollte das mächtig *rums* machen.«

»Glaub ich auch.« Einer der Befehlshaber der Königin wischte sich Regen und Schweiß vom Gesicht, während er den Talister hinabblickte. »Ich hoffe nur, wir sind schnell genug.«

Das hofften sie alle. Kampflärm wehte unablässig den Strom herauf, eine Kakofonie aus Schmerzensschreien, Jundargebrüll, Tiergeschrei, dem Rasseln von Ketten, dem Schlagen von Stahl auf Chitin und den Rufen fliehender Bürgerinnen und Bürger. Immer mehr kamen auch aus der Neustadt gerannt, ein unablässiger Strom Entsetzter.

Für Leyna war der Anblick fast zu viel, ließ er doch die Erinnerungen an La Harb wieder hochkochen. Sie sah vor ihrem inneren Auge die Toten, die Aufgeschlitzten, die verdrehten Leiber, die verzerrten Gesichter, die Bäche aus Blut in den Gassen.

Gallus bemerkte ihren Gesichtsausdruck und meinte: »Wir werden diesen Krieg gewinnen!«

Leyna nickte müde. »Aber um welchen Preis?«

Während die Soldaten die letzten Fässer unter der Brücke auftürmten, sah sie sich nach Nante um und entdeckte ihn abseits auf der Kaimauer. Unter ihm floss träge der Talister dahin, doch flussabwärts spuckte er den Tod aus.

»Wir brauchen eine Lunte!«, hörte sie einen Soldaten rufen. »Eine Lunte, Ihrgötter! Wer war dafür zuständig?« Niemand rührte sich, was den Soldaten brüllen ließ: »Klar, keiner war's! Wie sollen wir den Mist entzünden? Wer will freiwillig da ran?«

»Ich«, rief Leyna. Sie hatte sonst nichts zu tun. »Ich werde die Fässer zur Detonation bringen.«

Der Soldat nickte dankbar. »Dann wartet auf mein Kommando!« Er hastete zurück zum Karren und half mit den letzten beiden Fässern.

Nante kam ebenfalls herüber, das Gesicht grau vor Sorge. »Ich spüre Kea. Sie kommt!«

Hoffentlich nicht, betete Leyna. Sie hatte keine Ahnung, was sie tun sollte, falls der Zeit-Zauber versagte. Sie holte noch einmal Ilkas Büchlein hervor, das sie immer bei sich trug, blätterte es durch und las die Notizen zu jenem Zauber. Aus der Zeit nehmen. Es war ein komplexes Zeichen, aber wenn sie es schaffte, könnte sie die Jundar womöglich *befrieden*, wie Nante es ausgedrückt hatte.

Versuchen würde sie es in jedem Fall. Und wenn nicht… *wirst du sie töten, Gezeichnete.* Leyna erschauderte bei der Erinnerung an die Stimme des Heiligen. Wer war er? Wer nutzte Nante als Sprachrohr?

Bevor sie weiter darüber nachgrübeln konnte, kam der Befehlshaber zu ihr gerannt. »Fässer sind bereit!« Und lauter rief er: »Alle in Deckung! Wir sprengen die Brücke!«

Die Brücke, die Brücke, die Brücke.

Leyna suchte den Blick des Soldaten, dann den von Nante und schließlich von Gallus. Alle nickten ihr zu. Also lag es nun in ihrer Hand.

Sie fokussierte die Fässer, konzentrierte sich auf den Angriffszauber, suchte nach Wut in ihrem Inneren, fand sie beim Gedanken an den dummen König, aber noch mehr bei Simeone und Luc Lazards, beschwor sie hoch und zeichnete das Zeichen in die Luft. Um ihre Finger herum leuchtete es auf, es knackte und rauchte, und dann schleuderte sie es auf die Fässer.

Soldaten schrien erstaunt und voller Ehrfurcht, dann traf die Kugel aus knisterndem Licht die Fässer. Es knallte laut, Feuer hüllte das Holz ein, und es folgte die eigentliche Explosion.

Die war gewaltig. Feuerzungen schossen unter der Brücke hervor, ließen den Talister zischen und dampfen. Der Boden bebte, und dann knackte die Brücke. Eine weitere Explosion folgte. Steine flogen durch die Luft, faustgroße Brocken. Ein weiteres Grollen ließ den Boden erzittern.

Es folgte Stille.

Alle starrten auf die Heiligenbrücke, auf die vierundzwanzig Statuen, die seit Jahrhunderten dort die Passanten grüßten.

Im nächsten Moment knickte der Brückenpfeiler ein. Unter ohrenbetäubendem Donnern krachten die uralten Steine in den Talister, Wasser spritzte haushoch, eine Flutwelle schwappte über den Kai und fegte einige Soldaten davon.

Als der Lärm verhallt war, ertönten Jubelrufe. Während

einige Soldaten ihre Kameraden zurück aufs Ufer zogen, kam Gallus zu Leyna und klopfte ihr auf die Schulter.

»Sauber«, sagte er lachend. »Besser hätte es nicht laufen können.«

Und tatsächlich: Die Heiligenbrücke war vollständig eingestürzt und bildete eine Barriere im Talister. Der schoss an den meisten Stellen über die Steine und das Geröll hinweg, aber die Jundar würden das Hindernis nicht mehr ohne Weiteres passieren.

»Genug geschaut!«, rief der Befehlshaber. »Alle Mann auf ihre Posten!«

Sofort brach Geschäftigkeit aus, als die Soldaten ihre Waffen packten und auf den Kaimauern Stellung bezogen.

Gallus, Leyna und Nante gesellten sich dazu.

Dann hieß es Warten – Warten auf den Feind. Warten auf den Kampf. Warten auf den Tod.

Der kam still und heimlich, und im ersten Moment bemerkte es niemand, bis Gallus rief: »Der Fluss schwillt an! Vorsicht!« Sein Warnruf hallte noch über die Mauern, als die ersten Jundar aus dem brackigen Wasser platzten. Reptilienaugen blitzten auf, von Reißzähnen troff Wasser, Klauen stießen hervor, Schwimmhäute glänzten im matten Licht. Eine der Bestien brüllte zum Angriff, ohrenbetäubend schrill, und dann rollte eine Lawine aus Jundar den Soldaten entgegen.

Leyna starrte entgeistert auf die schiere Masse. Sie hörte das Surren von Pfeilen in der Luft, die Schlachtrufe der Soldaten, das Singen von Stahl und das Klackern von Klauen. Dann senkte sich die erste Salve auf die Jundar, und das Gekreische begann. Blut spritzte aus Wunden, verwandelte das Wasser des Talisters in wenigen Herzschlägen in eine dunkle Plörre, doch die Bestien schien das nicht zu stören. Sie ergossen sich aus den Fluten, endlos und voller Kampfeslust. Sie rissen Soldaten von den Mauern, schlitzten sie auf, bissen Gliedmaßen ab und stürzten sich lebensmüde ins Gefecht.

In den Wahnsinn hinein fragte Nante: »Bereit?«

Leyna wollte den Kopf schütteln, nickte aber. »Bereit!«

»Dann ... *für die Fratera!*«

Und Gallus schrie: *»Für Tannrein!«*

Und Leyna fiel mit ein: *»Für La Harb!«*

Seite an Seite stürzten sie vorwärts und warfen sich mitten ins Getümmel.

Leyna verlor sofort den Überblick. Es zählte nur noch der Angreifer vor ihr. Ein Jundar, so groß wie eine Wildsau, schnappte nach ihr, und sie wehrte ihn mit einem Zeichen ab. Dann den nächsten und noch einen. *Du musst auch angreifen*, meinte sie Henning wie in all den Lehrstunden in Lensend sagen zu hören, und sie griff an. Eine der Kugeln schoss aus ihren Händen und zerfetzte eine Gruppe von fünf Jundar.

Wieder jubelten Soldaten und warfen sich siegesgewiss in die Schlacht. *Weil ich ihnen Hoffnung gebe.* Auch Nante drosch wie ein Verrückter auf die Monster ein, ebenso Gallus. Der versuchte nah an Leyna zu bleiben, wie ihr Schatten, um ihr den Rücken freizuhalten.

Über ihnen flogen Pfeile von den Stadtmauern, ebenso Steine, die Soldaten auf die Jundar schleuderten. Sie polterten gegen Wände und auf die gepflasterte Straße, auf Köpfe und Leiber. Eine Gruppe Soldaten neben ihnen stach mit Hellebarden auf eine Rotte Jundar ein, bis sich ein Exemplar, so groß wie zwei Schlachtrösser, aus dem Wasser erhob. Es brüllte zornig und schlug mit dornenbesetzten Tentakeln nach den Soldaten.

»Das Große!«, rief Nante. »Los, Leyna!«

Sie lief schon los, das Pflaster unter ihren Stiefeln, nass

von Blut und Fluss. Sie konzentrierte sich auf die Bestie, die einem Soldaten den Kopf abriss, und beschwor den Angriffszauber hervor. Nante drosch neben ihr auf zwei Jundar ein, die sich ihnen in den Weg warfen. Leyna blendete das aus, konzentrierte sich nur auf das Biest und ihren Zorn, schleuderte den Blitz und schrie: *»LA HARB!«*

Das Monstrum bemerkte die nahende Gefahr und warf sich herum, doch die Blitzkugel traf es an der Schulter und zerfetzte sie in einer Wolke blutiger Gischt. Das Monster kippte brüllend zurück in den Talister.

Leyna hatte keine Zeit, sich zu freuen, denn zwei kleinere Ungetüme fielen schon über sie her. Eines traf sie an der Seite und fegte sie von den Füßen. Der Aufprall ließ ihre Schulter taub werden, doch sie zeichnete das Schutzzeichen in die Luft. Der fahle Kranz aus Reißern erstarrte direkt vor ihr, nur der Sabber tropfte auf sie herab, dann war Gallus da und trieb dem Jundar sein Schwert durch den Hals. Mit dem Fuß trat er nach dem zweiten, und mit der Faust schlug er nach einem dritten. Da hatte sich Leyna wieder aufgerappelt und blockierte das nächste Monster. Dann wieder *Angriff* und *Abwehr* und *Angriff.*

Sie hatte keine Ahnung, wie lange es so ging, ihre Welt schrumpfte auf den jeweiligen Kampf zusammen – bis Nante schrie: *»KEA!«*

Der Schrei ließ sie zum Talister herumfahren. Die Kämpfe hatten sie mindestens einen Steinwurf von der Stadtmauer Richtung Neustadt getrieben, und doch sah sie, was auf sie zukam. Es war nicht zu übersehen.

Ein gigantischer Jundarwurm kroch gegen den Strom den Talister herauf. Der Kopf hatte keine Augen, keine Ohren, dafür ein riesiges Maul, kreisrund und voller Zähne in mehreren Reihen. Und auf dem Rücken des Wurms saß die fahle Frau.

Sie ritt das Biest wie ein Pferd, pflügte damit durch den Fluss und schrie in schrillen Tönen. Es war wirklich die junge Frau aus Nantes Vision. Kea Falk.

Wie Lizzy war sie mutiert, mit strähnigem Haar, knorpeliger Haut, Falten und Schuppen. Ihre Augen glommen tieforange.

»Leyna!« Nantes Stimme. »Achtung!«

Sie sah eine Bewegung im Augenwinkel und warf sich zur Seite. Ein Jundar kam über ihr zum Stehen und brüllte seine Verachtung heraus. Ihm fehlte ein Horn, das man ihm abgehackt hatte. Leyna kannte ihn. Sie hatte ihn schon in La Harb gesehen, ganz eindeutig. Geschmeidig wie ein Wolf kam er auf sie zu, grollte aus der Brust heraus und zeigte eine Reihe dornengleicher brauner Zähne.

»Für Tannrein!«

Gallus kam von irgendwoher und griff den Einhornigen an. Der wich dem Schwerthieb aus, schnell wie eine Katze, und brüllte ohrenbetäubend. *Er ruft sie zusammen!*, begriff Leyna, und schon scharten sich vier, sechs, acht, zehn Jundar um ihn herum. Alle starrten Leyna feindselig aus ihren geschlitzten Pupillen an.

Wieder brüllte der Einhornige, und gemeinsam griffen sie an.

Gallus schob sich schwer schnaufend vor Leyna. Blut sprenkelte sein Gesicht. »Kümmert Euch um die fahle Frau!«, sagte er. »Ich halte sie auf.«

Leyna wollte widersprechen, doch Gallus gab ihr einen harten Stoß, der sie auf Nante zutaumeln ließ, und warf sich im nächsten Moment gegen die Jundar in den Kampf.

»Nein!«, stammelte Leyna. »Nein!«, doch Nante war bei ihr und riss sie fort.

»Der Zeitzauber! Los!« Er zerrte sie mit sich, weg von Gallus und dem Einhornigen, die beide brüllten und keuchten.

Leyna schluckte ihre Angst herunter, versuchte sich auf Nante und Kea zu konzentrieren. Die war auf ihrem Wurm fast heran. Das Monstrum drängte sich unter der letzten intakten Brücke hindurch, riss Statuen herunter und ließ sie ins schäumende Wasser stürzen. Leyna erkannte die Brücke: Auf dem höchsten Punkt des Bogens erhob sich die Statue der Wächterin. Dort waren sie von den Traumpfaden gekommen.

»Hier!« Nante schob Leyna bis zum Aufgang der eingestürzten Heiligenbrücke. Gezackt fiel der Boden direkt vor ihnen in den Fluss, wo die Explosion den Pfeiler zerrissen hatte. »Hier werden wir sie erwarten!«

Leyna nickte hastig und pumpte Luft in ihre Lunge. »Aus der Zeit nehmen! Kea aus der Zeit nehmen.« Sie blickte zum Wurm, der Bogenschützen von einem Dach fegte und sich dann in die Fluten stürzte, um in einer Wolke aus Gischt wieder aufzutauchen. Kea ritt auf seinem Rücken und hielt sich an armlangen Auswüchsen fest.

»Bereit?«, fragte Nante. »Sie sind gleich hier!«

Und wie sie gleich hier waren. Der Wurm war noch riesiger, als zunächst angenommen, lang wie eine Galeere und massig wie ein Kirchturm.

»Jetzt!«, brüllte Nante. »Nimm sie aus der Zeit!«

Aus der Zeit nehmen.

Leyna schloss die Augen, stellte sich das Symbol vor, lodernd grell mit jedem Detail, und schon huschten ihre Finger durch die Luft, fuhren gezackte Linien nach, einen Kringel hier, einen Strich dort.

Immer heller wurde es, blendend grell, als das Zeichen vollständig aufleuchtete.

»Und wirf!«

Sie sah Nante neben sich Anlauf nehmen und auf die Kaimauer zurennen.

Sie sah Kea auf dem Wurm, wie er direkt auf sie und Nante zuschoss, das torgroße Maul aufgerissen, die Zähne blitzend vom grellen Licht des Zeichens.

Mit purer Kraftanstrengung schob sie das Zeichen von sich und direkt auf Kea zu. Sie war das Ziel. Das Objekt des Zaubers, der Mittelpunkt, der Kern, das Zentrum.

Aus der Zeit nehmen.

Kea Falk und den Wurm.

Nante erreichte direkt vor dem Zauber die Kaimauer und sprang. Mit rudernden Armen hing er in der Luft und flog seiner kleinen Schwester entgegen.

Die kreischte animalisch.

Der Wurm brüllte markerschütternd.

Nante schrie ihren Namen.

Und dann erfasste der Zauber sie alle drei.

Kapitel 34

Südmark, Feste Tannrein

Ein Wahnsinniger schien auf Hennings Herz zu trommeln. Völlig außer Atem erreichte er das obere Ende der Treppe ohne Geländer und blieb schwer schnaufend stehen. Thevs kam mit pfeifendem Atem hinterher, nur Letti schien noch genug Luft zum Sprechen zu haben.

»Und wie zerstört Ihr den Stein?«, wollte sie wissen.

Auf die Oberschenkel gestützt, spuckte Henning aus. »Das ... macht ... Leyna.«

Lettis Augen weiteten sich. »Ihr wart das beim König? Ihr und die Hexe!«

Henning schüttelte den Kopf. »Nein, das war mein Bruder. Aber egal. Jetzt weiter!« Er nahm sich zusammen und trabte wieder los, die dunklen Flure entlang zum Zugang zur Feste.

Thevs blieb zurück und rief ihm hinterher: »Ich ... komme ... nach!« Henning hörte noch, wie sich der Wanderfalke geräuschvoll übergab.

Du wirst langsam alt, rief Henning seinem Onkel in Gedanken zu und rannte weiter. Der rauchblaue Kristall in seinen Fingern fühlte sich ganz komisch an, fast wie Eis, das nicht schmolz. Trotzdem gab er Feuchtigkeit ab. Sie benetzte Hennings Finger und Unterarme.

Es war ihm egal. Er rannte und rannte. Er spürte, dass draußen etwas vor sich ging, und das gefiel ihm nicht.

Irgendwie waren Nante und Leyna in unmittelbarer Gefahr. Die Angst um die beiden beflügelte ihn noch einmal, und Henning raste noch schneller durch die dunklen Katakomben, bis ihm Kampflärm entgegenwehte. Nach der nächsten Biegung gesellte sich graues Licht hinzu, das helle Quadrat einer Tür, weiter, weiter, noch ein paar Stufen hinauf in eine Halle und an deren Ende hinaus in den Regen. An einer mit Zinnen versehenen Brüstung blieb er keuchend stehen und blickte hinab – direkt in die Hölle.

Überall in Tannrein wurde gekämpft und gestorben. Häuser schwelten. Auf einem der großen Marktplätze gingen Reiter zu Boden. Ihre indigofarbenen Mäntel färbten sich blutrot und verschwanden unter den Leibern der Jundar.

Selbst an der Altstadt waren sie schon. Manche der Biester erklommen die Stadtmauer, andere sprangen von Hausdach zu Hausdach, wie es die Diebe im Osten taten, und einige kletterten einfach übereinander, um an die Soldaten heranzukommen.

An einer anderen Stelle versuchten drei Bären, ein Tor einzureißen. Ihre Schultern waren bereits mit Pfeilen gespickt, aber sie brüllten und kämpften unablässig.

Auch eine Brücke war eingestürzt. Dort flammte ein grelles Licht auf.

»Bei der Mutter See!«

Es war Leyna. Sie wirkte einen Zauber und schleuderte ihn auf einen monströsen Jundar zu. Auf dem ritt seine kleine Schwester.

Gebannt starrte Henning hinunter, während sich seine Finger in die Brüstung krallten. Er wollte es nicht glauben. Sein Bruder sprang mitten in das Licht hinein, während der Wurm mit Kea ihm entgegenflog.

Ein Donner hallte die Zitze empor, als sie sich trafen,

und dann stand die Zeit irgendwie still. Der Wurm erstarrte mitten in der Luft, genauso wie die Pfeile, die direkt auf ihn zuflogen.

Auch Nante und Kea waren erstarrt, hingen einfach über dem Fluss in der Luft, Kea noch auf dem Wurm.

Und dann sah er Leyna, die an der Kaimauer in die Knie sank.

»Leyna!« Henning rannte wieder los. Er lief an der Brüstung entlang zur Straße, die sich die Zitze hinabschlängelte. Das Pflaster war glatt und rutschig, und mehrmals wäre er beinahe gestürzt.

Als es ein zweites Mal donnerte, blieb Henning erneut stehen. Der Wurm hing noch in der Luft, für die Ewigkeit erstarrt, doch Nante und Kea bewegten sich wieder: Sie stürzten beide in den Talister.

Henning stockte der Atem. Was hatte das zu bedeuten? Und was bitte tat Leyna?

»Nein!«, kam es über seine Lippen. »Nein! *Nein!* NEIN!«

Seine Leyna. Seine aufopferungsvolle, naive Leyna.

Sie sprang den beiden hinterher.

Leyna bereute es noch in der Luft. Dann tauchte sie schon in den Talister ein, und das Wasser war noch kälter als erwartet. Es trieb ihr die Luft aus der Lunge, ließ ihr Herz stolpern und schlug über ihr mit klatschenden Händen zusammen.

Sie sah nur braune Schlieren, schlug um sich, kämpfte sich an die Oberfläche und stieß prustend hindurch. Wo war Nante? Und wo Kea?

Etwas streifte sie an der Schulter, und Leyna schrie vor Schreck auf. Dann sah sie Nante. Er rang im Wasser mit seiner Schwester. Es war ein grotesker Anblick. Der starke Nante versuchte sie zu umklammern, doch sie wand sich in seinen Armen wie ein Aal, kreischte und fauchte und zerkratzte ihm mit ihren Klauen das Gesicht.

Wenn der Zauber misslingt, wirst du sie töten, Gezeichnete.

Der Zauber war gescheitert. Nante hatte sich und seiner Schwester Zeit verschaffen wollen, um sie zu retten. Doch nur der Wurm hing noch erstarrt über ihnen, warum auch immer.

»Nante!«, schrie sie. »Hier!«

Ob er sie bemerkte, konnte sie nicht sagen, denn etwas packte sie am Fuß und zerrte sie unter Wasser. Sie spürte heiße Dornen, die sich in ihren Knöchel gruben, ihre Finger glitten über geschuppte Haut und Dornen, die sie aufschlitzen wollten, doch Leyna trat um sich, kam irgendwie frei und zurück an die Oberfläche.

Der Sprung in den Talister war die dümmste Idee ihres Lebens gewesen. Um sie herum kochte der Fluss. Überall erhoben sich Jundar, und Leyna blieb plötzlich nur noch, einen Schutzzauber nach dem nächsten zu wirken. Dabei versuchte sie, irgendwie zu Nante und Kea zu gelangen. Die trieben keinen Steinwurf entfernt vorbei. Die Luft um sie herum waberte seltsam, als rangen sie nicht nur körperlich miteinander, sondern auch mit Magie. Und Kea schien die Oberhand zu gewinnen. Sie zerfetzte ihrem Bruder die leichte Lederrüstung und grub ihre Finger in sein Fleisch.

Sie bringt ihn um, wenn ich nicht eingreife.

Und genau das sollst du, wisperte der Heilige in ihrem Kopf. *Jetzt, Gezeichnete, jetzt oder nie!*

Leyna wehrte noch einen Jundar ab, während Keas blutige Klauen über Nantes nackte Brust fuhren. Seine Gegenwehr erlahmte, als Leyna schrie: »HERRIN!«

Die Herrin der Regenmacher hörte es, ließ von ihrem Bruder ab, heulte markerschütternd und glitt Leyna elegant entgegen.

Es war so weit. Leyna malte das Zeichen für den Angriff gleich mit beiden Händen ins Wasser und schleuderte es Kea doppelt entgegen, flirrende Kugeln, die direkt über das Wasser glitten und es verdampfen ließen.

Kea duckte sich einfach darunter hinweg. Es sah so leicht aus. Ein geschmeidiger Tauchgang, und schon war sie bei Leyna.

Es war wie bei Lizzy: An ihr war nichts Menschliches mehr. Kea fletschte die Zähne und griff nach Leyna. Die Klauen packten sie an den Haaren und rissen sie unter Wasser.

Wir sind das Ende! Wir sind der Schwarm!

Die Worte erfüllten Leynas Kopf mit solcher Wucht, dass sie schrie. Sie bekam Wasser in den Mund, musste husten, sog noch mehr hinein, schlug um sich, erinnerte sich an ihren Dolch, fingerte danach, bekam ihn zu fassen und stach ihn Kea in die Flanke.

Die ließ sie los und wich zurück.

Es war Leynas einzige Gelegenheit. Sie nahm all ihren Zorn und schleuderte einen massiven Blitz nach Kea. Wasser verdampfte. Jundar brüllten. Diesmal war die Kugel gewaltig, findlingsgroß und tödlich. Sie würde Kea vernichten, dem Schwarm ein Ende setzen – wenn da nicht etwas zwischen ihnen auftauchen würde.

Nante.

Leyna hatte keine Ahnung, wie er dahinkam und was er tat, aber es knallte laut, und Wasser spritzte in alle Richtungen davon. Die Explosion war so gewaltig wie die der Fässer zuvor. Leyna wurde von einer unsichtbaren Faust erfasst und aus dem Wasser gerissen. Sie wirbelte durch die Luft und schlug auf etwas Hartem auf. Etwas brach. Die Schmerzen waren grässlich, wollten sie hinwegspülen wie der Talister, doch sie hing irgendwo fest.

Auf den Überresten der Heiligenbrücke. Zwischen den Schmerzen gewahrte sie schwarzen, wasserumspülten Stein und eine Statue, die halb aus den Fluten ragte. Es war die heilige Erna mit lächelndem Gesicht, auf deren Armen sie gelandet war.

Leyna wollte im Wahnsinn lachen, aber der Schmerz in ihrer Brust nahm alles mit sich.

»Nein! Neinnein!«

Henning blieb entsetzt stehen und verfolgte, wie Leyna durch die Luft gewirbelt wurde, zwischen den Resten der Brücke aufschlug und liegen blieb. Ziemlich verrenkt sah sie aus. Unnatürlich verrenkt. Es tat beim Anblick weh.

Ihm wurde kalt und heiß zugleich. Der Seelenstein wollte ihm aus kraftlosen Fingern gleiten. Tränen schossen ihm in die Augen. Das konnte doch nicht sein. Das konnte doch nicht passieren. Nicht ihm und Leyna.

Es kam noch schlimmer. Eine Gruppe Jundar bemerkte Leyna und sprang ins Wasser.

»Nein!« Henning rannte plötzlich wieder. »Das werdet ihr nicht! Das werdet ihr nicht!«

Wie der Wind flog er dahin, doch die Jundar waren schneller.

Ein fies aussehendes Exemplar, überzogen von drei hässlichen Wunden an der Flanke, kroch direkt neben ihr aus dem Wasser auf die Reste der Brücke. Dem Jundar fehlte ein Horn. Er brüllte, was triumphierend klang, und stürzte sich auf ihren Körper. Andere folgten, bis Leyna unter einem Gewimmel von fahlen Leibern, Klauen und Dornen verschwunden war.

Henning taumelte und stürzte auf die Knie. Blut tränkte seine Hose, aber es scherte ihn nicht. Er sah nur die Leiber und spürte unbändigen Zorn.

Dann sah er einen bärtigen, hageren Soldaten flüchten, der sich Helge schimpfte. Der Soldat Seiner Majestät floh Richtung Burg, die fahle Paladinklinge in der Hand.

Henning schrie seinen Namen und stürzte vorwärts. Noch bevor Helge wusste, wie ihm geschah, lag er am Boden, niedergestreckt von Hennings Faust. Der riss ihm die Paladinklinge aus den Fingern und wollte sie ihm ins Herz stoßen, tat es dann aber doch nicht.

Er wollte nur zu Leyna und dem Gewimmel der Jundar. »Alle Mann zu mir!«, hörte er sich brüllen. *»Wir halten sie auf! Für Leyna!«*

Andere nahmen seinen Ruf auf, und plötzlich rannten Soldaten, die eben noch geflüchtet waren, zurück zum Fluss, um sich in den Kampf zu werfen.

Es war ein Kampf, wie ihn Henning nie erlebt hatte. Er schlachtete Jundar um Jundar, die der Fluss Welle um Welle erbrach. Er köpfte, hackte, stückelte. Er trat und schrie und schlachtete. In den Geschichten würde man singen, dass den irren Schmuggler Blut vom Scheitel bis zur Zehe eingehüllt hatte, als er an der eingestürzten Brücke ankam.

Als er dort war, lebte Leyna gegen alle Vernunft noch. Sie stemmte sich hoch und suchte Halt auf der im Wasser versunkenen Statue – und am Horn des Jundar, der neben ihr aus dem Wasser ragte wie ein Fels in der Brandung.

Sie hatten ihr die Kleidung vom Leib gerissen.

Sie hatten ihr zum Teil die Haut genommen.

Und ebenso die Menschlichkeit.

Als sich ihr Blick auf Henning richtete, leuchteten ihre geschlitzten Pupillen gelborange, und als sie den Kopf in den Nacken legte und den Mund zu einem Schrei öffnete, kamen keine Worte heraus, sondern nur ein markerschütterndes Kreischen, das zum Gegenangriff rief.

Kapitel 35

Südmark, Tannrein, Altstadt

Der Anblick seiner Leyna, die nicht länger seine Leyna war, raubte Henning den Verstand. Er brüllte genauso animalisch wie sie und warf sich in die Schlacht.

Die Paladinklinge, die wieder ihren Herrn gefunden hatte, mutierte zu einer fahlen Bewegung und zuckte hierhin und dorthin und schien überall zu sein. Gierig war die Klinge, und an diesem Tag trank sie im Übermaß – bis Leyna mit einem gewaltigen, unmenschlichen Satz von der zerstörten Brücke hoch auf die Kaimauer sprang.

Henning hielt mit dem Schlachten inne, keine Karrenlänge entfernt. Das Blut der Jundar rann nur so von der Klinge und tropfte auf den Boden.

»Leyna!«, rief er bitter. »Warum nur?«

Sie starrte ihn aus den geschlitzten Pupillen an, legte wie ein Vogel den Kopf schief und griff geschmeidig wie eine Wölfin an. Hennings Finger spannten sich um den Griff der Paladinklinge. Die Gespräche mit Thevs über Lizzy waren plötzlich in seinem Kopf, dass er die Dornenmaid an Thevs' Stelle getötet hätte. Und dass der Wanderfalke es hatte tun wollen, es aber nicht gekonnt hatte. Er hatte immer gehofft, dass das Unmögliche doch noch wahr und Lizzy wieder Lizzy werden würde. Und Leyna wieder Leyna. Aber als Leyna angriff, war da nichts Menschliches in ihren Augen. Nur Wut und Hass und Animalisches.

Henning hob das Schwert.

»Leyna«, flüsterte er. »Es tut mir so leid.« Dann schlug er nach ihr.

Die Klinge flirrte ihr entgegen, doch Leyna riss die Hände in die Höhe. Violettes Licht flammte auf, krachte gegen die Paladinklinge – und schlug sie zurück.

Funken prasselten über Henning hinweg, und ein heißer Wind streifte sein Gesicht. Die Klinge leuchtete in mattem Schimmer, wie es bei Nantes der Fall gewesen war, als er gegen Leyna gekämpft hatte.

Leyna schien ebenso überrascht, denn der Aufschlag hatte sie vier Fuß zurückgeschleudert.

Henning sah grimmig auf die Klinge, dann auf Leyna. »So ist das also. Jetzt willst du kämpfen? Ja? *Jetzt willst du mit mir kämpfen? Dann tanz mit mir!*« Zornig drang er vorwärts und führte einen weiteren, brutalen Hieb. Unter dem duckte sie sich hindurch, aber Henning hatte damit gerechnet und änderte im letzten Moment die Richtung. Wieder flammte das Licht auf, und Funken stoben davon, brannten auf Hennings Haut.

Das machte ihn noch wütender. Er schrie alles hinaus und ließ die Hiebe auf Leyna niedersausen, einen nach dem anderen, wie eine Kampfmaschine, die nie ermüdete.

Leyna parierte jeden Hieb, tänzelte um ihn herum, fast als mache es ihr Spaß. Und dann griff sie unvermittelt selbst an.

Die Kugel flog knapp über dem Boden auf Hennings Füße zu, verbrannte das Pflaster und ließ es bersten.

Henning brachte gerade noch das Schwert herunter, so wie Nante es beim Schlagabtausch mit Leyna getan hatte, und zerschlug die Kugel. Die Hitze der Explosion versengte ihm die Augenbrauen und die Haare.

Leynas Brustkorb pumpte heftig, und sie hatte die klauengleichen Finger geballt, als sie Henning hasserfüllt anstarrte.

»Das hättest du nicht erwartet, oder?!«, schrie er. »Henning Falk kann Magie abwehren! MAGIE!« Die Erkenntnis war bitter, und wie so oft: Wenn man etwas nicht mehr brauchte, fiel es einem in den Schoß.

Und plötzlich war Henning nur noch müde. Er spürte mit einem Mal jeden Hieb, den er ausgeteilt hatte, jeden Schlag, den er eingesteckt hatte, jeden Funken, der sich in seine Haut gebrannt hatte, jede Stufe, die er gestiegen war, aber dass es Leyna erwischt hatte, kurz bevor er ihr den Kristall bringen konnte, gab ihm den Rest.

Den rauchblauen Kristall.

Er zog ihn aus der Hosentasche und hielt ihn empor. »Das willst du, nicht?«

Leyna kreischte gierig.

»Dacht ich's mir.« Er betrachtete ihn für einen Moment und steckte ihn wieder ein. »Aber wenn du ihn willst, musst du ihn holen.«

Er brachte die Paladinklinge wieder hoch, auch wenn seine Arme Zentner wogen, aber er würde kämpfen – bis zum bitteren Ende.

Leyna hörte sich kreischen wie ein Vogel, als er wieder das Schwert hob, und wollte es doch gar nicht. Sie verstand das alles nicht. Da waren dunkle Schlieren, Lichtblitze und seltsame Gedanken, fremde Gedanken, eine kalte, präzise Macht, die wollte, dass sie Henning zerfetzte. Ein für alle Mal vernichtete, diesen Schmuggler, der so viel mehr war als das.

Sie spürte, dass sie einen Schritt zur Seite tat, um ihn zu umrunden, während Seine Kinder einen Kreis um sie bildeten. Sie sabberten und lechzten nach seinem Blut, aber wagten nicht einzugreifen, nicht bei ihr. Er ließ es nicht zu. Er.

Leyna hatte keine Ahnung, was diese Gedanken bedeuteten, und ob es überhaupt ihre waren, denn ihr Körper gehörte ihr offenbar nicht mehr. Sie bewegte sich gegen ihren Willen um Henning herum, der so müde aussah – und entschlossen, ihr ein Ende zu bereiten.

Henning, wollte sie rufen. *Nicht, Henning!,* aber nur Krächzen drang aus ihrer Kehle.

Leyna versuchte, sich dagegen zu wehren, aber sie fühlte sich zerrissen an. Sie hatte keine Ahnung, was der Schwarm mit ihr getan hatte, aber sie spürte sie alle. Jedes einzelne Wesen, jedes Leben, jeden Tod, alle Facetten, und es drohte die Reste ihres Geistes wegzuspülen, dennoch klammerte sie sich ans Leben. An Henning.

Lass los, wisperten verlockende Worte in ihrem Kopf. *Lass es endlich geschehen. Es ist vorbei. Wir sind das Ende.*

Aber das war nicht richtig. Der Schwarm begehrte dagegen auf, wollte es anders, wollte es friedlich, aber auch er musste gehorchen. Seine Diener.

Und da durchzuckte Leyna eine Erkenntnis: Es war Ives, der wahnsinnige Zauberer, der die Jundar immer noch im Griff hatte. Es war seine verlockende Stimme, seine Macht, die die Jahrtausende überdauert hatte.

Lass es endlich geschehen, Gezeichnete. Es ist doch längst vorbei. Wir sind das Ende.

Nein!, schrie sie ihm entgegen. *Nein, das ist nicht mein Wille!*

Wille, Wille, Wille, wisperten die Jundar. *Auch nicht unserer, unserer, unserer.*

Aber meiner. Es war Kea, aber irgendwie auch nicht.

Leyna zuckte herum. Klauenartige Finger schoben sich über den Rand der Kaimauer. Einige der Klauen waren gesplittert, andere voller Blut, aber sie fanden Halt, und so zog sich Kea Falk über den Rand.

Henning entwich ein scharfer Atemzug. Er rief etwas, doch Leyna verstand es nicht. Sie spürte nur die Wut der Jundar auf Kea, obwohl sie doch ihre Herrin war. Iar Jundar. Ihre Diener.

Niemals, niemals, niemals, wisperte der Schwarm. *Nicht er, nicht er, nicht er.*

Leyna spürte Ives in Kea. Sie war das Gefäß, durch das er wirkte. Ja, ganz eindeutig. Sie war Ives, und Ives war sie.

Töte ihn, ihn, ihn, wisperten die Jundar. *Er darf ihn nicht kriegen, kriegen, kriegen… den Stein, den Stein, den Stein.*

Leyna wollte schreien, so wirr war das alles. Da war sie, da war der Schwarm, da war Kea, da waren Henning und Ives, und…

Und dann hörte sie Nante über den Zirkel, den Ilka gewoben hatte. Schwach und voller Schmerz sagte er: *Du bist der Schlüssel, Leyna. Befriede sie!*

Den Frieden bringen, das klang süß wie Honig.

Niemals!, verlangte Kea. *Nicht meinen Dienern.*

Seinen Dienern, seinen Dienern, seinen Dienern.

Wir sind sein Ende, sein Ende, sein Ende.

Es war alles zu viel. Leyna schrie im Wahnsinn, wollte weg, raus aus diesem Körper, raus aus dieser Stadt, weg von den Jundar, einzig und allein auf ein Boot mit Henning.

Henning.

Im letzten Moment warf sie sich zu Boden. Die Klinge pfiff über sie hinweg, direkt auf Kea zu.

Leyna keuchte, packte ihn am Fuß und zerrte ihn zu Boden.

Henning strauchelte, verfehlte seine Schwester knapp, die nach dem Kristall greifen wollte, doch Henning vollführte einen Ausfallschritt und brachte die Klinge wieder hoch. »Niemals«, würgte er zwischen zwei Atemzügen hervor. »Niemals bekommt ihr den Kristall.«

Er wollte erneut nach seiner Schwester schlagen, doch Leyna war schneller und riss ihn zurück, weg von Ives und seinen Erinnerungen.

Henning fuhr herum und stieß zu, doch da kreuzten sich ihre Blicke, und er hielt in der Bewegung inne, die Paladinklinge keinen Fingerbreit von ihrem Herzen entfernt.

Tränen traten in seine Augen. »Leyna.«

Sie krächzte etwas, was er doch nicht verstand, und dann erinnerte sie sich an das Band der Liebe und griff danach mit allem, was von ihr übrig war. Sie spürte es, und er spürte es, und dann sagte sie: *Ich liebe dich, mein Schmuggler.*

Henning schluckte. »Leyna ...«

Er verstand sie! Er verstand sie! *Es ist gut,* ließ sie ihn wissen. *Ich bin der Schlüssel, verstehst du?*

Er schüttelte den Kopf, aber es war egal, solange nur Leyna begriff, was vor sich ging.

Gib mir den Kristall, verlangte sie. Sie hielt ihm bittend die Hand entgegen.

Nein, kreischte Kea. *Nicht ihr!*

Doch ihr, doch ihr, doch ihr, antworteten die Jundar, und sie versperrten ihr den Weg.

Henning bekam das nicht mit. Er hatte nur Augen für Leyna.

»Wirst du es beenden?«, fragte er heiser, und sie nickte.

Ich bin das Ende, Henning. Ich bin der Schwarm.

Sein Kinn bebte, die Schwertspitze noch mehr. Tränen krochen über sein Gesicht. »Du bist der Schwarm«, wiederholte er, den Kristall in feuchten Fingern. »Dann sei der Schwarm. Tu, was du tun musst.« Dabei drückte er ihr den Kristall in die klauengleichen Finger.

Die Berührung schwemmte Leyna beinahe fort. Die Liebe von Henning einerseits, die Macht des Kristalls andererseits. Zugleich wusste sie, dass es richtig war.

Sie hob den Blick, lächelte Henning ins Gesicht, trat einen Schritt zurück und reckte den Kristall in die Höhe.

Die Jundar kreischten ohrenbetäubend, lauter noch als Kea, die vor Zorn brüllte und um sich schlug, aber von einer lebenden Wand aus Jundar abgehalten wurde.

»Ich bin der Schlüssel«, wisperte Leyna mit krächzender Stimme. »Ich bin die Gezeichnete. Ich bin der Schwarm. Und ihr seid meine KINDER!« Das letzte Wort verstärkte sie mit Magie, und es hallte über Tannrein wie Donner.

Dann war da nur noch der rauchblaue Kristall. Schatten waberten hindurch, düster und voller Schrecken. *Aber ihr werdet nicht länger gefangen sein*, wisperte sie, nahm all ihre Macht zusammen und konzentrierte sich auf den Stein, wie sie es schon zweimal in La Harb getan hatte.

Leyna verschwamm vor Hennings Augen, als der Kristall grell zu leuchten begann. Wie in La Harb hob es ihn in die Lüfte, nackt und das Monster, das sie war, die Knochen dunkle Gerippe im Licht, das Fleisch fast transparent.

Die freigesetzte Macht war in La Harb schon riesig gewesen, diesmal musste sie unbeschreiblich sein. Henning vernahm den intensivsten Geruch, den er je in seinem Leben wahrgenommen hatte. Er roch Lilien, Schwefel, Distel, Amber und Zinn. Er schmeckte Blei und Orange. Er sah nur noch grelles Leuchten, Leyna mittendrin, dazu mischte sich das Kreischen aus tausenden Kehlen, rhythmisch, mitreißend, voller Macht.

»JAR SEDAR!«, sangen die Jundar. »JAR SEDAR! JAR SEDAR!«

Henning wusste, was das hieß, und ihm kamen die Tränen.

»Jar Sedar«, wisperte er heiser. *Ihre Kinder. Jetzt sind es ihre Kinder und nicht mehr seine Diener.*

Und dann war es vorbei.

Leyna stand wieder vor ihm, von Glanz umwölkt. Ihre Augen leuchteten hell und klar, aber sie war weiterhin das Monster, den Kristall in ihren Klauen.

Doch war der Kristall nicht mehr rauchblau, sondern hellorange wie ein Sonnenuntergang.

»Aufgang«, murmelte er. »Wie ein Sonnenaufgang.«

Er fiel vor Leyna auf die Knie, und sie blickte zu ihm hinab. Aber da war nichts Wütendes mehr in ihren Augen, kein Hass, keine Wut, kein Zorn, sondern da war Friede.

Und Kea Falk.

Kapitel 36

Südmark, Tannrein, Altstadt

Leyna hörte Kea Falk schluchzen. Sie weinte so herzzerreißend, dass es ihr einen Stich versetzte.

Die Sedar, die Kea eingekreist hatten, grollten jedoch vor Wut und Hass. Die böse Magie, die sie geknechtet hatte, war von Kea ausgegangen. Die Sedar vergaßen nicht. Die Sedar vergaben nicht. Nicht dem, der knechtet.

Und doch rührt ihr sie nicht an!, verlangte Leyna von ihren Sedar.

Warum? Warum? Warum?, fragten sie erzürnt. *Sie muss sterben, sterben, sterben.*

Doch Leyna verbot es. Vorerst. *Weicht zurück!*, befahl sie.

Die Sedar gehorchten, wenn auch widerwillig.

Am Rand der Kaimauer saß Kea Falk auf dem Boden in Blut und Regen, ganz das junge Mädchen, das sie war. Das Haar hing ihr feucht ins Gesicht, aber der Seetang war abgefallen, ebenso die Schuppen und Klauen. Sie lagen am Boden wie eine alte Haut. An ihrer Stelle überzog frische, rosige Haut den geschundenen Körper.

»Kea!«, hörte Leyna Henning rufen, seine Stiefel polterten über das Pflaster.

Leyna trat ihm in den Weg. Die Worte des Heiligen waren eindeutig gewesen: Kea musste sterben.

»Was?«, stieß er hervor, doch sie schüttelte nur den Kopf.

Hätte er gesehen, was sie gesehen hatte, hätte er es verstanden. Immer noch umwölkte böse Macht die junge Frau wie Dunst. Vielleicht verflog sie, vielleicht auch nicht. So viele Eindrücke des Schwarms drangen auf Leyna ein, dass sie beinahe davon erdrückt wurde. Aber die Wut und den Hass verstand sie. Ives hatte die Sedar geknechtet, sie all die Jahrtausende niedergedrückt, und jetzt waren sie frei. Frei, weil Leyna die Fesseln gesprengt hatte. Nun wollten sie jeden Rest des Magiers von dieser Erde getilgt sehen.

Aber nicht, indem du sie tötest!

Leyna hob den Kopf und sah Nante, blass und blutüberströmt im Talister. Er hatte sich auf einen Felsbrocken der Heiligenbrücke gerettet und sah furchtbar aus. Seine Augen leuchteten trotz der üblen Wunde an seiner Brust hell und klar.

Und was willst du tun?, fragte sie ihn über Ilkas Band, das immer noch bestand. *Sie von seinen üblen Gedanken reinwaschen?*

Genau das werde ich. Und wenn es nicht gelingt, werde ich sie eigenhändig umbringen. Ich bin ihr Bruder.

Leynas Klauen klackerten, als sie sie zur Faust ballte. *Und was sagt der Heilige dazu?*

Der – Nante versprühte plötzlich Zorn – *wird diesmal schweigen oder mir gehorchen! Es gibt immer einen Weg, Gezeichnete. Du hast es selbst demonstriert.*

Das stimmte, und doch war sich Leyna nicht sicher.

Töte sie, sie, sie!, verlangten die Sedar. Speichel troff aus ihren Mäulern, und ihre Krallen und Dornen scharrten gierig über Stein. *Mach ein Ende, Ende, Ende!*

»Ein Ende«, wisperte Leyna. *Ein endgültiges Ende.*

Sie trat auf Kea zu. Die wimmerte noch herzzerreißender.

Leyna… bitte… Nante liefen Tränen über die Wangen.

Sie erwiderte nichts, sondern lief weiter auf Kea zu. Die

atmete heftiger, erzitterte und kroch rückwärts, von ihr weg, direkt auf die Kante der Kaimauer zu.

Leyna…

Sie schickte ihm nur drei Worte: *Vertraust du mir?*, und er entgegnete nach kurzem Zögern: *Die Frage muss lauten: Vertraust* du *mir?*

Direkt vor Kea blieb sie stehen, die nicht weiter zurückweichen konnte, ohne in den Talister zu stürzen, beugte sich hinab und packte sie. Kea schrie, trat um sich, doch Leyna war viel zu stark. Die Sedar jubelten: *Ein Ende, Ende, Ende. Endlich, endlich, endlich.*

Leyna drehte sich noch einmal zu Henning um, der ein paar Schritte entfernt stand, eingekreist von den Sedar, die Kleidung blutüberströmt, die Paladinklinge noch in der Hand. Doch die Spitze ruhte auf dem Boden. Es war deutlich, was er nicht sagte: Er überließ ihr die Entscheidung über seine eigene Schwester. Er vertraute ihr. *Ich. Vertraue. Dir.*

Das ließ ein schrilles Kreischen aus ihrer Kehle dringen, sie packte Kea fester und schleuderte sie von sich in den Talister.

Die Sedar grollten erschrocken und drangen vor bis zur Kaimauer, hunderte geschuppte Leiber mit doppelt so vielen geschlitzten Pupillen. Sie alle sahen, wie Kea keuchend in den Fluten landete, ihre Arme aus dem Wasser schlugen, nach Halt suchten. Dann war Nante bei ihr. Er packte sie, zog sie über die Oberfläche, kämpfte mit den Stromschnellen, geriet selbst unter Wasser, kämpfte sich wieder hoch, sagte etwas, das Leyna nicht hörte, aber trotzdem verstand. Es waren die gleichen Worte, die er bei Harins Tor benutzt hatte, und genauso wie dort flimmerte es violett um ihn und Kea herum auf.

Nein, nein, nein!, donnerten die Sedar, und etliche sprangen zischend ins Wasser. Leyna ließ sie gewähren. Obwohl sie viel schneller waren als die beiden Menschen, würden sie die beiden nicht mehr erreichen. Nante und Kea betraten einen Weg, den nur die beiden betreten konnten.

In dem Moment erreichten sie die nächste Brücke und trieben genau unter der Statue der Wächterin hindurch. Das Licht um sie herum flackerte heller, und dann waren sie verschwunden.

Henning wusste nicht, ob er lachen oder weinen sollte, als sein Bruder und seine Schwester sich in Luft auflösten, aber Leyna würde schon wissen, was sie tat.

Leyna – die wahre Herrin der Regenmacher.

Sie drehte sich zu ihm um, Zufriedenheit in den fremden Augen.

Erneut kamen ihm die Tränen. »Leyna«, flüsterte er. »Es tut mir so leid.«

Zu seiner Überraschung schüttelte sie den Kopf, wenn auch nur andeutungsweise. Dann schrie sie etwas, hohl und kehlig, und die Sedar fielen mit ein. Etliche sprangen in den Talister, der Rest wich zurück, zähnefletschend gegenüber den restlichen Soldaten, aber ohne erneut anzugreifen. So schnell, wie sie zuvor Tannrein überrollt hatten, zogen sie sich nun zurück.

Als die Überlebenden begriffen, was vor sich ging, erhob sich ringsum lauter Jubel. Waffen wurden in den Himmel gereckt, Helme zu Boden geworfen, Schwerter fallen gelassen. Jemand schrie sogar: »Leyna! Leyna! Leyna!« Es war der Jägersohn namens Artur, der auf einem Gebäude stand und den Bogen in den grauen Himmel reckte. Seine Kameraden fielen mit ein, und ehe Henning sichs versah, donnerten »Leyna!«-Rufe durch ganz Tannrein.

Die stand noch immer an der Kaimauer. Zu ihr hatte sich der einhornige Jundar gesellt. Wie ein geschuppter und gehörnter Hund ruhte er neben ihr, die orangefarbenen Augen argwöhnisch auf Henning gerichtet. Aber da war keine Feindseligkeit mehr in ihnen, sondern der gesunde Argwohn, den ein jeder Wachhund an den Tag legte.

Leyna lächelte. In einer Hand hielt sie den orangefarbenen Kristall, mit der anderen zeichnete sie ein Symbol in die Luft.

Henning erkannte es: Sie hatte damit den Zirkel auf seinem Boot versehen, um den Fluch sichtbar zu machen.

Offenbar brauchte sie keinen Zirkel mehr. Die Luft zwischen ihnen flirrte, und Henning sah den Raben auf seiner Schulter, ebenso den auf ihrer.

Ihrer streckte nun die Flügel und ließ sich fallen. In einem eleganten Bogen flog er dicht über dem Boden auf Henning zu. Der rührte sich nicht, denn er vertraute Leyna – zu Recht: Ihr Rabe erhob sich im letzten Moment in die Höhe, flatterte vor ihm in der Luft, krächzte etwas, und dann fiel eine Last von ihm, als sein Rabe sich mit in die Lüfte schwang. Seite an Seite flatterten sie herum, zogen ein paar Kreise zwischen Leyna und Henning, um sich dann weiter in die Lüfte zu schwingen und schließlich in den Regenwolken zu verschwinden.

Henning hörte Dietz und Artur noch lauter jubeln, und da erst begriff er, dass der Fluch gebrochen war. Leyna hatte die Jundar befriedet, und die Überlebenden jubelten ihr zu.

»Leyna! Leyna! Retterin!« Manche riefen sogar: »Heilige!«

Leyna stand noch da, doch ihr Wachhund rieb sich an ihren Beinen, sah noch einmal zu Henning, grollte aus der geschuppten Brust und sprang dann in den Fluss. Es war unmissverständlich: *Komm, Herrin! Es ist Zeit.*

Sie sah ihm kurz hinterher, dann wieder zu Henning. Ihre rissigen, fahlen Lippen öffneten sich, und sie sagte mit kratziger Stimme: »Danke, Henning.«

Trotz allem musste er lächeln. »Es war mir eine Ehre!«

Auch sie lächelte, blinzelte eine Träne weg und sprang mit einem geschmeidigen Satz hinterher.

Henning spürte, wie seine Beine weich wurden, aber er lief bis zur Kaimauer. Leyna schwamm in den Fluten zwischen ihren Sedar, als gehöre sie schon immer dorthin, und dann hob sie sich noch einmal aus dem Wasser, um endgültig unterzutauchen.

»Es war mir eine Ehre!«, wiederholte er leise, während hinter ihm jubelnde Soldaten angerannt kamen und ihn umringten.

Kapitel 37

Südmark, Tannrein, Altstadt

Artur taten die Wangen weh, so sehr lachte und grinste er wegen des Siegs. Er fiel Dietz um den Hals, der weinte und die Umarmung erwiderte. »Halt den bitte!« Er reichte seinem Vater den Bogen, eilte zur Kante des Dachs und schwang sich darüber. Behände kletterte er hinab und sprang auf die Straße am Kai. Immer mehr Soldaten umringten den Schmuggler und jubelten und frohlockten. Artur bahnte sich einen Weg durch die Masse.

»Henning!«, schrie er über den Lärm hinweg. »Henning!« Und dann war er durch und trat an die Seite des Schmugglers.

Der blickte in den Talister, wo die Hexe mit den Ungetümen verschwunden war. Als er zum dritten Mal seinen Namen hörte, sah er auf. Ein mattes Lächeln zeigte sich auf seinem Gesicht. »Artur.«

Der lachte. »Ihr habt es geschafft! Der Wahnsinn! Ihr habt uns alle gerettet.«

»Aber um welchen Preis.« Henning blickte noch einmal den Talister hinab, um sich mit einem Ruck abzuwenden und Richtung Burg loszulaufen.

Artur folgte ihm. »Glaubst du nicht, sie kommt zurück?«

Der Schmuggler schüttelte den Kopf.

»Warum nicht? Kann sie sich selbst nicht heilen?«

Henning blieb stehen. »Eher nicht.« Als Artur widersprechen wollte, sagte Henning: »Lass es gut sein.« Er schien nur noch müde. »Sie war der Schlüssel, das wussten wir. Wir wussten nur nicht, was es bedeutete.« Er klopfte Artur auf die Schulter und lief weiter, besser gesagt, schlurfte weiter. Mit jedem Schritt schien er kraftloser zu werden, aber wen wunderte es, er hatte gekämpft wie ein Berserker.

Von der Burg kamen sie ihm entgegen: Thevs der Wanderfalke und Letti die Wächterin. Auch Rosa war bei ihnen.

Sie alle umringten Henning und sprachen auf ihn ein, doch der suchte nur den Blickkontakt zu seinem Onkel, und der verstand.

»Lasst ihn durch!«, dröhnte der Wanderfalke. »Seht ihr es denn nicht? Der kippt gleich um.«

»Das wird er nicht!«, bestimmte Rosa. »Wir bringen Essen und Wein, und dann ruht Ihr Euch aus! Mein Haus steht Euch zur Verfügung. Wie Euch allen!«

»Ebenso meines!« Die Stimme der Königin war leiser, aber klar. Sie war ebenfalls den Weg herabgekommen und stand abseits.

Als Henning sie musterte, kam sie gediegenen Schrittes auf ihn zu und knickste zur Verblüffung aller vor ihm. »Sir Henning Falk«, sagte sie. »Ich möchte Euch und all Euren Gefährten danken. Was Ihr für Tannrein getan habt, ist nicht in Gold aufzuwiegen. Es ist …«

»Spart Euch die Worte«, sagte Henning und seufzte. »Und kommt nicht auf die Idee, mir weitere Titel oder Ländereien aufzuhalsen.«

Das ließ die Königin lächeln. »Was wollt Ihr dann?«

»Einfach nur schlafen. Und dann zurück zu meinem Schiff und hinaus aufs Meer.«

»Es liegt in der Barbarenbucht, nicht?«

»So ist es.«

»Dann ruht Euch aus, so lange Ihr wollt, und wenn Ihr uns verlassen wollt, sagt es. Meine Getreuen werden Euch sicher zur Bucht begleiten.«

Henning nickte zum Dank, dann lief er zu seinem Onkel, klopfte dem auf die Schulter und trottete weiter, hoch zur Burg, wo all ihre Sachen noch in der Eingangshalle ruhten.

Dort gab es noch ein Wiedersehen für Henning: Die graue Hündin kam trotz ihrer Wunden winselnd angeschlichen und schmiegte sich an seine Beine. Die Berührung ließ Henning Falk lächeln und sie zwischen den Ohren kraulen. »Gutes Mädchen«, wisperte er. »Gutes Mädchen. Das wird wieder. Ganz sicher.« Er strich ihr über den Kopf und sank selbst zu Boden. Von seinem Überwurf riss er einen Streifen herunter und verband damit Reynas Wunde. Danach schlief er an Ort und Stelle ein, ihren Kopf auf seinem Bein.

Artur war unten am Fuß der Zitze geblieben und lachte mit den anderen, bis sein Vater fragte: »Wo sind eigentlich Gallus und Endres?«

»Endres ist nicht länger«, sagte Thevs und suchte den Blick des Mädchens, das reichlich abgerissen wirkte.

»Der Alte«, sagte sie, »entpuppte sich als die Tochter der Wächterin.«

Alle sahen sie entgeistert an.

»Ihr scherzt?«, fragte Artur.

Thevs grinste. »Das dürft Ihr selbst entscheiden.«

»Ich glaube es sofort«, sagte Rosa. »Ich hab immer gewusst, dass an ihm was nicht stimmte.«

»Und doch war er Euer Freund.«

»Das eine hat mit dem anderen nichts zu tun. Ein jeder darf doch seine Geheimnisse haben.«

»Bleibt trotzdem die Frage, wo Gallus ist.« Dietz sah sich um und rief einer Gruppe Soldaten zu: »Habt ihr einen älteren Ritter gesehen? Meist grimmig und voller Argwohn?«

Sie schüttelten die Köpfe und liefen weiter.

»Ich werde ihn suchen«, entschied Dietz. »Wer kommt mit?«

Nur Artur meldete sich. Die anderen wollten ihre eigenen Wunden versorgen oder zurück zur Burg oder wohin auch immer.

Also brachen sie auf, Artur und sein Vater, und liefen die Kaianlage entlang. Der Anblick all der Toten dämpfte ihre Stimmung. Überall in den Straßen lagen aufgeschlitzte Leiber der Jundar, ebenso von Soldaten und Anwohnern. Bei Kindern musste Artur den Blick abwenden. Nur die Soldaten drehten sie alle um, auf der Suche nach dem alten Ritter.

Sie fanden ihn schließlich an einer Hauswand lehnend. Seine Augen waren geschlossen, das Gesicht von Blut überströmt, doch er atmete. Als sie neben ihm in die Knie sanken und seinen Namen sagten, schlug er die Augen auf.

»Die Jäger«, stieß er hervor, was ihn husten ließ. Blut sprenkelte seine Lippen.

»Bei den Göttern!«, rief Dietz. »Du bist verletzt. Wir brauchen einen Medicus! Schnell!«

Artur wollte sofort losrennen, doch der Ritter packte ihn am Arm und hielt ihn zurück. »Zu spät«, sagte er. »Da ist nichts mehr zu machen.« Er schob den anderen Arm zur Seite, mit dem er den Bauch bedeckt hatte, und entblößte eine klaffende Wunde, aus der ein fahles Jundarhorn ragte.

»Sag das nicht!« Dietz hatte Tränen in den Augen. »Vielleicht …«

»Es ist gut, Dietz. Ich wusste, welche Kämpfe ich kämpfen konnte und welche nicht. Bei diesem wusste ich, dass es mein letzter sein wird.« Er lächelte matt. »Aber es war ein guter Kampf. Wir haben gewonnen, nicht?«

»Ja, wir haben gewonnen. Leyna und Henning haben gewonnen.«

Ein mattes Nicken. »Gut. Dann grüßt mir die beiden herzlich. Am Anfang dachte ich, sie wären Scharlatane und Verbrecher, aber sie haben gezeigt, dass sie das Herz am rechten Fleck tragen. Und das ist vielleicht das Beste, das ich mitnehme zur Wächterin: Taten zählen und nichts anderes. Und da hab ich mir nichts vorzuwerfen. Sie kann ruhig kommen.«

Er ließ den Kopf gegen die Wand sinken und schloss die Augen.

Dietz weinte. »Hast du noch einen Wunsch?«

Der Ritter nickte. »Einen Pfeil ins Herz.«

Artur schluckte. »Wirklich?«

»Mach schon. Dann hat es ein Ende.« Er löste mit blutigen Fingern die Verschlüsse seiner Rüstung und klappte den Brustharnisch zur Seite.

Artur und Dietz sahen sich an, und Dietz gab Artur den Bogen zurück, ebenso einen Pfeil.

Der legte ihn auf, spannte den Bogen, schluchzte, spannte ihn erneut und zielte endlich auf Gallus' Brust.

Der hatte die Augen immer noch geschlossen und sagte leise: »Nun tu es, Junge! Es ist mein letzter Wille!«

»Dein letzter Wille«, wiederholte Artur, spannte den Bogen noch ein wenig mehr, um sicherzugehen, und ließ den Pfeil von der Sehne schnellen.

Für Artur und Dietz wurde es still am Kai.

Artur ließ den Bogen sinken und wischte sich Tränen von den Wangen. »Komm gut hinüber, alter Freund!«.

Und das würde Gallus. Mit Sicherheit.

Kapitel 38

Südmark, nahe Tannreins

Tage später …

Die Südländer waren mit den Gräbern fertig. Hunderte steinerne Hügel erstreckten sich in Reih und Glied auf einem der Felder außerhalb der Stadt. Tannrein war eine Stunde zu Fuß entfernt, der Himmel darüber grau, aber der Regen hatte aufgehört. Offenbar hatte es Leyna bei ihrem Rückzug vollbracht, die Regenmacher von ihren Parasiten zu befreien. Ganz bei Sinnen waren die Betroffenen nicht. Sie lebten, aber ihre Blicke waren leer, und immer wieder erzitterten sie wie in einem Albtraum.

Gezeichnete, dachte Henning bitter. *Und vermutlich bald Verstoßene.* Wer sollte sich um die Magiebegabten in einem Land kümmern, in dem Magiebegabung verpönt war? Wer sollte sie ernähren, wer pflegen? Fragen, die er zum Glück nicht beantworten musste. Er war nicht für alles verantwortlich, er hatte seinen Teil geleistet. *Bei der Mutter See, mehr als das.*

Einer der Priester erhob die Stimme und erbat den Segen der Götter für die Gefallenen. Es war das Ende der Zeremonie, hatte man Henning zuvor gesagt, und ihm war es recht. Er hatte genug vom Anblick der Gräber, aber er hoffte, dass es die Tannreiner lange Zeit ermahnen würde, nicht mehr so voreingenommen durchs Leben zu gehen. Gallus hatte das begriffen, wie Artur und Dietz erzählt hatten, Gallus, der alte, grimmige Ritter. Das gab Henning Hoffnung; Wenn ein Kerl wie Gallus einsichtig wurde, dann konnten es die anderen Tannreiner auch.

Einzig bei Ihrer Majestät war sich Henning nicht sicher. Zu viele Geschichten hatte er in den wenigen Tagen über sie gehört, und was Letti ihm schließlich anvertraut hatte, bestätigte sein Bild von der Königin. Aber auch das war nicht sein Bier. Wenn die Tannreiner eine andere Herrscherin wollten, dann mussten sie selbst aufbegehren. Er würde sich hüten einzugreifen.

Mit einem letzten Gesang endete das Begräbnis, und die Menge zerstreute sich. In kleinen Grüppchen machten sich die Hinterbliebenen auf den Weg nach Tannrein, viele mit Tränen in den Augen. Henning blieb noch ein wenig, er wollte nicht in den Trubel gelangen. Auch der Rest der einstigen Delegation blieb zurück vor Gallus' Grab.

»So viele Tote«, Rosa seufzte, »und das nur wegen eines Wahnsinnigen vor Jahrtausenden.«

»Nein«, sagte Dietz. »Wegen der Dummheit des Königs. Wir hätten viel früher um Hilfe bitten können.«

»Hätte, könnte, würde«, entgegnete der Wanderfalke. »Es ist, wie es ist. Alle haben ihren Preis bezahlt.« Er blickte gen Osten, Richtung Meer, auch wenn er es von hier aus nicht sah.

Artur trat zu Henning. »Und du wirst uns nun verlassen?«

»Wir«, korrigierte Thevs. »Im Morgengrauen brechen wir auf. Hier ist nichts mehr, was uns hält.«

»Keine neuen Freunde?«, fragte Dietz ein wenig spitz.

Der Wanderfalke winkte ab. »Du weißt, wie es gemeint ist.« Und das war tatsächlich so. Dietz und Thevs waren in den letzten Tagen Freunde geworden, aber Thevs war nicht zu halten. Er hieß nicht umsonst Wanderfalke.

Henning wollte etwas erwidern, doch die Königin näherte sich ihnen, begleitet von Soldaten, wie es sich bei einer Zeremonie gehörte.

»Da sind sie alle auf einem Haufen«, sagte sie mit milder Stimme. »Die Helden Tannreins.«

»Und Heldinnen«, fügte Rosa frech hinzu.

Das ließ die Königin ebenfalls lächeln. »Ich hatte noch eine Idee, über die ich mit Euch allen reden wollte.«

»Ihr mit uns?«, traute sich Artur zu fragen.

»Ja, ich mit Euch. Und zwar werde ich die Heiligenbrücke neu errichten lassen, aber ich dachte mir, wir ersetzen die Statuen der Heiligen durch Statuen der heutigen Heldinnen und Helden. Als Erinnerung und Würdigung.«

Das ließ die Tannreiner anerkennend nicken, doch Henning rührte keine Miene, was der Königin nicht entging. »Ihr seht wenig begeistert aus, Sir Falk.«

»Glaubt ja nicht, dass ich einem Steinmetz Modell stehe«, erwiderte er. »Wir werden im Morgengrauen aufbrechen.«

Sie nickte. »Meine Eskorte wird Euch erwarten.«

»Pferde genügen«, meinte Thevs. »Zwei Männer sind viel schneller als eine Truppe.«

»Und doch werden meine Männer Euch begleiten. Bitte. Tut es nicht für mich, sondern für die Soldaten. Sie wollen es!«

»Dann bitte«, sagte Henning. »Aber sie sollen auf Prunkrüstungen und Zierrat verzichten. Wir reiten hart und ohne Rücksicht.«

Die Königin neigte leicht den Kopf. »So wird es geschehen, meine Herren.« Danach trat sie näher an Henning heran, sodass er ihr liebliches Duftwasser riechen konnte, das ihn an Rosen erinnerte. »Und eines möchte ich noch einmal betonen: Ihr seid jederzeit in Tannrein willkommen. Ihr und Eure ... Fratera.«

Die Worte ließen Henning trotz allem grinsen. »Ob Ihr das nicht irgendwann bereuen werdet.«

Er wollte noch mehr sagen, doch Artur rief: »Schaut! Dort!«, und zeigte ans Ende des Gräberfelds.

Dort schwankte eine Gestalt, fiel auf die Knie, rappelte sich wieder auf, taumelte weiter.

Thevs ging der Mund auf. »Lizzy?«

Im nächsten Moment rannte er, sprang über Gräber, ließ Erde unter seinen Stiefeln davonspritzen. *»Lizzy!«*, rief er aus Leibeskräften. »Bei der Mutter See! LIZZY!«

Die Gestalt blieb stehen und hob den Kopf. Störrisches Haar wallte unter der Kapuze hervor und wehte im Wind.

»Bei den Göttern«, entfuhr es Henning, und er folgte seinem Onkel.

Der hatte die Frau fast erreicht, die gegen ein Grab schwankte und darauf zusammenbrach. »Lizzy!«, rief der Wanderfalke wieder. »Halte durch! Ich bin gleich bei dir!« Und schon war er an ihrer Seite und beugte sich über sie.

Henning erreichte die beiden nur Augenblicke später, und was er sah, wollte er nicht glauben. Auf dem Grab lag wirklich Lizzy Sisk, die Dornenmaid. Ihr Haar war zerzaust, ihre Haut blass, und an der Schulter färbte eine hässliche Wunde den zerfetzten Überwurf blutrot. Aber sie war kein Monster mehr, keine Kreatur, sondern die Frau, die sie vor der Schlacht von La Harb gewesen war.

»Thevs«, murmelte sie halb benebelt. »Bist du es wirklich?«

Er drückte sie an sich, Tränen auf den Wangen. »So wirklich, wie man nur wirklich sein kann.«

Die Dornenmaid hustete, bevor sie müde lächelte. »Dann hab ich es geschafft?«

»Oh ja«, sagte Thevs. »Du hast es geschafft. Jetzt bist du in Sicherheit. Und bald daheim.« Er drückte sie an sich und ihr einen Kuss auf die Stirn. »Bald daheim auf hoher See.«

Kapitel 39

Südmark, Tannrein

Wegen Lizzy brachen sie nicht am nächsten Morgen auf. Die Königin bestand darauf, dass sich ihr persönlicher Medicus um die Dornenmaid kümmerte. Der untersuchte sie unter den Argusaugen von Thevs, reinigte und verband die Wunde und gab ihr einen Kräutertrunk zur Stärkung. Der Medicus war guter Dinge, dass sie in wenigen Tagen wieder auf den Beinen sein würde, auch wenn die Schulterwunde ihr vermutlich noch länger zu schaffen machte.

»Aber was ist schon eine Schulterwunde«, sagte Thevs am Abend in einer der Spelunken zu Henning. »Sie lebt! Bei der Mutter See. Sie lebt und ist wieder ein Mensch!« Der Wanderfalke schüttelte den Kopf, trank von seinem Bier und musterte dann Henning. »Hoffnung«, sagte er und deutete zum Fenster hinaus Richtung Burg, wo Lizzy in einem der Gästegemächer schlief. »Verstehst du mich jetzt?«

Henning erwiderte nichts, sondern betrachtete nur das Bier im Krug. Natürlich verstand er – und er fragte sich, ob es auch für Leyna noch Hoffnung gab. Sowohl Kea als auch Lizzy hatte sie gerettet, warum dann nicht sich selbst? Henning entschied, dass Hoffnung ein zweischneidiges Schwert war, und er wusste nicht, ob es ihm gefiel oder nicht.

Am nächsten Morgen war Lizzy wieder bei Sinnen, verbrachte aber den Tag im Bett, mit Thevs an ihrer Seite. Als der abends ein wenig frische Luft schnappte, nutzte Henning dies, um mit ihr zu reden. Ihm brannten zu viele Fragen auf der Zunge, und die stellte er ihr.

»Ich weiß nicht«, sagte sie, »wie ich das alles erklären soll. Ich war wie eine Gefangene in meinem eigenen Körper. Ich spürte ihn, aber er gehorchte mir nicht. Und dann waren da all diese Gedanken der Jundar. Unglaublich viele, von allen und doch irgendwie gebündelt.« Sie schüttelte den Kopf. »Ich kann es dir nicht besser erklären.«

Henning hätte es wahrscheinlich auch nicht besser verstanden. Er saß neben ihr am Bett, die Hände im Schoß gefaltet. »Hast du Leyna gespürt, als sie versucht hat, dich zu heilen?«

Lizzy nickte. »Ja, da war jemand. Eine Frau, aber ich hab es nicht verstanden. Ich war so verängstigt von dem Zorn in mir und von dieser ... dieser kalten Macht.«

»Ives?«, fragte Henning.

Die Dornenmaid zuckte mit den Schultern. »Ich hab keine Ahnung, Henning. Es war alles so verwirrend, aber Leyna war kurz da. Sie war so voller Macht ... deswegen dachte ich erst, es wäre Ives, dessen Wahnsinn mich befallen hat.« Sie erzitterte und bat um etwas zu trinken. Nachdem sie aus dem Becher einen Schluck verdünnten Wein getrunken hatte, seufzte sie. »Ich würde dir gern mehr sagen, aber ich verstehe es selbst nicht.«

»Schon gut«, sagte Henning, drückte ihr die Hand und ließ sie dann in Ruhe.

Hoffnung. Er wusste immer noch nicht, ob er sie zulassen sollte oder nicht.

Zwei Tage später brachen sie endlich unter Tränen und Jubel der Südländer auf. Dietz, Artur und Rosa waren gekommen, und auch viele Städter, die ihnen zuwinkten und applaudierten.

Henning gab darauf nichts, er nickte den früheren Gefährten nur zu, riss am Zügel und trieb das Schlachtross, das man ihm zugewiesen hatte, aus der Stadt. Er hatte genug von der Südmark, wollte nur noch zurück auf die *Zwillingsfalke* und in See stechen.

Die Königin hatte Wort gehalten und ihnen erfahrene Soldatinnen und Soldaten als Eskorte bereitgestellt. Sie alle trugen praktische Kleidung ohne Pomp und Zierrat. Sie alle ritten wie die Teufel, stellten wenige Fragen und murrten nie.

Ebenso wenig Letti. Das Mädchen überraschte Henning jeden Tag aufs Neue. Sie war nicht das verängstigte Kind, das er unter der Stadt gefunden hatte, sondern eine freche junge Frau, die genau wusste, was sie wollte. Sie würde eine erstklassige Fratera abgeben, so viel war sicher. Und sie hatte schon eine Freundin gefunden: Reyna.

Die Hündin reiste in einer großen Satteltasche mit, den Kopf und die Vorderbeine halb herausgestreckt, die grauen Ohren im Wind flatternd, die Zunge baumelnd.

Henning sollte es recht sein. Reyna war ein Geschenk, und solche gab man nicht leichtfertig wieder her.

Als schließlich die Masten der *Nachtfalke* und der *Zwillingsfalke* am Horizont erschienen, schlossen Thevs und Lizzy zu ihm auf. Sie zügelten die Pferde und betrachteten die beiden Schiffe in der Bucht der Barbaren, getaucht in Abendrot.

Lizzy schniefte. »Ich hätte nicht gedacht, jemals wieder ein Schiff auf diese Weise zu erblicken.«

»Ich schon«, entgegnete Thevs lächelnd. »Ich wusste, dass ich nicht als Landratte sterben würde. Kommt! Lasst uns in See stechen.«

»Und dann?«, fragte Henning. »Wo wollt ihr hin?«

»Völlig egal, Hauptsache Wind und Wellen!«

Die kindliche Begeisterung seines Onkels ließ ihn lächeln. »Hört sich gut an.«

»Und du?«, fragte Lizzy. »Segelst du zurück nach Lensend?«

»Nur kurz«, antwortete Henning. »Ich werde dort einiges regeln, dann komme ich auf die Inseln. Irgendjemand muss dort für Ordnung sorgen, auch wenn ich glaube, dass Meister Apur die Zügel bestens in der Hand hält.«

»Glaubst du nicht, dass Nante dort ist?«

»Nein. Da bin ich mir ziemlich sicher.«

»Irgendeine Ahnung, wo er und Kea auftauchen werden?«

»Auch nicht. Und es ist mir ziemlich egal.«

Der Wanderfalke furchte die Stirn. »Seit wann sind dir deine Geschwister egal?«

»Nicht so, Thevs, aber unsere Wege haben sich in La Harb bereits getrennt. Er hat Pfade eingeschlagen, die ich nicht begehen kann. Und irgendwann werd ich die beiden sicher wiedersehen.«

»Und bis dahin heißt es *Fratera*?«

Henning nickte entschlossen. »Einmal Fratera, immer Fratera.« Er gab seinem Pferd die Sporen und ritt den beiden Schiffen entgegen.

Tage später erblickte Henning Lensend am Horizont. Das Herrenhaus erhob sich herrschaftlich auf den Klippen, umschwirrt von Möwen, die Fenster in der Dämmerung erleuchtet.

Irgendwie fühlte es sich nach Heimkommen an, aber irgendwie auch nicht. Leyna fehlte, und Henning entschied, dass er hier nicht alt werden würde. Er bot das Herrenhaus Lizzy und Thevs an, damit sie ein wenig Ruhe fanden, doch beide lehnten ab. Sie wollten unterwegs sein, vielleicht nach La Harb segeln oder in den Norden. Henning konnte es ihnen nicht verübeln.

In der Nacht, nachdem man prächtig gespeist und viel geredet hatte, zog er sich zurück. Es waren die ersten Momente, die er für sich hatte, seit ihrem Aufbruch aus Tannrein. Die beiden Monde tauchten die Bucht und die Schiffe in blausilbrigen Schein, die Brandung rauschte, der kühle Herbstwind pfiff ihm um die Ohren.

Henning stand oberhalb der Klippen an Leynas Lieblingsplatz und genoss den Ausblick aufs nächtliche Meer. Tief füllte er seine Lunge, schmeckte Salz und roch Seetang. Der Wein hatte ihn leicht trunken gemacht, und deswegen hielt er das matte Leuchten am Strand zunächst für eine optische Täuschung. Aber es war eindeutig da. Wie eine Kerze in der Dunkelheit.

Irritiert stieg er die steilen Stufen hinab zum Strand und blieb dort verblüfft stehen. Keine Kerze, sondern ein Zeichen glomm in der Luft – und er kannte es von Leyna; es war ein einfacher Zauber, der Licht erschuf, um die Dunkelheit zu erhellen.

Sein Herz pochte schneller. Wie kam das Zeichen hierher? Wer hatte es gewirkt?

Er lief durch den Sand darauf zu, bis er eine kratzige Stimme aus der Dunkelheit hörte: »Mein Schmuggler.«

Er fuhr herum, sah Schatten tanzen, und dann trat sie ins Licht. Leyna, die Herrin der Regenmacher. Ihre Augen funkelten im Licht, ihr Haar war noch länger geworden, reichte ihr bis zur Hüfte. Sie war unbekleidet, voller Horn und Schuppen und knöcherner Platten.

Er verspürte keine Angst. Nur sein Hals war wie zugeschnürt. »Leyna ...«

Sie schien zu lächeln. »Lange warst du unterwegs, Wanderer.« Sie kam näher; der Geruch von Algen und Muscheln und Sturm begleitete sie.

»Und bin immer noch nicht angekommen«, erwiderte er.

Ein weiterer Schatten bewegte sich in der Dunkelheit.

»Keine Angst, es ist nur Char.«

Der Einhornige, wie Henning erkannte. Er musterte sie. »Wie ... wie geht es dir?«

»Wie es der Mutter der Sedar eben geht.« Sie kam näher ans Licht heran, blieb eine Armlänge vor ihm stehen und seufzte, was wie das Gurren eines Vogels klang. »Vieles würdest du nicht verstehen, Henning, vieles verstehe ich selbst noch nicht, aber einiges ist mir klar geworden.«

»Bist du deswegen hier?«

Sie nickte. »Du hast Fragen, und auf die braucht es Antworten, um Frieden zu finden.«

Frieden... Hoffnung... »Dann erkläre mir, was passiert ist.«

Leyna schwieg einige Sekunden, bevor sie sagte: »Ich habe die Verbindung von Ives' Macht und dem Seelenstein gekappt. Er legte damals seine Essenz hinein und knechtete damit die Sedar. Ich löste diese Fesseln, indem ich *meine* Essenz in den Stein legte.« Sie zog ihn von irgendwoher und hielt ihn ins Licht. Die Flammen funkelten auf den Facetten, und es schien, als glühe er von innen heraus.

»Du hast sie also befreit, indem du Ives' Platz eingenommen hast?«

»Genau das. Sie gehorchen mir zwar, aber sie sind frei.«

»Nur du nicht.« Die Worte klangen bitterer, als er wollte.

»Das war der Preis, Henning. Dafür ist es jetzt zu Ende. Die Sedar haben keinen Streit mehr mit den Menschen.«

»Aber ... aber kannst du nicht den Stein zerstören wie in La Harb und dich damit befreien? Ich meine, du hast Kea und Lizzy befreit.«

»Das war etwas anderes, weil sie nicht an den Stein gebunden waren. Sie waren nur von Ives' Wahnsinn besessen. Und sie waren nicht die Einzigen. Viele Frauen und Männer erlöste ich von seinen irren Erinnerungen und Gedanken. Ich aber würde meine eigene Seele zerstören. Um Leyna zu retten, müsste jemand meinen Platz einnehmen, jemand, der so mächtig ist, dass er mich aus dem Stein vertreiben kann.« Ihre Gesichtszüge wurden weich. »Es ist, wie es ist, Henning. Aber es ist in Ordnung.«

»Wirklich?«

»Ja, das ist es. Ich kann es dir nicht erklären, aber es fühlt sich richtig an. Ebenso richtig wie die Rettung deiner Schwester.«

Henning sah sie neugierig an. »Die Jundar wollten sie töten, oder?«

»Weil Ives' Wahnsinn sie als Gefäß benutzte. Als fahle Frau sollte sie die Jundar beherrschen. Aber Kea kann nichts dafür. Sie ist nur ein Kind.«

»Weißt du, wo sie und Nante sind?«

Leyna schüttelte den Kopf und blickte in die Ferne. »Irgendwo dort draußen. Er wird sie heilen, das weiß ich. Wenn jemand den Wahnsinn vertreiben kann, dann Nante.« Sie wandte sich zu ihm um. »Aber da ist noch etwas viel Wichtigeres.«

»Und das wäre?«

»Der Stein.« Sie drückte ihn ihm in die Hände, und ihre kalten Klauen schlossen sich um seine warmen Finger. »Nimm ihn an dich. Pass auf ihn auf. Bewahre ihn vor Unheil. Werde der Wächter meiner Seele!«

Henning starrte auf den Seelenstein in seinen Händen. »Ich ...

»Ja, du. Ich könnte meine Seele in keinen besseren Händen wissen.« Sie beugte sich vor und gab ihm einen Kuss auf die Wange. Ihre Lippen waren genauso kalt wie ihre Hände und schmeckten nach Salz.

»Leyna ...«, wisperte er. »Bitte ...«

»Es ist Zeit für mich, Henning.« Sie löste sich von ihm,

zeichnete das Zeichen verkehrt herum in die Luft, und das Licht erlosch.

Im Mondschein war sie nur noch ein Schatten, der über den Strand ins Wasser lief. Sand knirschte, Wellen schwappten. Char grollte ein wenig, und es plätscherte lauter, als auch er ins Wasser glitt.

Henning umklammerte den Seelenstein mit beiden Händen. Tränen liefen über seine Wangen und verschwanden in seinem Bart. »Leyna!«, rief er mit heiserer Stimme. »Ich liebe dich!«

Wieder plätscherte es, und er sah sie noch einmal, von der Hüfte aufwärts aus dem Wasser ragen. Ihre Augen funkelten wie Flammen in der Nacht. »Und dich liebt der Schwarm!« Mit einem Ruck war sie im Wasser und in den Untiefen der Mutter See verschwunden.

Zurück blieb Sir Henning Falk, Fratera, Herr von Lensend, Ehrenbürger Westends, Held von Tannrein, verrückter Zwilling und Wanderer. Mit einem weiteren Titel: Seelenwächter.

Es war ihm eine Ehre.

Kapitel 40

Westend, Dorn

Der Dorn machte seinem Namen alle Ehre, denn der Berg ragte wie ein Rosendorn in den Himmel. Die Spitze hing in den Wolken. Kein Vogel flog so hoch, ebenso gelangte kein Wanderer bis in diese Höhen, auch wenn es einen irrwitzigen Pfad hinauf gab, der jahrtausendealt war, und dessen Stufen ausgetreten und glatt vom Regen waren. Eine winzige Hütte schmiegte sich ein paar hundert Fuß unterhalb des Gipfels und der Wolken in den Berg.

Es überraschte niemanden, als die Luft vor der Hütte waberte und zwei Gestalten ausspuckte: einen Mann und eine junge Frau.

Beide brachen auf der Terrasse zusammen, von der aus man einen atemberaubenden Blick über den halben Kontinent hatte.

Das Mädchen rappelte sich als Erste auf, keuchte vor Furcht, als sie bemerkte, wo sie gelandet waren, und sah nach ihrem Begleiter. »Nante! Wo sind wir? Was ist mit dir?«

Nante stöhnte benommen. »Wir müssten zurück sein. In der Welt der Lebenden.« Er richtete sich auf und staunte selbst nicht schlecht. »Oder auch nicht«, murmelte er. Dann sah er die steinerne Kapuze der Wächterin, die über dem Eingang zur Hütte in den Sturz gemeißelt war. »Oder doch.« Er sank zurück auf den kalten Fels und atmete erleichtert durch.

Kea dämmerte es. »Sind wir auf dem Dorn?«

»Oh ja, das sind wir.«

»Aber warum? Was ist eigentlich passiert? Ich… ich kann mich an nichts erinnern. Da sind nur… Fetzen. Wie Träume… Albträume…« Sie erschauderte.

Nante rappelte sich auf und zog seine Schwester in die Arme. »Hab keine Angst, wir sind hier in Sicherheit.«

»Aber wie kann das sein? Ich war noch auf dem Meer, als sie… als die Jundar kamen.«

»Ich weiß. Du wurdest befallen und dann wieder gerettet.«

Mit großen Augen sah sie ihn an. »Befallen? Gerettet? Von wem?«

»Von einer guten Freundin. Der Herrin der Regenmacher.«

Verwirrung huschte über ihr Gesicht. »Ich… ich erinnere mich echt nicht.«

»Vielleicht besser so.«

»Meinst du?«

»Ja, ich glaube schon. Nein, eigentlich bin ich mir ganz sicher.« Er lächelte, zerzauste ihr das Haar, stand auf und schwankte ein wenig, weil ihm von der Höhe schwindlig wurde.

Kea saß zu seinen Füßen und sah ihn mit großen Augen an, ganz das junge, unschuldige Mädchen, das sie war. »Und jetzt?«, fragte sie. »Sollen wir *den* Weg hinabsteigen?« Sie zeigte auf die ausgetretenen Stufen, die keine zwei Handspannen breit waren.

Nante schüttelte den Kopf. »Wir bleiben erst einmal hier. Und wenn wir gehen, dann auf anderen Pfaden.«

»So wie wir hergekommen sind?«

»Genau.«

Er sah sich nach der Tür um und stieß sie auf. An einem

Tischchen inmitten der winzigen Hütte saß ein Mann aus Rauch, halb durchsichtig und voller Schatten.

Kea schrie vor Schreck auf, doch der Mann sagte: »Hab keine Angst, mein Kind. Ich werde dir nichts tun.«

»W-w-wer ist das?«, fragte sie.

»Das ist der Heilige«, antwortete Nante, als wäre es das Natürlichste von der Welt, die Hände auf den Schultern seiner Schwester. »Und er wird dir helfen, die Schrecken loszuwerden.«

»Werde ich das?«, fragte der Heilige.

»Oh ja«, sagte Nante. »Das wirst du!« Er schob Kea in die Hütte und schloss hinter ihnen die Tür.

Draußen heulte der Wind, doch innen war es still und warm.

ENDE

Danksagung

Was für ein Ritt! So mag ich Fantasy! Schonungslos, actionreich und nicht beschönigt. Dazu eine Prise Magie und Märchen. *Die Herrin der Regenmacher* ist nach *Der Zorn der Regenmacher, Das Verwunschene Turnier* und *Rache der Magd* das vierte Buch in meiner Fantasywelt, und beim Schreiben war es wie ein Besuch bei alten Freunden – wobei man echten Freunden nicht so etwas Grausiges antut wie das, was man als Autor seinen Protagonisten zumutet. Aber so läuft das Spiel, und ich hoffe, dir hat das Buch genauso gefallen wie mir.

Ob es mit Leyna, Henning, Nante, Letti, Lizzy und Thevs weitergehen wird, kann ich dir leider nicht sagen. Lust auf einen dritten Band habe ich, aber die Entscheidung treffe ich nicht allein. Damit du mitbekommst, ob sich Leyna doch noch retten kann, lege ich dir meinen Newsletter ans Herz. Unter www.timoleibig.de/Newsletter kannst du dich kostenlos anmelden. Monatlich informiere ich über meine Bücher, es gibt immer wieder exklusive Kurzgeschichten und auch ein besonderes Dankeschön für die Anmeldung. Und du gehst keine Verpflichtungen ein. Abmelden geht jederzeit! Probier es einfach aus.

Ein kleines Wiedersehen ist jetzt schon möglich: Marla, die Tochter der Wächterin, die sich als Endres verkleidet hatte, ist die Hauptfigur meines Romans *Rache der Magd*. Wer ihn noch nicht kennt, ist herzlich zum Lesen eingeladen. Das Buch ist als E-Book bei Amazon und als Taschenbuch überall im Handel unter der ISBN 3966986655 erhältlich. Wenn dich also die Hintergrundgeschichte von Marla interessiert, erfährst du sie darin. Es geht in die Südmark und nach Tannrein, und auch die hier erwähnten Barbaren haben einen kriegerischen Auftritt!

Jetzt aber genug der Eigenwerbung. Ich möchte noch dem großartigen Team danken, das mich bei diesem Buch tatkräftig unterstützt hat.

An erster Stelle Elisabeth Botros von der Literarischen Agentur Gaeb, die sich sehr für diese Fortsetzung eingesetzt hat. Ein Dank geht auch an das ganze Team, an Bettina, Andrea und Michael. Ihr macht so tolle Arbeit! Danke!

Im gleichen Atemzug ist das Team von Penguin Random House zu nennen, allen voran Beatrice Lampe. Als Lektorin hast du dem Projekt so gutgetan. Merci, liebe Beatrice! Ebenso geht ein Dank an die Verlagsleitung, an die Presseabteilung, an den Vertrieb, ans Marketing und die Covergestaltung und an alle, die ich hier womöglich vergessen habe. Es war mir eine Ehre!

Dann Hanka Leo, Lektorin, Redakteurin, Röntgenauge, Rotschopf und Freundin. Vielen Dank für den Feinschliff. Ich feiere dich so!

Ebenso rockt Arne Burkert. Als Freund und passionierter Dramaturg hat er auch zu diesem Projekt seinen Senf dazugegeben und wieder eine Würznote mehr in den Kochtopf geworfen. Danke, danke, danke!

Auch dir, liebe Christine, möchte ich von Herzen für das wunderbare Zitat auf dem Cover danken. Es sieht super aus, oder? Ich sag nur: Die jungen Wilden von Penhaligon …

Und dann die Testleser*innen: Kathrin, Regina, Karin und Klaus. Was ihr noch an Fehlerchen gefunden habt – der Wahnsinn. Danke dafür und für die jahrelange Unterstützung.

Zuletzt drücke ich hier Tessa ganz fest, da sie den Text sowieso nicht versteht, aber maßgeblich Anteil am Auftauchen von Reyna hat. Tessa ist die beste Hündin der Welt, immer dabei, wenn ich schreibe und mir bei Spaziergängen die Geschichten ausdenke. Sie erträgt das alles mit stoischer Ruhe und ist mein Ruhepol geworden. Lass dich drücken, Hundi!

Und dann fehlst nur noch du, liebe Leserin, lieber Leser. Ohne dich und deine Unterstützung wären wir Autor*innen nichts. Wir würden für Schubladen schreiben, und was wäre trostloser? Also vielen Dank, dass du meinen Abenteuern folgst. Oder wie es Henning sagen würde: »Es ist mir eine Ehre!«

Timo Leibig
März 2022

Dunkles Wasser, monströse Schatten in der Tiefe und eine starke Heldin, die ihre Stadt vor einer albtraumhaften Bedrohung retten muss.

978-3-7645-3242-0, 448 Seiten

Seit Wochen geht Regen über der Küstenstadt La Harb nieder: Ernten sind vernichtet, Wasserströme höhlen die Straßen aus, die Menschen werden krank. Leyna gehört zu den Heilerinnen der Stadt, den Schwestern der Zeichen. Doch Leyna verbirgt ein schreckliches Geheimnis vor ihrer Gilde: Sie weiß weit mehr über den Ursprung der Krankheit als ihr lieb ist, und doch ist sie dem Schrecken hilflos ausgeliefert. Als Leyna alle Hoffnung auf Rettung aufgibt, trifft sie auf die Schmuggler Henning und Nante. Die verwegenen Zwillinge haben auf See eine unheimliche Begegnung gemacht. Nur gemeinsam können die drei das Rätsel des nicht enden wollenden Regens lösen und gegen die wahre Bedrohung für La Harb kämpfen. Und die stammt aus der Tiefe des Meeres …

Lesen Sie mehr unter: **www.penhaligon.de**